生

이

보일 때까지

걷

기

生
이

보일 때까지

걷
기

그녀의 미국 3대 트레일 종주 다이어리

크리스티네 튀르머 지음
이지혜 옮김

살림

일러두기

·· 트레일의 명칭과 트레일 내에서 쓰이는 용어는 현장의 정보를 담고 있기
에 우리말로 옮기지 않고 그대로 사용하거나 약칭으로 표기했다(예: PCT,
CDT, AT, 스루하이커, 데이터북 등).

·· 트레일의 길이는 일시적·영구적으로 변경되고 있기에 최신 측정 결과에
따라 달라진다. 특히 콘티넨털 디바이드 트레일은 아직 미완성인 데다 중
간 경로도 다양해서 공식적인 총길이도 존재하지 않는다(2016년 기준). 따
라서 본문에 킬로미터로 표기한 모든 길이는 추정 수치다.

·· 본문에 괄호로 들어간 내용은 모두 옮긴이의 주다.

차례

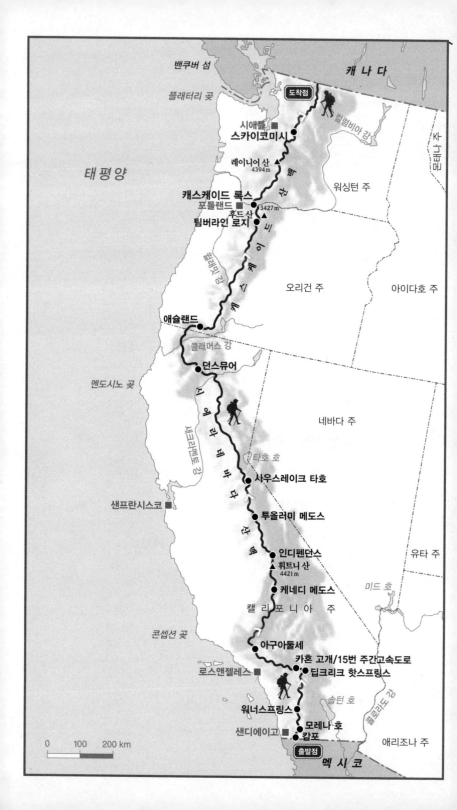

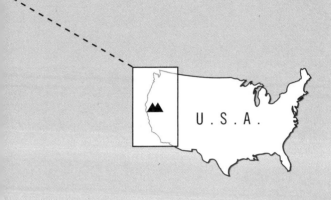

▲▲ 퍼시픽 크레스트 트레일

미국 서부의 시에라네바다 산맥과 캐스케이드 산맥을 따라 종단하는
트레일로 멕시코 국경에서 캐나다 국경까지 이어져 있다.

총길이: 4,277킬로미터

총상승고도: 149,000미터

최고 해발고도: 포레스터 고개, 시에라네바다 산맥, 4,009미터

최저 해발고도: 캐스케이드 룩스, 컬럼비아 강, 43미터

통과 연방주: 캘리포니아 주, 오리건 주, 워싱턴 주

최남단: 캄포, 캘리포니아 주

최북단: 매닝 주립공원, 캐나다 브리티시컬럼비아 주

공식 웹사이트: www.pcta.org

트레일 위에서의 삶은 행복의 기준을 상향시키기는커녕
어마어마하게 끌어내렸다. 지난 두 달 동안 내가
어떻게 하루하루를 보냈는지 되돌아보면 내게 진정 필요한 것이
얼마나 적은지도 금세 알 수 있었다. 먹을거리, 물, 온기,
궂은 날씨를 피할 장소. 이 모든 것이 총 몇 킬로그램에 불과한
작은 배낭 안에 들어 있었다.

2004년 4월 21일

멕시코 국경, 캘리포니아

'------- 0킬로미터 지점

바깥은 칠흑같이 어두웠다. 잔뜩 긴장한 탓인지 속이 울렁거
려 왔다. 나는 샌디에이고에서 출발해 멕시코 국경으로 향하
는 어느 픽업트럭 안에 앉아 있었다. 트럭의 전조등이 먼지 쌓
인 수풀과 덤불을 비추자 멀리 촐라 선인장 몇 그루가 모습을
드러냈다. 캘리포니아 주 남부의 샌디에이고에서 캄포(Campo)
까지 80킬로미터 남짓의 거리에는 아스팔트 도로가 깔려 있
었다. 그러나 도로가 끝나는 곳부터 철조망이 쳐진 국경까지
는 제대로 닦이지도 않아 돌투성이인 흙길을 수 킬로미터나
털털거리며 달려야 했다. 우리의 목적지는 멕시코와 캐나다
사이를 잇는 4,277킬로미터 길이의 퍼시픽 크레스트 트레일

(PCT, Pacific Crest Trail), 그중에서도 남쪽 끄트머리 지점이었다.

나는 다른 장거리 도보여행자 두 명과 함께 트럭 뒷좌석에 구겨지다시피 끼어 앉아 있었다. 길에 팬 구멍에 트럭 바퀴가 빠질 때마다 몸이 좌우로 흔들리며 부딪쳤다. 먼지가 풀풀 이는 메마른 공기에 목이 텁텁했고, 그러잖아도 텅 빈 위장은 트럭의 흔들림 때문에 한층 더 쓰라려 왔다. 이리저리 뒤척이며 밤을 보낸 끝에 아침도 먹지 못하고 샌디에이고에서 새벽 4시 반에 출발한 참이었다.

운전대를 잡고 있는 남자의 이름은 로버트 리스였는데, 그는 샌디에이고에서 교사로 일하며 틈틈이 멕시코에서 캐나다까지 가는 도보여행자들을 돕고 있었다. 오늘은 멕시코 국경에 있는 트레일 출발점으로 우리를 데려다주는 운전기사 역할을 맡았다. 함께 탄 여행 메이트들의 모습은 그야말로 극과 극을 달렸다. 먼저 조수석에 탄 골초 영국인 존은 아무리 봐도 스포츠와는 거리가 멀어 보일 뿐 아니라, 몸집도 표준체중에서 최소한 10킬로그램은 더 나가 보였다. 게다가 런던에서 비행기에 올라탄 이후 지금껏 한 번도 면도를 안 한 듯한 몰골이었다. 반면 뒷좌석에 나와 나란히 앉아 있는 미국인 대학생 맷과 벤은 「맨즈 헬스」에서 방금 튀어나온 것 같은 모습이었다. 지방이라고는 1그램도 없을 것 같은 근육질 몸매에 피부는 캘리포니아 서퍼처럼 구릿빛으로 그을려 있었다.

이처럼 서로 다르기는 해도 모두의 목표는 하나, 바로 멕시코에서 캐나다까지 걸어가는 것이었다. 우리는 어제 로버트의 집, 정확히 말하면 로버트의 집 수영장 옆에서 처음 만났다. 밤에는 다 같이 그 자리에 발포매트를 깔고 잤다. 별이 총총한 하늘 아래 매트만 덜렁 깔고 자려니 좀처럼 잠이 오지 않아서, 나는 잠깐이라도 눈을 붙여보려 무진 애를 써야 했다.

로버트는 내가 잔뜩 긴장해 있다는 것을 눈치챈 모양이었다. 얼굴빛까지 창백해진 나를 보고는 어떻게든 안심시켜주려 말을 건넸다.

"걱정 마세요! 트레일이 처음이니 지금은 두렵게 느껴지는 게 당연해요. 하지만 금방 괜찮아질 겁니다. 늦어도 첫걸음을 뗄 때쯤이면 말이에요."

"가만 생각해보니 저 같은 사람이 트레일 종주를 시도한다는 건 애초부터 말도 안 되는 일이었던 것 같아요. 제가 멕시코에서 캐나다까지의 그 기나긴 거리를 완주할 수 있을 리가 없잖아요. 게다가 전 운동이라곤 제대로 해본 적도 없거든요."

나는 기다렸다는 듯 하소연을 늘어놓고는, 울렁거리는 속을 달래기 위해 배 속 깊숙한 곳까지 숨을 들이쉬었다.

로버트는 슬라럼(인라인스케이트나 자동차로 장애물을 지그재그로 피하며 달리는 경주)을 하듯 길에 팬 커다란 구덩이 두 개를 이리저리 피한 뒤, 나름의 방식으로 나를 격려해주려 했다.

"도보여행자들을 트레일 출발점으로 데려다주는 일을 한 지 5년 정도 됐어요. 이곳에서 출발하는 사람들 중 캐나다까지 완주하는 경우는 고작 3분의 1밖에 안 되더군요. 그런데 통계적으로 보면 당신은 완주할 가능성이 가장 큰 사람이에요. 여성이고, 혼자라는 점에서요. 혼자 여행하는 여자들은 준비를 정말 철저히 해 오거든요. 게다가 이들에게는 누군가에게 뭔가를 증명해 보여야 한다는 부담감도 없어요."

"장거리 도보여행을 하는 데 여자가 더 유리하다고요?"

존이 믿지 못하겠다는 투로 불쑥 끼어들더니 부르르 몸을 떨며 히터를 조금 더 세게 틀었다. 동이 트기 직전인 지금 실외온도는 겨우 영상 4도였다. 하지만 낮이 되면 온도계의 눈금이 분명 30도까지 올라갈 것이다.

"남자들은 대개 자기 자신이나 주위 사람들에게 뭔가를 증명해 보이려고 트레일에 도전해요. 게다가 항상 남들보다 더 빨리 걷거나, 최소한 뒤처지지는 않으려고 안간힘을 쓰죠. 그러다 보면 몸이 보내는 신호를 무시하게 돼요. 너무 빨리, 너무 많이 걷는다는 소립니다. 그러다가는 몸이 상해서 트레일을 일찌감치 중단할 수밖에 없어요. 반면에 여자들은 몸이 보내는 신호에 세심히 주의를 기울이기 때문에 부상당하는 일이 훨씬 적죠."

로버트의 말투에선 자신감이 배어 나왔다.

차 안에 있던 사람들은 모두 의외라는 표정으로 말없이 로버트가 한 말을 곱씹었다. 나는 몇 차례 더 깊게 숨을 들이마셨다.

로버트는 맷과 벤을 흘긋 쳐다보더니 짓궂게 한마디를 덧붙였다.

"트레일 완주의 성공 여부를 좌우하는 건 80퍼센트 이상이 정신적 요인이에요. 신체 조건이 차지하는 비율은 고작 20퍼센트 정도죠. 4,000킬로미터가 넘는 거리를 정복하는 데 필요한 건 무엇보다도 머리예요. 몸은 따라갈 뿐이고."

그제야 서서히 속이 편안해지는 것 같았다. 맞은편 어둠 속에서 자동차 한 대가 나타나 우리 쪽으로 다가왔다. 미국 국경 수비대였다. 로버트는 손을 들어 인사하고는 그들이 천천히 지나갈 때까지 기다렸다. 국경 수비대원들도 친절하게 마주 손을 흔들었다.

한참을 달리던 로버트가 예고 없이 차를 세우더니 핸드브레이크를 당겼다. 눈앞에 물결 모양의 골함석 장벽이 길게 늘어서 있었다. 멕시코 국경에 도착한 것이다. 멍하게 앉아 있던 우리가 뻣뻣해진 다리를 움직여 차에서 내리자 로버트는 트렁크에서 배낭 내리는 것을 도와줬다. 진한 사막쑥 향기가 코를 찔렀다. 사방은 아직 어두웠고, 추위에 몸이 얼어붙는 것 같았다. 로버트가 나를 껴안으며 작별 인사를 하는 순간, 또다시 다리가 후들후들 떨리기 시작했다. 이제부터 시작인 것이다. 그는 격려의 표시로 나를 향해 눈을 한 번 찡긋하고 남자들에게는 친근하게 어깨를 툭툭 두드리더니 바쁘게 가버렸다. 수업 시작 시간에 맞춰 샌디에이고로 돌아가야 하기 때문이었다. 그의 자동차 미등을 멀거니 바라보고 있자니 별안간 강렬한 고독감이 밀려왔다.

피업트럭이 더 이상 보이지 않게 된 뒤에야 적막을 감지한 나는 일단 주위를 한번 둘러봤다. 미국 영토의 남쪽 끄트머리인 이곳은 그다지 희망적인 생각을 품게 만드는 장소는 아니었다. 보이는 거라고는 먼지 날리는 메마른 황야와 늘판 곳곳을 장식하고 있는 말라빠진 덤불, 볼품없는 선인장 몇 그루뿐이었다. 높이가 거의 3미터는 됨 직한 장벽을 따라 폭넓은 모랫길이 이어져 있었다. 멕시코 땅은 장벽으로 가려져 있어 그 뒤에 있겠거니 짐작만 할 뿐이었다. 수없이 난 자동차 바퀴 자국으로 미루어보아 미국 국경 수비대가 자주 순찰을 다니는 모양이었다. 굴곡진 지형을 따라 자로 잰 듯 똑바로 뻗어 있는 국경선은 흉측한 흉터 같았다. 지평선 너머로 태양이 가물가물 솟아오르며 이 모든 것을 초현실적인 주황색으로 물들이고 있었다.

맷과 벤은 넘치는 에너지와 욕구를 억누를 수 없었는지 기념사진만 찍고 서둘러 출발했다.

"그럼 나중에 트레일에서 만나요."

이렇게 작별 인사를 던진 두 사람은 얼마 안 가 갈색 풍경

속에서 희끄무레한 형형색색의 무늬가 되어 멀어져 갔다.

　나는 등산스틱을 짚고 서서 상념에 잠긴 채 두 사람의 뒷모습을 바라봤다. 지금껏 내게 퍼시픽 크레스트 트레일은 흥미진진한 게임을 기획하는 매력적인 아이디어일 뿐이었다. 석달 동안 나는 필요한 장비를 마련하고 서류를 꼼꼼히 점검했으며, 이 거창한 여행에서 사용할 물품의 운송계획을 세우는데 집중했다. 이 과정에서는 숫자와 정보, 사실자료가 내 세계의 전부였다. 도보여행을 할 때 갖춰야 할 신체적인 조건마저도 나는 단순한 숫자 놀음으로 여겼었다.

　지금 이 순간에도 나는 허기진 속과 후들거리는 다리를 달래며 그 숫자들을 주문처럼 되뇌고 있었다. PCT의 총길이는 4,277킬로미터로 트레일을 종주할 수 있는 시즌은 고작 5개월 남짓이다. 다시 말해 나에게도 150일 정도가 주어진 셈. 1주일에 하루를 쉰다고 가정하면 실제 걸을 수 있는 날은 130일이 되니 하루 평균 32.9킬로미터를 걸어야 한다. 요약하면 5개월 동안 매일 33킬로미터를 걸어야 하는 것이다. 나는 다시 한 번 서늘한 아침 공기를 배 속 깊숙이 들이마셨다.

　막상 국경 장벽 앞에 서니 이 모든 정보가 독일의 내 집에 앉아서 보던 것과는 전혀 다르게 다가왔다. 집에서는 이것이 종이에 적힌 숫자에 불과했다. 그러나 지금 눈앞에 펼쳐진 끝없는 풍경은 그 숫자들에 가히 충격적이라 할 만큼 구체적인 형체를 부여하고 있었다. 고상한 이론이 냉혹한 현실로 바뀌는 순간이었다. 게다가 나 자신이 이 상황을 기꺼이 받아들이고 있는지조차 스스로도 확신할 수 없었다.

존도 나와 비슷한 기분인 모양이었다. 우리는 무언의 공감대를 느끼며 이미 피할 수 없게 된 첫걸음을 좀처럼 떼지 못하고 있었다. 그래서 먼저 배낭을 뒤져 선크림을 꺼낸 뒤 얼굴과 손에 꼼꼼히 바르고, 작은 PCT 기념비 앞에서 사진부터 찍기 시작했다. 별다른 특징이 없는 다섯 개의 흰색 나무기둥에는 '퍼시픽 크레스트 국립 경관 트레일-남단 출발점'이라는 글씨가 새겨져 있었다. 이곳이 세계 최장 트레일들 가운데 하나가 시작되는 곳임을 알리는 기념비였다. 나는 다섯 개의 기둥 중 가장 낮은 기둥에 걸터앉아 카메라를 향해 씩씩한 미소를 지었고, 존은 이리저리 각도를 바꿔가며 사진을 찍어줬다.

휴대폰으로 찍은 내 사진을 보고 있노라니 마치 낯선 사람을 보는 것 같았다. 사진 속 나는 새로 산 검은색 운동화에 티 없이 깨끗한 베이지색 트레킹 바지, 감색 재킷 차림이었다. 목에는 노란색 스카프를 두르고 머리에는 야구모자를 쓰고 있었다. 꽉꽉 채운 검은색 배낭과 등산스틱만이 내가 도보여행자임을 보여주는 증거였다. 온통 새 물건들로 치장한 모습이 어딘지 이곳과는 어울리지 않았다. 기껏해야 내 옆에서 벌써 세 개비째 담배를 피워 물고 있는 존보다는 나은 정도였다.

서둘러 출발해야 한다는 압박감으로부터 우리를 구해준 것은 어딘가에서 나타난 자동차였다. 자동차에서는 중년 부부에 이어 스무 살 정도 되어 보이는 말끔한 차림의 젊은이 한 쌍이 내렸다.

"아, 여러분도 PCT 정복자들인가요?"

존이 새로 온 사람들을 향해 묻자 젊은이들은 밝게 웃으며 대답했다.

"예. 그런데 캘리포니아 주 쪽 트레일만 걸을 예정이에요. 그 뒤에는 대학교로 돌아가야 하거든요."

자녀들을 데려다주러 온 부부는 자랑스러운 듯 가슴을 펴며 물었다.

"가족 앨범에 넣을 사진 한 장만 찍어주시겠어요?"

카메라를 받아 든 존은 사진 찍는 자세를 취한 뒤, 가족을 웃게 만든답시고 이렇게 외쳤다.

"자, 모두 '섹스!' 하고 외치세요."

우스꽝스러울 정도로 예의 바른 말투였다. 순진무구한 영국식 유머를 접한 네 미국인의 표정이 순식간에 일그러졌고 곧 환한 웃음 대신 억지 미소가 그들의 얼굴을 채웠다. 나는 터져 나오는 웃음을 참느라 무진 애를 써야 했다.

중년 부부가 다시 자동차를 타고 돌아가고, 젊고 혈기 왕성한 초보 도보여행자들이 트레일을 따라 사라진 뒤에도 존과 나는 여전히 우유부단하게 국경 장벽 앞에서 서성거렸다.

"오늘은 함께 출발하는 게 어때요? 다른 여행자들과 로버트가 그러는데, 이런 국경지대에서는 간혹 밀입국자나 마약 밀수자와 마주치는 경우가 있다더군요. 혼자서는 위험할 것 같지 않아요?"

마침내 내가 먼저 말을 꺼냈다. 존은 내 말에 기꺼이 동의하며 네 번째 담배를 비벼 껐다.

"그런 사람들은 낮보다는 밤에 어둠을 틈나 움식일 거네요. 어쨌든 오늘은 모레나(Morena) 호수 야영지까지 동행하기로 합시다. 그곳부터는 야영객들이 많아서 큰 어려움은 없을 거예요."

그는 자리에서 일어나 바지에 묻은 먼지를 털어냈다. 그러고는 나를 향해 능청스럽게 웃으며 말했다.

"참고로 밀입국자나 마약 밀매상과 마주치면 말입니다. 곰을 만났을 때와 똑같이 대처하면 돼요. 빨리 달아나면 그만이라는 소리죠."

어리둥절해진 나는 뒤따라 일어서며 말했다.

"말도 안 되는 소리예요. 곰보다 빨리 뛸 수 있는 사람이 어디 있다고. 곰한테서 달아나는 건 불가능한 일이에요."

"그건 상관없어요. 난 당신보다 빨리 뛰기만 하면 되거든. 그럼 곰한테 나 대신 당신이 잡아먹히겠죠."

존은 재미있다는 듯 만면에 웃음을 띠고 설명했다. 자상하기도 하셔라.

어느덧 시계는 7시를 가리키고 있었다. 그새 날은 꽤 무더워져 있었다. 이제는 정말 출발해야 한다. 거의 넉 달에 걸쳐 계획한 순간이 찾아온 것이다. 나는 배낭을 둘쳐 메고 퍼시픽 크레스트 트레일이라 불리는, 앞으로 다섯 달 동안 내 집이 될 40센티미터 너비의 흙길로 천천히 들어섰다. 처음 몇 걸음은 여전히 불안했다. 등에 얹힌 배낭의 무게, 새 신발, 등산스틱, 이 모든 것이 익숙함과는 거리가 멀었다.

"존, 물은 얼마나 챙겨 왔어요?"

30분이 지난 뒤, 녹지가 보일까 싶어 주위를 둘러보던 나는 존에게 물었다. 아무리 찾아봐도 메마른 먼지투성이 덤불뿐이었다.

"4리터요. 이거면 충분하겠죠?"

내 뒤를 바짝 따라서 걷던 존이 말했다. 나도 묻고 싶던 바였다.

"나도 4리터 가져왔어요. 이 정도면 되겠죠."

믿을 만한 식수 보급소는 이곳에서 32킬로미터나 떨어진 모레나 호수 야영지에나 가야 있었다. 그 전까지는 물을 보충할 곳이 없었다. 작은 개울들도 우기에만 흐르기 때문에 지금은 어디를 가도 물은 다 말라 있을 터였다.

"그럼 오늘 저녁이나, 늦어도 내일 오전까지는 야영지에 도착해야겠군요."

존이 말했다. 반드시 그래야만 했다. 두 사람 모두 다른 경

우의 수에 관해서는 생각조차 하고 싶지 않았다. 부상을 당하
거나 길을 잃는다면? 몇 분 동안 우리는 무겁게 입을 다문 채
걷기만 했다. 샌디에이고의 로버트 집에 있던 시원한 수영장
이 갑자기 몇 광년이나 떨어져 있는 것처럼 멀게 느껴졌다.

　멕시코 국경에서 멀어짐과 동시에 우리는 안개처럼 흐릿한
불확실성 속으로 점점 더 깊이 발을 내딛고 있었다. 좁은 길은
마치 거대한 탯줄처럼 느껴졌다. 나는 아무것도 없는 허허벌
판 한가운데서 길이 끊기면 어쩌나 싶어 불안해졌다. 이곳에
는 길을 알려주는 표지조차 찾아볼 수 없었다. 하나같이 가시
투성이에 키가 작은 덤불과 관목들이 무자비하게 살을 긁거나
찔러댔다. 나는 각반을 하고 온 것을 천만다행으로 여기며 최
대한 길의 중앙을 따라 걸으려 노력했다.
　몇 시간을 쉬지 않고 걷다 보니 어느덧 태양이 머리 꼭대기
까지 떠올라 이글거리고 있었다. 이마에서 땀이 줄줄 흐르는
게 느껴지자 서서히 이 상황이 실감 나기 시작했다. 내가 정말
PCT에 와 있다니! 나는 짧은 휴가를 즐기러 여기에 와 있는
것이 아니다. 앞으로 수개월을 트레일에서 보내야 하는 것이
다. 어느새 속 쓰림은 가라앉고 후들거리던 다리도 안정되면
서 나는 나름의 속도를 찾아갔다. 로버트 리스가 예견한 대로,
한 걸음 내디딜 때마다 내 안에서는 확신이 자라났다. 나는 이
국적인 풍경과 공기, 심지어 존과의 동행까지도 즐기고 있었

다. 마음이 차분하게 가라앉자 피할 수 없는 현실도 받아들일 수 있게 되었다. 이제부터 나는 걷고, 걷고, 또 걸어야 한다.

오후 2시에 우리는 첫 번째 목표지점인 하우저 크리크(Hauser Creek) 야영지에 도착했다. 오랫동안 비가 내리지 않은 탓에 시냇물은 예상했던 것처럼 바싹 말라 있었다. 그런데도 내게는 이 작은 계곡이 사막 한가운데의 오아시스처럼 느껴졌다. 나무 몇 그루가 그늘을 드리우고 있는 이곳은 긴 휴식을 취하기에 적격이었다. 우리는 새들이 지저귀는 소리를 들으며 울퉁불퉁 옹이 진 참나무 밑에서 점심을 먹었다. 존의 점심은 땅콩버터를 바른 토르티야였고, 내게는 샌디에이고에서 구입해 먹다 남은 도넛과 머핀 몇 개가 있었다. 나는 도보여행의 처음 몇 시간을 혼자 보내지 않게 되어서 다행이라고 생각했다.

점심 식사 후 존이 맛있게 담배를 피우는 동안 나는 신발과 양말을 벗고 부어오른 발을 식혔다. 아직 8킬로미터 남짓의 길이 남아 있는 데다, 고도 400미터에 이르는 오르막길도 거쳐야 했다. 그러나 등산을 하기에 점심 무렵의 태양은 너무나 뜨거웠다. 한숨 푹 자고 가도 늦지는 않을 터였다.

"이곳에는 어떻게 오게 됐나요?"

마침내 나는 존을 향해 벼르던 질문을 던졌다. 로버트 네 수영장 가에서 내 옆자리에 발포매트를 펼치는 그를 봤을 때부터 줄곧 묻고 싶은 것이었다.

"뭐니 뭐니 해도 여자들 때문이죠. 어찌나 지독하게 따라다니던지!"

그는 뜻밖의 대답을 내놓았다. 그러고는 약간 자랑 섞인 투로 자신의 복잡한 연애사를 구구절절 늘어놓았다. 지난 몇 년간 그가 사귄 여자들, 단순한 정사 상대, 그를 쫓아다닌 여자에 이르기까지 등장인물이 어찌나 많은지, 끝에는 누가 누군지 헷갈릴 지경이었다. 마흔 살에 미혼인 그는 자신과 결혼하고 싶어 하는 수많은 여성에게 시달린 끝에 중년의 위기를 맞고 미국으로 도피한 것이라 했다. 여하간 그의 말로는 그랬다. 존의 외모를 보면 그 사연이 진실인지 의문을 품지 않을 수 없었지만, 그래도 모르는 일이므로 나는 잠자코 듣기만 했다. 영국식 남성미의 기준이 독일과는 다를지도 모른다고 생각하며 나는 조심스럽게 화제를 바꿨다.

"고향에서는 무슨 일을 했어요?"

"기자였죠. 영국의 아웃도어 잡지사에서 기사를 썼어요. 덕분에 트레일을 완주한 뒤 잡지에 그와 관련된 연재물을 쓰기로 회사와 협의하고 여행을 떠날 수 있었죠. 말하자면 휴가와 일이라는 두 마리 토끼를 잡은 셈이에요. 트레일도 걷고, 연재 기사에 필요한 자료도 모으고. 반년이 지나고 영국으로 돌아갔을 땐 여자들도 좀 잠잠해져 있으면 좋으련만. 그쪽은 어떤데요?"

나는 발포매트에 길게 드러누워 야구모자로 얼굴을 가렸다.

트레킹 복장을 하고 캘리포니아의 참나무 그늘에 누워 있으려
니, 겨우 몇 달 전까지 일상이었던 예전의 삶이 한없이 멀게만
느껴졌다.

"얼마 전까지만 해도 독일 중견기업의 재무관리 책임자였
어요. 2년 동안 기업회생 업무를 담당했죠. 완벽한 직장이었고
연봉도 굉장히 높았어요."

존은 미심쩍은 눈초리로 나를 훑어보며 후식으로 스니커즈
초코바를 입에 넣었다. 내가 그의 여자관계에 의구심을 품는
만큼이나 그도 내 경력을 믿지 않는 눈치였다.

"직장 말고도 무척이나 만족스러운 인생을 살았어요. 친구
도 많았고 여행도 자주 했고, 박물관이나 연극 관람도 꾸준히
하고 밤 생활도 열심히 즐겼죠."

그러자 존이 호기심 어린 투로 물었다.

"남자들 말인가요?"

"그렇죠. 나는 다행히 연애사 같은 걸로 고충을 겪지는 않았
어요. 꽤 행복한 연애를 했다고나 할까."

존은 알겠다는 듯 고개를 끄덕였다.

"전형적인 싱크(SINK, single income, no kids)족이군요. 독신을
고집하며 아이도 낳지 않는."

"바로 그거예요. 싱크족. 그런 삶에 변화를 주고 싶은 마음
도 없고요."

존이 나를 자기 주위의 여자들처럼 여길까 봐 나는 얼른 대

답했다. 타고난 생물학적 시계에 맞춰 살며 결혼에 목숨 거는
여자들 말이다.

"결혼과 출산은 나와 별로 맞지 않아요."

존은 점점 혼란스러운 모양이었다.

"이래저래 완벽한 삶을 살았던 것 같군요. 그런데 뭐 때문에
트레일을 찾게 된 거요?"

내가 지난 몇 주, 몇 달 동안 끊임없이 품었던 의문도 바로
그것이었다.

"사실 모든 것은 열 달 전쯤에 시작됐어요. 순전히 우연이었
죠. 우연이라는 게 정말 있기라도 하다면 말이에요."

2003년 7월, PCT 도착 10개월 전

투올러미 메도스 야영지, 요세미티 국립공원, 캘리포니아

서서히 저물어가는 햇살을 받으며 텐트 앞 벤치에 앉아, 내 텐
트 구역에 그늘을 드리우고 있는 커다란 소나무 군락을 바라
보고 있었다. 투올러미(Tuolumne) 강에서 물 흐르는 소리가 배
경음처럼 들려왔다. 눈 녹은 물이 흘러드는 강은 위력적이면
서도 어딘지 마음을 가라앉혀 주는 음향을 만들어내고 있었
다. 나는 느긋하게 등받이 의자에 기대어 앉아 쌉쌀한 솔 향
을 들이마셨다. 무척이나 충만한 기분이었다. 거의 2주일 동안

요세미티 국립공원(Yosemite National Park)의 장대한 풍경 속을 걸으며 거대한 산과 힘차게 흐르는 강, 심지어는 곰까지 구경한 참이었다. 서른여섯 번째 생일은 사진집에서나 볼 법한 맑디맑은 산꼭대기 호숫가의 푸른 하늘 아래에서 보냈다. 사방에서 물어뜯는 모기떼만 제외하면 그곳에는 나 혼자뿐이었다. 이번 여행은 나 자신에게 주는 더할 나위 없이 멋진 선물이었다. 물론 비용은 많이 들었지만 연봉이 높았으므로 그리 큰 부담은 되지 않았다.

왼쪽에 이웃하고 있는 텐트 구역 쪽에서 육즙이 흐르는 스테이크 냄새가 솔솔 풍겨 왔다. 야영객들이 모닥불을 피우고 저녁 만찬으로 바비큐를 준비하고 있었다. 이미 저녁 식사를 마친 나는 후식으로 커다란 초콜릿 한 조각을 입안에 밀어 넣었다.

그러나 저녁시간의 평온함은 느닷없이 찾아온 불청객들 때문에 깨져버렸다. 비어 있던 오른쪽 텐트 구역에 떠들썩한 여행자들이 들이닥친 것이다. 덥수룩한 수염에 꼬질꼬질한 옷차림을 한, 스무 살에서 서른 살 사이의 젊은이 여섯 명은 눈 깜짝할 사이에 극히 단순한 형태의 텐트를 쳤다. 능숙한 손놀림이었다. 불과 몇 분 사이에 발포매트를 깔고 침낭을 툭툭 털어 펼쳤다. 갓 구입한 전문가용 텐트에 안락한 에어매트를 깔고 밤을 보내는 나와 대조적으로 막 도착한 이 여행자들은 타프라 불리는, 바닥조차 없는 단순한 천막 아래서 얇은 발포매트만 깔고 자려는 모양이었다. 차림새마저 그야말로 모험적이었다. 모두 등산화 대신 낡아빠진 운동화를 신고 있었는데, 몇 명은 닳다 못해 이미 너덜너덜해져 절연테이프로 고정해놓은 운동화를 신고 있었다. 양말에는 구멍이 숭숭 뚫려 있었고 바지도 여기저기 찢겨 있었다. 그런데도 젊은이들에게서는 생기와 유쾌함이 흘러넘쳤다. 나도 모르게 그 매력에 이끌렸다.

젊은이들이 모닥불을 피우자 나는 그들에게 다가가 끼어 앉았다.

"반가워요. 나는 독일에서 온 크리스티네라고 해요. 저기 옆 구역이 내 자리예요."

나는 인사를 건넸다.

"그쪽도 PCT나 JMT를 걷고 있는 중인가요?"

그들은 곧장 내게 물었다. 뜻밖의 질문에 나는 잠시 말문이 막혔다. PCT? JMT? 그게 도대체 뭘까?

"아뇨, 난 그냥 가볍게 트레킹이나 할까 해서……."

당황한 내가 더듬거리며 대답하자 약간 얕잡아보는 듯한 폭소가 터졌다. 덕분에 서먹한 분위기도 한층 가셨다.

"PCT는 퍼시픽 크레스트 트레일의 약자예요. 멕시코에서 캐나다까지 이어진 4,277킬로미터의 장거리 도보여행 경로죠. JMT는 존 뮤어 트레일(John Muir Trail)이고요. 이건 340킬로미터밖에 되지 않고 요세미티 국립공원을 통과해요."

젊은이들 중 한 사람이 차근차근 설명하며 야영지 매점에서 산 듯한 소시지 몇 개를 바비큐 그릴에 올렸다.

"그럼 여러분은 PCT를 걷고 있는 건가요?"

나는 믿을 수 없다는 투로 질문했다.

"물론이죠! 두 달도 전에 캐나다 방향으로 걷기 시작해서 이미 1,500킬로미터를 걸었어요. 우린 스루하이커(Thru-hiker)거든요."

"스루하이커요?"

나는 또다시 어리둥절해하며 물었다.

"예, 스루하이커요! 트레일을 처음부터 끝까지 완주하는 장거리 도보여행자를 스루하이커라고 불러요."

그제야 그들의 해진 옷과 다 떨어진 신발을 납득할 수 있었다. 무엇보다도 이들 무리가 놀라우리만치 효율적으로 움직이는 이유도 이해할 수 있었다.

젊은이들이 소시지를 하나씩 입안에 쑤셔 넣는 동안 나는 트레일과 그들의 일상에 관해 질문을 쏟아냈다.

"멕시코에서 캐나다까지 걸어가려면 얼마나 걸리나요?"

"4월 중순에서 9월 말까지 대략 5개월 정도요."

"그럼 하루에 몇 킬로미터를 걷는 거죠?"

"보통 33킬로미터 정도 걸어요. 사막지대에서는 더 많이 걷고, 이런 산악지대에서는 조금 적게 걷고요."

"배낭 무게는 얼마나 돼요?"

"물과 식료품을 빼면 5, 6킬로그램 정도 나가죠. 모든 물건의 무게를 최소화했거든요."

안타깝게도 질의응답 시간은 얼마 안 가 끝이 나버렸다. 저녁 9시가 되자 이 친구들이 서둘러 잠자리로 들어가 버렸기 때문이다.

"스루하이커에게 이 시간은 자정이나 마찬가지죠."

그들은 미소를 지으며 이렇게 작별 인사를 건넸다. 나는 헤드랜턴 불빛에 의지해 더듬거리며 내 텐트로 돌아왔다. 그러나 머릿속을 가득 채운 수천 가지 궁금증 때문에 푹신하고 편안한 에어매트를 깔고 있었음에도 좀처럼 잠이 오지 않았다.

다음 날 아침 눈을 뜨자마자 나는 젊은이들을 붙잡고 좀 더 질문을 해보기로 마음먹었다. 그러고는 그들이 뭘 하는지 보려고 텐트 밖으로 고개를 쭉 내밀었으나 눈에 들어온 것은 아무것도 없는 공터뿐이었다. 아침 9시밖에 되지 않았지만 스루하이커들은 진작에 흔적도 없이 사라져버린 뒤였다. 신기루를 본 기분이었다. 나중에 왼쪽 텐트 구역에 묵고 있던 사람들에게서 들은 얘기로는 아침 6시, 해가 뜰 무렵에 그들은 이미 출발했다고 한다. 늦게까지 잠자리에 누워 게으름을 부리며 휴가 기분을 만끽하던 나와는 대조적이었다.

그때부터 내 머릿속에서는 PCT에 대한 생각이 떠나지 않았다. 이 생각은 휴가기간 내내 나를 따라다녔을 뿐 아니라 독일로 돌아온 뒤에도 사라질 줄 몰랐다. 동시에 스루하이킹(Thru-hiking, 트레일 전체를 완주하는 일을 지칭하며, 미국에서는 특히 이 책에 등장하는 세 장거리 트레일의 완주를 의미함)의 어떤 점이 그토록 나를 매료시켰는지 스스로에게 묻고 또 물었다. 트레일 여행자들에게서 느꼈던 자유? 모든 것을 최소한으로 줄이는 파격적인 생활방식? 여행자들이 야외활동에서 얻는 커다란 에너지?

지금껏 나는 기업회생 업무가 흥미진진할 뿐 아니라 고수익도 보장해준다고 여겨왔었다. 그런데 별안간 그 일이 무미건조하고 지루하게만 느껴졌다. 나는 예산편성, 연말 성과보고, 노동재판, 고객상담, 경영진이나 노동자 경영협의회와 벌이는 기 싸움으로 점철될 앞으로의 몇 년을 그려봤다. 그러자 벌써부터 좌절감이 밀려오는 것 같았다.

이후 몇 달 동안 나는 끊임없이 직장을 그만두고 PCT 종주에 나서는 시나리오를 상상했다. 그러나 말 그대로 상상일 뿐이었다. PCT를 정복한다는 생각 자체가 무모하고 비합리적인 것 같았다. 내게는 높은 소득이 보장된 안정된 직장을 뿌리칠 용기가 없었다. 그렇게 나는 계속해서 활동적인 경영인으로서의 일상을 이어갔다. 마침내 운명의 '그 날'이 닥칠 때까지…….

2003년 12월 19일, PCT 도착 4개월 전

베를린

"튀르머 씨, 잠깐 내 집무실로 오세요!"

사장은 내 사무실 문 앞에서 차가운 미소를 지으며 나를 바라보고 있었다. 불과 몇 초 사이에 얼굴이 창백해지는 것 같더니 온몸에 식은땀이 솟았다. 엄습한 불안감에 나는 마음을 가다듬느라 깊이 심호흡을 해봤다. 그러고는 억지로 미소를 지어 보이며 몽블랑 펜과 수첩을 집어 든 뒤 불안한 몸짓으로 사무용 의자에서 일어섰다.

"예. 바로 가겠습니다!"

목소리가 푹 잠겨 있었다. 나는 무슨 일이 벌어질지 이미 예상하고 있었다. 몇 분 뒤면 해고될 것이다. 그러나 나는 당당한 태도를 취하기로 굳게 마음먹었다.

사장을 따라 집무실로 들어가자 그는 회의용 탁자 앞에 앉으라고 권했다. 증인이 될 인사부 직원이 이미 자리에 앉아 있었다. 긴장한 나는 펜을 만지작거리며 아무렇지 않은 표정을 지으려 노력했다. 사장은 사족을 달지 않고 곧장 가죽 서류철에서 종이 한 장을 꺼내어 내 앞에 놓았다. 해고 통지서였다.

"안타깝지만 경영상의 이유로 불가피하게 귀하를 해고하게 되었습니다. 귀하의 업무는 현시점에서 종료됩니다."

사장은 차마 내 눈을 바라보지 못하고 읊조렸다.

"질문 있습니까?"

"아니요, 없습니다."

나는 사무적인 태도를 유지하려 애쓰며 간신히 대답했다. 어차피 지금부터는 모든 일을 변호사가 처리하게 될 것이다.

"개인 집기를 정리하는 데 10분을 드리겠습니다. 직원 한 명이 출구까지 배웅해드릴 겁니다."

사장은 말을 마치고 자리에서 일어났다. 해고 통지서를 들고 뒤따라 일어서는 내 머릿속에 오만 가지 생각이 스쳐 갔다. 우리는 무슨 말을 해야 할지 모른 채 당혹스러운 표정으로 마주 서 있었다.

"귀하의 앞날에 행운이 있기를 빕니다."

내 사무실까지 다시 동행한 사장이 고심 끝에 건넨 말이었다. 우리는 악수조차 하지 않고 돌아섰다.

이미 동료 한 명이 사무실 안에서 기다리고 있었다. 나만큼이나 그에게도 거북하기 짝이 없는 상황이었다. 내가 떨리는 손으로 사무실 서랍을 뒤적이며 몇 안 되는 개인용품을 비닐봉지에 담는 동안 그는 안절부절못하며 서 있었다. 필기도구, 명함 여러 장, 업무 관련 서적 몇 권이 내 사적인 물건의 전부였다. 마지막으로 나는 널찍한 사무실과 이제 다른 누군가가 처리하게 될 서류가 쌓여 있는 커다란 책상, 지금껏 수많은 동료 그리고 인수인들과 회의를 해온 탁자를 눈으로 한 번 훑었다. 그러고는 단호하게 돌아서서 동료에게 통보했다.

"끝났어요. 가죠."

회사의 복도를 걷는 것도 이제 마지막이었다. 곁눈질로 보니 방금까지 동료였던 사람들이 각자의 사무실에서 당황한 눈초리로 나를 바라보고 있었다. 2분 뒤 나는 차를 몰고 회사를 빠져나왔다. 조수석에는 사무실에서 쓰던 개인용품이 담긴 비닐봉지가 놓여 있었다. 나는 영문을 몰라 하는 수위에게 마지막으로 손을 들어 인사한 뒤, 노동법원에 해고 보호 소송 서류를 제출하기 위해 곧장 변호사 사무실로 차를 몰았다.

충격으로 잔뜩 긴장되어 있던 몸은 귀가하자마자 스르르 무너져 내렸다. 온종일 생존모드를 유지하며 고개를 빳빳이 든 채 사무적인 태도로 대처하려 힘쓴 뒤였다. 이제 손가락 하나 까딱할 기력조차 남아 있지 않았다. 침대에 몸을 던지고 몇 분 동안 멍하니 천장만 바라보고 있으려니 마침내 쓰디쓴 울음이 터져 나왔다. 나는 절망감에 사로잡혀 이리저리 뒤척이며 흐느꼈다. 어째서 나인 거지? 어째서 지금이야? 어째서 이렇게 된 거냐고?

해고를 예상 못 한 것은 아니었다. 동료들이 나를 배려해 미리 귀띔해준 덕분이었다. 나는 업무 실적은 뛰어났지만, 지나치게 혹독한 회생정책을 쓰는 바람에 기업 운영진이나 노동자 경영협의회, 그 밖에도 수많은 동료의 적대감을 샀다. 적을 만든 대가를 이제야 치르게 된 것이다. 아이러니한 운명이라고 생각하니 눈물이 쏟아지는 와중에도 쓴웃음이 나왔다. 기업회생 전문가로 일하며 나는 수십 명의 동료를 내 손으로 해고했다. 생각해보면 이 실직으로 비로소 그들의 입장에 서게 되었으니 공평한 일이기도 했다.

얼굴이 퉁퉁 붓도록 울고 난 뒤, 비틀거리며 욕실로 들어간 나는 찬물로 세수를 했다. 코를 세게 풀고 크게 심호흡도 해봤다. 그러고는 거울에 비친 자신을 향해 이렇게 말했다.

"자기 연민은 아무 도움도 되지 않아. 정신 차리고 이제부터 무엇을 할 것인지 고민하자."

차가운 세면대에 두 손을 짚고 선 채 나는 여러 가지 가능성에 관해 궁리했다. 다니던 직장으로 돌아갈 수 있을까? 그러나 실낱같은 희망을 품고 노동분쟁과 관련된 수많은 판례를 샅샅이 훑어본 결과, 소송을 한다면 약간의 배상을 받을지는 몰라도 원래 자리로 복귀할 가능성은 없었다.

그러면 곧장 새 직장을 찾아봐야 할까? 지원서를 쓰고 면접을 봐야 하나? 기업회생과 관련해 커다란 실적을 꽤 쌓은 덕분에 나는 업계에서 나름대로 평판도 좋았고 인맥도 광범위하게 구축되어 있었다. 얼마 가지 않아 다니던 곳과 비슷하거나 심지어 더 나은 직장을 구할 수 있을 것이다. 그러나 그게 과연 내가 원하는 길인가?

스스로에게 물음을 던지며 거울 속의 나를 바라보는 동안,

불현듯 파격적이고 무모한 아이디어가 떠올랐다. 이 기회에 PCT에 도전하는 것은 어떨까? 나는 재빨리 머릿속으로 일정을 계산해봤다. 시기는 완벽하게 맞아떨어졌다. PCT 성수기가 4월 중순에 시작되니 도보여행을 준비하는 데 약 4개월의 여유가 있었다. 10월에 미국에서 돌아와 새 일자리를 찾아봐도 늦지 않는다. PCT에 관해 상상하다 보니 어느새 거울 속의 내 눈동자에는 생기가 돌고 얼굴은 환해져 있었다. 바야흐로 모험의 시작이었다.

PCT를 정복한다는 상상은 말할 것도 없이 매혹적이있지만, 내게는 여전히 결정적인 확신이 부족했다. 실직에서 받은 충격과 굴욕감이 너무나 깊은 탓이었다. 나는 자기 회의와 일에 대한 욕심, 안정적인 삶에 대한 욕망과 모험심 사이에서 고민하며 수많은 나날을 허비해버렸다. 확고한 결심이 서려면 보다 명확한 동기가 필요했다. 그 운명적인 순간은 불과 한 달만에 나를 찾아왔다.

2004년 1월, PCT 도착 3개월 전

베를린

건물 안으로 들어서는 순간 요양원 특유의 소독약 냄새와 지린내, 따뜻하게 데운 감자 퓌레 냄새가 코를 찔렀다. 감자 퓌레가 아니라 방울양배추 냄새인가? 나는 안내 창구로 가서 베른트의 이름을 댔다.

"6층 611호실입니다. 그런데 방으로 가시기 전에 공용 거실에 들러보세요. 낮 동안에는 환자들이 주로 거기 있거든요."

어떤 일이 기다리고 있을지 몰라 불안한 기분이었지만, 일단 엘리베이터에 올라탔다. 베른트는 내 오랜 지인이었다. 마흔여섯 살에 동성애자이며, 성공한 건축가이자 전형적인 여피(Yuppie, young urban professionals의 약자로 도시에 거주하는 젊은 지식인 노동자를 일컬음)족이기도 했다. 펜트하우스에 살며 고급 회사 차량을 몰고 아르마니 정장을 입고 다니는, 외형적으로 갖출 것은 다 갖춘 사람이었다. 적어도 몇 주 전 뇌졸중으로 쓰러지기까지는 그랬다. 응급실에서 심폐소생술을 받고 목숨은 건졌지만 심한 뇌 손상은 피할 수 없었다. 중환자실에서 치료와 입원 기간을 거친 뒤, 지금은 회복될 가망이 없다는 진단을 받고 요양원에 머물고 있었다.

나지막한 띵 소리와 함께 엘리베이터 문이 열렸다. 나는 엘리베이터에서 내려 주위를 살펴봤다. 저쪽에서 텔레비전 소리가 흘러나왔다. 공용 거실인 모양이었다. 나는 복도에 늘어선 병원용 침대와 식판들을 지나쳐 천천히 그쪽을 향해 걸어갔다. 이윽고 작은 탁자 곁에 휠체어를 탄 베른트의 모습이 눈에 들어왔다. 그는 푸른색 트레이닝복을 입고 두꺼운 털양말을 신고 있었는데 멍한 시선은 텔레비전 너머의 허공을 향하고 있었다. 그 옆에는 치매를 앓는 게 분명해 보이는 팔순 노인들이 여럿 있었다.

나는 조심스레 그의 곁으로 다가가 말을 걸었다.

"안녕하셨어요, 베른트 씨!"

그는 천천히 몸을 돌려 내 쪽을 돌아봤지만, 눈빛은 텅 비어 있었다. 입에서는 들릴 듯 말 듯 가르랑거리는 소리가 흘러나왔다. 당황한 나머지 어쩔 줄 모르고 서 있는데 갑자기 등 뒤에서 덜그럭거리는 식기 소리가 울렸다. 깜짝 놀라 놀아선넌 나는 상냥한 눈빛을 한 요양보호사와 시선이 마주쳤다.

"베른트 씨를 찾아오셨군요. 때마침 잘 오셨어요. 점심 식사 시간이니 음식 먹여주는 일을 좀 도와주세요."

"뭐라고요? 음식을 먹이라뇨?"

나는 놀라서 되물었다.

"아, 병문안 오신 게 처음인가 봐요. 베른트 씨는 음식을 제대로 삼키지도 못하고 말도 못 하신답니다. 그래서 식사하는 데 시간이 무척 오래 걸려요. 잠깐만요, 어떻게 하면 되는지 보여드릴게요."

내가 미처 뭐라고 대꾸하기도 전에 요양보호사는 베른트의 목에 턱받이를 둘러주고 죽 그릇이 얹힌 쟁반을 그의 앞에 내려놓았다. 그러고는 내 손에 숟가락과 작은 수건 하나를 쥐여 줬다.

"수건으로 입 주위를 닦아주세요. 천천히 하시고요. 다른 환자들에게 배식을 끝내고 다시 올게요."

그녀는 이렇게 말하고 서둘러 다음 환자를 향해 가버렸다.

베른트를 마지막으로 만났을 때 우리는 베를린의 고급스러운 바에서 함께 식사를 했다. 그런데 지금 내가 그에게 환자식을 먹여주고 있는 것이다. 나는 그릇에서 죽 한 숟가락을 떠 조심스럽게 베른트의 입에 넣어줬다. 그는 좀처럼 음식을 삼키지 못했고 자꾸만 목이 막히는지 침을 흘렸다. 한 입 한 입 먹이는 일이 중노동이었다. 입에서 흘러나온 침이 계속 턱받이로 떨어졌다. 열 숟가락쯤 먹고 나자 그는 더 이상 입을 벌리지 않았고 뻣뻣한 움직임으로 왼손을 내저었다. 몸의 오른쪽은 거의 완전히 마비되어 있었다.

용기 내어 미소를 지은 다음 뭔가 좋은 이야기를 들려주려 했다. 하지만 그는 아무 대답도 하지 못했다. 베른트가 과연 나를 알아보기나 하는지도 의문이었다. 나는 그저 곁에 앉아 그의 손을 쓰다듬으며 텔레비전에서 하는 퀴즈 프로그램을 바라봤다. 30분이 지나고 돌아가려던 찰나, 그가 갑자기 내 팔을 잡고는 놓지 않았다. 나를 돕기 위해 달려온 요양보호사는 감사 인사를 했다.

"식사를 도와주셔서 고마워요. 조만간 또 와주세요. 선생님께서 방문해주셔서 베른트 씨가 무척 기쁘셨던 모양이에요."

그 말대로 나는 얼마 안 가 또다시 그를 찾았다. 실직한 지 얼마 안 된 신세라 시간은 얼마든지 있었기 때문에 이후에도 이틀에 한 번꼴로 병문안을 갔다. 그가 운영하던 회사는 이미 파산했고, 그가 타던 고급 메르세데스는 경매로 넘어갔으며, 그가 살던 펜트하우스는 비워진 뒤 다른 세입자가 들어갔다. 그러나 이 모든 것은 이미 베른트의 관심사가 아니었다. 나는 점심때면 그에게 죽을 먹여줬고, '테니스공을 잡아라!'라는 게임을 하거나 오전 시간에 방영되는 퀴즈 프로그램을 시청했다. 베른트 덕분에 삶을 새로운 관점으로 보게 되었다. 그의 불행한 운명에 비하면 내 실직은 얼마나 보잘것없는 일인가! 인생에서 일과 돈보다 중요한 것이 있음을 나는 피부로 느끼고 있었다.

저녁 9시. 막 외출 준비를 마쳤을 때 전화벨이 울렸다. 나는 전화를 받을지 말지 잠시 고민했다. 조금 뒤에 시내의 한 클럽에서 약속이 있었다. 하지만 아무려면 어떤가.

"여보세요!"

전화를 받자 수화기 너머에서 낯선 목소리가 울렸다.

"늦은 시간에 미안합니다. 선생님은 아마 저를 모르실 거예요. 저는 베른트의 엄마 되는 사람입니다. 선생님 말고는 누구에게 연락해야 할지 몰라서요."

외출하고 싶은 마음이 단박에 싹 가셨다. 나는 거의 공황상태에 빠졌다.

"베른트 씨에게 무슨 일이 생긴 건가요?"

"예. 또 뇌졸중이 오는 바람에 응급실로 실려 갔어요. 저는 지금 뤼베크(Lübeck)에 와 있어서 빨라도 다섯 시간은 더 있어야 도착할 것 같아요. 베른트의 친구는 연락이 안 되고, 그 사람 말고는 베를린에 아는 사람이 아무도 없어요. 선생님이 지금 응급실에 가서 곁에 있어주실 수 있나요? 베른트가 혼자 있지 않았으면 해서요."

"물론이죠."

별의별 생각이 머릿속에서 뒤엉켰지만, 나는 그녀에게 선뜻 대답했다.

"지금 바로 출발할게요. 아드님을 뵈면 바로 전화 드리겠습니다."

종합병원 응급실에 도착한 나는 거의 30분 동안이나 베른트가 어디에 있는지 묻고 다녔다. 마침내 한 간호사가 나를 그의 침상으로 안내해줬다. 처참한 광경에 나는 깊은 충격을 받았다. 흰색 환자복을 입고 누워 있는 베른트는 만지면 부서질 듯 연약해 보였고, 코와 팔에는 호스가 연결되어 있었다. 병원의 인공적인 전등 불빛 아래 그의 피부는 한층 창백해 보였다. 그의 손을 잡고 뼈가 앙상한 손가락을 쓰다듬어도 그는 눈조차 뜨지 못했다.

"뇌졸중이 왔어요. 이번이 처음이 아니죠?"

간호사가 물었다.

"두 번째예요."

나의 대답에 우리는 잠시 서로를 마주 봤다. 간호사의 표정에서 나는 세 번째 뇌졸중이 온다면 베른트가 살아남지 못할 것임을 알 수 있었다.

"그럼 저는 이만 가볼게요."

내가 베른트의 곁에 앉는 것을 본 간호사는 이렇게 말한 뒤 자리를 떴다.

나는 몇 시간이나 그의 손을 잡고 있었지만, 베른트에게서는 단 1밀리미터의 움직임도 느껴지지 않았다. 숨소리조차 거의 들리지 않았다. 벽시계가 똑딱거리는 소리, 그리고 응급실 복도에서 사람들이 바쁘게 오가는 소리만 들릴 뿐이었다. 그날 밤 나는 많은 생각을 했다. 베른트는 나보다 정확히 열 살 많은 마흔여섯 살이었다. 나는 사람이 마흔여섯 살에 죽을 수 있다고는 생각해본 적도 없었다. 그러나 베른트는 인간이 얼마나 유한한 존재인지 눈앞에서 증명하고 있었다. 내가 10년 뒤 죽는다는 사실을 알게 된다면 나는 남은 시간 동안 무엇을 할 것인가? 일, 돈벌이, 경력 쌓기? 결단코 그건 아니었다. 꿈을 실현시키고, 뭔가 특별한 일을 하며 남은 시간을 보내리라.

한밤중이 다 되어 베른트의 곁을 떠나면서 마침내 결단을 내렸다. 나는 PCT를 종주할 것이다.

2004년 1월~4월

PCT 종주 준비

이튿날 아침이 되자 미국행 항공권부터 예약했다. 출장을 많이 다닌 덕분에 그간 적립된 마일리지로 보너스 항공권을 구할 수 있었다. 나는 이것을 전 고용주가 주는 마지막 선물이라 생각하기로 했다. 그런 뒤에 변호사에게 전화를 걸어 모든 재판 과정을 위임하겠다고 말했다. 더는 재판에 직접 관여하고 싶지 않았다. 이제 내게는 다른 할 일이 있기 때문이었다.

이후에는 인터넷으로 PCT에 관한 정보를 모조리 검색하며 하루를 보냈다. 검색으로 나온 첫 번째 정보는 벌써부터 내 기를 꺾어놓기에 충분했다. 부푼 희망을 안고 멕시코 국경에서 출발하는 스루하이커는 매년 300명에 달하지만, 다섯 달이 지나고 캐나다에 도착하는 사람의 수는 고작 100명 남짓이라고 한다. 65퍼센트가 중도에 포기하는 것이다. 내가 그중 한 사람이 되지 않을 거라고 누가 장담한단 말인가?

트레이닝 바지에 늘어진 티셔츠 차림으로 책상 앞에 앉아 있는 나 자신을 걱정스러운 마음으로 내려다봤다. 서른여섯 살의 나이에 운동과는 거리가 먼 여자. 쓸모없는 뱃살이 5킬로그램은 될뿐더러 피트니스 클럽이라곤 내부가 어떻게 생겼는지도 몰랐다. 학창 시절부터 나는 운동이라면 죽을 썼다. 성적표에 '수'가 가득했고 반에서 1등을 놓친 적이 없었지만 체육 과목은 '양'이라도 받으면 다행이었다. 문득 부끄러운 기억이 하나 떠올랐다. 체육 시간에 팀 경기를 할 때면 나는 늘 꼴찌 후보였다. 두더지만큼이나 시력이 나쁘고 균형감각 장애까지 있던 여학생 말고는 아무도 남지 않았을 때 비로소 내가 호명되곤 했다. 가장 싫어했던 운동기구는 바로 평균대였는데 우스꽝스러운 꼴로 평균대에서 떨어진 적이 셀 수도 없이 많았던 탓이다. 철봉을 할 때 내 차례가 되면 옆에서 도와주던 반 친구들조차 몸을 사리며 한 발짝 물러서곤 했다. 축 처진 거대한 감자 자루 같은 내 몸을 철봉 위로 밀어 올리는 일이 썩 유쾌하지는 않았으리라. 졸업과 동시에 나는 자전거 타기나 짧은 트레킹 외에는 모든 종류의 스포츠를 그만뒀다.

좌절감이 든 나는 일단 냉장고에서 초콜릿 한 판을 꺼냈다. 어차피 표준체중에서 5킬로그램이나 초과된 마당에 이것 하나 덜 먹는다고 달라질 것도 없었다. 초콜릿을 한 쪽씩 입안에 밀어 넣으며 나는 지금까지의 트레킹 경험을 되돌아봤다.

어린 시절에는 트레킹이 끔찍하리만치 싫었다. 트레킹을 할 때마다 복장을 통해 애향심을 한껏 발휘하는 부모님 때문이었다. 털실로 짠 재킷에 무릎까지 오는 가죽바지, 종아리를 덮는 긴 양말과 워커 차림을 한 아버지 곁에서 걷노라면 창피해서 쥐구멍에라도 숨고 싶을 지경이었다. 뭐니 뭐니 해도 절정은 영양털로 만든 수술을 매단 모자였다. 나에게도 역시 디른들(Dirndl, 알프스 등 독일어권 지역의 산간지방에서 주로 입던 여성의 전통의상)을 입으라고 하셨지만, 나는 절대 사절이었다!

서른두 살이 되어서야 직업에서 오는 스트레스를 견디다 못해 트레킹을 다시 시작했다. 다만 이제는 경제적으로 넉넉해졌으니 예전처럼 독일의 중간 산악지대를 돌아다니는 대신 뉴질랜드와 파타고니아, 캘리포니아의 산지를 찾아다니며 등반을 했다. 어차피 다른 데 돈 쓸 일도 없어서 그 정도 호사는 누릴 수 있었다. 그러나 스포츠라는 관점에서 보면 이것도 그리 성공적인 여행은 아니었다. 뉴질랜드에서는 내 평발이 감당하기에 너무나 무거운 배낭을 짊어지고 이 산장에서 저 산장으로 비틀거리며 걸어 다녔다. 산장에 거의 항상 꼴찌로 도착했음은 물론이고 저물녘 길을 잃은 줄 알고 산장지기가 나를 찾으러 나온 적도 여러 번이었다. 파타고니아에서는 산림 경비원이 아예 트레킹을 금지시키기도 했었다. 한눈에 봐도 완주할 가망이 없는 나를 괜히 입산시켰다가 뒤늦게 수색에 나서게 될까 봐 우려해서였다. 계곡 위를 가로지르는 외나무다리에 납작 엎드려 물개처럼 기고 있는 내 모습을 목격한 것이 계기였다. 나는 다른 등산객들처럼 그 위에 서서 균형을 잡으며 건널 자신이 없었다. 기어갔는데도 물에 빠져버렸으니 더 이상 무슨 말이 필요하겠는가. 캘리포니아의 요세미티 국립공원에서는 씩씩하게 트레킹을 마치기는 했으나, 속도나 지구력면에서는 그리 자랑할 만한 성과를 거두지 못했다. 종합해보면 4,277킬로미터나 되는 트레일을 완주하기에 난 그리 이상적인 신체조건을 갖추지 못한 사람이었다.

주눅이 든 나는 마지막 초콜릿 한 조각을 입에 넣고는 사무용 의자 위에서 몸을 쭉 뻗었다. 그때 문득 해고되기 전에 직장에서 가져온 서류 뭉치가 눈에 띄었다. 엑셀 피벗테이블을 인쇄한 게 대부분이었고 그 밖에는 업무 설명서 두어 편과 경영 전문서적 한 권이 있었다. 내가 정말 잘하는 일이 무엇인지 이 모든 것이 설명해주고 있었다. 예산삭감, 구매 잠재력 추정, 물류계획 등이 그것이었다. 내 능력의 핵심은 바로 이런 데 있었다. 예산책정은 말할 것도 없고, 엑셀은 그야말로 훤히 꿰뚫고 있었다.

낮게 한숨을 쉬고는 냉장고에서 초콜릿 한 판을 더 꺼내 올까 말까 고민했다. 자아비판적 관점에서 고찰하자면, 내가 가진 능력은 장거리 도보여행을 하는 데 유용한 전제조건이라고는 할 수 없었다. 초콜릿을 꺼내 오고 싶은 충동을 억누르며 다시 모니터에 시선을 고정시켰다. 그리고 이번에는 장비에 관한 정보를 찾기 시작했다.

트레일 경험이 풍부하다는 한 스루하이커가 관련 인터넷 커뮤니티에 쓴 바에 의하면 완주를 좌우하는 열쇠는 배낭의 무게였다. 배낭이 가벼울수록 걷는 속도가 빨라지고 트레일이 수월해질 뿐 아니라 비상식량도 더 많이 챙길 수 있다. 장거리 도보여행자가 지켜야 할 첫 번째 원칙은 '초경량'이었다. 그는 배낭의 무게에 대해 정확한 감을 얻고 효율적으로 짐을 꾸리기 위해 모든 장비의 무게를 그램 단위까지 정확히 재고 이를 엑셀 피벗테이블로 정리할 것을 추천하고 있었다.

깜짝 놀랐다. 피벗테이블이라고? 마침내 내가 잘할 수 있는 뭔가가 나온 것이다. 게다가 '초경량' 장비를 몽땅 새로 사야 하는 지금 상황에서는 예산삭감과 구매 잠재력 추정 능력도 중요했다. 모든 장비를 미국에서 구입할 예정이므로 합리적인 물류계획도 필요할 것이다. 비로소 나는 머릿속이 맑아지는 기분이었다. PCT를 준비하는 일은 사업 프로젝트 계획과 크게 다르지 않았다.

이후 몇 주 동안 나는 그간의 직장 생활에서 익힌 효율성을 발휘해서 새로운 전략적 목표를 설정했다. 식량과 물을 제외한 배낭의 무게는 총 6킬로그램을 초과해서는 안 된다. 심지어 6킬로그램도 이상적인 무게는 아니다! 스루하이커 중에서도 장거리 도보여행에 정통한 이들의 짐 무게는 고작 3~4킬로그램이라고 한다. 이는 배낭 무게까지 포함된 모든 장비의 총무게였다. 나는 주방용 디지털 저울을 구입해 여행 물품 하나하나의 무게를 정확히 달았다. 그리고 얼마 안 가 칫솔 손잡이를 잘라내고 등산복에 붙은 상표를 떼어내기에 이르렀다. 그래 봤자 몇 그램 줄어드는 것뿐이지만, 티끌 모아 태산이라는 말도 있지 않은가.

미국의 인터넷 사이트에서 이런저런 물건을 주문하다 보니 베를린에 있는 중앙 관세청을 직접 방문할 일도 생겼다. 새 트레일 장비에 부과된 관세를 줄이기 위해 그곳 직원과 입씨름을 벌여야 했지만, 물류 전문가로 일한 경험을 살려 이 일도 어렵지 않게 해결할 수 있었다.

새로 구입한 텐트의 무게는 겨우 800그램이었다. 일반 텐트처럼 지지대를 세우는 대신 등산스틱으로 고정시킬 수 있는 홑겹 텐트였다. 오리털 침낭도 무게는 870그램밖에 나가지 않았지만 사용 가능한 최저기온이 무려 영하 9도였다. 공기를 불어넣어 사용하는 발포매트의 길이는 119센티미터로 340그램밖에 나가지 않았다. 다리 부분에는 보온이 필요 없을 것 같아 짧은 것으로 선택했는데 추울 경우에는 배낭을 다리 밑에 깔고 자면 될 터였다. 배낭 역시 무게만 나가는 인체공학 구조 따위는 생략된 것으로 단순한 자루에 가까웠다. 미국에서 배달된 배낭은 조금 큰 크기의 우편봉투에 들어 있었다. 무게도 600그램밖에 나가지 않았다. 이 정도 크기면 대형 우편봉투에 들어가고도 남았다.

의복도 최소한으로 줄였다. 종아리 부분을 분리할 수 있는 트레킹 바지 한 벌, 티셔츠 한 벌, 셔츠 한 벌, 기능성 스웨터와 보온층이 있는 가벼운 재킷 한 벌이 전부였다. 잘 때는 팔다리가 긴 내복 한 벌을 입고 자기로 했다. 갈아 신을 양말을 한 켤레 더 챙긴 것을 제외하면 여벌 옷은 하나도 없었다.

초경량 원칙을 고수하면서 가장 고민했던 것은 바로 신발이었다. 지금까지는 트레일을 걸을 때 반드시 발목까지 오는 튼튼한 워커를 신어야 하는 줄 알았다. 그러나 스루하이커들은 모두 트레일 러너라 불리는 신축성 있고 가벼운 운동화를 신는단다. 이런 신발은 메시 소재로 만들어져 빨리 마를뿐더러, 무게가 가벼워 발의 피로를 덜어주고 유연성 덕분에 무게중심이 한쪽 발로 쏠리는 것을 방지해준다.

주방용 저울과 엑셀 피벗테이블 사이를 오가는 동안 시간은 쏜살같이 흘러갔다. 그 밖에도 처리할 일은 끝이 없었다. 나는 미국 비자를 신청하고 다른 스루하이커들과 통화를 하거나 메일을 주고받았다. 심지어 유언장도 작성했다. PCT의 도처에 널린 방울뱀과 곰을 고려해서였다. 그러나 왠지 민망하게 느껴져 이 이야기는 아무에게도 하지 않았다.

그러는 동안에도 나는 틈틈이 요양원으로 돌아가 있는 베른트를 찾아갔다. 베른트는 3월 12일 세 번째 뇌졸중이 발병하면서 끝내 세상을 떠나고 말았다. PCT 여행을 5주일 앞두고 있을 때의 일이었다.

2004년 4월 16일

미국행 비행기에 오르다

밤새 잠 못 이루고 뒤척인 끝에 자명종이 울렸다. 드디어 침대에서 일어나도 된다고 생각하니 홀가분하기 그지없었다. 배낭은 이미 다 꾸려진 채 복도에 세워놓았고 이제 할 일은 별로 남아 있지 않았다. 샤워와 양치질을 하고 옷을 입은 뒤 마지막으로 아침 식사를 했다. 그러나 음식은 좀처럼 목으로 넘어가지 않았다.

식사를 마치자 초인종이 울렸다. 친구 불프가 나를 데리러 온 것이다. 공항으로 가는 길에는 너무 긴장한 나머지 거의 토할 지경이었다. 불프는 나를 걱정하며 탑승수속을 마칠 때까지 옆에 있어줬다. 주차장으로 되돌아가서도 그는 끊임없이 나를 안심시키려 애썼다. 그가 마지막으로 나를 꼭 껴안아주고 떠나자 마침내 나는 홀로 운명에 내맡겨졌다.

생각에 잠긴 채 탑승구를 향해 천천히 걸어가고 있는데 문득 나를 찾는 공항 안내방송이 들려왔다. 화들짝 놀란 나는 귀를 기울였다.

"샌디에이고로 여행하시는 크리스티네 튀르머 씨는 지금 바로 7번 탑승구의 안내 창구로 와주시기 바랍니다."

탑승시간까지는 불과 몇 분밖에 남아 있지 않았다. 당황한 나는 정신없이 뛰기 시작했다.

탑승구에 도착하자 상냥한 스튜어디스 한 명이 이미 수속까지 마친 내 수하물이 아직 보안검색대를 통과하지 못했다고 알려줬다.

"30분 전부터 안내방송을 했는데 안 오시더군요. 어디 계셨어요?"

"주차장에서 친구와 작별 인사를 하고 왔어요."

새빨갛게 달아오른 얼굴에 숨이 턱까지 차서 더듬더듬 말했다. 승무원은 서둘러 나를 보안검색대로 데려갔다.

나를 기다리던 보안검색 요원은 열려 있는 배낭을 내 코앞으로 내밀었다.

"엑스레이 검색 중에 선생님의 짐에서 정체불명의 물건이 발견됐습니다. 이게 뭔지 설명해주시겠습니까?"

이게 무슨 상황인지 도무지 파악할 수 없었다. 게다가 탑승 시간이 임박해 생각을 차분히 가라앉히기가 더 어려웠다. 고군분투 끝에 마침내 머릿속에 단어가 하나 떠올랐다. 나는 한시름 놓으며 보안검색 요원을 향해 말했다.

"곰통(Bear canister)이에요!"

요원은 여전히 미심쩍은 표정으로 나와 정체불명의 물건을 번갈아 쳐다봤다.

"곰통이라니, 그게 대체 뭡니까?"

온 힘을 다해 마음을 가라앉혔다. 그리고 단단한 플라스틱으로 만들어진 높이 약 40센티미터의 둥그런 통이 무엇에 쓰이는 것인지 차근차근 설명했다.

"미국의 여러 국립공원에는 여행자들이 트레일을 걸을 때 이런 곰통을 반드시 소지해야 한다는 규정이 있어요. 밤중에 흑곰이나 회색곰이 여행자들의 식량에 손대는 일을 방지하기 위해서죠."

보안검색 요원은 여전히 믿을 수 없다는 표정으로 나를 바라보고 있었다. 나는 농담조로 덧붙였다.

"곰이 이런 통을 어떻게 열겠어요. 드라이버라든지, 대용으로 쓸 수 있는 5센트짜리 동전이라도 갖고 있다면 모를까."

"그럼 지금 선생님께서 한번 열어보십시오."

요원은 내 농담에 웃기는커녕 엄중한 말투로 요구했다. 밖에서는 내가 타야 할 샌디에이고행 비행기의 탑승을 알리는 안내방송이 들려왔다.

안타깝게도 나는 곰통을 열 수 없었다. 드라이버나 5센트짜리 미화 동전을 갖고 있지 않기는 곰이나 나나 마찬가지였으니까. 대용으로 쓸 것을 찾느라 다급하게 주머니를 뒤적거렸지만 허사였다. 나는 도움을 구하는 눈빛으로 주위를 둘러봤다.

"동전 하나 빌려주실 분 혹시 계신가요?"

그곳에 있던 사람들을 향해 묻자 나를 딱하게 여긴 젊은 여직원이 도움을 줬다. 다행히도 곰통은 유로센트로도 열 수 있었다. 2유로센트가 딱 들어맞은 것이다. 덕분에 나는 보안검색 요원에게 이 통이 위험한 물건이 아님을 증명할 수 있었고, 내 배낭은 마지막 순간에 아슬아슬하게 비행기에 실렸다. 나는 귀까지 새빨갛게 달아오른 채 비행기에 올랐다. 다른 탑승객들은 이미 자리에 모두 앉아 있었다.

2004년 4월 24일

모레나 호수 야영지, 캘리포니아

-------- 31킬로미터 지점

"안녕하세요. 혹시 크리스티네 씨 아닌가요?"

작달막한 키에 발랄해 보이는 여성이 독일 본토 발음으로 내게 말을 걸었다. 모레나 호수 야영지 한쪽에 막 텐트를 치려던 나는 너무 놀란 나머지 손에 들고 있던 말뚝을 떨어뜨릴 뻔했다. 그러나 이내 그녀를 기억해내고 반갑게 대답했다.

"예, 내가 크리스티네예요. 울리케 씨 맞죠?"

"맞아요."

그녀가 환하게 웃으며 대답했다. 우리는 약간 어색한 동작으로 서로를 껴안았다. 키가 159센티미터밖에 안 되는 그녀는 184센티미터인 나보다 머리 두 개는 작았다. 하려던 것을 놓아두고 내 텐트 구역에 있는 피크닉용 벤치에 울리케와 나란히 앉았다.

우리는 매년 비공식적으로 열리는 PCT 개시 기념행사(Annual Day Zero PCT Kick Off)에 참가 중이었다. 이전에 PCT를 완주한 도보여행자들이 1999년부터 조직해온 트레일 기념행사였다. 스루하이커들은 매년 4월 말경 주말에 열리는 이 행사에서 PCT 베테랑을 비롯해 로버트 리스 같은 일명 '트레일 엔젤'들을 만나게 된다. 초경량 아웃도어 장비 생산업체들도 참가해 자사의 제품을 소개하고, PCT와 관련된 각종 시합이나 슬라이드 쇼 같은 오락거리도 준비되어 있다.

거의 모든 스루하이커가 여행 초반에 가능한 한 이 행사에 참가하려 노력한다. 이전에 참가한 트레일에서 사귄 친구들을 만나거나 최신 정보를 확인하기 위해, 혹은 그저 장비를 다시 한 번 점검하기 위해 참가하는 사람도 있다. 공식 웹사이트의 신청자 목록을 확인해보니 올해의 참가자는 430명이었다. 그 중 나를 포함한 201명이 행사가 끝난 뒤 PCT를 종주할 예정이었다. 신청자 목록에 국적도 표기되기 때문에 울리케와 나는 올해 참가하는 독일 여성이 두 명이라는 사실을 알게 되었다. 그래서 이곳에서 서로를 찾은 것이다.

"혼자 다니는 건가요? 언제 출발했어요?"

울리케가 곧장 나에게 물었다.

"사흘 전에 영국에서 온 존이라는 친구와 함께 출발했어요.

그와는 샌디에이고에 있는 로버트 리스의 집에서 우연히 만났죠. 그런데 그가 출발한 다음 날 벌써 하루 쉬겠다고 하더라고요. 그래서 혼자 계속 걷다가 이 행사에 참가하려고 차편으로 되돌아온 거예요."

지난 며칠간의 일을 이렇게 간추려 들려주고는 약간 아쉬운 투로 덧붙였다.

"걷는 동안 사람들과 많이 어울리게 될 줄 알았는데 생각대로 안 되네요."

그러자 울리케가 나를 안심시켰다.

"걱정하지 말아요. 긴 거리를 걸으려면 각자 자신만의 속도를 유지해야 하죠. 그래서 대부분의 사람이 혼자 걷는 거예요. 그래도 휴식시간이나 저녁 야영지에서는 계속해서 다른 여행자들을 만나게 될 거예요."

"울리케 씨도 혼자 왔나요?"

이번에는 내가 그녀에게 물었다.

"아뇨. 남자 친구 밥과 함께 왔어요."

그녀는 몇 미터 떨어진 곳에서 다른 스루하이커들과 이야기를 나누고 있는 조깅용 반바지 차림의 남자를 가리키며 대답했다. 어깨가 떡 벌어진 근육질의 남성이었다.

사람들은 바쁘게 우리 주위를 오갔다. 모든 참가자가 묵을 수 있도록 야영지의 거의 모든 텐트 구역에는 텐트가 서너 개씩 들어차 있었다. 텐트를 치거나 장비를 점검하는 사람들도 있었지만, 무엇보다도 이곳저곳에서 서로 반갑게 껴안으며 인사를 나누는 사람들이 눈에 띄었다. 사방에서 "Hello! How are you! Good to see you again!"이라는 말이 터져 나왔다. 조금 전까지만 해도 나 혼자만 아는 사람이 없어 무척이나 외롭던 참이었다. 이런 내 불안감을 눈치챈 울리케가 상냥하게 말을 건넸다.

"저 사람들 중 대부분은 이미 동부 해안에 있는 애팔래치아 트레일(AT, Appalachian Trail)을 완주한 경험이 있어요. 그래서 서로 많이들 아는 거죠."

그제야 주변 상황을 납득한 나는 놀라서 물었다.

"당신도요?"

"그럼요!"

그 순간 경외심에 찬 나머지 그녀에게 납죽 절이라도 하고 싶은 심정이었다. 이 자그마한 체구의 여성이 갑자기 트레일계의 전설쯤 되어 보였다.

애팔래치아 트레일에 관해서라면 물론 나도 알고 있었다. 줄여서 AT라고 불리며 미국의 장거리 트레일 중 가장 역사가 깊은 곳으로 미국 동부 해안을 따라 조지아 주에서 메인 주까지 3,500킬로미터에 걸쳐 이어져 있다. 나 역시 몇 달 전까지만 해도 PCT 대신 AT를 종주하는 게 어떨까 고민했었다.

"정말 대단해요."

존경심이 가득한 투로 말하며 스니커즈를 반으로 잘라 울리케에게 건넸다. 그녀는 정중히 사양하고는, 칭송하는 내 말투가 거북했는지 얼른 화제를 돌렸다.

"트레일 별명은 생겼어요? 내 트레일 별명은 '셀프메이드(Selfmade)'예요. 내 남자 친구 밥은 '피처(Pitcher)'로 불리고요."

한 입 베어 문 스니커즈를 꿀꺽 삼키고 대답했다.

"난 아직 없어요. 출발한 지 며칠 되지도 않았는걸요. 솔직히 난 트레일 별명 같은 걸 왜 짓는지 이해가 안 가요. 뭔가 비밀스러운 종교 같은 느낌이 들어서."

스루하이커들이 트레일을 종주하며 별명을 얻는다는 사실은 여행 준비기간에 이미 들어 알고 있었다. 수도사들이 특정 수도회 소속의 수도원에 들어갈 때 치르는 것과 비슷한 의식이었다. 신분증명서에 인쇄된 진짜 이름이 이전의 '평범한' 삶을 상징한다면, 트레일 별명은 새로운 삶의 상징이었다.

울리케는 손가락에 묻은 초콜릿을 핥는 나를 보며 웃는 얼굴로 설명했다.

"트레일 별명은 무엇보다도 편의상 필요해요. 몇 주 동안 걷다 보면 외모가 죄다 비슷해지거든요. 얼굴은 새까맣게 타고 수염은 덥수룩해져 있고, 하나같이 너덜너덜한 녹갈색 옷을 걸치고 있고요. 이런 마당에 짐이나 빌처럼 흔한 이름이 넘쳐난다고 생각해봐요. 얼마 못 가 누가 누군지 분간할 수 없게 되죠. 트레일 별명은 기억하기도 훨씬 쉬울뿐더러 '수염이 덥수룩한 짐' 같은 수식어보다 한결 명확하잖아요."

그제야 나는 야영지에 있는 사람들을 유심히 관찰했다. 그리고 그녀의 말이 옳다는 사실을 인정할 수밖에 없었다. 대부분의 남자들은 벌써 수염이 꽤 자란 데다 모두 비슷비슷한 아웃도어 복장을 하고 있었다. 구별할 때 기준이 될 만한 특징은 그리 많아 보이지 않았다. 호기심이 생긴 나는 울리케에게 물었다.

"별명은 어떻게 얻게 되죠? 트레일 별명은 스스로 짓는 게 아니라 다른 스루하이커들이 붙여주는 걸로 알고 있는데."

"정답이에요."

울리케는 어린아이를 칭찬하듯 대답하더니 씩 웃었다.

"내 별명이 '셀프메이드'인 이유는 내가 옷이나 장비를 모두 직접 바느질해서 만들기 때문이죠."

그녀의 말이 무슨 뜻인지 즉각 이해할 수 있었다. 울리케의 독특한 옷차림은 처음부터 눈에 띄었다.

"그럼 '피처'는요? 그 별명은 어떻게 얻은 거예요?"

"밥은 고등학교 때 야구선수였어요. 공을 던지는 투수가 영어로 'Pitcher'거든요."

"야구선수라고요? 난 태어나서 지금껏 야구경기라곤 한 번도 본 적이 없는데."

"굳이 볼 필요도 없어요. 태어나서 그렇게 따분한 건 처음 봤다니까요. 경기 한 판 가지고 질질 끄는 것도 좀이 쑤시는 데, 선수들은 경기 내내 아무것도 안 하고 멍하니 서 있기만 하거든요."

울리케가 짓궂은 투로 말했다. 우리는 서로 마주 보며 킥킥 웃었고 그녀가 다시 밥 쪽을 가리키며 말을 이었다. 그는 살집 이 약간 있고 보기 드물게 말끔히 면도를 한 남자와 대화를 나 누고 있었다. 내 시선이 그쪽으로 향하자 울리케가 설명했다.

"밥과 함께 있는 사람은 별명이 '내비게이터(Navigator)'예요. 2년 전에 우리와 함께 AT를 걸었죠."

"내비게이터라고 불리는 이유는 뭔가요?"

"길 안내에 관한 한 에이스급이거든요. 레이더라도 장착한 것처럼 어느 지점에서 어느 쪽으로 꺾어야 하는지 항상 미리 파악하고 있어요. 원래 직업은 컴퓨터 전문가고요. 컴퓨터 관 련 회사도 소유하고 있대요."

이후 15분 동안 울리케는 다른 몇몇 트레일 여행자들의 별 명에 관해 설명했다. 대개는 별명 자체가 사람들의 특징을 그 대로 말해주고 있었다. 가령 '톨폴(Tall Paul)'은 그저 키가 굉장 히 커서 붙은 별명이었다. '버드넛(Birdnut)'이라는 사람은 별명 에서 짐작할 수 있듯이 새를 관찰하는 게 취미였다. 그러나 난 해한 별명도 있었다. 예컨대 '키호테(Quijote)'는 이름만 들으면 스페인 남성이라고 추측할 테지만 사실은 켄터키 출신의 가냘픈 여성이었다. 반면에 '룰루(Lulu)'는 매혹적인 여성이 아니라 커다란 몸집에 매우 남성적인 외모를 지닌 미국 남자였다. '룰루'는 그의 출신지인 하와이의 주도 호놀룰루에서 따온 별명이었다. 별명들을 듣다 보니 머릿속이 혼란스러웠다. 내게 어떤 트레일 별명이 붙게 될까 생각하니 긴장되기도 했다.

다행히도 쓸데없는 생각은 오래가지 않았다. 울리케의 남자 친구이자 트레일 동반자인 밥이 우리 쪽으로 다가오더니 팬케이크 대여섯 장이 켜켜이 쌓인 종이접시를 탁자에 내려놓았다.

"작년 스루하이커들이 준비해준 아침 뷔페 때 남은 음식이에요."

그는 웅웅 울리는 저음의 목소리로 이렇게 말한 뒤 내 손을 잡고 힘차게 악수했다.

"당신이 참가한다고 울리케가 무척이나 기뻐하더군요. 마침내 트레일에서 독일어를 쓸 수 있게 되었다면서. 게다가 같은 여자라니, 정말 잘됐어요!"

단박에 두 사람에게 호감을 느꼈다. 이들은 첫눈에도 야외활동 경험이 풍부해 보였다. 울리케는 아주 작은 체구에 짧게 자른 머리, 동그란 안경과 개구쟁이 같은 웃음소리가 얼핏 푸무클(Pumuckl, 독일의 유명한 동화 시리즈의 주인공)을 연상시켰다. 온몸에 지방이라고는 단 1그램도 없어 보였고 피부는 머리부터 발끝까지 갈색으로 그을려 있었다. 대머리가 눈에 띄는 밥은 중키에 커다란 싸구려 안경을 끼고 있었다. 얼핏 마이스터 프로퍼(Meister Proper, 독일 세제 생산업체의 제품 캐릭터)가 연상되는 모습이었다. 그러나 무엇보다도 떡 벌어진 골반과 근육질의 상체가 인상적이었다. 두 사람 모두 직접 만든 것으로 보이는 눈에 띄게 화려한 색깔의 아웃도어 복장을 하고 있었다. 우리는 곧장 수다 삼매경에 빠졌다. 팬케이크를 게 눈 감추듯 먹어치우는 동안 나는 두 사람이 사귄 지 벌써 12년째이며 매년 함께 트레일을 걷는다는 사실을 알게 되었다.

"평소에는 무슨 일을 하나요?"

나는 마지막 팬케이크 한 조각을 삼킨 뒤 울리케에게 물었다. 밀가루풀 맛이 나는 식어빠진 팬케이크는 이미 소화불량을 예고하고 있었다. 뺨에 묻은 메이플 시럽을 닦아내는 내게 울리케가 말했다.

"겨울에는 독일에서 간호사로 일해요. 하지만 원래는 재단사 직업교육을 받았죠."

고개를 돌려 밥에게 물었다.

"당신은요? 트레일을 걷지 않는 동안에는 뭘 하나요?"

"조정 스포츠를 즐겨요."

"아니, 그런 것 말고요. 트레일을 걷거나 조정을 하지 않을 때는 무엇을 하느냐고요."

얼른 고쳐 물었다.

"자전거를 타요."

그는 사람 좋은 웃음을 띠며 종이접시에 묻은 메이플 시럽을 손가락으로 찍어 먹었다. 그제야 나는 밥이 직업생활과 완전히 결별한 사람임을 깨달았다. 그러나 미처 질문을 이어 갈 새도 없이 내비게이터가 우리 쪽으로 다가왔다.

"어이, 안녕들 하신가. 메도 에드(Meadow Ed)의 '워터토크(Water talk)'에 함께 가겠나?"

그가 쾌활하게 인사를 건네며 물었다.

"물론이지."

흔쾌히 대답한 밥은 내 쪽을 바라보며 설명했다.

"워터토크는 절대 놓치면 안 돼요. 캘리포니아 남부 트레일에 있는 모든 식수 보급소에 관한 정보를 얻을 수 있거든요."

나도 진작부터 이 설명회에 참가할 예정이었다.

"텐트를 마저 치고 얼른 따라갈게요."

말을 마치자 새로 사귄 두 친구는 내비게이터를 따라 먼저 자리를 떴다.

이날 하루는 그야말로 쏜살같이 지나갔다. 워터토크에 참가한 뒤에는 먼저 무료 저녁 식사가 제공되었는데 그중 칠리 스튜는 냄새만큼이나 맛도 훌륭했다. 스튜를 종이접시에 담아 새로 산 초경량 티타늄 숟가락으로 떠먹으며 나는 여러 스루하이커와 말을 트게 되었다. 그러자 트레일 별명이 없다는 사실이 점점 거북하게 느껴졌다. 그리스팟(Greasepot), 갈릭맨(Garlic Man), 사우스포(Southpaw) 등의 별명을 가진 사람들이 자기소개를 하는 동안 나는 그냥 크리스티네였다. 이것만으로도 내가 아직 미국의 장거리 트레일을 단 하나도 완주하지 못한 생초보라는 사실을 누구나 알 수 있었다. 그런데도 사람들은 내게 무척이나 친절했다. 내가 트레일 별명을 하나하나 기억해두려 애쓰는 동안 그들은 저마다 "잘 왔어요" 또는 "트레일에서 만나요"라고 인사를 건넸다.

저녁 식사가 끝나자 워싱턴 주를 지나는 트레일의 현황에 대한 설명회가 이어졌다. 석양이 질 무렵, 나는 수십 명의 다른 스루하이커들과 함께 야영지의 흙먼지 쌓인 잔디밭에 양반다리를 하고 앉아 어느 산림 경비원의 말에 귀를 기울이고 있었다. 그는 워싱턴 주에 일어난 홍수 피해에 관해 설명했다. 트레일의 수 킬로미터 구간이 훼손으로 폐쇄되었고 그 바람에 올해는 35킬로미터 이상의 구간이 자동차가 다니는 도로로 대체되었다고 한다. 나를 비롯한 몇몇 여행자들은 열심히 메모를 했고 세부사항에 관해 질문을 던지는 이도 있었다. 내게는 이 모든 것이 아직 생소하기만 했다. 그가 말한 워싱턴 주의 대체 구간은 이곳에서 거의 4,000킬로미터나 떨어진 지점이었다. 과연 내가 그곳에 도착하는 날이 오기나 할까?

저녁 9시 반이 되어서야 나는 헤드랜턴의 불빛에 의지해 텐트로 기어들어 갔다. 머릿속은 정보 과부하 상태였으나, 짧은 발포매트 위에 몸을 뻗고 침낭을 덮었을 때는 무척이나 만족스러운 기분이었다. 트레일 개시 기념행사에 참가한 건 잘한 일이었다. 앞으로의 여정이 마냥 고독하지만은 않을 것임을 이곳에서 분명히 깨달았기 때문이다. PCT에는 특별한 트레일 공동체가 형성되어 있었다. 예전의 스루하이커, 현재 종주 중인 스루하이커, 미래의 스루하이커는 물론 '트레일 엔젤'들도 이곳에 모여 대가족처럼 서로를 돕고 있었다. 나 역시 머지않아 이 가족의 일원이 될 것이다. 대부분의 구성원들처럼 꽤 독특한 별명을 얻기는 할 테지만.

2004년 4월 28일

워너스프링스, 캘리포니아

`--------- 172킬로미터 지점`

친절한 우체국 여직원은 돋보기안경을 코끝에 걸치고는 잘 모르겠다는 표정으로 여권을 들여다봤다.

"어디 보자, 성이 어떻게 되신다고요?"

그녀가 나를 올려다보며 물었다.

"튀르머요. 영문식으로는 T-H-U-E-R-M-E-R."

나는 철자를 불러주며 여권에서 성을 가리켰다.

"알겠습니다."

그녀는 이제 알겠다는 듯 대답하며 내게 여권을 돌려주고는 트레일러의 뒤쪽 공간으로 사라졌다. 그녀의 뒤통수에 대고 나는 큰 소리로 말했다.

"하얀색 페인트 통이에요."

"그런 게 어디 한두 개여야죠. 하지만 벌써 찾았어요."

물품 보관대 뒤쪽에서 상냥한 목소리가 되돌아왔다. 가냘픈 체구의 우체국 직원은 잠시 후 손잡이가 달린 엄청난 크기의 페인트 통을 들고 낑낑대며 창구로 돌아오더니 내게 서류 한 장을 내밀었다.

"우편물 수령 증명서에 서명해주세요."

나는 샌디에이고 카운티 북부의 작디작은 산간마을인 워너 스프링스(Warner Springs)의 우체국에 들른 참이었다. PCT가 관통하는 워너스프링스는 멕시코 국경으로부터 정확히 172킬로미터 떨어진 지점에 있었다. 트레일 종주를 시작한 뒤 처음으로 거치는 마을이기도 했다. 그러나 이곳에는 우체국과 호텔만 하나씩 있을 뿐 상점은 한 군데도 없기 때문에, 대부분의 스루하이커들은 트레일을 걷는 데 필요한 보급품을 이곳 우체국으로 미리 배달시켜 둔다.

다른 수많은 여행자처럼 나도 PCT를 걷는 동안 소위 '바운스박스(Bounce box)'라 불리는 보급상자를 사용했다. 이 통에는 트레일 종주 도중 보충하거나 교체해야 하는 온갖 물건이 담겨 있었다. 내 바운스박스에는 텐트에 추가로 사용할 말뚝과 선크림, 휴대폰 충전기, 새 양말, 무엇보다도 남은 여정에 필요한 서류가 들어 있었다. 워너스프링스에서 보충할 식료품도 미리 넣어뒀다. 여행자들은 이 통을 항상 다음에 거쳐 갈 중간지점으로 보낸다. 말하자면 트레일 위의 한 지점에서 다음 지점으로 이동시키는 셈인데, 바운스박스라는 명칭도 트레일을 *껑충껑충* 건너뛴다는 뜻에서 붙은 것이다. 몇 달 동안 우편차량으로 이동하게 되므로 바운스박스는 최대한 튼튼해야 한다. 특히 빈 페인트 통이 안성맞춤이었다. 깨질 염려가 거의 없고 용량도 클 뿐 아니라, 손잡이가 있어서 통을 들고 우체국과 호텔 사이를 이동하기에도 편리하다.

양식에 서명을 한 뒤 조그만 우체국 내부를 한 번 더 둘러봤다. 흰색 트레일러 안에 마련되어 있는 미니 우체국이었다. 캘리포니아 남부의 뜨거운 태양은 납작한 트레일러 지붕을 사정없이 달구고 있었고 입구에 걸린 성조기는 미동도 없이 축 처져 있었다. 에어컨 없이는 이 여성 '지점장'도 이 안에서 오래 버티지 못할 터였다. 구석구석까지 빈틈없이 소포와 페인트 통이 채워져 있는 상황에서는 더더욱 그랬다.

"PCT 여행자들 때문에 무척 바쁘시겠네요."

은근슬쩍 그녀에게 말을 걸었다. 그렇게 해서라도 정오의 뜨거운 햇볕 속으로 되돌아가는 일을 조금이나마 늦춰볼 심산이었다. 그녀는 친절하게 대답했다.

"그래요. PCT 스루하이커들이 이곳을 지나가는 4월 중순에서 5월 중순까지가 제게 1년 중 가장 바쁜 때죠. 이 기간에는 밀려드는 소포를 보관하기 위해서 창고를 하나 더 빌려야 할 정도예요. 우리 지점은 사실 그렇게 많은 물량을 감당할 만한 곳이 아니거든요. 배달이 밀려올 때는 물건을 빨리 찾을 수 있도록 따로 엑셀 목록을 작성해서 관리한답니다."

"여행자들 때문에 업무가 버거워져서 PCT가 그리 달갑지 않으시겠네요?"

또 한 번 캐묻자 그녀가 정색하며 대답했다.

"무슨 말씀을요. 오히려 그 반대죠! PCT가 없었다면 이 지점은 아마 오래전에 폐쇄됐을 거예요. 사실 워너스프링스는 아주 작은 마을이라서 딱히 우체국 지점이 필요하지 않아요. 그런데도 PCT 덕분에 제 직장이 보전되고 있는 거고요. 그래서 저는 스루하이커들에게 애착이 크답니다. 가끔 냄새가 좀 심하게 나기는 하지만요……."

그녀의 마지막 말을 빨리 나가라는 말로 해석하고는 페인트 통과 등산스틱을 챙겨 들고 작별 인사를 건넸다. 밖으로 나오자 강한 햇빛이 눈을 파고들어 저절로 미간이 찌푸려졌다. 오늘은 워너스프링스에서 휴식을 취하고 싶었지만 그게 마음대로 될지 의문이었다. 이곳에 숙박업소라고는 워너스프링스 휴양목장이라는 곳뿐이었는데, 내 PCT 안내서에 따르면 그곳 숙박비는 하루에 120달러였다.

마을 전체를 통과하는 79번 국도를 건너려는 순간 도로 맞은편에 서 있는 갈릭맨이 눈에 띄었다. 그는 멀리서부터 손을 흔들며 다가오더니 곧장 용건을 꺼냈다.

"안녕하세요, 크리스티네 씨. 그렇잖아도 기다리고 있었어요. 그리스팟과 내가 6인실을 빌렸는데 혹시 이곳에 묵을 의향이 있나요? 칼과 팩맨(Packman), 와일드플라워(Wildflower)도 함께 묵기로 했는데 아직 침대 하나가 남았거든요. 숙박비는 1인당 20달러예요."

믿을 수 없는 행운에 나는 입이 귀에 걸린 채 대답했다.

"당연하죠. 정말 잘됐다. 너무 고마워요!"

예산을 절약할 수 있다는 생각에 마음이 가벼워졌다. 갈릭맨은 바운스박스를 가지러 잠깐 우체국에 들렀다며 나와 함께 워너스프링스 휴양목장으로 향했다. 정말이지 반가운 일이었다. 마침내 휴식을 취할 수 있을 뿐 아니라, 지난 며칠간 트레일을 걸으며 어느 정도 친해진 사람들과 한방에 묵게 된 것이다.

휴양목장에 들어서기 전부터 유황 냄새가 코를 찔렀다. 목장 안에 있는 온천에서 풍겨 오는 냄새였다. 우리는 홀린 듯 그쪽으로 발걸음을 옮겼다. 나는 배낭과 바운스박스를 방 안에 던져두고 잽싸게 샤워를 한 뒤, 여남은 명의 다른 PCT 여행자들과 함께 리조트의 널따란 수영장에 뛰어들어 신나게 물장구를 쳤다. 멋진 수영복이나 비키니 차림으로 돌아다니는 다른 숙박객들과는 대조적으로 나는 팬티와 녹색 티셔츠만 달랑 걸치고 있었다. 적당한 온도의 물속에 팔을 쭉 뻗고 둥둥 떠 있으려니 힘들었던 지난 며칠간의 기억이 스쳐 지나갔다.

무엇보다도 나를 힘들게 한 것은 들끓는 무더위였다. 그늘 속 기온이 영상 35도를 넘는 날이 대부분이었고 심지어 안자-보레고 사막 주립공원(Anza-Borrego Desert State Park)에는 그런 그늘조차 없었다. 그래서 매일 아침 해가 뜨기 한참 전에 출발해서 점심때쯤 몇 시간 정도 휴식을 취해야 했다. 두 시간을 걸으려면 1리터의 물이 필요했는데 트레일 엔젤들이 곳곳에 마련해둔 식수 보급소나 미국 산림청이 관리하는 방화수가 없었더라면 이 지역에서 트레일을 걷는 건 생각도 할 수 없었을 것이다. 그러나 푸른 수영장 물속에 몸을 담그고 있으려니 이 모든 일이 한없이 먼 이야기처럼 느껴졌다. 내일이면 또다시 사막을 뚫고 나아가야 한다는 사실을 알면서도 말이다.

해가 뉘엿뉘엿 기울 무렵에야 나는 방으로 돌아갔다. 상쾌하게 샤워를 한 뒤 커다랗고 깨끗한 호텔 수건을 몸에 감은 채 우리가 묵는 널찍한 6인실 방문을 열자 별안간 악취가 코를 파고들었다. 그 순간 우체국 직원이 했던 말이 머릿속을 스쳤다. 그야말로 야생적인 냄새였다. 도보여행자들의 발 냄새가 밴 양말, 땀에 전 티셔츠, 선크림, 거기에 온천의 유황 냄새까지 섞여 있었다. 게다가 동료들 중 누군가가 하필 점심으로 콩 종류를 먹은 모양이었다. 나는 커다란 침대에 털썩 드러누워 방 안의 여행자들을 관찰했다. 그들은 배낭을 뒤적이거나 느긋하게 침대에 누워 시시덕거리는 중이었다.

40대 초반의 갈릭맨과 그리스팟은 애리조나 주 출신이었다. 결혼한 지 20년이 된 부부임에도 이들은 여행하는 내내 서로를 진짜 이름이 아닌 트레일 별명으로 불렀다. 팩맨과 와일드플라워는 버몬트 주에서 온, 닮은 구석이라고는 눈을 씻고 봐도 없는 한 쌍이었다. 팩맨은 키가 190센티미터에 달하는 반면 와일드플라워는 160센티미터가 될까 말까였다. 네 사람 모두 이미 AT 종주 경험이 있었다.

미국의 장거리 트레일 중 어느 것도 완주한 적이 없는 사람은 나와 칼뿐이었다. 물론 트레일 별명도 없었다. 칼은 50대 후반의 매력적인 남성으로 텍사스 주에서 소방관으로 일하고 있었다. 나는 눈에 띄게 짧은 그의 조깅팬츠 차림 덕분에 그를 기억하고 있었다.

방 안을 채운 악취도 중화시킬 겸, 나는 바운스박스에 들어 있던 커다란 튼살크림 튜브를 꺼냈다. 뜨거운 사막의 기후에서 장거리를 걷는 동안 내 발은 말라비틀어진 나무껍질처럼

변해 있었다. 유분 함량이 높은 크림을 바르면 튼 부분의 통증
도 조금 가라앉을 것이다. 녹나무 향을 강하게 풍기는 크림을
발에 바르고 있는데 칼이 물었다.

"이봐, 그건 무슨 독일산 묘약이라도 되나? 내 증조할머님
이 쓰시던 류머티즘 연고만큼이나 독한 냄새를 풍기는군."

"독하기로 치면 선생님 양말 냄새도 못지않아요. 그리고 이
크림은 건조한 발에 바르면 효과가 아주 좋다고요. 한번 발라
보실래요?"

곧바로 말을 받아치자 칼은 눈을 흘겼다. 그에 개의치 않고
뚜껑이 열린 튜브를 던졌다. 튜브는 방을 길게 가로질러 그를
향해 날아갔다.

"선생님은 이 트레일의 각선미 왕이잖아요. 예쁜 다리를 잘
관리하셔야죠."

능청스럽게 말을 덧붙이자 저쪽에서 폭소가 터졌다.

"예쁜 다리라. 프리티 레그(Pretty Legs)도 아주 멋진 트레일
별명이 될 것 같은데……."

팩맨이 빙그레 웃으며 중얼거렸다.

"선생님, 새 이름으로 '프리티 레그' 어때요?"

이번에는 와일드플라워가 칼을 향해 물었다.

"그런 우스꽝스러운 별명을 내게 붙였다가는 혼쭐날 각오
들 하라고. 내가 어린 여자애라도 되는가?"

칼은 으름장을 놓으며 분노에 찬 몸짓으로 튼살크림 튜브를

내 침대로 다시 던졌다.

"에이, 무슨 말씀이세요. 여자한테서 다리가 예쁘다는 말을 듣는 건 엄청난 칭찬이라고요."

짐짓 시치미를 떼고 칼에게 말하자 갈릭맨과 그리스팟마저 배꼽을 쥐고 웃기 시작했다. 칼의 풍성한 콧수염이 위협적으로 움찔거렸다.

"까내는 이 끝내없는 소리늘 한 대가를 치르게 될 거야."

그가 으르렁거리며 나를 향해 외쳤다. 딴에는 칭찬이라고 한 말이었던지라 나는 어찌할 바를 몰랐다.

"다리가 예쁘다는 말이 그렇게 큰 실례인가요?"

혼란스러운 표정으로 사람들에게 물었다. 내가 딱해 보였는지 초등교사인 와일드플라워가 나서서 설명해줬다.

"영어권에서는 '프리티'라는 표현을 여자에게만 써요. 남자에게는 '핸섬 레그'라는 표현이 적절하죠. '프리티'라는 말은 절대 쓰지 않아요."

그러고는 큰 소리로 웃음을 터뜨리며 덧붙였다.

"게다가 저렇게 털이 북실한 다리에는 더더욱 안 어울리는 단어죠."

거북하기 짝이 없는 상황이었다. 당혹스러워진 나는 그에게 사과의 말을 건넸다.

"그런 줄 몰랐어요. 저는 영어를 모국어로 쓰는 사람도 아니고 그저 아무것도 모르는 독일인 관광객이니."

"자, 그럼 당신에게도 이제 트레일 별명이 생겼군요. 독일인 관광객. '저먼 투어리스트(German tourist)'라고 하죠."

갈릭맨이 한껏 흥분해서 말했다.

"에이, 아니지! 저 사람한테는 외계인, 그러니까 '에일리언(Alien)'이 더 어울린다고!"

본인의 의사와는 상관없이 프리티 레그라는 별명을 얻게 되어 이를 갈던 칼이 반격을 펼쳤다.

"무슨 말씀을! 저먼 투어리스트가 훨씬 나아요."

그리스팟이 갈릭맨의 손을 들어줬다. 팩맨과 와일드플라워도 덩달아 고개를 끄덕였다.

"저먼 투어리스트는 나도 좋아요."

에일리언으로 불리는 일만은 피하고 싶었던 나도 황급히 동조했다. 그러자 팩맨이 듣기 좋은 저음으로 이렇게 선포하며 토론에 종지부를 찍었다.

"그럼 이것으로 두 스루하이커의 세례식을 마칩니다. 프리티 레그와 저먼 투어리스트 씨. 우리 클럽에 들어오신 것을 환영합니다!"

프리티 레그는 다시 한 번 나를 향해 베개를 집어 던졌다. 떠들썩하던 방 안은 얼마 안 가 조용해졌다. 밤 10시가 되자 에어컨 돌아가는 소리, 그리고 팩맨과 프리티 레그의 코 고는 소리만 늘렸다. 한동안 잠을 못 이룬 채 근사했던 하루를 되돌아봤다. 사막에서 1주일을 보낸 뒤 수영장에 뛰어들 때의 기분도, 때와 땀에 전 옷을 드디어 세탁할 수 있었던 것도, 아무것도 하지 않고 빈둥거리며 시간을 보낸 일도 모두 황홀하기 그지없었다. 무엇보다도 이제는 정말 트레일 공동체의 일원이 된 기분이었다. 오늘은 트레일 별명도 얻지 않았는가. 비로소 진정한 스루하이커가 된 것이다. 이렇게 생각하며 나는 만족스러운 기분으로 잠에 빠져들었다.

2004년 5월 11일

딥크리크 핫스프링스, 캘리포니아

490킬로미터 지점

캘리포니아 남부의 PCT는 롤러코스터처럼 오르락내리락의 연속이었다. 가파른 산길을 따라 눈 쌓인 고산지대로 올라가는가 싶다가도 어느새 메마르고 먼지 날리는 사막으로 다시 내려오는 일이 반복됐다. 샌저신토(San Jacinto) 산맥의 해발 3,000미터 지점에 있는 설원을 뚫고 지나친 다음 날, 해발 2,000미터 지점으로 내려와 낮 최고기온이 40도에 달하는 소노라(Sonora) 사막을 힘겹게 가로지른 적도 있었다. 이 며칠간 우리의 관심은 온통 딥크리크 핫스프링스(Deep Creek Hot Springs)에만 쏠려 있었다. 샌버너디노(San Bernardino) 산맥 너머 모하비(Mojave) 사막의 가장자리에 이 뜨거운 온천수가 우리를 기다리고 있었다. 자동차가 다니는 길에서 3킬로미터만 걸어 들어가면 나타나는 이곳에서는 심지어 나체 온천욕도 즐길 수 있다고 했다. 미국에서는 흔치 않은 기회였다.

어느 화요일 오후, 나와 내비게이터, 웨더캐럿(Weathercarrot)은 온천이 있다는 메마른 협곡을 향해 내려갔다. 기온은 30도 전후로 다른 날에 비하면 참을 만한 수준이었다.

처음 눈에 들어온 것은 회갈색 흙먼지와 굴러다니는 돌멩이, 그리고 이 근방에 흔히 자라는 낮은 떡갈나무 덤불뿐이었다. 조금 더 내려가자 이내 사람들의 목소리와 커다란 웃음소리가 들려오기 시작했다. 우리는 크리스마스 선물을 눈앞에 둔 어린아이들처럼 흥분해서 점점 더 빠른 속도로, 구르다시피 비탈길을 내려갔다. 그리고 마침내 천연 온천욕장이 모습을 드러내자 나는 더 이상 참을 수 없었다. 땀에 절어 퀴퀴한 냄새를 풍기는 옷을 벗어 던지고 온몸에 말라붙은 때를 벗겨내고픈 마음이 절실했다. 아니, 이것저것 다 떠나 그저 물에 뛰어들고 싶은 마음뿐이었다!

동행한 사람들을 제치고 제일 가까이 있는 천연 온천욕장을 향해 달려간 나는 배낭을 벗어젖혔다. 그러고는 잽싸게 신발과 바지와 티셔츠를 차례로 벗고 완전히 나체가 되어 미끄러지듯 물속으로 들어갔다. 적당한 온도의 물이 몸을 휘감아오자 어마어마한 행복감에 스르르 눈이 감겼다. 깊은 심호흡을 하며 두 팔을 벌리고는 나른하게 온몸을 뻗은 채 기분 좋게 첨벙거렸다. 그러고서 몇 분이 지나자 문득 허전함이 느껴졌다. 눈 부신 태양 빛에 눈살을 찌푸려가며 동료들을 찾아 두리번거렸다. 그러나 내비게이터와 웨더캐럿은 온데간데없고, 밀짚모자를 쓴 채 물가에 돗자리를 깔고 앉아 있는 나이 지긋한 남성민이 눈에 들어왔다. 벌거벗은 몸은 빈틈없이 갈색으로 그을려 있었다. 그는 친절한 눈빛으로 나를 훑어봤다.

"보아하니 유럽 사람이구먼. 내 말이 맞죠?"

마침내 그가 입을 열며 마른 풀줄기 하나를 뜯었다.

"예, 맞아요! 어떻게 아셨어요?"

얼떨떨해하며 되묻자 그는 풀줄기 끝을 질겅질겅 씹으며 빙그레 웃었다.

"간단해요. 나는 수십 년 전부터 이곳에 다녔거든요. 그런데 PCT 여행자들 중에서 단숨에 옷을 벗어 던지고 물에 뛰어든 여자는 당신이 처음이오."

"아, 그, 그렇군요. 미국 사람들은 그러지 않는 모양이네요."

당황한 나머지 나는 말을 더듬거렸다.

"맞아요. 이곳에서 벌거벗고 온천욕을 하는 부류는 보통 캘리포니아의 히피들이에요."

그는 웃으며 근처에 있는 다른 온천욕장 쪽을 가리켰다.

"댁의 친구들도 옷을 벗기가 망설여지는 모양이로군."

사실이었다. 웨더캐럿과 내비게이터는 여전히 옷을 차려입은 채 100미터쯤 떨어진 온천욕장 가장자리에 앉아 있었다. 함께 있는 대여섯 명의 다른 스루하이커들도 마찬가지였다. 몇몇은 물에 발을 담그고 있었고, 유일하게 물속으로 들어간 내비게이터도 옷은 다 입고 있었다.

흥이 깨진 나는 이브가 된 듯한 기분에 일단 물 밖으로 나왔다. 캘리포니아의 뜨거운 태양은 불과 몇 분 만에 내 몸에서 물기를 걷어갔다. 그제야 나를 발견한 스루하이커 몇 명이 서로 툭툭 치며 눈짓을 했고 곧 경악한 시선들이 나를 향해 쏟아졌다. 함께 나체 온천욕을 하던 남성은 그 광경을 보며 엉큼한 웃음을 지었다.

"댁은 아마 며칠 동안 계속 스루하이커들 입에 오르내리게 될 거요."

그는 확신에 찬 투로 말하며 내게 선크림을 건넸다.

"잘못하면 화상을 입을 수 있으니 이걸 발라요."

호의는 고맙지만 사양하고는 주섬주섬 옷을 입었다.

몇 분 뒤 동료들 사이에 낀 나는 내비게이터에게 어째서 트레킹복 차림으로 수영을 하느냐고 물었다.

"아니, 뭐 어차피 옷도 빨아야 하고……."

그는 우물쭈물 대답했다.

"그럼 당신들은 왜 수영을 안 하는 거예요?"

이해할 수 없다는 표정을 지으며 다른 사람들에게 물었다. 그러나 돌아온 것은 어색한 침묵이었다. 지난 며칠 동안 내 옆에서 오로지 온천 이야기만 해대던 웨더캐럿이 시들하게 대답했을 뿐이었다.

"난 그냥 수영을 별로 좋아하지 않아서요."

"니는 나중에 사람들이 별로 없을 때 하려고요."

다른 누군가가 이어서 말했다.

도무지 납득이 가지 않았다. 미국인들이 체면을 중시한다는 이야기를 듣기는 했지만, 자연인을 자처하는 스루하이커들조차 옷 벗는 일을 그토록 꺼릴 줄은 몰랐다. 그 정도가 아니라 벌거벗은 히피들 옆에서 옷을 입은 채 물속에 들어가는 일조차 거북해하는 것 같았다.

때마침 울리케와 밥이 나타나 나를 곤경에서 구해줬다. 트레일 개시 기념행사 이후로 두 사람을 보지 못했던 나는 그들의 등장에 반가워서 어쩔 줄 몰랐다. 울리케도 마찬가지였는지 당장 달려와 내 목을 얼싸안으며 흥분한 투로 물었다.

"우린 오늘 여기서 휴식을 취할 생각이에요. 당신도 오늘 이곳에 묵을 건가요?"

"그거 잘됐네요. 나도 오늘은 니어로 데이(Nearo day)를 즐길까 생각하던 참이었거든요."

함께 시간을 보낼 사람이 생겼다는 생각에 한시름 놓으며
대답했다.

니어로 데이는 휴식일을 뜻하는 제로 데이(Zero day)와 마찬
가지로 미국 스루하이커들이 쓰는 은어였다. 제로 데이는 트
레일을 전혀 걷지 않고 온종일 휴식을 취하는 날을 의미한다.
반면에 니어로 데이는 거의 걷지 않는 날을 가리킨다. 걷기는
하되, 걸은 거리가 거의 0킬로미터에 가깝다는 'near zero'를
줄여 'nearo'라고 칭하는 것이다. 한나절 정도 쉬는 날이라고
생각하면 된다.

"니어로 데이를 보내기에 이만큼 멋진 장소도 찾기 힘들죠.
바로 물에 들어갈 건가요?"

다시 홍이 돋은 내가 제안했다.

"다른 사람들은 별로 안 내키는 모양이네요?"

밥이 뭔가 알고 있다는 듯 빙긋 웃으며 물었다. 그러자 울리
케는 내가 난처해하지 않도록 얼른 화제를 돌렸다.

"일단 텐트 칠 자리를 찾고 뭐라도 좀 먹어요. 수영은 조금
어두워진 뒤에 해도 늦지 않으니."

저녁 9시, 사위는 검은 잉크를 풀어놓은 듯 어두웠다. 스루
하이커들은 오후에 이미 갈 길을 재촉했고, 당일치기 여행을
왔던 휴양객들도 해가 지기 전에 주차장으로 돌아갔다. 온천

욕장을 통째로 울리케와 밥과 내가 독차지하게 된 것이다. 우리는 여러 천연 온천욕장 중 적당한 곳을 골라 느긋하게 몸을 담근 채 별로 뒤덮인 밤하늘을 바라봤다. 딥크리크의 찰싹대는 물소리와 귀뚜라미 우는 소리 외에는 아무 소리도 들리지 않았다.

"그런데 두 사람은 어떻게 만났어요?"

내 곁에서 밥인과 함께 나체로 드러누워 있는 울리케에게 물었다. 처음 만났을 때는 말을 아끼며 자기 이야기를 별로 하지 않던 울리케가 이제 조금씩 마음을 열고 있었다. 그녀는 독일어로 그들의 특별한 관계에 관해 나직이 들려줬다.

공장에서 재단사로 일하던 울리케는 스물여덟 살에 직장을 그만둔 뒤 자전거를 싸 들고 오스트레일리아로 날아갔다. 자전거를 가져간 이유는 그저 경비가 부족해 다른 이동수단을 이용할 수 없었기 때문이다. 그곳에서 그녀는 자신만큼이나 가벼운 호주머니로 여행 중이던 밥을 만났다. 그렇게 두 사람은 1년 동안 오스트레일리아와 뉴질랜드를 자전거로 누볐다. 그러고 나서 전직 군인인 밥은 저축해둔 약간의 돈을 가지고 여행을 계속했지만, 울리케는 돈을 벌기 위해 독일로 되돌아와야 했다. 그러나 이 여행을 계기로 그녀는 야외활동에 커다란 애착을 갖게 되었고, 이후 두 사람은 매년 여섯 달에서 여덟 달을 함께 길 위에서 보냈다. 유럽, 북아메리카, 오스트레일리아에서 트레킹을 하고, 카약이나 자전거로 여행한 적도

있다고 했다. 울리케는 여행을 하지 않는 겨울 몇 달 동안에만
독일에서 돈을 벌었다. 간호사로 직종을 바꾼 이유도 요양보
호 관련 업계는 단기간에 일을 찾기가 쉽고 적은 비용으로 간
호사 기숙사에서 지낼 수도 있기 때문이었다.

"넉 달에서 여섯 달 동안 간호사로 일해서 나머지 반년 동
안 여행을 다닐 수 있을 정도로 돈을 번다고요?"

믿을 수가 없어 그녀에게 되물었다. 울리케는 가만히 고개
를 끄덕였다.

"예, 가능해요. 그만큼 절약하며 사니까요. 게다가 우린 필
요한 물건들을 거의 손수 만들거든요. 나는 옷이나 배낭, 텐트,
침낭을 직접 바느질해서 만들어요. 밥도 마찬가지고요. 일전
엔 우리가 타고 다닌 보트를 그가 직접 만들기도 했죠."

"하지만 여행을 다니려면 돈이 들잖아요."

다시 한 번 캐물었다.

"그래도 독일에 살 때보다는 생활비가 훨씬 덜 들어요."

울리케는 여기까지 말한 뒤 영어로 바꾸어 말을 이었다.

"텐트에서 자면 월세를 안 내도 되니까요."

"그래도 가끔 호텔에 묵고 싶을 때도 있지 않아요?"

그러자 잠자코 있던 밥이 대화에 끼어들었다.

"호텔에서 하루 묵는 데 드는 숙박비면 트레일에서 1주일을
지낼 수 있어요. 우리는 호텔에서 하룻밤을 자느니 1주일 더

걷는 편을 택하죠."

잠시 대화를 끊었던 그가 웃으며 덧붙였다.

"침대와 욕실이 있는 방이 편안하다는 생각도 어차피 과장된 거예요."

이후 몇 분 동안 우리는 아무 말도 하지 않았다. 나는 별이 총총한 밤하늘을 바라보며 이 새 친구들의 삶의 방식에 관해 곰곰이 생각해봤다. 두 사람의 삶은 매력적인 동시에 충격적이기도 했다. 울리케에게 나직이 물었다.

"항상 적은 돈만 가지고 생활하는 게 너무 고되지는 않아요? 그런 생활방식이 좋은가요?"

울리케는 단 1초도 망설이지 않고 대답했다.

"물론이죠! 나는 여행을 다니면서 황홀한 모험을 수없이 경험했어요. 그에 비하면 좀 아껴 써야 하는 것쯤은 아무것도 아니에요. 난 전혀 아쉬운 게 없어요."

그녀는 약간 뜸을 들이며 생각에 잠겼다가 말을 이었다.

"앞으로도 내게 선택권이 주어진다면 나는 망설임 없이 지금의 삶을 택할 거예요."

어느덧 추위가 느껴질 정도로 기온이 떨어져 있었다. 그러나 초경량 배낭이 생명인 우리에게 수건 따위가 있을 리 없었다. 우리는 티셔츠로 물기를 대충 닦고는 오들오들 떨며 트레킹복을 입었다. 그리고 헤드랜턴에 의지해 굴러다니는 돌을 밟고 비틀거리며 텐트로 향했다. 침낭으로 기어들어 가는데 "잘 자요"라고 말하는 울리케의 목소리가 건너왔다. 딥크리크의 졸졸대는 물소리에 섞여 소쩍새의 울음소리도 두어 번 들려왔다. 따뜻한 물속에 몇 시간 동안 몸을 담그고 있느라 나른해진 나는 금세 혼곤한 잠 속으로 빠져들었다.

2004년 5월 13일

카혼 고개, 15번 주간 고속도로, 캘리포니아

542킬로미터 지점

막 솟아오르는 태양이 구름 한 점 없는 하늘을 치명적인 독극물 같은 주황색으로 물들이고 있었다. 이처럼 초현실적인 색채는 자연현상이 아니라 100킬로미터쯤 떨어져 있는 로스앤젤레스가 내뿜는 짙은 스모그가 만들어낸 것이었다. 아침 6시가 조금 안 된 시각, 나는 등산스틱을 짚고 서서 그 기이한 색의 유희를 바라보고 있었다. 공기는 아직 서늘했다. 그러나 조금 뒤면 작열하는 태양이 리틀 호스시프 캐니언(Little Horsethief Canyon)을 뜨거운 오븐처럼 달궈놓을 것이다. 정오의 폭염을 피하기 위해서 나는 해가 뜨기 전에 출발해 벌써 한 시간째 건는 중이었다. 그러나 일찍 출발한 데는 다른 목적도 있었다. 바로 고대하고 기다리던 오늘의 하이라이트, 즉 15번 주간 고속도로에 있는 맥도널드에서 최대한 많은 시간을 보내기 위해서였다.

사실 나는 패스트푸드를 지독히 혐오하는 사람이라 태어나서 지금까지 햄버거라는 것을 단 한 번도 먹어본 적이 없다. 심지어 얼마 전까지만 해도 나는 채식주의자였다. 독일에서라면 자의로 맥도널드에 들어서는 일은 영원히 일어나지 않을 것이다. 그러나 지금껏 고수했던 윤리적 혹은 도덕적 기준이나 영양생리학적 원칙 따위는 지난 3주간 트레일 위에 몽땅 내팽개쳐버린 뒤였다. 남은 것은 오로지 고열량의 기름진 음식을 배가 터지도록 채워 넣고 싶은 욕구뿐이었다. 그게 비록 맥도널드가 만든 음식이라고 해도.

배낭에 든 물 팩에 연결된 호스의 끝부분을 물고 힘껏 물을 빨아들였다. 그러고는 하늘에 펼쳐진 색의 향연을 뒤로한 채 힘차게 걸음을 옮겼다. 열기가 최고조에 달하는 정오가 되기 전까지 18킬로미터를 더 걸어야 한다.

어딘가에서 나무 타는 냄새가 풍기는가 싶더니, 이내 숨쉬기가 거북할 정도로 냄새가 짙어졌다. 위력적인 산불이 휩쓸고 지나간 언덕이 달의 표면처럼 황량한 모습으로 내 앞에 버티고 있었다. 모랫바닥도 재로 뒤덮여 있어서 금세 나는 온몸에 재를 뒤집어쓰고 말았다. 곱디고운 재 가루가 바람에 날려 끊임없이 콧속으로 빨려 들어왔다. 산불이 길의 침식을 가속화시킨 탓에 언덕 경사면이 완전히 무너져 길까지 토사가 쏟아진 구간도 있었다. 등산스틱을 조심스럽게 내짚으며 앞으로 더듬어 나아갔다. 몇몇 구간에서는 엉덩이를 바닥에 대고 미끄러져 내려갈 수밖에 없었는데 얼마 안 가 그게 얼마나 어리석은 짓이었는지 후회하기 시작했다. 베이지색이었던 반바지에는 짙은 잿빛 물이 들고 손톱에는 새까맣게 때가 끼어 있었다. 그러나 이를 해결할 시간도 없었고 몸을 닦는 데 쓸 물은 더더욱 없었다.

마침내 15번 주간 고속도로가 보이기 시작했다. 아스팔트 길은 샌버너디노 산맥과 샌가브리엘(San Gabriel) 산맥을 나누는 카혼 고개(Cajon Pass)를 따라 살찐 애벌레처럼 구불구불 이어져 있었다. 도로를 따라 달리는 트럭과 자동차 소리가 내가 서 있는 언덕 위까지 육중하게 울렸다. 멀리서 기차 소리도 휘파람처럼 들려왔다. 주간 고속도로로 향하는 마지막 언덕길을 바지런히 내려가던 중, 끝이 보이지 않을 정도로 긴 유니언 퍼시픽 철도의 화물열차가 땅이 흔들리도록 굉음을 내며 지나갔다. 길은 주간 고속도로 바로 앞에서 두 갈래로 갈라져 있었다. PCT는 주간 고속도로 아래쪽에 뚫려 있는 시멘트 굴다리를 지나 계속해서 이어졌다. 반면에 오른쪽으로 갈라진 길은 맥도널드가 있는 600미터 전방의 휴게소로 이어져 있었다.

땀과 먼지를 흠뻑 뒤집어쓴 채 에어컨이 켜진 패스트푸드점에 들어섰을 때는 정오가 조금 지난 시각이었다. 한구석에 몰려 앉아 있는 여남은 명의 스루하이커 무리가 눈에 띄었다.

"여, 저먼 투어리스트 씨! 트레일 위에서는 걸어야지 그렇게 기어 다녀서야 되겠어?"

팩맨이 나를 향해 소리쳤다. 나는 그런 소리를 듣고도 남을 만한 몰골을 하고 있었다.

"그럼 일단 가서 씻고 오죠."

새초롬하게 대답한 뒤 나는 화장실로 향했다. 거울에 비친 내 모습은 예상했던 그대로였다. 굴뚝에서 막 기어 나온 굴뚝 청소부. 얼굴이야 세면대에서 씻으면 되지만, 다리를 뒤덮은 재는 씻어낼 방법이 없었다. 음식점 화장실에서 신발과 양말을 벗고 세면대에 발을 담글 수도 없는 노릇이었다.

잠시 망설이다가 좋은 아이디어가 떠올랐다. 나는 캠핑용 냄비와 물 팩에 물을 채운 뒤 화장실 안으로 들어가 문을 잠갔다. 그러고는 양말을 벗고 양변기 위에 한쪽 다리를 올린 다음, 가장자리에 한 발로 서서 티타늄 냄비에 담아 온 물을 다리에 부었다. 무척이나 고된 방법이었다. 게다가 비효율적이기까지 했다. 그래도 몇 번이나 물을 새로 받아 와 몸의 일부나마 씻고 나니 15분 뒤에는 그나마 사람들 앞에 나설 만한 모습이 되었다. 이만하면 고급 레스토랑은 아니더라도 맥도널드를 출입하는 데는 무리가 없을 것이다. 마지막으로 두루마리 휴지를 한 뭉텅이 뜯어 타일 바닥에 지저분하게 흘린 물기를 닦아냈다. 그러자 별안간 어느 동료 스루하이커가 농담으로 했던 말이 머릿속을 스쳤다.

'스루하이커와 노숙자, 이 둘의 차이점이 뭔지 알아? 바로 고어텍스야!'

말 그대로였다. 지금의 내 모습은 그야말로 노숙자와 다를 게 없었다.

2분 뒤, 내비게이터 옆의 플라스틱 의자에 털썩 주저앉은 나는 그의 쟁반에 산더미처럼 쌓인 쓰레기를 보고 입을 딱 벌렸다.

"최소한의 비용으로 최대한의 열량을 얻으려면 말이죠. 특별 할인 중인 소시지 맥머핀 세트가 두 개가 최고예요. 900칼로리가 단돈 2달러 50센트거든요."

그는 묻지도 않은 나를 향해 설명했다. 그러자 내비게이터처럼 아침 10시부터 이곳에 앉아 있던 팻맨이 끼어들었다.

"안타깝게도 지금은 아니에요. 소시지 맥머핀은 아침 식사 메뉴거든요. 벌써 12시 반이네요."

"아침 식사로 900칼로리를 섭취한다고요?"

아연실색해서 물었다. 미국이 고도비만자의 천국이 된 이유를 알 것 같았다. 그러자 이번에는 톨폴이 끼어들어 자신이 먹어치운 메뉴를 읊어댔다.

"내가 오늘 이곳에서 섭취한 열량만 해도 3,000칼로리는 될 걸요. 소시지 맥머핀 두 개, 밀크셰이크 두 잔, 치즈버거 두 개, 그리고 감자튀김 하나."

나는 주린 배를 움켜쥐고 주문하는 곳으로 가서 메뉴판을 열심히 훑어봤다. 그때 어디선가 나타난 프리티 레그가 뒤에서 나를 툭 치며 놀려댔다.

"이봐, 서면 투어리스트. 난 이제껏 맥도널드에서 자네처럼 메뉴판을 열심히 들여다보는 사람은 본 적이 없네."

"평소에는 패스트푸드점에 가지 않아서 그래요."

나는 변명을 늘어놓았지만, 프리티 레그는 내 말을 무시하고 화제를 바꾸며 아쉬운 투로 말했다.

"자네도 내가 오늘 트레일을 떠난다는 걸 알고 있지?"

"예. 사람들에게서 들었어요."

약간 당황하며 대답하자 그는 말을 이었다.

"내게는 PCT 완주가 무리인 것 같아. 더운 것도 참기 힘든데 이제 정강이에서 통증까지 느껴지거든. 다리가 아파서 견딜 수 없을 정도야. 아내도 혼자서 집을 지키기 싫은 모양이고. 그래도 그간 트레일에서 보낸 시간은 즐거웠네. 자네 덕분에 트레일 별명까지 얻었고 말이야."

"그럼 이제 별명 때문에 저한테 화난 것도 풀렸나요?"

한시름 놓은 기분으로 물었다.

"화라니, 당치 않은 소리. 오히려 그 반댈세. 아내에게 전화로 그 이야기를 들려줬더니 숨이 넘어가게 웃더구먼. 지금은 그런 별명을 얻은 게 뿌듯할 뿐이야. 사족은 이만해두고, 감사의 표시로 오늘 점심은 내가 사겠네."

뭉클해진 나는 그를 향해 미소를 짓고는 마침내 주문을 했다. 치킨너깃과 감자튀김 라지 사이즈 하나, 후식으로는 딸기셰이크와 애플파이를 골랐다.

"그것 갖고는 어림없을 텐데."

프리티 레그는 나와 함께 다른 스루하이커들 쪽으로 걸어가며 말했다.

덥수룩한 수염에 고약한 냄새를 풍기며 깨끗한 음식점 안에 앉아 있는 스루하이커들은 말쑥한 옷차림에 깔끔하게 면도까지 한 다른 관광객들과 비교하면 마치 다른 별에서 온 사람들 같았다.

"매장 관리자가 우리를 쫓아내지 않는 게 이상할 정도네요."

주변에 산더미처럼 쌓인 더러운 배낭들을 흘긋 바라보며 나는 말을 건넸다.

"당연하죠. 네다섯 시간씩 이곳에 죽치고 앉아 있긴 하지만, 매시간마다 새 음식을 주문하잖아요. 어쨌든 난 움직이기 힘들 정도로 배가 차기 전까진 저 땡볕 아래로 나가지 않을 작정이에요."

팩맨이 배를 쓰다듬으며 말했다.

애플파이를 베어 물려던 찰나, 매장으로 들어오는 두 남자를 보고 나는 입을 벌린 채 얼어붙어 버렸다. 미러 선글라스를 낀 엄청난 근육질의 두 남자는 떡 벌어진 어깨에 가죽 재킷을 입고 디길 듯이 꽉 끼는 승마바지와 번쩍번쩍 광을 낸 무릎 높이의 검은색 가죽부츠까지 착용하고 있었다. 헛것을 봤나 싶어 미간을 찡그려봐도 두 형상은 그대로였다. 마치 토요일 밤 베를린의 유흥가에 와 있는 기분이었다. 그러나 지금은 목요일 점심시간이고, 이곳은 캘리포니아의 고속도로 휴게소가 아닌가.

"도대체 뭘 하는 사람들이죠?"

혼란에 빠진 채 동료들을 향해 물었다. 사람들은 어리둥절한 반응을 보였다.

"아, 저 사람들 말인가요? 칩스(CHiPs)잖아요."

마침내 질문의 뜻을 알아차린 팩맨이 대답했다.

"칩스라니요? 내가 보기에는 딱 달라붙는 옷을 입고 베를린의 밤거리를 활보하는 동성애자들 같은데요."

여전히 얼떨떨해하며 되묻자 박장대소가 터졌다.

"맙소사, 저먼 투어리스트 씨! 저 사람들은 캘리포니아 주의 고속도로 순찰대(California Highway Patrol) 대원이에요. 칩은 줄

임말이고요. C, Hi, P!"

순간 너무나 창피한 나머지 온몸의 피가 얼굴로 몰리는 느낌이었다. 나는 더듬더듬 변명했다.

"내가 그런 걸 알 리가 없잖아요……."

"아무렴, 그렇고말고. 자넨 아무것도 모르는 가엾은 독일인 관광객일 뿐이니. 그래서 별명도 저먼 투어리스트 아닌가!"

프리티 레그가 나를 거들어주는 척하며 킬킬댔다.

오후 4시가 되어서야 마지막으로 남은 스루하이커 무리와 함께 자리에서 일어났다. 이제 남은 사람은 프리티 레그뿐이었다.

"프리티 레그, 당신의 그 멋진 각선미가 그리울 거예요."

목이 멘 채 작별 인사를 건네며 마지막으로 그를 한 번 껴안았다.

"행운이 있기를 바라네, 저먼 투어리스트. 나는 이제 다시 칼로 돌아가야 하지만 말이야."

그 역시 목소리가 잠겨 있었다. 나는 배낭을 짊어지고 등산 스틱을 손에 쥔 뒤, 에어컨이 시원하게 돌아가는 매장을 벗어나 한껏 달궈진 오후의 공기 속으로 되돌아 나왔다. 마지막으로 한 번 더 돌아봤을 때, 칼은 여전히 유리창 너머에서 손을 흔들고 있었다.

통계에 의하면 PCT를 걷는 모든 스루하이커 중 3분의 1만이 캐나다 국경까지 가는 데 성공한다고 한다. 지금껏 막연한 통계수치에 불과했던 이 사실이 서서히 피부로 와 닿기 시작했다. PCT는 앞으로도 내게 수없이 새 친구를 선물했다가 도로 빼앗아갈 것이다. 칼이 그랬듯이.

2004년 5월 20~23일

아구아둘세와 그린밸리, 캘리포니아

------ 770킬로미터 지점

"어서 오십시오, 오아시스입니다!"

세븐업 캔을 손에 든 내비게이터가 활짝 웃으며 나를 맞았다. 챙 넓은 베이지색 햇볕 차단 모자가 그의 턱 밑에 끈으로 고정되어 매달려 있었다. 넓은 콧구멍과 앞니 사이의 벌어진 틈, 약간 땅딸막한 체구가 어우러져 친근한 인상을 만들어냈다. 그의 곁에는 카키색 바지와 긴팔 상의, 챙 넓은 모자 차림이 사막 탐험가를 떠올리게 하는 버드넛이 느긋하게 서성이고 있었다. 그가 쓴 모자 뒤쪽에는 햇빛 가리개 대용으로 고정해놓은 화장지가 늘어져 있었다. 둘 다 스루하이커치고는 놀라우리만치 옷이 깨끗했다. 지난밤 아구아둘세(Agua Dulce)에 사는 트레일 엔젤, 소플리스 부부의 집에서 묵은 덕분이었다.

'오아시스'란 모하비 사막의 식수 보급소를 가리켰다. 이 트레일 구간 주변에서 볼 수 있는 식물이라고는 길을 따라 돋아난 떡갈나무 덤불뿐이었지만, 오아시스 주변에는 울퉁불퉁 옹이가 진 캘리포니아 상록참나무 군락이 있었다.

야트막한 나무 그늘 아래로 들어선 나는 사방에 아기자기하게 매달린 장식물들을 보고 쿡쿡 웃지 않을 수 없었다. 공기를 불어 넣은 고무 야자수 장식, 이마에 'PCT 2004'라는 글씨가 새겨진 플라스틱 해골, 분홍색 플라밍고 등이 눈에 띄었다. 옆에는 파란색 아이스박스 두 개와 4리터들이 물통 여남은 개가 놓여 있었다. 내가 쏜살같이 아이스박스로 달려드는 사이에 내비게이터와 버드넛은 접이의자에 다시금 편안히 자리를 잡고 앉았다. 아이스박스 뚜껑을 열자 기분 좋은 냉기가 확 퍼져 올라왔다. 넉넉하게 채워진 얼음조각 사이사이에 탄산음료 캔이 잔뜩 들어 있었고 심지어 맥주 캔도 몇 개 보였다. 나는 얼음처럼 차가운 스프라이트 하나를 집어 마개를 딴 뒤 단숨에 절반을 비워냈다.

"와, 이게 웬 호강이야!"

접이의자를 펼쳐놓고 털썩 주저앉으니 감탄사가 저절로 튀어나왔다.

"이 식수 보급소는 앤더슨 가족이 지원하는 곳이에요. 보아하니 새 얼음과 음료를 채워 놓고 간 지 아직 얼마 안 된 모양이네요."

내비게이터의 이야기를 들으며 남은 음료수를 쉬지 않고 비워낸 나는 아이스박스에서 세븐업 하나를 더 꺼내왔다. 그리고 마개를 따기 전에 차가운 캔을 이마에 갖다 댔다. 그늘에서도 기온이 영상 30도에 육박하는 날이었으니 마치 천국에 온 기분이었다.

"소플리스 가족의 집에서 방금 호강하고 왔는데, 또 호강이네요."

버드넛의 말에 나는 달고 시원한 레몬 음료로 메마른 목구멍을 축이며 아구아둘세에서 보낸 멋진 시간을 돌이켜봤다.

다나와 제프 소플리스는 PCT 전체를 통틀어 가장 유명한 트레일 엔젤들이었다. 두 사람은 아구아둘세라는 캘리포니아 남부의 작은 마을에 커다란 저택을 소유하고 있는데, 이곳에 거의 전문적인 시설까지 갖추고 스루하이커들을 묵게 해줬다. '하이커 천국'이라 불리는 저택의 입구에는 세탁기, 인터넷이 되는 컴퓨터, 자동차 사용규칙을 명시해둔 안내판까지 있었다. 여행자들은 실제로 소플리스 부부 소유의 오래된 자동차 두 대를 빌려 쓸 수 있었다. 자동차는 그곳에서 멀지 않은 로스앤젤레스의 '레이'라는 아웃도어 전문점에 다녀오거나 장을 보는 등, 이런저런 일을 처리하는 데 유용하게 쓰였다. 자동차 열쇠 옆에 있는 지도에는 여행자들에게 필요한 여러 상점까지

가는 길이 표시되어 있었다. '이곳에 가면 지역 주민 때문에 귀찮을지도 모릅니다'라는 친절한 조언까지 눈에 띄었다.

특별 창고에는 여행자들의 바운스박스가 진열장 위에 알파벳순으로 정리되어 있었다. 웬만한 우체국 못지않게 개수도 많았다. 여행자들은 피로도와 건강 상태에 따라 별채에 있는 수많은 방 중 한 곳이나 더 이상 사용되지 않는 낡은 캠핑 트레일러에서 묵었다. 그것도 아니면 널따란 정원에서 소플리스 부부의 말들 곁에 텐트를 치고 자면 그만이었다. 어차피 캘리포니아 남부에는 비가 거의 내리지 않아 문제 될 것도 없었다.

그곳에 묵은 지 사흘째 되던 날, 다나는 내게 2인실을 비우고 정원에서 텐트를 치고 지내달라고 부탁했다. 슬슬 떠날 때가 되지 않았느냐는 신호였다. 그날 저택에 묵고 있는 스루하이커만도 마흔일곱 명이었으니 재촉하는 것도 무리는 아니었다. 그러나 35킬로미터, 즉 하루만 더 걸으면 도달하는 지점에는 또 다른 트레일 엔젤들이 기다리고 있었다. 테리와 조 앤더슨 부부가 그들이었다. 앤더슨 부부는 근방에 무려 다섯 군데의 식수 보급소를 운영하고 있었으며, '카사 데 루나(Casa de Luna)'라 불리는 거처를 마련해두고 도보여행자들에게 음식과 숙소를 제공했다. '달의 집'이라는 뜻의 이 숙소 이름은 여행자들에게도 매우 뭉클하게 와 닿았는데, 그 이유는 멕시코 국경에서 앤더슨 저택까지 오는 데 보통 한 달이 소요되기 때문이다. 그 밖에도 '광란의 라운지'라는 별칭답게 이곳에서는 온 갖 흥미로운 사람들을 만날 수 있었다.

내 생각을 눈치챈 내비게이터가 입을 열었다.

"소플리스 저택이 스루하이커들에게 일종의 미국식 기업이 라면 앤더슨 부부의 집은 히피 여행자들의 일일 탁아소 같은 곳이지."

그 말에 모두 한바탕 웃음을 터뜨렸다. 그리고 내비게이터 와 버드넛은 아이스박스에서 맥주를 꺼내 마셨다.

우리는 거의 두 시간 동안이나 느긋하게 상록참나무 그늘 에 놓인 접이의자에 앉아 수다를 떨었다. 그러나 앤더슨 부부 의 집까지는 거의 12킬로미터를 더 가야 하기 때문에 내비게 이터와 나는 오후 4시가 되자 자리에서 일어났다. 접이의자는 갈증에 허덕이며 막 도착한 팩맨과 와일드플라워의 차지가 되 었다.

그늘에서 꽤 오랜 시간 휴식을 취한 뒤 무자비한 태양의 열 기 한가운데로 나오자 몸의 리듬이 되돌아오는 데만도 몇 분 이 걸렸다. 아무 말도 하지 않고 앞서거니 뒤서거니 걷는 동안 나는 내비게이터의 배낭을 꼼꼼히 훑어봤다. 작은 무지개무늬 휘장이 배낭 한가운데 꿰매져 있었다. 어떻게 하면 이 화제를 최대한 자연스럽게 꺼낼 수 있을지 잠깐 고민하다 물었다.

"독일에서는 배낭에 무지개 휘장을 달고 다니는 사람을 동성애자라고 생각하거든요. 여기도 마찬가지인가요?"

내비게이터는 싱긋 웃으며 뒤돌아봤다.

"그래요. 미국에서도 똑같죠. 잘 봤어요. 난 동성애자예요."

그리고 몇 초 뒤에 그는 약간 침울한 투로 덧붙였다.

"지난 한 달간 만난 다른 사람들도 당신처럼 궁금해하는 눈치였어요. 하지만 아무렇지 않게 물어보는 사람은 당신이 처음이에요."

"뭐, 나는 베를린에 사는걸요. 내 친구들 중에도 동성애자가 여럿이에요. 그러니 내게는 별다를 것도 없는 일이죠."

그의 기분을 돋워주기 위해 활기차게 대꾸했다. 그러자 내비게이터의 표정이 눈에 띄게 밝아졌다. 그는 이때를 틈타 그동안 품고 있던 이야기를 털어놓았다.

"안타깝게도 아직 미국에서는 그렇지 않아요. 지금껏 나는 동성애자 스루하이커를 한 명도 만나보지 못했어요. 트레일에서 만난 수많은 사람도 동성애자와 개인적으로 대면한 건 내가 처음인 모양이더군요. 그렇다 보니 일부는 나를 무척이나 부자연스러운 태도로 대하더라고요."

그때부터 카사 데 루나에 도착하기까지 세 시간 동안 내비게이터는 가족들 앞이나 트레일에서 커밍아웃을 감행했을 때의 이야기를 들려줬다. 한 해 전에 그는 애팔래치아 트레일을 완주했는데, 여행의 막바지에 이르러서야 용기를 내 동료 스루하이커들에게 자신이 동성애자임을 알렸다고 한다. 사람들은 다양한 반응을 보였다.

"스루하이커들은 말이죠. 첫 만남에서는 무척 특이한 사람처럼 보이는 경우가 많아요. 하지만 동성애 문제에서는 보통의 미국인과 크게 다를 것이 없어요. 내가 동성애자라는 사실을 불편해하는 사람도 많았죠."

그는 내게 이렇게 털어놓았다. 그러나 내비게이터와 함께 걷는 일은 무척이나 즐거웠다. 그는 같은 동성애자 친구들과 트레일을 걸었던 일화를 내게 들려줬다.

"다들 아주 체력이 형편없더군요. 고작 10킬로미터를 걷고 나서 나가떨어지지 뭐예요."

우리는 저녁 7시가 조금 넘어 앤더슨 부부의 집에 도착했다. 좀 무질서해 보이는 거실에는 주인 부부와 세 명의 여행자가 있었다. 타코 샐러드가 담긴 엄청나게 큰 그릇도 눈에 띄었다. 조 앤더슨은 한 손에 맥주를, 다른 한 손에 담배를 든 채 우리를 맞았다.

"카사 데 루나에 오신 것을 환영합니다, 히피 친구들!"

그의 아내인 테리는 곧장 우리에게 종이접시를 가져다주며 눈짓으로 샐러드를 가리켰다.

"마음껏 들어요!"

우리는 샤워도 미뤄둔 채 체면 차릴 새 없이 접시 가득 음식을 담았다. 그리고 어디서 주워온 것처럼 낡아빠진 소파 위에 앉아 있는 다른 스루하이커들 사이를 비집고 앉았다. 이후에 팩맨과 와일드플라워, 버드넛, 마지막으로 '비셔스(Vicious)'라는 별명을 가진 스루하이커가 줄줄이 나타나는 바람에 모임은 금세 파티 분위기가 되었다. 볼륨을 한껏 높인 텔레비전 소리 사이로 앤더슨 부부의 개 두 마리가 컹컹 짖어댔고, 나를 제외한 모두의 손에는 맥주 캔이 들려 있었다. 비셔스가 말아 피우는 담배에서 단내가 피어올랐지만, 다들 모른 체했다. 비셔스가 아무것도 모르는 불쌍한 독일인 관광객에게 'mooning'이라는 표현을 설명할 때 분위기는 최고조에 달했다. 그는 능청맞게 웃으며 일어서더니 우리 앞에 등을 보이고 서서 순식간에 바지를 내리고 허연 엉덩이를 들이밀었다. 그렇게 해서 나는 'mooning'이 '볼기짝을 내보이는 행위'를 뜻하며 사회에 공개적으로 저항하는 미국식 표현임을 알게 되었다.

파티는 소위 '하이커의 자정'이라 불리는 저녁 9시에 조용히 끝났다. 해가 뜨기도 전에 걷기 시작하는 사람들이니 해가 진 뒤에는 늦게까지 깨어 있을 수 없는 게 당연했다. 잠자리에 들기 전에 조 앤더슨은 그런 생활 습관의 장점을 한마디로 정리했다.

"저녁 9시에 잠자리에 드는 사람은 아침 9시가 조금 넘으면 맥주를 마실 수 있지."

우리는 한바탕 킬킬대고는 또다시 헤드랜턴에 의지해 더듬

더듬 정원으로 나가 만자니타(진달래과 나무의 일종) 덤불 사이에 잽싸게 텐트를 쳤다. 15분이 지나자 침낭과 비닐봉지가 부스럭거리는 소리만 간간이 들려왔고, 조금 뒤에는 낮게 코 고는 소리만 남았다.

이튿날 아침, 나는 평소대로 동이 트기 시작하는 새벽 5시에 눈을 떴다. 밖에서는 이미 누군가 깨어 나직이 속삭이고 있었다. 머리를 텐트 바깥으로 내밀자 사막의 추운 아침 기온에 대비해 오리털 재킷과 뜨개모자로 중무장한 팩맨과 와일드플라워가 내 텐트와 마주한 정원 소파에 앉아 있었다. 이 낡은 소파는 앤더슨의 정원을 장식하는 여러 물건 중 하나였다.

"좋은 아침이에요, 저먼 투어리스트 씨. 10분 후면 아침 식사가 시작될 거예요."

두 사람이 내게 인사를 건넸다. 뜻밖의 말에 놀라 되물었다.

"메뉴는 뭔가요?"

"팬케이크와 와플이요. 그런데 테리가 식사를 준비하는 데 시간이 좀 더 필요한 모양이에요. 배고픈 중생들에게 참고 기다리라더군요."

잠시 후 부스스한 얼굴로 앤더슨 부부의 주방에 들어서자 갓 내린 커피의 향긋한 냄새가 나를 맞아줬다. 주방의 광경은 볼만했다. 테리 앤더슨은 분홍색 목욕가운을 걸치고 조리대 앞에서 분주히 팬케이크를 뒤집는 중이었다. 새벽 5시 반밖에 되지 않았는데도 입술 사이에 연기를 뭉게뭉게 내뿜는 담배를 물고 있었다. 머리칼에는 롤 몇 개가 말려 있었고 발에는 분홍색 털슬리퍼를 꿰어 차고 있었다. 우리를 보자 그녀가 명랑하게 인사를 건넸다.

"좋은 아침이에요, 친구들!"

PCT의 트레일 엔젤들은 스루하이커들만큼이나 각양각색이었다. 앤더슨 부부는 그중 '투박하지만 정이 넘치는' 부류의 전형이었다. 정말이지 사랑할 수밖에 없는 사람들이었다.

아홉 명의 배고픈 스루하이커들은 팬케이크와 와플 몇 개가 익기 무섭게 달려들었다. 테리는 동요하지 않고 조리대 앞에서 계속 요리에 열중했다. 나는 주인이 권한 커피는 사양했지만 와플은 일곱 개나 먹어치웠다. 그나마 내 옆에 앉아 열 개를 먹어치운 팩맨에 비하면 양반이었다.

작별 인사를 나누기 전에 조는 그의 PCT 앨범에 넣을 단체 사진을 한 장 찍었다. 여행자들은 소파 뒤쪽의 커다란 맥주잔 속에 있는 비공식 기부함을 차례로 슬쩍 지나쳤다. 다른 모든 트레일 엔젤처럼 앤더슨 부부도 돈을 받지 않고 스루하이커들을 지원하고 있었다. 그들은 스루하이커를 새로 사귄 친구쯤으로 여겼고, 그저 이들과 어울리는 일을 즐길 뿐이었다. 그러나 여행자에게 제공되는 맥주와 음식, 연료는 어디서 공짜로 얻는 게 아니었다. 그래서 여행자들은 그곳에 묵은 뒤 형편껏 약간의 돈을 내고 떠난다.

조와 테리는 담배꽁초를 손에 들고 우리를 배웅하며 마지막으로 한 번 더 외쳤다.

"정신 나간 히피 친구들, 몸조심하게나!"

'당신도요.'

속으로 인사를 하며 나는 손을 흔들었다.

2004년 5월 23일~6월 3일

모하비 사막에서 시에라네바다까지, 캘리포니아

`'--------- 770~1,123킬로미터 구간`

모하비 사막을 두 단어로 표현하자면, 바로 극한의 환경과 예측 불가능성이라고 할 수 있을 것이다. 영상 40도를 웃도는 뜨거운 열기가 두꺼운 이불처럼 숨통을 짓누르는 날도 허다했다. 모하비 사막 곳곳에 있는 다리는 시간이 흐를수록 노숙자 보호소처럼 변한다. 여행자들이 정오의 열기를 피해 다리 아래 발포매트를 깔고 앉아 휴식을 취하기 때문이다. 옆에 나뒹구는 햄버거 포장지와 말라빠진 쇠똥 따위는 아랑곳하지 않는다. 머리 위로 불과 몇 미터도 떨어지지 않은 고속도로에서는 자동차들이 굉음을 내며 질주하고 있지만, 더위에 비하면 소음은 아무것도 아니었다.

모하비 사막 곳곳에는 사유지가 있어 아름다운 풍경을 따라 트레일이 직선으로 이어지지 않는다. 때문에 PCT 여행자들은 끝이 보이지 않는 철조망 울타리를 따라 거친 황무지 길을 몇 킬로미터씩 돌아가야 했다. 혹은 모노(Mono) 호수의 물을 도심까지 끌어오기 위해 건설된 로스앤젤레스 수로를 따라 걷기도 했다. 사막을 걷느라 갈증으로 혀가 입천장에 달라붙을 것 같은 상황에서 수로 안에 출렁이는 물소리를 듣고 있자니 묘한 기분이 들었다. 수로가 폐쇄된 구조였기 때문에 물은 가까우면서도 닿을 수 없는 존재처럼 느껴졌다.

사막 풍경은 황량하기 그지없었다. 먼지를 뒤집어쓴 키 작은 떡갈나무 덤불이 군락을 이룬 가운데 거대한 조슈아 나무가 이따금 눈에 띌 뿐이었다. 조슈아 나무는 키가 5미터 넘게 자라는 용설란과의 식물이다. 그 밖에 뼈대만 남은 자동차, 망가진 캠핑 트레일러, 사유지에 있는 폐기물 처리장 등, 인간이 남긴 쓰레기도 드문드문 눈에 띄었다. 어느 철조망 울타리에는 구식 크로스컨트리 스키 용구 한 벌이 놓여 있었다. 밤이면 어디선가 코요테 울부짖는 소리가 들려왔다.

그러나 이와는 극과 극을 달리는 기상현상이 닥칠 때도 있었다. 가령 테하차피(Tehachapi) 산맥이 일으키는 깔때기 효과는 산에 부는 북서풍의 힘을 증폭시키는데, 이 바람은 말 그대로 스루하이커들을 날려버릴 듯 불어댄다. 주변에 캘리포니아에서 가장 큰 풍력발전 기지가 있는 것도 이 때문이다. 오르막길을 오를 때는 80킬로그램이 넘는 체중에 무거운 배낭까지 메고 있는 나조차도 강풍에 휩쓸리지 않기 위해 안간힘을 써야 했다. 테하차피 산 정상에 가까워질수록 기온도 낮아졌다. 산 위의 능선에 이르면 여행자들은 바람을 피해 야트막한 나무 뒤에 웅크린 채 모자와 장갑, 따뜻한 재킷으로 무장하고 오들오들 떨며 점심 휴식을 취했다.

모하비 사막은 스루하이커들을 혹독한 시험에 들게 하며 낙오자를 걸러내는 곳이었다. 초반 몇 주일 사이에 백기를 든 사람은 프리티 레그뿐이 아니었다. 캄포에서 나와 함께 출발한 맷과 벤은 고작 2주일을 걸은 뒤 별명도 얻지 못하고 트레일을 떠났다. 5주일 전 한껏 들뜬 모습으로 트레일 개시 기념행사에 참가했던 네 명의 다른 젊은이도 마찬가지였다.

하지만 난 포기할 수 없었다. 운동조차 제대로 한 적 없는 몸으로 출발했지만 뜻밖에도 육체적인 문제는 전혀 겪지 않았다. 처음 며칠 동안 근육통이 조금 있었을 뿐, 물집 한번 잡힌 적 없고 무릎이나 정강이 통증도 없었다. 대부분의 동료들보다 시간이 좀 더 걸리기는 했지만 하루 평균 33킬로미터도 가뿐히 완주했다. 피부가 갈색으로 그을리고 체중이 몇 킬로그램 빠진 뒤에는 그야말로 걷는 기계가 되어 있었다.

트레일을 막 걷기 시작했을 때만 해도 캐나다에 도착하느냐

마느냐는 내게 중요한 사항이 아니었다. 그때는 길이 곧 목적지라는 생각뿐이었다. 그러나 걷다 보니 어느새 내 안에는 반드시 캐나다 국경에 다다르고 말리라는 결심이 굳게 자리 잡고 있었다.

2004년 6월 3일

케네디 메도스 야영지, 캘리포니아

-------- 1,123킬로미터 지점

"이제 선인장이 한 개만 더 눈에 띄어도 미쳐버릴지 몰라요."

벅30(Buck30)은 상점의 테라스에 올라서기 무섭게 배낭과 등산스틱을 한구석에 내팽개치며 말했다. 나는 싱긋 웃으며 대꾸했다.

"어차피 앞으로 몇 주일 동안은 그럴 가능성이 희박할걸요."

"아마 그렇겠죠. 그 기념으로 시원한 2리터들이 콜라나 마시며 하루를 마감해야겠어요."

벅30이 웃으며 말하고는 여닫이문을 밀고 상점 안으로 들어갔다.

케네디 메도스(Kennedy Meadows)는 시에라네바다 산맥으로 들어서는 관문이었다. 나는 이미 해발 2,000미터 지점 부근까지 올라와 있었다. 이제부터 3주간 우리는 해발 4,000미터에 이르는 고갯길을 오르내리며 시에라네바다 산맥을 종단할 것이다.

6월이라고 해서 시에라네바다 산맥을 종단하는 일이 항상 가능한 것은 아니었다. 강설량이 많은 해에는 겨울이 지나고 6월이 되어도 시에리네비다 산맥 곳곳에 눈이 쌓여 있는 일이 흔했다. 그래서 눈이 많이 내린 해에는 트레일을 원활히 종주하기 어려웠다. 눈이 녹을 때까지 기다릴 수도 있지만, 그랬다가는 종주 일정이 늦어져 겨울이 오기 전에 캐나다 국경에 도착할 수 없게 된다. 대안으로 교통편을 이용해 시에라네바다 산맥 구간을 일단 지나친 다음 되돌아와 이 구간을 걸어서 완주하는 방법이 있기는 하다. 그러나 광활한 영토에 대중교통이 많지 않은 미국에서는 이동수단을 찾는 일 자체가 커다란 난관이다.

이런 이유로 스루하이커들은 겨울이 끝날 무렵부터 잔뜩 긴장한 채 인터넷으로 시에라네바다 산맥의 적설량을 관찰한다. 6월쯤이면 남은 적설량이 얼마나 될지 어림해보기 위해서다. 그러나 겨우내 강설량이 적었더라도 연초에 느닷없이 폭설이 쏟아져 스루하이커들의 한 가닥 희망을 묻어버리기 일쑤였다. 한마디로 시에라네바다 산맥은 PCT에서 가장 어려운 관문이자 장애물이었다. 4월 중순에 멕시코 국경에서 출발하는 일이

의미 없는 이유도 어차피 6월 초에는 시에라네바다 산맥을 통과할 수 없기 때문이다. 그렇다고 북쪽에서 출발해 남쪽으로 내려올 수도 없다. 그럴 경우 첫눈이 내린 뒤에야 이곳 고산지대에 도착할 수 있어 더욱 위험하다.

다행히 나는 운이 좋았다. 올해는 적설량이 평균에 약간 못 미치는 해였다. 그래서 겨울이 채 끝나기도 전에 적설량이 평균 이하로 내려가 있었고, 뒤늦게 폭설이 내리는 최악의 상황도 벌어지지 않았다.

그러나 스루하이커들에게 문제는 눈뿐만이 아니었다. 6월은 흑곰들이 겨울잠에서 깨어나는 시기기도 했다. 이때 곰들은 무척이나 배고픈 상태일뿐더러, 이처럼 이른 시기에는 야생에서 먹잇감을 충분히 구할 수도 없다. 그러니 곰들이 배낭에 식량을 가득 채우고 다니며 혼자 텐트에서 자는 스루하이커를 노리는 건 당연한 결과였다. 1950년대 초반까지만 해도 요세미티 국립공원에서는 관광객을 위해 먹잇감으로 곰을 유혹하는 '곰 쇼'가 열렸는데, 이 때문에 곰은 사람을 두려워하지 않게 되었다. 그 결과 곰이 텐트는 물론 주차해둔 자동차에 침입하는 일이 흔해졌을 뿐 아니라 사람을 공격하는 일도 종종 벌어졌다. 국립공원 관리소는 곰을 다시 사람들에게서 떼어놓기 위해 1990년대 후반부터 엄격한 야생 곰 보호 프로그램을 가동시켰다. 이에 따르면 국립공원 방문객들은 반드시 곰과 거리를 둬야 하며 절대로 먹이를 줘서는 안 된다. 모든 공식 야영지에는 곰이 열 수 없는 쓰레기통과 식량 보관박스가 구비되어 있고 도보여행자들도 의무적으로 곰통을 소지해야 한다.

사막에서 고산지대로 들어서면서 눈과 곰 문제에 맞닥뜨린 스루하이커들은 장비 역시 새로운 환경에 맞춰 재정비해야 했다. 케네디 메도스 야영지는 수십 년 전부터 장비를 점검하기에 최적의 장소로 꼽혔다. 시에라네바다 산맥 남쪽에 위치한 이곳에는 스루하이커에게 필요한 편의시설이 모두 갖춰져 있었다. 텐트 칠 자리는 기본이고, 작지만 알찬 잡화점과 샤워시설, 세탁기, 빨랫줄, 공중전화, 무엇보다도 식량이 구비되어 있었다. 상점 주인은 약간의 수수료를 받고 소포를 수령해주거나 다른 곳으로 다시 부쳐주기도 했다. 거의 모든 스루하이커가 바운스박스나 추가 보급품을 이곳으로 배송시켜 두고 꿀맛같은 제로 데이를 즐겼다. 특히 6월 초의 케네디 메도스는 스루하이커들의 성지나 다름없었다.

케네디 메도스 잡화점의 투박한 목재 테라스에는 스무 명 남짓의 여행자들이 앉거나 눕거나 서 있었다. 피크닉 탁자와 나무 벤치에 물건들이 혼잡하게 뒤엉켜 있는 게 보였다. 열린 소포 상자와 페인트 통, 곰통, 얼음도끼, 비닐봉지 사이로 수백 개는 됨 직한 초코바와 즉석 수프, 시리얼바가 가득한 종이 상자 등이 눈에 띄었다. 선크림과 모기약 냄새에 섞여, 잡화점

주인이 스루하이커들을 위해 목탄 바비큐 그릴에 얹어둔 고기 냄새도 풍겨 왔다. 뒤편에서는 디젤 발전기 돌아가는 소리가 들렸다. 송전 시스템에 연결되어 있지 않은 케네디 메도스에서 전기를 생산하기 위해 쓰는 발전기였다. 간혹 벽에 설치되어 있는 구식 동전 공중전화의 벨이 울렸다. 휴대폰 수신이 되지 않는 외진 곳이라 스루하이커의 가족들이 통화를 위해 이곳으로 전화를 걸곤 했다.

잡화점의 여닫이문이 끼익 소리를 내며 열리자 벅30이 커다란 콜라 병을 손에 들고 소포 두 개를 팔 아래 낀 채 테라스로 나왔다. 그는 나무 벤치에 앉아 있는 내 곁으로 다가오더니 끙 소리를 내며 의자에 궁둥이를 붙였다.

동시에 잡화점에 딸린 세탁실에서 스프라이트(Sprite)와 고트(Goat)가 모습을 드러냈다. 두 사람은 새까만 선글라스를 끼고 허리 아래로는 텐트 깔개만 대충 감은 차림새였다. 짙고 덥수룩한 수염과 팔꿈치 아래부터 구릿빛으로 탄 팔이 치즈처럼 희멀건 몸통과 선명한 대조를 이뤘다.

벅30은 콜라를 들이켜다가 그 광경을 보고는 사레가 들려 캑캑거렸다.

"거, 「블루스 브라더스」(The Blues Brothers, 1980년에 제작된 미국의 코미디 영화)라도 찍는 거요?"

"아무려면요. 우린 늘 최신 유행하는 스루하이커 패션을 고집하죠."

스프라이트가 능청스레 대답하며 선글라스를 고쳐 썼다. 그쯤 되자 나도 터지는 웃음을 참을 수 없었다. 선글라스를 낀 두 사람의 모습은 그야말로 쿨한 매력을 풍기는 존 벨루시(John Belushi)를 떠올리게 했다. 물론 우리는 두 사람이 그런 차림을 하고 있는 진짜 이유를 알고 있었다. 바로 오늘 같은 날에는 몇 벌 안 되는 옷을 죄다 빨아야 하기 때문이다. 짐을 초경량으로 유지해야 하는 도보여행자에게 갈아입을 옷은 사치였다. 그래서 빨래하는 동안에는 우비를 입거나 스프라이트와 고트처럼 텐트 깔개로 몸을 휘감고 있는 수밖에 없었다.

"쯧쯧. 그렇게 형편없는 것도 패션이라고."

옆 탁자에서 누군가 비웃는 소리가 들려, 모두의 시선이 한꺼번에 그쪽으로 향했다. 그곳에는 팩맨이 앞의 두 사람 못지않게 우스꽝스러운 몰골로 앉아 있었다. 속이 살짝 비치는 모기 방지 그물이 키 190센티미터는 됨 직한 거인의 털투성이 머리통에 씌워져 있었다. 그는 천천히 자리에서 일어났다. 손에는 장갑을 끼고 긴팔 셔츠를 걸쳤으며, 우비 바지 밑단을 양말 속에 구겨 넣은 채였다. 한 손에는 얼음도끼를, 다른 한 손에는 곧 던지기라도 할 태세로 곰통을 들고 있었다.

"곰이든 모기든 다 덤벼라! 이 시에라의 괴물님께서 상대해 주겠다!"

그는 동굴 같은 저음으로 부르짖으며 설인 흉내를 냈다.

"잘도 그러겠네. 그 녀석들도 당신 꼴을 보면 배꼽을 잡고 비웃을걸."

아내인 와일드플라워가 킬킬대며 놀렸다.

케네디 메도스의 분위기는 느긋하고 생기가 넘쳤지만, 한편으로는 긴장감이 감돌고 있었다. 다른 사람들과 마찬가지로 나 역시 한 달 반의 여정 끝에 드디어 사막을 벗어난 것이 기쁘기 그지없었다. 게다가 다음 관문인 시에라네바다는 PCT에서 가장 아름다운 구간으로 알려져 있었다. 이에 대한 기대감으로 사람들 사이에서는 새로운 에너지와 희열이 샘솟았다. 동시에 우리는 눈 덮인 고갯길을 수없이 기어오르고, 만년설이 쌓인 광대한 설원을 가로지르고, 거센 물살을 헤치고 강을 건널 일을 생각하며 두려움에 사로잡혀 있었다. 굶주린 갈색곰 수백 마리가 산맥 곳곳에 숨어 우리를 기다리고 있고, 수백만 마리의 모기가 온몸을 찔러댈 것이다. 스루하이커들에게 시에라네바다는 가장 혹독한 시험대였다. 이곳을 통과한 사람이라면 캐나다 국경까지 갈 확률이 거의 백 퍼센트라고 해도 과언이 아니었다.

나는 온종일을 테라스에서 보냈다. 소소한 일거리가 수없이 많았다. 샤워를 하고, 옷을 빨아 널고, 장비를 정리해 버릴 것은 버리고, 필요한 경우 보수하거나 교환하기도 했으며, 바운스박스에서 필요한 물건만 꺼낸 뒤 재발송할 수 있도록 다시 포장했다. 또 서류를 점검하고, 식량을 얼마나 어떻게 가져갈지 고민하고, 선크림과 모기약 통을 채우고 손발톱을 깎는 등, 할 일은 끝이 없었다. 그 와중에도 수다를 떨고 먹고 마시며 즐기는 일만은 잊지 않았다.

오후 5시, 잡화점이 문을 닫을 때가 되자 벅30은 2리터들이 콜라 한 병을 더 사 오고 팩맨은 아내와 함께 마실 코로나 맥주를 구입했다. 나는 음료수 살 돈을 아껴 커다란 감자칩 한 봉지를 사고 술 대신 물을 마시기로 했다. 그 뒤에는 용량이 11리터밖에 안 되는 곰통에 엿새 동안 먹을 식량을 구겨 넣느라 고심했다. 공간을 빈틈없이 활용하기 위해 나는 1.5킬로그램짜리 엠앤엠즈 초콜릿을 구입해 뜯은 뒤 곰통의 빈틈에 쏟아부었다.

"저먼 투어리스트 씨, 물 팩에 연결하는 호스를 하나 더 준비하는 게 어때요? 하나는 물 팩에, 하나는 곰통에 연결해서 엠앤엠즈를 빨아 먹게 말이에요."

내 모습을 지켜보던 팩맨이 놀리듯 말했다.

"부러우면 부럽다고 해요. 그래도 난 규정에 맞게 식량을 곰통에 다 채웠다고요."

그의 말에 아랑곳하지 않고 대꾸한 뒤 가까스로 곰통의 뚜껑을 닫았다.

"그러게 말이에요. 우린 어찌 해야 하나 몰라. 식량을 3분의

2밖에 채우지 못했거든요."

와일드플라워가 나를 거들며 나서더니 형광주황색으로 칠한 자신의 통을 가리켰다. 통 주위에는 땅콩버터 여러 병과 각양각색의 초코바가 어수선하게 흩어져 있었다.

"통을 왜 형광주황색으로 칠한 거죠?"

두 번째 콜라 병을 벌써 반이나 비운 벅30이 끼어들어 물었다. 그러자 팩맨이 설명했다.

"밤에는 곰통을 텐트 바깥에 둬야 하잖아요. 만약 곰이 이 통을 손에 넣으면 열 수가 없으니 이리저리 굴리고 던질 게 분명해요. 그래서 찾기 쉽도록 눈에 잘 띄는 색깔을 칠한 거죠."

"강물 속에나 집어 던지지 않으면 가능한 얘기죠."

벅30이 유쾌하게 대꾸하며 콜라를 한 모금 들이켰다.

"그런데 눈이 이 정도 녹은 상태라면 정말 고개를 넘는 데 문제가 없을까요?"

나는 모두가 입 밖으로 내기 꺼려하는 화제를 불쑥 꺼냈다. 벅30이 대답했다.

"정상까지 올라가기만 하면 문제없을 거예요. 내려갈 때는 엉덩이를 대고 미끄러져 내려가면 그만이니까."

"글리사드(glissade)를 하라는 말인가요? 그건 썰매 없이 썰매를 타는 거나 마찬가진데, 너무 위험하지 않을까요?"

내 대꾸에 벅30이 되물었다.

"뭐가 위험하다는 거죠?"

"그거야 통제가 불가능할 정도로 속도가 빨라지면 멈추거나 방향을 조절할 수 없을 테니까……."

"그럴 때는 얼음도끼나 등산스틱을 이용하면 돼요. 그냥 엉덩이를 대고 편한 자세로 앉아 있으면 그만인데요, 뭘."

"글쎄요. 그러다 바지라도 찢어지면 어떻게 해요?"

내가 여전히 주저하며 되묻자 빅30의 입에서 오늘의 명언이 튀어나왔다.

"에이, 간단해요. 엉덩이에 강력 접착테이프를 붙이고 돌격 앞으로!"

팩맨과 와일드플라워와 함께 그 광경을 상상하다가 그만 큰 소리로 웃음을 터뜨렸다. 그러나 이내 나는 웃음을 그치고 생각에 잠겼다. 글리사드를 하라는 빅30의 농담은 철학적으로 해석될 수도 있는 이야기였다. PCT 종주를 준비할 때 스스로 얼마나 많은 회의와 걱정거리를 만들어 단념할 뻔했었는지 곱씹어봤다. 위험 요소를 모두 고려한 뒤 해결책을 생각해내고 이를 행동으로 옮기는 대신, 나는 의미 없는 고민에만 빠져 너무나 많은 시간과 에너지를 낭비해버렸다. 모든 일에 끝없이 회의를 품기보다는 단호하게 결정을 내리고 행동에 나서는 것. 아마 살면서 여러 가지 일을 마주하게 될 때 내가 취해야 할 태도도 이런 것일지 모른다.

온화한 저녁 공기 속에 소나무들이 내뿜는 알싸한 향을 깊숙이 머금었다. 그리고 빙그레 미소를 지으며 이 새로운 주문을 마음속으로 되뇌었다.

'엉덩이에 강력 접착테이프를 붙이고 돌격 앞으로!'

2004년 6월 7일

휘트니 산, 캘리포니아

'------ 1,226킬로미터 지점

"제기랄!"

누군가가 내지르는 소리에 깜짝 놀라 눈을 떴다. 아침 6시부터 대체 누가 욕설을 해대는 거지? 그때 불현듯 텐트의 초록색 천장이 눈에 들어왔다. 어째서 저렇게 뿌연 초록색인 거야? 잠에 취한 와중에도 의문이 든 나는 침낭을 조심스럽게 열어젖히고 한쪽 팔을 뻗어 기묘한 색감을 띤 텐트의 표면을 어루만져 보았다. 그러자 미세한 얼음 결정이 얼굴 위로 부서져 내렸다.

"이런 빌어먹을 일이 있나."

바깥에서 누군가 또다시 투덜거렸다. 그새 똑같은 심정이 된 나는 텐트 밖으로 머리를 내밀었다. 텐트 앞에는 사우스포가 납작한 판자 같은 물체 두 개를 들고 서 있었다.

"무슨 일이에요?"

"내 양말이 꽁꽁 얼어버렸어요."

그가 판자 같은 물체를 들더니 공중에 흔들며 말했다.

"하느님 맙소사!"

나도 모르게 소리를 지르며 신발을 향해 손을 뻗었다. 아니 나 다를까. 전날 몇 번이나 개울을 건너는 바람에 속까지 푹 젖어버린 신발이 얼음 덩어리로 변해 있었다.

"아이고, 거기다 발을 집어넣으려면 고생깨나 하겠구먼."

사우스포가 양말 판자를 겨드랑이에 끼며 짓궂게 한마디 던졌다. 우리는 해발 3,100미터의 크랩트리 메도스(Crabtree Meadows)에서 야영을 한 뒤였다. 밤이 되면 이곳의 기온은 영하 밑으로 한참이나 떨어졌다.

"우린 꽁꽁 언 물병을 녹이는 참이오. 여기도 얼 만한 건 죄다 얼어버렸거든."

옆 텐트에서 팩맨의 목소리가 흘러나왔다.

"시작부터 영 좋지 못하네요."

나는 웅얼거리며 발포매트 위에 벌렁 드러누웠지만 이 작은 평화도 얼마 가지 않아 깨져버렸다.

"이봐요, 저먼 투어리스트 씨. 이제 일어나서 몸 좀 푸시죠. 같이 안 갈 거예요?"

사우스포는 나를 닦달했다. 사실 이렇게 게으름 부릴 때가 아니긴 했다. 이곳에 묵는 거의 모든 스루하이커와 함께 해발

4,421미터에 이르는 휘트니(Whitney) 산에 오르기로 한 날이기 때문이다. 휘트니 산은 알래스카를 제외하면 미국 전역에서 가장 높은 봉우리였다. PCT가 이 산을 직접 지나는 건 아니기 때문에 우리는 크랩트리 메도스에서 하루 짬을 내어 등산하기로 한 참이었다. 나를 포함해 이곳에서 하룻밤을 보낸 열한 명의 스루하이커는 오늘 무리를 지어 산에 오를 계획이다. 나는 마지못해 따뜻한 침낭에서 빠져나와 짐을 챙기기로 마음먹었다. 그러나 내 물병도 팩맨이나 와일드플라워의 것과 마찬가지로 꽁꽁 얼어 있어서 아침 식사를 하려면 좀 더 기다릴 수밖에 없었다. 물병을 재킷 속에 넣어 체온으로 녹이기 시작했다.

텐트 밖으로 기어 나오자 찌뿌듯한 기분은 눈 녹듯 사라져버렸다. 눈앞에 우뚝 선, 눈 덮인 산봉우리는 그저 압도적이라는 말로밖에 표현할 길이 없을 정도로 장관이었다. 몸이 덜덜 떨렸지만, 차갑고 맑은 산 공기를 폐 속에 가득 채웠다. 차가운 공기는 마약처럼 나를 취하게 만들었다. 내면 깊숙한 곳에서부터 차오르는 원시적인 행복감이 이내 몸 전체를 휘감았다. 나는 어마어마한 행복감에 도취되어 한껏 소리라도 지르고 싶은 심정이었다. 그러나 소리를 지르는 대신 하늘을 향해 힘껏 몸을 뻗어 기지개를 켜고는, 눈을 감고 다시 한 번 깊숙이 심호흡을 했다. 이제 하루를 시작할 준비가 되었다.

약 한 시간 뒤, 나는 여행자들과 함께 산에 오르기 시작했다. 유쾌한 기분 덕분에 그리 만만치 않은 산길도 웃으며 오를 수 있었다. 처음 마주친 계곡에서는 건너다 미끄러지는 바람에 얼음같이 차가운 물에 무릎까지 빠져버렸는데도 마찬가지였다. 우리는 바닥이 훤히 들여다보일 정도로 맑은 에메랄드빛 호수들을 지나쳤다. 호수는 도저히 정복할 수 없어 보일 만큼 가파른 화강암 절벽으로 둘러싸여 있었다. 그 사이사이로 혹독한 겨울을 버텨내고 막 피어나는 연한 초록빛과 햇빛에 반짝이는 만년설이 엿보였다. 절벽 위로는 구름 한 점 없이 눈 부시게 빛나는 푸른 하늘이 펼쳐져 있었다. 진부한 풍경 사진에서 흔히 볼 수 있는 완벽한 모습이었다. 그런데 지금 내가 그 풍경의 일부가 되어 한가운데 서 있는 것이다.

우리는 기타(Guitar) 호숫가에서 물을 채우고 간식을 먹기 위해 잠시 휴식을 취했다. 발갛게 달아오른 얼굴로 유쾌하게 웃는 동료들의 표정을 보니 그들도 나와 똑같은 기분인 모양이었다. 숨 막히도록 아름다운 풍경이 내면 가장 깊숙한 곳에 잔잔한 물결을 일으키고 있었다. 우리는 거의 아무 말도 하지 않은 채 주위를 둘러싼 깊디깊은 고요를 마음껏 음미했다.

풀밭 가장자리에 노새사슴 몇 마리가 나타나 소리도 없이 풀을 뜯다가 우리를 발견하고는 황급히 달아나버렸다. 잠시 후에는 날카로운 휘파람 소리가 울려 퍼졌다. 아마도 맹금류가 내는 소리일 거라고 생각하며 고개를 들어 하늘을 살폈다.

그때 와일드플라워가 말없이 내 옆구리를 쿡 찌르더니 호수를 향해 눈짓을 했다. 눈 부시게 내리쬐는 햇볕 때문에 눈을 찡그리며 그쪽을 바라보던 나는 이내 그녀가 가리키는 것이 무엇인지 알아냈다. 30미터쯤 떨어진 곳의 구멍에서 귀여운 설치류 동물 한 마리가 머리를 내민 채 우리를 엿보고 있었다. 마멋이었다. 새소리 같은 휘파람은 이들이 서로 위험을 경고하느라 내는 소리였다. 그러나 이 녀석은 우리를 그다지 무서워하는 것 같지 않았다. 그저 귀를 쫑긋 세운 채 은신처 밖으로 까만 코를 내밀고 호기심 어린 표정으로 이쪽을 관찰할 뿐이었다.

세 시간이 지나고 해발 1,000미터를 더 올라가서야 목적지에 다다른 우리는 한 사람씩 차례로 휘트니 산의 정상을 밟았다. 기온은 영상 8도밖에 되지 않았지만 정오의 타오르는 태양이 머리 위를 내리쬐고 있었다. 정상에서 보는 경치는 압도적이었다. 눈길 닿는 곳마다 화강암으로 이루어진 거대한 기암괴석이 바다를 이루고 있었다. 어린아이가 나무블록을 가지고 놀듯 거인들이 괴암을 가지고 놀다가 산을 만들어놓은 것 같았다. 어마어마한 경관을 눈앞에 두고 있노라니 마치 난쟁이가 된 기분이었다. 나는 다른 열 명의 PCT 여행자들과 함께 바위틈에 앉아 점심 휴식을 취했다.

당일치기 등산가들이 계속해서 정상으로 밀려들었지만, 우리는 원래부터 단체 여행자였던 것처럼 그들로부터 거리를 둔 채 뭉쳐 있었다. 사람들은 산 반대편에 있는 휘트니 산 등산로를 따라 올라오고 있었다. 워낙 찾는 사람이 많아서 그런지 이곳에는 독특한 위생시설이 마련되어 있었다. 미국에서 가장 높은 곳에 있는 공중 화장실이 바로 그것이었는데 미국인들은 이를 정겹게 '꿀단지'라고 불렀다. 오물통을 비우기 위해 정기적으로 헬리콥터가 동원되었기 때문에 이는 미국에서 가장 비싼 화장실이라 불리기도 했다. 나 역시 산 정상의 한쪽 돌벽 뒤에 위치한 이 '열린 화장실'을 이용했는데, 그처럼 숨 막히는 장관을 감상하며 생리현상을 해결한 것은 내 평생 처음이었다. PCT에서는 화장실에 다녀오는 일조차 이처럼 특별한 경험이 된다.

2004년 6월 8일

포레스터 고개, 캘리포니아

`--------- 1,249킬로미터 지점`

"젠장, 또 빠졌네!"

눈밭을 헤치고 나아가던 나는 큰 소리로 투덜거렸다. 다리가 또다시 눈 속에 무릎까지 박혀 빠지지 않았다. 눈물이 나올

만큼 눈구덩이에서 빠져나오려 애썼다. 오늘 하루 동안만도 눈구덩이와 싸운 게 백 번쯤은 되는 것 같았다. 신발과 양말과 바지는 이미 흠뻑 젖어버렸고 티셔츠도 땀에 절어 있었다. 이마에서 흘러내린 땀방울이 눈으로 들어가 절로 눈살이 찌푸려졌다.

옆에서 함께 걷던 팻(Pat)의 상황은 더 안 좋았다. 그는 왜소한 체구 때문에 허리까지 눈 속에 빠져 있었는데 등산스틱을 허공에 휘저으며 겨우 구덩이에서 헤어 나오는 중이었다. 손으로 눈 위쪽을 짚어 지탱하려 하자 도리어 그의 몸은 눈 속으로 푹 들어가 버렸다. 마침내 물개처럼 기어서 눈구덩이로부터 빠져나오는 데 성공했지만, 몇 미터 채 가지도 못해 그는 또 다른 구덩이에 갇혀버렸다. 나도 마찬가지 신세였다. 우리는 기진맥진해서 움직임을 멈추었고 거의 동시에 눈이 마주쳤다. 서로의 우스꽝스러운 몰골을 본 우리는 큰 소리로 웃기 시작했다.

우리가 처한 상황을 스루하이커들은 '말뚝 박기(Postholing)'라 불렀다. 이른 봄에는 눈 녹은 물이 아직 쌓여 있는 눈층의 아래쪽을 타고 흐르며 밑에서부터 눈을 깎아 나간다. 한편 온종일 햇볕의 열기를 받아 부드러워진 눈층의 윗부분은 사람의 체중을 더 이상 지탱할 수 없게 된다. 눈층이 무너지면 몸은 두꺼운 눈 더미에 말뚝처럼 박히고 발은 바닥에 흐르는 눈 녹은 물에 빠져버린다. 눈구멍에 빠지는 일을 피해보려 우리는 오늘도 동틀 무렵에 서둘러 출발했다. 이른 시간에는 눈이 아직 간밤의 추위에 얼어붙어 있어 하중을 잘 견디기 때문이다. 그러나 포레스터 고개(Forester Pass)까지 오르는 길은 생각보다 길었고, 눈은 이미 머리 위에서 이글거리는 캘리포니아의 태양을 견디지 못해 무너져 내리고 있었다.

나는 마침내 눈길에서 벗어난 팻을 향해 외쳤다.

"더 이상 못 가겠어요. 여기서 점심 먹고 가요."

그러나 귀가 어두운 팻은 늘 그랬듯이 내 말을 알아듣지 못하고 명랑하게 손만 흔들었다. 다행히도 뒤따라오던 사우스포와 그의 동료 나우오어네버(Now or Never)는 내 상태를 파악하고 휴식을 취하기 위해 커다란 화강암 바위 쪽으로 향했다. 5분 뒤 우리 네 사람은 햇볕에 따뜻하게 데워진 바위에 앉아 젖은 양말과 신발을 벗은 뒤 쭈글쭈글해진 발을 말렸다.

오늘 내가 합류한 팀에는 각양각색의 사람들이 모여 있었다. 먼저 서른 전후의 사우스포는 언제나 기운이 넘치는 사람이었다. 걷는 속도가 나보다 두 배는 빨랐지만, 거치는 도시마다 며칠씩 머물며 약혼자를 만나느라 여태껏 나를 추월하지 못하고 있었다. 시에라네바다를 그와 함께 걷고 있는 예순 살의 은행가 나우오어네버는 AT 베테랑이었지만 이제 기력이 다해 나조차 따라잡지 못했다. 그러나 사우스포는 AT에서 그와 맺은 우정을 이곳에서도 끈끈하게 유지하며 보는 사람이 뭉클해질 정도로 그를 챙겼다. 팻은 오하이오 주에서 온 묘령의 전직 군인으로, 트레일을 1,245킬로미터나 걸은 지금까지 트레일 별명을 얻지 못했다. 귀가 잘 들리지 않아 대화가 거의 불가능한 탓이었다. 그런데 신기하게도 그는 외국인인 내 말만은 같은 미국인들의 말보다 더 잘 알아들었다. 덕분에 우리는 별다른 대화 없이도 지난 며칠간 함께할 수 있었다. 팻은 느낌상 나보다 머리 두 개는 작았기 때문에 트레일 위의 파트와 파타콘(Pat & Patachon, 덴마크의 코미디언 듀오)이라 부르기에도 흠이 없었다.

우리는 모두 상념에 잠긴 채 깎아지른 듯한 눈앞의 절벽을 응시했다. 그 위쪽 어딘가에 고갯길이 숨어 있다는 사실이 잘 그려지지 않았다.

사우스포가 헛기침을 하더니 입을 열었다.

"오기 전에 사진을 봤는데 고갯길은 아마 저쪽 절벽 사이, 작게 V자로 파인 곳에 있을 겁니다."

우리는 광대한 풍경에 압도된 채 수백 미터 높이로 치솟은 절벽의 틈새를 올려다봤다. 거의 눈에 띄지 않을 정도로 작은 틈새였다.

"저기가 고개라고요? 그 아래쪽에는 거의 수직으로 솟은 절벽밖에 안 보이는데요. 길이 있을 것 같지 않아요."

뭔가 미심쩍은 마음에 되물었다.

"그럼 저기 말고 다른 데는 있을 것 같나요?"

곧장 되받아친 사우스포의 말에 아무도 대답하지 못했다. 나는 잠자코 땅콩버터가 발린 말라빠진 토르티야를 한 입 베어 물었다.

"오늘 내로 저기까지 올라갔다가 다시 하산하는 게 과연 가능할까?"

이번에는 나우오어네버가 자신 없는 투로 물었다. 나 역시 내내 똑같은 의문을 품고 있던 참이었다. 그러나 우리에게는 달리 선택의 여지가 없었다. 오늘 저녁부터는 저기압 지대가 지난 며칠간 지속된 맑은 날씨를 몰아내고 최소 48시간 동안 시에라네바다 산맥에 머물 것이다. 어제 휘트니 산에서 만난 당일치기 등산가가 전해준 일기예보였다. 눈 폭풍이 몰아칠지도 모르는 상황에 고갯길을 넘다가는 자칫 목숨을 잃을 위험이 있다. 따라서 오늘 내로 고개를 넘지 못하면 최소 이틀간은 이곳에 발이 묶이게 되는데, 그러기에는 가진 식량이 충분치 못한 상황이었다.

"저녁 9시까지 해가 있으니 괜찮을 거예요."

사우스포가 우리를 격려하고는 곧장 말을 이었다.

"그래도 서둘러 출발하는 편이 좋겠어요. 눈구덩이 때문에 시간이 많이 지체될 테니."

"맞아요. 늑장 부릴 시간이 없어요."

나도 동의하며 흠뻑 젖은 양말을 도로 신었다.

　나우오어네버가 얼굴을 찡그렸다. 지친 기색이 역력했다. 모두 그가 지난 며칠간의 산행으로 무척이나 피로한 상태임을 알고 있었다. 우리야 PCT에서 7주를 보낸 덕에 충분히 단련되었지만, 나우오어네버는 책상 앞에 앉아 있다 곧장 트레일로 뛰어든 탓에 벌써 기력이 거의 소진된 뒤였다.

　"일어나세요. 우리가 함께 있잖아요."

　그에게 힘을 북돋워주려 이렇게 말했다. 그러나 걸음을 떼는 순간 되돌아온 것은 지친 신음 소리뿐이었다.

　오후 4시 정도 되자 우리는 거의 고갯길에 다다랐다. 그러나 정상을 목전에 둔 지점에서 또 하나의 커다란 난관이 우리를 가로막았다. 지금까지 거쳐 온 구불구불한 트레일은 양지쪽이라 눈이 모두 녹아 있어서 놀라우리만치 깨끗했다. 적어도 정상을 100미터가량 남겨둔 지점까지는 그랬다. 그러나 정상 바로 아래 절벽 사이의 길에는 미처 녹지 못한 눈이 남아 있었다. 눈밭의 폭은 12미터밖에 되지 않았지만, 문제는 길 전체를 눈이 완전히 뒤덮고 있다는 점이었다. 길 자체도 경사가 매우 심할뿐더러 양옆은 수백 미터 높이의 까마득한 절벽이어서 실수로 한 발만 미끄러져도 목숨을 잃을 수 있었다. 그러나 눈 속 깊이 남아 있는 발자국은 앞서간 여행자들이 이곳을 무사히 지나쳤음을 알려주고 있었다.

우리는 천천히 눈밭 가장자리에 모였다. 절벽 아래를 내려다보니 위장이 오그라들고 심장박동이 급격히 빨라졌다. 동료들의 눈에 비친 두려움이 그들의 심정도 나와 별반 다르지 않다는 것을 말해주고 있었다. 사우스포는 일단 헛기침을 하더니 잠긴 목소리로 물었다.

"누가 앞장설래요?"

"내가 먼저 가지."

놀랍게도 나우오어네버가 앞으로 나서며 단호하게 말했다. 그는 배낭에서 얼음도끼를 꺼내 들었다. 사우스포와 나는 당혹스러운 시선을 교환했다. 지금까지 무리에서 가장 힘들어하던 나우오어네버가 자칫하면 목숨을 잃을 수도 있는 눈밭에서 선두를 자처하다니.

그는 조심스럽게 오른발을 내밀어 앞서간 사람의 발자국을 딛고는 오른손에 쥔 얼음도끼로 눈 쌓인 경사면을 내려찍었다. 이렇게 하면 발밑에 있는 눈이 무너질 경우에도 얼음도끼로 몸을 지탱하거나, 미끄러지더라도 제동을 걸 수 있다. 그는 이제 다음 발자국을 향해 신중하게 왼발을 내딛고 있었다. 사우스포와 팻과 나는 숨을 죽인 채 그를 주시했다. 같은 동작을 열 번 정도 반복한 뒤, 마침내 그는 눈밭을 지나 단단한 땅을 딛는 데 성공했다. 나우오어네버는 의기양양한 표정으로 우리를 뒤돌아보며 외쳤다.

"별것 아니구먼. 아래쪽만 쳐다보지 않으면 돼."

기왕 해야 하는 일이라면 빨리 해치우자는 마음으로 나는 두 번째로 도전에 나섰다. 팀에서 얼음도끼를 준비하지 않은 사람은 나뿐이었다. 어차피 지난겨울 강설량도 적었으니 도끼는 짐만 될 거라고 생각해 가져오지 않은 탓이었다. 지금까지는 괜찮았으나 막상 이런 순간이 닥치니 후회가 막심했다. 지금 내가 할 수 있는 것이라곤 등산스틱으로 균형을 잡기 위해 온 힘을 다하는 일뿐이었다. 그러나 발이 미끄러질 경우 등산스틱만 가지고는 추락을 면할 수 없었다. 그랬다가는 수백 미터 아래로 떨어져 절벽에 부딪치고 말 것이다. 단 한 번의 실수도 치명적인 결과를 초래할 수 있었다. 그러나 지금은 그런 생각을 떨쳐버려야 한다. 나는 호흡을 가다듬었다.

'아래를 내려다보지 말자.'

속으로 되뇌며 눈밭에 첫발을 내디뎠다.

'아래를 내려다보지 말자.'

두 발짝.

'아래를 내려다보지 말자.'

세 발짝.

"할 수 있어!"

나우오어네버가 나를 향해 소리쳤지만, 그를 바라볼 엄두조차 나지 않았다.

위태롭게 한 걸음씩 앞으로 나아갔다. 이제 1미터만 더 가면 안전한 땅을 밟게 될 것이다. 과감하게 두 발짝을 더 내딛고 나자 나는 어느새 돌바닥을 딛고 서 있었다. 여전히 떨리는 손으로 이마에 맺힌 땀을 닦으며 긴 한숨을 내쉬었다. 경련을 일으킬 것 같던 위장이 서서히 안정되면서 안도감이 밀물처럼 차올랐다.

맞은편에 서 있는 사우스포를 바라보며 나는 격려하듯 큰 소리로 외쳤다.

"보기보다 쉬워요."

이후 벌어진 뜻밖의 상황은 장거리 도보여행에서 중요한 것이 강한 신체뿐만이 아님을 여실히 보여줬다. 팀에서 가장 체력이 약한 나우오어네버와 내가 위험한 관문을 단숨에 극복한 반면, 가장 강한 체력의 소유자인 사우스포가 여기서 어마어마한 위기에 처한 것이다. 사실 그는 우리 중 누구도 따라잡기 힘들 정도로 걷는 속도가 빨랐다. 그러나 해발 4,000미터 지점에 서자 그의 가장 큰 약점이 고스란히 드러났다. 바로 고소공포증이었다. 얼음도끼를 꽉 쥔 채 눈밭에 첫발을 내디딘 그는 한참이나 주저한 끝에 겨우 두 번째 걸음을 옮겼다. 그가 공포에 사로잡혀 있다는 사실은 누가 봐도 뻔했다. 그는 두려운 눈빛으로 절벽 아래쪽을 내려다보더니 뒷걸음질을 쳤다.

사우스포가 휘파람을 불며 느긋하게 눈밭을 성큼성큼 건널 것이라고 생각했던 나우오어네버와 나는 당황해서 서로를 쳐다봤다. 이제는 과연 그가 이쪽으로 건너올 수 있을지도 의문이었다.

"별것 아니라고, 친구. 나도 중간에 돌아갈 뻔했지만 결국 무사히 건너지 않았나."

나우오어네버는 그를 진정시키려 말을 건넸다.

사우스포는 이마에 흐르는 땀을 닦고 두 번째 시도를 감행했다. 한 발짝, 두 발짝, 또다시 주저하며 세 발짝. 그러나 이번에도 공포가 그를 짓누르는 듯 또다시 눈밭에서 물러났다. 그러고는 백지장처럼 허옇게 질린 채 두 손을 덜덜 떨며 건너편에 있는 우리를 향해 소리쳤다.

"아무래도 난 못 할 것 같아요."

아직 눈밭을 건너지 않은 팻이 그의 어깨를 툭툭 두드리며 격려했다.

"순전히 마음먹기에 달린 일이에요. 내가 배낭을 들어줄까요? 짐이 없으면 건너기가 조금 수월할 텐데."

사우스포는 고맙지만 괜찮다고 사양하고는 세 번째로 눈밭 건너기를 시도했다. 세 걸음까지는 성공이었다. 그러나 그는 이번에도 곧 물러서며 고개를 흔들었다.

"도저히 못 하겠어요."

어찌해야 할지 모르겠단 생각에 나는 나우오어네버를 바라봤다. 그 역시 나만큼이나 초조한 모양이었다. 사우스포가 눈밭을 건너지 못하면 어떻게 해야 하지? 이곳 말고 다른 길은 없었다. 격려하는 것 말고는 그가 이쪽으로 건너오는 것을 도와줄 방법도 없었다.

나우오어네버가 재차 나섰다.

"이봐, 사우스포. 정말 보기와는 다르다니까. 내 목소리에만 집중하고 아래쪽은 바라보지 말게. 자, 이제 바로 앞에 나 있는 발자국에 오른발을 맞춰봐."

그가 최면을 걸듯 말하자 사우스포는 마지못해 시키는 대로 했다.

"그다음엔 얼음도끼를 경사면에 찍어 넣고."

사우스포는 이번에도 그의 지시에 따랐다.

"이제 왼발을 옮겨."

나우오어네버는 사우스포가 위험 구간을 한 길음씩 건너는 동안 차분히 지시를 내리며 그를 이끌었다.

"이제 금방 끝날 거야."

사우스포가 눈밭의 중간 지점에 이르자 그는 이렇게 외쳤다. 그러자 사우스포에게서 공포가 서서히 가시는 것 같았다. 이내 불안정하던 걸음이 빠르고 안정적으로 변해갔다. 재빠르게 대여섯 걸음을 옮긴 사우스포는 드디어 맞은편의 안전한 땅에 도달했다.

나우오어네버는 기특하다는 듯 그의 어깨를 툭툭 두드렸다.

"잘해냈네, 친구!"

"에이, 됐어요."

사우스포는 그제야 소동을 일으킨 게 민망했는지 황망하게 한마디를 내뱉고는 팻에게 주의를 돌리려 했다.

"이제 당신만 건너면 끝이네요."

그러나 팻은 귀가 어두워 어차피 그가 하는 말을 알아들을 수 없었다. 드디어 왜소한 체구의 팻이 얼음도끼를 들고 싱긋 웃으며 눈밭으로 들어섰다.

"이봐요, 내 사진 찍어두는 것 잊지 말라고요!"

정확히 눈밭의 중간 지점에 도착했을 때 그가 이쪽을 향해 외쳤다. 사진 찍을 포즈를 취하는 그를 보며 나는 두 눈을 의심했다. 그는 허리를 펴고 서서 두 팔을 하늘 높이 치켜들고는 얼음도끼를 든 채 손까지 흔들었다. 까마득한 절벽 위에 서 있는 팻을 보니 오금이 다 저릴 지경이었다. 그러나 팻은 여유만만했다.

"사진 찍었어요?"

팻이 아무렇지 않게 물었다. 우리가 긴장한 채 고개를 끄덕이자 그는 다시 움직이기 시작했다.

마침내 모두가 무사히 눈밭을 건넜지만, 아무도 입을 열지 않았다. 사우스포는 거북한 표정으로 딴청을 부렸다.

"자, 이제 또 서둘러야죠."

민망해하는 그를 구해주기 위해 나는 이렇게 말하며 발걸음을 옮겼다. 얼마 안 가 눈이 없는 마지막 굽잇길이 나타났다. 몇백 미터를 더 걸은 뒤, 마침내 우리는 포레스터 고개에 도착했다. PCT에서 가장 고도가 높은 해발 4,002미터 지점이었다.

그곳에서 내려다본 전경은 숨 막힐 정도로 아름다운 동시에 두려움을 자아냈다. 우리가 거쳐 온 오르막길은 남향이라서 눈이 많이 녹고 없었지만, 이제부터 통과해야 할 북쪽의 내리막길은 계곡 바닥까지 완전히 눈으로 뒤덮여 있었다. 맨 아래쪽 가장자리에 있는 호수도 여전히 꽁꽁 얼어붙어 있었다.

"오, 안 돼."

나우오어네버는 눈 덮인 길을 바라보며 탄식을 내뱉었다.

"안 되면 안 되죠."

이렇게 대꾸하며 나는 거대한 회색 구름 덩어리가 몰려오고 있는 하늘을 가리켰다.

"저게 바로 그 한랭전선인가 보군."

사우스포가 덤덤하게 말했다.

팻은 늘 그랬듯 침묵을 지키며 초코바를 한 입 베어 물었다. 눈 위에 남아 있는 발자국을 통해 앞서간 사람들이 어느 길로 내려갔는지 짐작할 수 있었다. 우리는 몇 분도 채 머무르지 않고 서둘러 같은 경로를 따라 내려갔다.

PCT는 오늘 우리에게 한 치의 여유조차 허락하지 않았다. 험한 내리막길을 무사히 내려왔건만, 거기서 끝이 아니었던 것이다. 아직 해가 떠 있는 네 시간 안에 안전한 야영지에 도착하려면 서둘러야 했다. 무엇보다도 한랭전선이 도달하기 전에 고산지대를 벗어나는 게 우리의 목적이었다. 불행 중 다행으로 해가 들지 않는 북쪽 산등성이의 눈밭은 한결 단단해 발이 빠지지 않았다. 우리는 뒤뚱거리면서도 최대한 서로에게서 떨어지지 않으려 노력하며 쉼 없이 전진했다. 점점 더 짙은 구름이 몰려왔다. 독수리 한 마리가 아까부터 불길하게 머리 위에서 빙빙 돌고 있었다. 들려오는 소리라고는 발밑에서 버석버석 밟히는 눈 소리와 우리가 내뿜는 거친 숨소리뿐이었다.

나는 틈틈이 나우오어네버를 돌아봤다. 기력이 거의 한계에 다다른 모양인지 얼굴이 거의 흙빛이 된 그를 향해 물었다.

"걸을 수 있겠어요? 조금 쉬었다 갈까요?"

"괜찮네."

그는 힘겹게 내뱉고는 계속해서 발걸음을 옮겼다. 사우스포도 근심스러운 표정으로 뒤를 돌아봤다.

"이제 한 시간쯤 가면 도착할 거예요."

그는 나우오어네버의 힘을 북돋우려 이렇게 말했다. 그러나 나우오어네버는 체념했는지 고개를 흔들며 탄식하듯 말했다.

"나 때문에 자네들까지 지체되는구먼. 그냥 자네들 먼저 가는 게 좋을 것 같아. 난 혼자서도 갈 수 있네."

"무슨 말도 안 되는 소리예요."

사우스포와 나는 거의 동시에 대답하며 그 자리에 멈춰 섰다. 팻이 재빨리 다가오더니 영문을 모르겠다는 표정으로 우리를 바라봤다.

"내내 함께 걸었으니 끝까지 함께 가야죠. 조건이 좋다면야 각자 알아서 가도 되지만, 지금은 상황이 너무 나빠요. 무슨 일이 생기면 서로 도울 수 있도록 뭉쳐 있어야 해요. 지금은 다 같이 헤쳐나갈 때라고요!"

사우스포가 단호하게 말했다. 동의의 표시로 고개를 끄덕이던 팻도 이번만큼은 대화에 끼어들었다.

"군대에서처럼 말입니다. 그곳에서는 아무도 동지를 저버리지 않거든요."

"혈당수치가 바닥일 테니 일단 초코바라도 한 개 드세요. 그럼 좀 나아질 거예요."

나우오어네버에게 남은 간식거리조차 없음을 알고 있던 나는 마지막 남은 밀키웨이 초코바를 건네며 말했다.

극구 사양하던 나우오어네버는 마침내 안도한 표정으로 초코바를 받아들었다. 그러고는 허겁지겁 포장을 뜯어 급히 절반을 베어 물었다.

"자네들은 정말 멋진 친구들이야."

그가 초코바를 우물우물 씹으며 말하자 사우스포가 뭉클한 듯 대답했다.

"당신도 마찬가지예요. 당신이 아니었더라면 아마 나는 아직도 그 눈밭 앞에 주저앉아 있을 거예요."

그제야 표정이 밝아진 나우오어네버가 힘을 주어 말했다.

"자, 친구들. 그럼 계속 가보자고."

해가 떨어지기 직전에야 우리는 안전한 수목한계선에 도달해냈다. 팩맨과 와일드플라워, 그리고 다섯 명의 다른 여행자들이 법스 크리크(Bubbs Creek) 부근에서 우리를 기다리고 있었다. 오늘 아침 서둘러 출발한 덕분에 이미 몇 시간 전에 이곳에 도착했다고 한다. 팩맨은 우리를 보자마자 달려오더니 한시름 놓은 듯 인사를 건넸다.

"맙소사, 이제야 마음이 놓이네. 얼마나 걱정했다고요."

녹초가 된 우리는 일단 배낭부터 던져놓고 서둘러 텐트를 쳤다. 나는 따뜻한 옷을 껴입은 뒤 버너를 켰다. 30분 후에는 마지막 남은 즉석식품 한 봉지가 완성되어 있었다. 나는 굶주린 늑대처럼 알프레도 파스타라는 이름의 요리를 먹어치웠다. 기상 상태는 그새 악화되어 있었다. 일단 젖은 양말을 비닐봉지에 담아 베개 밑에 집어넣었다. 밤새 꽁꽁 얼어버릴 것에 대비해 신발도 미리 고정시켜 뒀다. 이렇게 해두면 발도 못 집어넣고 신발부터 녹여야 하는 사태는 일어나지 않을 것이다. 마침내 나는 덜덜 떨며 침낭 안으로 기어들어 갔다.

추위에 떨며 뜬눈으로 지새우게 될 밤이 오고 있었다.

2004년 6월 9일

인디펜던스, 캘리포니아

"눈이잖아!"

누군가 내 텐트 앞에서 탄성을 질렀다. 얼떨떨한 기분으로 눈을 뜬 나는 지금 어디에 있는 건지 기억해내려 애썼다.

"이거 꼭 크리스마스 같군!"

밖에서 팩맨이 또다시 호들갑을 떨며 외치는 소리를 듣고 나서야 조금씩 정신이 들기 시작했다. 우리는 오늘 식료품을 보충하기 위해 PCT를 벗어날 예정이었다. 키어사지 고개(Kearsarge Pass) 너머에 있는 트레킹 공원 주차장으로 내려간 뒤 히치하이크를 한 다음, 인디펜던스라는 소도시까지 가는 게 우리의 계획이었다. 나는 힘겹게 침낭에서 빠져나와 텐트 입구의 지퍼를 열었다.

"죄다 꽁꽁 얼어붙어 버렸네."

나는 주위를 둘러보며 중얼거렸다. 우중충한 회색 하늘에서 주먹만 한 눈송이들이 소리 없이 떨어지고 있었다. 6월 중순에 12월의 풍경을 보게 되다니. 팩맨은 긴 내복 바지와 털모자 차림으로 내 텐트 앞에 서 있었고 아내 와일드플라워는 그 곁에서 양치질을 하는 중이었다. 그녀는 힘차게 치약 거품을 내뱉고는, 이후에 올 야영객들이 말라붙은 치약을 보고 역겨워하지 않도록 흔적을 발로 비벼 없앴다.

"잘 잤어요?"

그녀가 칫솔의 물기를 털어내며 물었다.

"그럭저럭요. 추워서 밤새 한숨도 못 잤어요. 겨우 잠들 참이었는데 댁의 남편이 법석을 떨어대서 깼네요."

투덜거리자 팩맨이 정색을 했다.

"법석이라니요? 오늘 내로 인디펜던스에 도착하려면 일찍부터 서둘러야죠."

"맙소사. 이런 날씨에는 어차피 틀렸어요."

나는 체념한 투로 내뱉었다. 야영지에서 어니언밸리(Onion Valley) 트레킹 공원 주차장까지의 거리는 20킬로미터였다. 인디펜던스까지 가려면 그곳에서 티어(Teer) 로를 따라 20킬로미터를 더 가야 한다. 그러나 주차장은 도로가 통과하는 지점이 아니라 막다른 곳에 있기 때문에 히치하이크에 성공할 가능성이 매우 희박했다.

그러자 팩맨도 침울한 표정이 되었다. 그 역시 이 날씨에 악취를 풍기는 열한 명의 여행자들을 인디펜던스까지 데려다줄 자동차가 있으리라고는 생각지 않는 모양이었다. 그때 와일드플라워가 끼어들었다.

"하지만 다른 방법이 없어요. 게다가 지금까지 PCT를 걷는 동안 모든 일이 어찌어찌 해결되지 않았던가요? '트레일이 우리를 보살필지어다.' 이런 말도 있잖아요."

"제발 그렇게만 되면 좋으련만."

그녀의 말이 옳기를 바라며 중얼거렸다.

그때 텐트에서 막 기어 나오는 사우스포가 눈에 띄었다.

"잘 잤어요? 사우스포 씨, 이쪽으로 와봐요."

나도 딩달아 텐트에서 기어 나오며 그를 향해 외쳤다. 잠시 뒤 팩맨과 와일드플라워, 사우스포, 나까지 네 사람은 추위에 이를 따따 부딪치너 빙 눌러섰다.

"어제 나우오어네버의 상태가 어땠는지 다들 봤죠?"

내가 입을 열자 팩맨과 와일드플라워가 무슨 말인지 안다는 듯 고개를 끄덕였다. 사우스포도 맞장구를 쳤다.

"그래요. 어젯밤에는 정말 체력이 한계에 다다른 것 같더군요. 오늘 하루 잘 버텨줘야 할 텐데."

그 말에 나는 곧장 본론을 꺼냈다.

"바로 그게 문제예요. 우리가 합심해서 도와줘야 해요. 단, 최대한 그가 체면을 구기지 않도록 말이에요."

그러자 나머지 세 명이 한꺼번에 되물었다.

"어떻게요?"

"어차피 식량이 떨어져서 배낭이 거의 비어 있잖아요. 나우오어네버가 짐이라도 없이 걸을 수 있도록 그의 짐을 우리 가방에 나눠 넣는 거예요."

"그거 좋죠! 나도 이미 생각하던 바예요. 그런데 그 말을 어떻게 전하는가가 문제죠."

사우스포가 반색하며 묻자 팩맨이 대답했다.

"굳이 말할 필요 없이 우리가 알아서 하는 거예요. 쓸데없이 이러쿵저러쿵하면 그도 부담스러워할 테니."

"좋아요. 그렇게 하죠. 그도 내심 반가워할 거예요."

사우스포가 한시름 놓은 듯 말하자 나는 얼른 덧붙였다.

"내 생각도 마찬가지예요. 그럼 오늘은 걸음이 제일 느린 내가 나우오어네버와 함께 걸을 테니 다른 분들은 먼저 주차장으로 가도록 하세요. 그리고 우리가 도착할 때까지 시내로 태워줄 차편을 알아보는 거예요."

장거리 도보여행자들의 신조인 '트레일이 우리를 보살필지어다'라는 말은 이번에도 입증되었다. 처음엔 나우오어네버도 사양했지만, 이윽고 오늘만은 짐 없이 걸어도 된다는 생각에 홀가분해하는 것 같았다. 무리 중 가장 먼저 트레킹 공원 주차장에 도착한 벅30은 인디펜던스까지 타고 갈 차편을 금방 구할 수 있었다. 그 덕분에 나머지 사람들의 이동 문제도 해결되었다. 먼저 호텔에 도착한 벅30이 체크인을 한 뒤 나머지 여행자들을 데려와 달라고 호텔 측에 부탁한 것이다. 나우오어네버와 내가 주차장에 도착했을 때는 이미 호텔 셔틀버스가 우리를 기다리고 있었다.

세 시간 후, 열한 명의 스루하이커는 개운하게 샤워를 한 뒤 호텔 테라스에 모여 앉았다. 호텔 소유의 커다란 바비큐 그릴 위에는 티본스테이크와 햄버거 패티, 옥수수 등이 빈틈없이 들어차 있었다. 벅30은 2리터들이 콜라를 여러 병 사 왔고 나머지 사람들은 맥주를, 나는 아이스티를 마셨다. 다리를 높이 올린 채 플라스틱 의자에 느긋하게 기대어 앉아 있으려니 스테이크 냄새가 풍겨 왔다. 절로 입안에 군침이 돌았다.

해발 1,200미터 지점에 있는 인디펜던스의 공기는 티셔츠만 입고 있어도 될 정도로 온화했다. 불과 몇 시간 전까지 해발 3,000미터의 고산에서 눈을 맞으며 오들오들 떨었다는 게 믿기지 않을 정도였다. 나우오어네버는 맥주 캔 하나를 손에 들고 내 곁에 앉아 크게 한 모금을 들이켰다. 그러고는 생각에 잠긴 채 캔을 한 손으로 빙빙 돌리며 헛기침을 했다.

"저먼 투어리스트 씨, 내가 할 말이 좀 있소만."

"예, 얼마든지요."

나는 느긋하게 대답하면서 옆에 있던 감자칩 봉지에 손을 집어넣었다. 나우오어네버는 맥주를 몇 모금 더 마신 뒤 입을 열었다.

"내가 자신을 너무 과신했던 모양이네. 2년 전에 애팔래치아 트레일을 완주했으니 이번에는 사우스포와 PCT를 한 구간만이라도 걷기로 한 거야."

"잘 생각하신 거예요. 사우스포도 선생님과 함께 다녀서 정말 즐거운 모양이던데요."

그를 독려하기 위해 이렇게 대답했다. 나우오어네버는 또다시 맥주를 들이켜더니 참담한 표정으로 말을 이었다.

"아니야. 바보 같은 생각이었어. 나이 육십에 사무실에만 앉아 있던 늙은이가 건장한 스루하이커들과 겨룰 수 있으리라 여기다니. 본론만 말하자면 난 여기 인디펜던스에서 PCT를 중단할 생각이네."

화들짝 놀란 나는 테라스 난간에 걸쳤던 발을 내리며 몸을 바로 세웠다.

"여기서 중단한다고요? 사우스포와 2주일 더 동행하면서 시에라네바다를 완주하겠다고 하셨잖아요!"

나우오어네버는 따지듯이 묻는 나를 향해 지친 듯 손을 내저었다.

"그건 욕심일 뿐이네. 사우스포에게도 방해만 될 거야. 그렇다고 혼자 걷는 것은 너무 위험하고. 내일 곧바로 귀가할 생각일세."

몇 분간 침묵이 이어졌다. 다른 아홉 명의 스루하이커가 주위에서 웃고 떠드는 동안 우리는 테라스 난간만 우두커니 응시했다.

뜻밖의 소식이기는 했지만, 곰곰이 생각해보니 나우오어네버의 말이 틀린 것은 아니었다. 트레일 위에서 한 달 반을 보내는 동안 나는 누구나 각자의 속도를 스스로 정해야 한다는 사실을 배웠다. 다른 사람을 따라잡거나 기다려주기 위해서 자신의 템포보다 빠르게, 혹은 느리게 걷는 것은 어리석은 일이었다.

장기간에 걸쳐 자신의 속도보다 빠르게 걸을 경우, 신체적 부담이 심각해져 발등뼈 골절이나 정강이 통증 같은 부상을 얻을 수 있다. 이는 많은 사람이 중간에 트레일을 그만 걷게 되는 원인이기도 했다. 반대로 제 속도보다 느리게 걸을 경우에는 욕구불만이 쌓여 끊임없는 신경과민을 일으킨다.

대부분의 스루하이커들이 혼자 걷는 이유도 바로 이것 때문이었다. 야영지에서 우연히 마주치는 일도 잦고 함께 야영하기 위해 일부러 약속을 잡기도 하지만, 낮 동안에는 각자의 길을 가는 것이다. 포레스터 고개처럼 위험한 구간이 있을 때만이 예외였다. 그러나 매우 빠른 속도로 걷는 젊은 사우스포와 단련이 덜 되고 나이가 많은 나우오어네버가 오랫동안 짝을 이루어 걸을 경우 실패는 예정된 거나 다름없었다.

나는 한숨을 내쉬며 의자를 바로 세우고 나우오어네버를 향해 말했다.

"그 결정이 최선일지도 모르겠네요. 그래도 선생님을 알게 돼서 기뻤어요. 함께 다니는 것도 정말 즐거웠고요."

나우오어네버는 홀가분한 미소를 지었다.

"자네에게 줄 선물이 있어."

그가 맥주 캔을 내려놓으며 말했다. 나는 어리둥절해서 되물었다.

"선물이라고요?"

"그래, 선물. 내가 원래는 사우스포와 함께 시에라네바다 구간을 완주하려고 하지 않았나. 그래서 버밀리언 밸리 리조트(Vermilion Valley Resort)로 식료품을 미리 보내뒀지. 하지만 이제는 그걸 가지러 갈 일도 없고, 환송시켜봤자 비용만 들 거야. 그래서 고민해보니 자네가 공짜로 먹을 것을 얻으면 분명 기뻐할 것 같았네. 그러니 내 보급품을 대신 가져가."

나우오어네버는 끙 소리를 내며 뻣뻣한 무릎을 펴고 일어서더니 호주머니에서 접힌 종이 한 장을 꺼내 들었다.

"벌써 전화로 이야기해뒀어. 이 위임장을 제시하면 내 소포를 받을 수 있을 거야. 기대하라고. 맛있는 게 잔뜩 들어 있을 테니!"

나는 말없이 종이를 받아 들고는 황망히 감사의 말을 웅얼거렸다. 나우오어네버는 내 어깨를 한 번 툭 두드리고는 별안간 화제를 바꿨다.

"스테이크가 다 익은 것 같구먼. 밥이나 먹으러 가세. 뱃가죽이 등에 달라붙을 지경이거든!"

1주일 뒤 버밀리언 밸리 리조트에 도착해 엄청나게 큰 식료품 상자를 받아 든 나는, 지금쯤 나우오어네버가 어떻게 지낼까 생각했다. 뉴욕의 집에서 종종 우리 스루하이커들을 떠올리고 있을까? 언젠가 다시 한 번 트레일 종주에 도전하지 않을까? 아니면 이제 그러기엔 너무 늙었다고 생각할까? 자신을 PCT 실패자라고 여기고 있지는 않을까? 나는 이런저런 생각에 빠진 채 소포를 열었다. 소포 안에는 서른 개는 됨 직한 에너지바와 냉동 건조된 트레킹 식품, 유기농 식품점에서 구입한 시리얼이 들어 있었다. 모든 것이 최상품이었다. 이처럼 값비싼 식료품을 내 손으로 구입하는 일은 아마 영영 없을 것이다. 이곳 리조트에 딸린 조그만 상점에서는 더더욱 구하기 어려운 물건들이었다. 자동차가 들어오지 않는 지점에 위치한 이 투박한 휴양시설에서는 모든 식료품이 어마어마하게 비쌌다. 나는 내가 먹지 않을 음식을 동료 스루하이커들에게도 나누어 줬다.

뜻밖의 선물은 나를 상념에 잠기게 만들었다. 나우오어네버의 중도하차로 인해 트레일 공동체의 신뢰성과 스루하이커의 냉혹한 속성을 실감할 수 있었다. 트레일 공동체는 정이 넘칠 뿐 아니라 비상시에는 여행자들을 하나로 엮어주기도 하지만, 스루하이커가 최종적으로 추구하는 목표는 단 하나, 캐나다뿐이었다. 스루하이커들은 이 목표에 도달하기 위해서 무슨 짓이라도 할 것이다. 동시에 목표 달성에 방해되는 것은 무엇이든 피하려 들 것이다. 나우오어네버도 한때는 스루하이커였던지라, 자신과 동행한 한 달간의 여정이 사우스포에게는 캐나다행을 가로막는 장애물임을 명확히 인지하고 있었다. 목표 달성을 방해하거나 늦추는 장애물. 그래서 가중되는 부담감에 끝내 시험대에 오르기 전에 아예 트레일을 중단한 것이다. 트레일과 우정 중 어떤 것이 더 중요한가? 사우스포 같은 진짜 스루하이커라면 이런 상황에서 망설임 없이 트레일을 택할 것이다.

2004년 6월 23일

투올러미 메도스 야영지, 캘리포니아

------- 1,519킬로미터 지점

"뒤를 돌아봤더니 팩맨이 몇 굽잇길 아래서 나를 따라오고 있더라고."

시슬리 B(Cicely B.)는 이렇게 이야기하고는 나를 올려다보며 싱긋 웃었다.

"나는 가던 길을 계속 가다가, 어째서 그가 이 무더운 날씨에 두꺼운 갈색 스웨터를 입고 있는지 의아해서 한 번 더 돌아봤어. 그제야 따라오던 것이 팩맨이 아니라 곰이라는 것을 깨달았지."

"아휴, 시슬리 B. 귀가 어두운 건 진작 알고 있었지만 그래도 시력은 좋은 줄 알았는데, 아니었어요?"

내가 놀려대자 시슬리 B는 나를 한껏 흘겨봤다. 그리고 나서 우리는 한바탕 웃음을 터뜨렸다.

우리는 투올러미 메도스 야영지에서 휴식을 취하는 중이었다. 시슬리 B는 자기 텐트 앞에서 땅바닥에 발포매트를 깔고 엎드려 있었고, 나는 곰통을 의자 삼아 그 곁에 앉아 있었다. 바닥에 주저앉는 것보다 이렇게 앉는 게 훨씬 편했다. 우리 앞에는 젤리 한 봉지가 놓여 있었다. 친절하게도 그녀가 바운스 박스에서 막 꺼낸 젤리를 나눠 먹자며 내놓은 참이었다.

시슬리 B는 PCT에서 보기 드문 유형의 여행자였다. 미국의 장거리 트레일에는 보편적으로 남성에 비해 여성의 수가 훨씬 적었고, 그나마 있는 여성 스루하이커들도 남편이나 연인과 동반하는 경우가 대부분이었다. 혼자 여행하는 소수의 여성들은 보통 30대 중반을 넘기지 않은 젊은이들이었다. 이 나이가 지나면 트레킹 같은 취미생활보다는 직업이나 가족이 삶의 중심이 되기 때문이다. 서른여섯 살인 나도 이미 그런 표준 연령대를 벗어난 셈이었으니, 무려 쉰여덟 살이나 된 시슬리 B는 말 그대로 트레일의 희귀종이었다. 그녀는 '다른' 삶에서 공인중개사로 일하다가 현재 휴식기를 갖는 중이었고 남편은 트레일을 걷는 걸 그다지 좋아하지 않아 혼자서 여행길에 올랐다고 한다. 170센티미터의 키에 굉장히 마른 체형의 소유자인 그녀는 갈색으로 그을린 몸에 헐렁하게 걸친 아웃도어복이나 중성적으로 짧게 자른 머리칼 때문에 마치 개구쟁이 남자애처럼 보였다. 그녀도 팻처럼 귀가 잘 들리지 않았지만 그와 달리 보청기를 착용하고 있어서 대화가 훨씬 수월했다.

"실제로 곰을 본 적이 있어?"

그녀가 내게 물으며 젤리 봉지 안에 손을 집어넣었다.

"아뇨. 하지만 흥미진진한 모험담은 많이 들어봤죠."

이렇게 대답해주고는 팻이 겪은 일을 그녀에게 들려줬다. 이틀 전 팻은 다른 스루하이커 무리와 함께 야영을 했는데, 날씨가 워낙 좋아서 텐트를 치지 않았다고 한다. 이처럼 텐트 없이 자는 일을 스루하이커 용어로 '카우보이 캠핑'이라 부른다. 그는 식량을 규정대로 곰통에 담아 안전거리 밖에 두고 다른 물건은 그대로 배낭에 넣은 채 베개로 썼다. 그런데 한밤중에 곰 한 마리가 소리 없이 다가와 팻이 베고 있던 배낭을 머리 밑에서 끄집어낸 뒤 갖고 달아나 버렸다. 배낭 안에 있던 귀중품까지 몽땅 가져간 것이다. 사방이 너무 어두웠던 탓에 팻은 이튿날 아침에서야 물건을 찾아 나섰다. 천만다행으로 배낭만 조금 찢겼을 뿐 거의 모든 물건을 되찾았다고 한다.

"배낭에 음식 냄새가 배어 있었던 거로군. 그래도 사람을 먹어치우지 않은 게 어디야. 하마터면 정말 끔찍한 일을 당할 뻔했어."

시슬리 B가 마지막 남은 젤리 한 개를 봉지에서 꺼내며 말했다. 나는 한마디 덧붙였다.

"곰들이 식량을 호시탐탐 노리고 있으니 문제예요. 사람이 곰과 식량 사이에 끼게 되면 불필요하게 큰 피해가 발생할 수 있으니 말이에요."

"그래도 여기는 저런 보관함이 있으니 안전하겠지."

시슬리 B는 커다란 철제 보관함을 흘긋 건너다보며 말했다. 곰의 접근을 방지하기 위해 야간에 모든 물건을 넣고 보관하는 시설이었다.

"곰통이 필요 없어지는 날이 오면 난 춤이라도 출 것 같아요. 부피도 큰 데다 무게도 1.2킬로그램이나 나가니 여간 성가셔야죠."

내가 투덜거리자 시슬리 B는 익살맞게 말했다.

"그래도 의자 대용으로 쓸모가 있잖아. 1주일만 더 고생하라고. 그럼 곰 출몰지역에서 벗어나니 곰통은 도로 집에 보내버려도 돼."

우리는 생각에 잠긴 채 주위 사람들을 바라봤다. 서른 명은 됨 직한 스루하이커들이 투올러미 메도스 야영지를 점령하고 있었다. 거의 모두가 오리털 침낭을 바람이 잘 통하는 볕에 널어 말리는 중이었다. 나뭇가지나 텐트 위에도 온통 말리기 위해 걸어둔 티셔츠와 트레킹용 바지와 양말로 가득 차 있었다.

그때 시슬리 B가 느닷없이 웃음을 터뜨리더니 장난스럽게 말했다.

"그런데 말이지. 난 최근에 곰보다 훨씬 재미있는 구경을 했지 뭐야."

"뭔데요?"

호기심에 그녀에게 물었다.

"엊그제가 바로 알몸 걷기의 날이었잖아……."

그녀가 은근한 투로 속삭이는 바람에 나는 궁금증에 몸이 달았다.

미국의 장거리 트레일에는 하짓날 도보여행자들이 알몸으로 트레일을 걷는 전통이 있다. 그러나 말만 전통일 뿐 엊그제 난 알몸으로 돌아다니는 여행자를 단 한 명도 보지 못했다. 물론 그날 내가 만난 여행자가 네 명뿐이기는 했지만, 몇 명이 됐든 간에 유난스레 점잔 빼는 미국인들이 벌거벗고 숲속을 활보할 것이라고는 상상할 수 없었다. 모기떼가 시에라네바다 산맥을 온통 점령하고 피를 빨아대는 6월에는 더더욱 그랬다. 그래서 나는 한층 더 시슬리 B의 이야기에 귀를 쫑긋 곤두세웠다.

"트레일을 따라 걷고 있는데 갑자기 뒤에서 발소리가 들리는 거야. 뒷사람이 나를 앞서갈 수 있도록 한옆으로 조금 비켜

섰지. 그런데 뜻밖에도 스프라이트와 고트가 벌거벗은 채 내리막길을 따라 내려오는 게 아니겠어?"

시슬리 B는 일부러 뜸을 들이더니 이내 말을 이어갔다.

"두 사람은 나를 발견하기 무섭게 덤불로 숨어들더니 아주 멀찍이 돌아서 가더라고. 자기들도 창피했던 모양이지. 맙소사! 어차피 내 손자뻘밖에 안 되는 녀석들이 말이야. 나는 속으로 생각했지. '가여운 녀석들 같으니. 저러다 살갗이 타서 물집이라도 잡히면 어쩌려고……'"

한바탕 웃음웃을 티뜨린 뒤 시슬리 B는 힘겹게 몸을 일으켰다. 트레킹 바지의 엉덩이 부분에 은색의 강력 접착테이프가 붙어 있었다.

"오늘은 내가 한턱 쏘지."

한껏 기분이 좋아진 그녀가 바운스박스를 뒤적이며 말했다. 그러고는 작은 위스키 병 두 개를 꺼내어 의기양양하게 치켜들었다.

"남편이 보낸 특별선물이야. 나름 좋은 마음으로 한 일이지만 생각이 짧았지 뭐야. 유리병을 두 개씩이나 짊어지고 걸어다닐 수는 없잖아. 그러니 오늘 내로 반드시 비워야 한다고."

"그럼 기꺼이 도와드리죠."

싱글거리며 대답하고는 나도 뒤따라 일어섰다. 그리고 자리를 뜨려는데 문득 민감한 화제가 떠올랐다. 바운스박스에서 외상용 연고를 꺼내는 시슬리 B를 향해 조심스럽게 물었다.

"'부상'은 좀 어때요? 제가 도와드릴 건 없나요?"

시슬리 B의 '부상' 사건은 며칠 전부터 트레일의 주요 화제였다. 1주일 전 그녀는 뮤어 고개(Muir Pass) 바로 위쪽의 산장에서 하룻밤을 묵고 이튿날 아침 곧장 하산하기 시작했다. 다른 스루하이커들과 마찬가지로 그녀도 엉덩이를 대고 앉은 채 글리사드를 하며 산을 내려왔다. 꽤나 재미있는 경험이라 나역시 몇 번 시도해본 적이 있었다. 그런데 이른 아침이었던 탓에 고개 북쪽 산등성이에 쌓인 눈이 꽁꽁 얼어붙어 있었고, 시슬리 B는 미끄러져 내려오던 중 얼어붙은 눈에 말 그대로 엉덩이를 '찢기고' 말았다. 뒤따라오던 스루하이커들의 목격담에 의하면 눈 위에 핏자국이 조금 묻어 있었다고 한다. 은밀한 부위의 상처를 혼자서 치료할 수 없었던 시슬리 B는 나를 비롯한 몇몇 여성 스루하이커에게 반창고를 갈아달라고 부탁해야 했다. 그러나 부상이나 찢어진 바지도 도보여행을 계속하고자 하는 그녀의 의지를 꺾지는 못했다. 다만 휴식을 취할 때는 곤란을 겪었는데, 다른 사람들이 앉아서 쉬는 동안 그녀는 선 채로 서성거리거나 배를 깔고 엎드려 있어야 했다.

"아니. 이제 많이 나아졌어. 조심만 하면 앉을 수 있을 정도야. 바지도 남편이 새로 사서 보내줬고 말이지. 그럼 나중에 한잔하자고!"

그녀는 명랑하게 손을 내저으며 말했다. 거북해하는 기색은 조금도 비치지 않아 나는 안심하고 자리를 떴다.

해가 떨어진 직후에 나는 약속대로 시슬리 B를 찾아갔다. 우리는 작은 위스키 병을 하나씩 손에 든 채 피크닉용 벤치에 앉아 말없이 별이 빛나는 밤하늘을 올려다봤다. 나이 차이가 스무 살이나 나는데도 시슬리 B는 무척이나 호감 가는 사람이었다.

"어째서 트레일 여행자들 중에는 여자가 이렇게 적을까요?"

정말 의아하다는 내 말투에 시슬리 B는 한숨을 쉬며 맞장구를 쳤다.

"그러게 말이야. 무서움 때문인가? 아니면 신체조건이 남자만 못하다는 고정관념 때문일지도 모르고. 이유가 무엇이든 답답하기는 매한가지야."

"맞아요! 어차피 남자들도 이곳에서 40킬로미터만 걷고 나면 여자들에게 치근댈 정신도 없을 텐데. 게다가 이런 산속 어디서 누가 텐트를 치고 자는지 알 게 뭐예요. 여자들이 돌아다니기에 위험하기로 치면 이렇게 외진 트레일보다 미국 전역의 대도시들이 훨씬 더하죠."

빈정거리듯 웃으며 말하자 시슬리 B도 고개를 끄덕이며 말을 이었다.

"여자가 남자에 비해 약하다는 것도 근거 없는 생각이야. 내 남편은 표준체중보다 30킬로그램은 더 나가는 비만이거든. 남편과 나 중 누가 더 장거리 도보여행을 더 잘 해낼지는 누가 봐도 뻔하지. 남편이 이곳에 온다면 아마 산 하나도 넘지 못할

걸. 그래서 난 트레일로 떠날 때 남편을 데려갈 생각은 애당초 하지도 않아."

그녀는 남편의 모습을 떠올리는 듯 나직하게 킬킬거렸다.

"그런데도 많은 여자가 두려움 때문에 주저하죠. 전혀 그럴 필요가 없는데 말이에요."

나는 어둠 속을 응시하다 생각에 잠겨 중얼거렸다. 시슬리 B 특유의 투박한 입담을 나는 무척이나 좋아했다.

"내게 두려움은 장애가 되지 않아. 난 이미 3년 전에 애팔래치아 트레일 완주에 성공했지. 지금은 이렇게 PCT를 걷고 있고. 예순 번째 생일에는 나 자신에게 콘티넨털 디바이드 트레일(CDT, Continental Divide Trail)을 선물할 계획이야. 그러면 트리플 크라운(Triple Crown, 미국의 3대 트레일을 완주하는 이에게 주어지는 칭호)을 달성하는 거지."

"자, 그럼 트리플 크라운을 위하여!"

그녀의 건승을 빌며 건배를 했다.

30분 뒤 '하이커의 자정'에 맞추어 잠자리에 든 나는 침낭 안에서 1년 전을 회상했다. 그때 나는 바로 이곳에서 PCT에 관한 이야기를 처음 들었다. 한 번쯤 트레일을 직접 걸어보고 싶다는 소망이 싹튼 장소가 바로 여기인 것이다. 1년 전 스루하이커를 보며 감탄하던 내가 지금은 그 스루하이커가 되어 있었다. 어둠 속에서 발포매트 위에 편안히 몸을 뻗고 있노라니 절로 미소가 지어졌다. 잘했어. 대견한 마음으로 나 자신을 향해 말했다. 지난 두 달 동안 PCT를 걷기로 결정한 것을 후회한 날은 단 하루도 없었다. 후회는커녕 매일 저녁 녹초가 되어 텐트 안에 몸을 뉠 때면 이루 말할 수 없는 감사의 마음과 만족감이 차올랐다.

이제 내 도보여행 계획은 PCT에만 한정되어 있지 않았다. 트리플 크라운에 관해서는 이미 수없이 들어본 뒤였다. 이는 총거리 12,700킬로미터에 달하는 퍼시픽 크레스트 트레일, 콘티넨털 디비이드 트레일, 애팔래치아 트레일을 모두 완주한 스루하이커에게 미국 장거리 하이킹 협회가 수여하는 영예로운 칭호다. PCT 정복에 성공한다면 나머지 두 트레일에 도전하지 못할 이유가 무엇이겠는가? 그에 관해 고민하는 일이 많아지면서 어느덧 내게는 '트리플 크라운에 도전할 것인가?'가 아닌 '언제 도전할 것인가?'가 관건이 되었다. 나는 시슬리 B처럼 예순 번째 생일이 되어서야 도전하는 일은 없어야 할 텐데, 라고 생각하며 속으로 웃음을 지었다. 그리고 한쪽으로 돌아누운 뒤, 채 몇 분도 지나지 않아 깊은 잠에 빠져들었다.

시에라네바다의 남은 구간은 시슬리 B와 함께 걸었다. 물론 대부분의 스루하이커들이 그러듯 나란히 함께 걷기보다는 '앞서거니 뒤서거니' 하며 걸었다. 자기 속도를 유지하기 위해서는 그럴 수밖에 없었다. PCT를 통틀어 나보다 느리게 걷는 사람은 아마 시슬리 B뿐일 것이다. 대신에 그녀에게는 철칙이 있었다. 아침 6시 전, 정확히 해가 뜰 무렵에 출발해 한 시간을 걷고 10분 동안 휴식을 취했다. 그렇게 한 시간을 걷고 10분 휴식하는 식으로 시계처럼 정확히 움직였다. 대개 우리는 점심시간쯤 만났는데, 시슬리 B는 이때 또 정확히 한 시간을 쉬었다. 텐트를 칠 때는 거의 늘 함께였다.

대부분의 경우 나는 그녀가 나보다 앞서가고 있는지 그렇지 않은지 알고 있었다. 트레일을 걷는 동안 흔적을 읽는 뜻밖의 능력을 얻은 덕분이었다. 정확히 말하면 신발 자국을 가려내는 것이다. 어느덧 나는 웬만한 미국 브랜드의 운동화 밑창 무늬가 어떻게 생겼는지, 동료 스루하이커들 중 누가 어떤 신발 모델을 신었는지 꿰뚫고 있었다. 시슬리 B는 바스크 벨로시티, 팩맨은 킨 타기, 와일드플라워는 머렐 몹 벤틸레이터를 신었다. 누가 나보다 앞서갔는지도 길 위에 찍힌 신발 밑창 무늬를 보고 추측할 수 있었다.

나 또한 일과는 대체로 고정되어 있었다. 시슬리 B처럼 아침형 인간은 못 되는지라 대개는 6시가 넘어서야 텐트 밖으로 기어 나왔다. 그 뒤에 첫 번째로 하는 일은 땅에 구멍을 파는 것이다. 생리현상을 해결하는 동안에는 사방에서 덤벼들어 피를 빠는 모기를 잡는다. 저항할 수 없는 내 처지를 악용하는 비열한 모기들은 죽음으로 죗값을 치른다.

아침 식사는 차가운 물과 약 250그램의 시리얼이다. 시리얼을 물과 함께 먹는 데 익숙해지려면 시간이 필요하지만, 일단 익숙해지면 버너에 넣는 연료를 절약할 수 있어 좋다. 다행히도 나는 카페인 중독자가 아니라서 커피 대신 냉수만 조금 더 마신다. 그 뒤에는 트레일 자료를 보며 하루 계획을 세운다. 오늘 걸을 구간에는 어느 지점에 식수 보급소가 있는가? 점심 먹기에 적합한 장소는 어디일까? 야영은 어디에서 하는 것이 좋을까?

오전 중에는 하루 동안 먹을 간식거리의 절반을 걸으면서 먹는다. 초콜릿이나 젤리, 혹은 견과류 200그램에 해당한다. 점심으로는 조그마한 가스버너에 즉석식품을 데워 먹고 오후에는 남은 200그램의 간식으로 에너지를 보충한다.

오후 6시가 되면 저녁 먹을 장소를 물색한다. 적당한 자리를 발견하면 먼저 즉석식품을 조리하고 냄비와 손을 깨끗이 씻은 뒤 최소한 2킬로미터를 더 걷는다. 그래야 밤중에 곰이 음식 냄새를 맡고 접근하는 사태를 막을 수 있다.

아침부터 저녁 8시까지 나는 35킬로미터를 걸으며 1킬로그램의 음식을 섭취하고 최소한 5,000마리의 모기를 잡는다. 그리고 마침내 적절한 장소를 찾아 텐트를 치고, 늦어도 9시면 침낭 안에 들어가 하루를 돌아보는 시간을 갖는다. 맑디맑은 호수, 눈 덮인 산봉우리, 들꽃이 만발한 풀밭 등을 떠올리노라면 이루 말할 수 없는 행복감이 나를 휘감는다.

2004년 6월 29일

사우스레이크 타호 도착 전, 캘리포니아

˙˙˙˙˙˙˙˙˙ 약 1,720킬로미터 지점

투올러미 메도스에서 사우스레이크 타호(South Lake Tahoe)까지의 거리는 235킬로미터였다. 중간에 식량을 보충하지 않고 이레를 걸어야 한다는 의미다. 첫날부터 나는 곰통에 1주일치 식량을 쑤셔 넣느라 애를 먹었다. 터질 듯한 배낭을 메고 다니는 일도 이만저만 힘든 게 아니었다. 엿새째인 오늘은 음식을 거의 다 먹어치운 뒤라 배낭의 무게조차 느껴지지 않을 정도였다. 사우스레이크 타호로 가는 관문인 50번 고속도로에 이르기까지는 저녁과 점심을 각각 한 번만 먹으면 된다. 그 밖에 시리얼 250그램과 초코바 세 개, 엠앤엠즈 초콜릿 스물일곱 알이 남아 있었다. 나는 엠앤엠즈 초콜릿 한 알까지 정확히 세어본 뒤 이 정도면 아슬아슬하게나마 맞아떨어질 거라고 판단했다. 그러나 내 위장은 의견이 다른 모양이었다. 하루 스물네 시간 내내 배가 고팠다. 내 머릿속에는 오로지 음식 생각뿐이었다. 심지어 초콜릿 꿈도 꿨다. 엿새 동안 나는 음식 분배량을 철저히 지키는 데 가진 의지력을 총동원했다. 무의식중에 너무 많은 음식을 먹어치우지 않도록 한 번 먹을 양의 시리얼은 물론이고 하루에 먹을 엠앤엠즈 초콜릿까지 비닐봉지에 나누어 포장해뒀다. 즉석식품과 초코바도 정확히 개수를 세어 뒀다. 그런데도 남은 스물일곱 알의 엠앤엠즈 초콜릿을 한꺼번에 입속으로 털어 넣고 싶은 마음을 억누르는 데 온 신경을 써야 했다.

남은 몇 알의 초콜릿을 정확히 언제 먹으면 적절할까 골똘히 생각하고 있는데 30대 남녀 한 쌍이 내 쪽으로 걸어오는 게 보였다.

"안녕하세요. 걷기는 좀 어때요?"

어차피 휴식을 취하던 중이라 나는 두 사람을 향해 친근하게 인사를 던졌다.

"좋아요. 그쪽은요?"

두 사람은 마주 인사하더니 잡담이라도 나누려는 듯 잠시 걸음을 멈췄다. 배낭의 크기가 작은 것으로 보아 당일치기 등산객인 모양이었다. 남자 쪽이 먼저 호기심 어린 투로 질문을 던졌다.

"PCT 스루하이커이신가 보네요."

"예, 맞아요."

나는 느긋하게 대답하며 등산스틱에 몸을 기댔다.

"세상에, 진짜 멕시코에서 캐나다까지 걸어가는 거예요?"

이번에는 여자 쪽이 감탄하며 말했다. 두 사람 다 탄복하는 눈빛이었다. 지난 몇 주 동안 나는 이렇게 반응하는 사람들을 자주 만났다. 당일치기 등산객 또는 '주말전사(Weekend warrior)'라 불리는 주말 여행객들에게 스루하이커는 그야말로 하이킹의 신 같은 존재였다. 나는 이미 '어느 나라에서 왔어요? 어디까지 가세요? 혼자 다니면 무섭지 않아요?' 등의 질문 세례를 받는 데 익숙해져 있었다.

이 두 사람도 예외는 아니었다. 다만 이들은 트레일광이었기 때문에 가볼 만한 곳이라든지 초경량 장비 등에 관해 좀 더 상세히 알고 싶어 했다. 반년 전까지만 해도 초경량 제품이 뭔지조차 모르던 독일 여자에게서 말이다. 성과 중심의 사고방식을 지닌 여타 미국인들과 마찬가지로 이들 또한 스루하이킹을 대단한 스포츠이자 극기활동쯤으로 여기며 넋을 놓고 내이야기에 귀를 기울였다. 존경의 눈빛을 보내는 그들을 보며 나는 선생에게서 칭찬받은 초등학생처럼 우쭐해졌다. 그들은 30분이나 수다를 떨고 나서야 내게 작별 인사를 건넸다.

서로 즐거운 여행을 기원해주고 막 발걸음을 옮기려던 순간, 여자 쪽이 나를 향해 돌아서며 말했다.

"우린 조금만 더 가면 자동차를 세워둔 곳에 도착하는데, 먹을 것이 아직 남았거든요. 초코바 몇 개 드릴까요?"

순간 나는 귀를 의심했다. 초코바라고? 그 뒤에는 구석기 시대에서부터 살아남은 생존본능이 내 입을 조종했다.

"정말요? 초코바라면 언제든 대환영이죠!"

여자는 배낭을 내려 뒤적거리더니 밀키웨이 초코바 두 개와 시리얼바 하나를 꺼내어 내게 건넸다.

"안타깝게도 이것뿐이네요. 그래도 우리보다는 그쪽에게 더 필요할 것 같아서."

그러고는 홀쭉한 배를 쓰다듬으며 쿡쿡 웃는 남자를 향해 미소를 지었다.

"고마워요."

이 뜻밖의 행운을 믿을 수 없어 나는 목까지 메었다. 이윽고 두 사람은 서둘러 자리를 떴다.

몇 분 동안 멍하니 서서 손에 든 초코바를 바라보고 있으려니 벅찬 행복감이 밀려왔다. 초콜릿을 얻다니! 더 이상 허기를 참을 수 없었던 나는 허겁지겁 밀키웨이의 포장을 뜯어 크게 한 입 베어 물었다. 금세 입안 가득 침이 고였다. 부드럽고 달콤한 초코바를 천천히 씹기 시작하자, 생물학적으로 불가능한 일임에도 금세 온몸에 당분이 퍼지는 느낌이 들었다. 또 한 입 베어 물었을 때는 인생이 그저 아름답게만 보였다. 나는 얼굴을 하늘로 향한 채 눈을 감았다. 배 속 깊숙한 곳으로부터 웃음이 터져 나오며 기쁨이 온몸을 휘감았다. 나는 남은 초코바를 입안에 털어 넣고 포장지를 호주머니에 구겨 넣었다. 입안에는 여전히 초콜릿의 달콤한 맛이 감돌고 있었다. 두 사람이 내게 100달러를 줬어도 이 정도로 기쁘지는 않았을 것이다.

이처럼 어마어마한 육체적 행복감을 느껴본 것이 언제였던가. 나는 지난 수년간 경험했던 성공의 순간들을 하나하나 떠올려봤다. 일을 그만두기 전 마지막으로 급여가 인상되었을 때는 어땠었지? 물론 그때도 만족감은 느꼈지만, 이 단순한 초코바가 유발시킨 원시적이고 육체적인 행복감과는 비교조차 할 수 없었다. 아무리 곱씹어도 이처럼 행복한 상태에 빠졌던 상황은 떠오르지 않았다. 굳이 꼽는다면 마지막으로 사랑에 빠졌던 순간 정도였다. 지금까지는 초코바처럼 사소한 것을 소중히 여기는 법을 알지 못했던 것이다. 내 주위의 거의 모든 사람과 마찬가지로 나도 돈을 가치와 행복의 척도로 여겼다. 그리고 가진 돈이 많아질수록 행복감을 느끼기 위해 보다 값비싸고 구하기 어려운 것을 찾게 되었다. 내 '행복의 기준'은 그렇게 점점 높아져만 갔다.

PCT는 내게 그와는 정반대의 효과를 불러일으켰다. 트레일 위에서의 삶은 행복의 기준을 상향시키기는커녕 어마어마하게 끌어내렸다. 지난 두 달 동안 내가 어떻게 하루하루를 보냈는지 되돌아보면 내게 진정 필요한 것이 얼마나 적은지도 금세 알 수 있었다. 먹을거리, 물, 온기, 궂은 날씨를 피할 장소. 이 모든 것이 몇 킬로그램에 불과한 작은 배낭 안에 들어 있었다. 지금 내게는 그 이상으로 누리게 되는 모든 것이 어마어마한 행복감을 안겨줬다. 사막에서 1주일을 걸은 뒤에 하는 샤위, 몇 주 동안 맨바닥에 얇은 발포매트를 깔고 잔 끝에 폭신한 침대에 드러눕는 일, 그리고 뜻밖에 얻은 초코바 한 개가 그랬다.

이 작은 행복이 그토록 멋진 이유는 또 있었다. 직업적인 성공이라든지 여타 흔한 상징적 지위가 대개 간접적이고 추상적인 행복감만 유발시키는 반면, 트레일에서 경험하는 행복의 순간들은 지극히 직접적이고 육체적인 체험이 가능하다. 예전의 나는 인상된 급여가 통장에 들어오기만을 이제나저제나 기다리곤 했다. 그 돈으로 무언가를 구입함으로써 즐거움을 얻을 것이라는 기대 때문이었다. 그러나 이곳에서는 초콜릿을 한 입 베어 무는 것만으로도 순수한 행복을 느끼기에 충분했다. 이걸 깨달은 동시에 나는 남은 밀키웨이 하나를 꺼내 들었다.

2004년 7월 22일
던스뮤어, 캘리포니아

- - - -
`-------- 2,424킬로미터 지점

기진맥진한 캡틴마이크(Captain Mike)는 아스팔트 위에 주저앉아 가드레일에 몸을 기대고 있었다. 벌써 열 대째 자동차가 지나갔지만 운전자는 우리에게 눈길 한번 주지 않았다. 런드로맷(Laundromat)도 배낭을 내려놓고 도로 가장자리에 털썩 주저 앉았다.

"차가 왜 이리 안 다니는 거야. 아침 8시면 출근하는 차로 북적대야 할 텐데."

그가 내뱉었다. 모두 똑같은 생각이었다.

"그러게 말이에요."

나는 맞장구를 치며 가까이 오는 자동차를 향해 다시 한 번 엄지손가락을 치켜들었다. 이번에도 차는 우리를 그대로 지나 쳐버렸다.

캡틴마이크와 런드로맷, 그리고 나는 던스뮤어(Dunsmuir)로 가기 위해 히치하이크를 시도하는 중이었다. 내가 미끼 역할 을 맡은 건 순전히 여자라는 이유 하나였다. 20대 후반의 후줄 근한 두 남자로는 히치하이크에 성공할 가능성이 훨씬 더 낮 을 테니까. 5번 주간 고속도로로는 나갈 수 없었기 때문에 우 리는 그와 나란히 놓인 구 고속도로에서 히치하이크를 시도해 야 했다. 그러나 이 도로에는 지나가는 자동차가 손에 꼽힐 정 도였다.

"행색이 이 꼴이니 안 될 수밖에요."

일부러 어느 정도나마 깨끗한 티셔츠까지 골라 입었던 캡틴 마이크가 체념한 듯 말했다. 그러자 런드로맷이 물었다.

"마지막으로 샤워한 게 언제였어요?"

"버니폴스 주립공원(Burney Falls State Park)에서 했으니 나흘 밖에 안 됐어요."

캡틴마이크는 의기양양하게 대답했지만, 런드로맷은 냉정했다.

"그런데 냄새가 왜 이리 고약하담."

그때 내가 대화에 끼어들었다.

"따질 건 따지자고요. 악취는 몸보다 옷과 배낭 속에 있는 물건에서 나는 거예요. 두 사람은 옷을 마지막으로 세탁한 게 언제예요?"

캡틴마이크와 런드로맷은 골똘히 생각에 잠겼다가 거의 동시에 대답했다.

"벨덴(Belden)에 있는 트레일 엔젤의 집에서였어요."

"그럼 열하루 전이군요. 그러니 악취가 나는 게 당연하죠."

"그래도 난 래슨 화산 국립공원(Lassen Volcanic National Park) 에서 뜨거운 온천물에 옷을 한번 담그기는 했어요."

캡틴마이크가 항변에 나섰다. 그러자 런드로맷이 톡 쏘아붙였다.

"어쩐지 유황 냄새가 나더라니."

나는 두 사람을 진정시키려 말을 돌렸다.

"그래도 지금은 어쩔 수 없잖아요. 던스뮤어에 가면 빨래방도 있고. 아, 저기 차가 한 대 오네요. 그럼 한번 표정관리에 들어가 볼까나."

나는 상냥한 미소를 다시 머금고 엄지손가락을 내밀었다.

이번에는 성공이었다. 한 여성이 우리 옆에 차를 세우더니 곧장 물었다.

"PCT 여행자들이신가요?"

"맞아요! 던스뮤어에 가는 길이에요."

마침내 한시름 놓은 내가 대답하자 중년의 여성은 우리를 향해 말했다.

"그럼 타세요. 데려다줄 테니."

우리는 군말 없이 따랐다. 눈 깜짝할 사이에 등산스틱 여섯 개와 배낭 세 개, 그리고 스루하이커 세 명이 그녀의 깨끗한 중형 자동차 안으로 비집고 들어왔다. 세 사람 중 가장 키가 큰 내가 조수석에 앉는 영광을 누릴 수 있었다.

"던스뮤어 어디로 가세요?"

친절한 여성이 차를 출발시키며 물었다.

"혹시 아침 식사를 할 만한 카페가 있을까요? 호텔에 체크 인하기에는 시간이 너무 일러서요."

"틀림없이 값싸고 양 많은 곳을 찾고 있겠죠?"

"맞아요!"

나는 그녀의 말이 끝나기가 무섭게 대답했다. 우리의 친절한 운전사는 웃음을 터뜨리며 운전석 옆에 있는 창문 자동 개폐기의 버튼을 슬쩍 눌렀다. 양쪽 앞자리의 유리창이 내려가며 상쾌한 바람이 콧속으로 밀려 들어왔다.

"아, 냄새가 좀 고약하죠?"

내가 머뭇거리며 묻자 그녀는 예의 바르게 대답했다.

"에이, 익숙해서 괜찮아요. 남편이 캐슬 크래그스 주립공원 (Castle Crags State Park)에서 산림 관리인으로 일하거든요."

"아, 그래서 PCT를 잘 아시는군요!"

"맞아요. 여러분 같은 PCT 여행자들을 태워주는 일도 많아요. 여러분이 좋아할 만한 카페도 알고 있고요."

그녀는 쿡쿡 웃으며 이야기했다.

15분 뒤 던스뮤어에 도착한 우리는 그녀와 헤어져 코너스톤이라는 카페로 들어섰다. 카페는 이미 캐슬 크래그스 주립공원으로 가는 관광객들로 북적였다.

종업원은 입구에서 곧바로 우리를 멈춰 세우고 물었다.

"세 분인가요?"

셋이 함께 고개를 끄덕이자 그는 우리를 이웃한 공간의 구석진 자리로 안내했다.

"이봐요, 앞쪽에 앉으면 안 됩니까? 입구 쪽에 앉아야 우리 동료들이 들어오는지 지켜볼 수 있단 말이요."

캡틴마이크의 볼멘소리에 젊은 종업원은 잠시 주저하더니 대답했다.

"손님들은 PCT 여행자가 맞죠? 우리는 이곳에 살기 때문에 익숙하지만, 관광객들은 가끔 과민반응을 할 때가 있답니다.

그래서 PCT 여행자들은 늘 가장자리로 안내해요. 그래야 서로 방해가 되지 않으니까요. 일행이 오면 물론 저희가 이곳으로 안내해드릴 겁니다."

여자 종업원은 어색한 미소를 지으며 메뉴판을 탁자 위에 내려놓고는 재빨리 사라졌다. 우리는 거북한 표정으로 서로를 바라봤다. 캡틴마이크가 메뉴판을 집어 들며 말을 꺼냈다.

"상관없어요. 난 배가 고프다고요!"

"나도 마찬가지예요."

그의 말에 동조하며 나도 든든해 보이는 식사 메뉴를 고르기 시작했다.

잠시 뒤에 어마어마한 양의 멕시코식 아침 식사가 내 앞에 놓였다. 핀토 콩, 살사소스, 과카몰레, 토르티야, 사워크림, 그 위에 달걀프라이 두 개가 얹혀 있었고 엄청나게 큰 유리잔에는 오렌지주스가 가득 채워져 있었다. 토르티야 위에 콩과 살사소스를 얹고 있는데 종업원이 라루(Raru), 시수(Sisu), 시슬리B, 그리고 스피리트(Spirit)를 우리 탁자로 데려왔다. 여느 때처럼 '안녕!' 또는 '컨디션은 어때요?' 따위의 인사가 오고 갔고, 한구석에 쌓인 배낭과 등산스틱의 개수도 늘어났다. 우리는 탁자를 붙이고 앉아 트레일에서 있었던 일들에 관해 이야기판을 벌였다.

모두 최소한 아침 식사 메뉴 하나와 추가 메뉴, 음료까지 주문했기 때문에 탁자는 금세 빈틈없이 들어찼다. 많이 먹지 않는 사람은 스피리트뿐이었다. 그녀는 도보여행자가 아니라 자동차로 이동하며 다니는 일종의 트레일 엔젤이었다. 정형외과 질환 때문에 더 이상 장거리 도보여행을 할 수 없게 된 그녀 대신, 남편인 스테디(Steady)가 조기 은퇴한 뒤 혼자서 걷고 있다. 그녀는 캠핑 트레일러를 몰고 남편을 따라다녔는데, 스피리트라는 별명은 바로 스피리트 모바일이라는 그녀의 캠핑 트레일러 이름에서 따온 것이었다. 스피리트는 항상 트레일과 도로의 교차 지점에서 남편을 만났다. 그러면 스테디는 캠핑 트레일러 안의 푹신한 침대에서 하룻밤을 보내고 식량과 마실 물을 채웠다. 남편과 함께 있지 않을 때면 그녀는 다른 여행자들을 도왔다. 오늘 아침에도 고속도로에서 히치하이크를 하던 라루와 시수, 시슬리 B를 태우고 던스뮤어까지 왔다고 한다.

계산할 때가 되자 스루하이커들은 십시일반으로 돈을 모아 얼마 되지 않는 그녀의 음식값까지 지불했다. 트레일 엔젤은 돈을 내지 않는다는 오랜 전통 때문이었다.

카페 밖으로 나오자마자 뜨거운 열기가 우리를 강타했다. 시간은 그새 정오에 가까웠고 기온은 영상 35도를 넘어서고 있었다.

"어디로 데려다줄까요?"

스피리트가 캠핑 트레일러의 문을 열며 문자 런드로맷이 말을 꺼냈다.

"호텔에 체크인하기에는 아직도 이르니 슈퍼마켓에 가서 장이나 봐야겠어요."

"그럼요. 데려다줄게요. 그런데 그 전에 하이커박스(Hiker box)를 먼저 확인해보세요."

스피리트의 말에 모두의 눈이 반짝 빛났다. 시수가 물었다.

"아직 뭐가 남아 있던가요?"

"남아 있다마다요. 꽤 많이 차 있던데요."

스피리트는 이렇게 대답한 뒤 라루에게 청했다.

"짐 내리는 것 좀 도와줘요!"

두 사람은 낑낑대며 '하이커박스'라 불리는 커다란 종이상자 두 개를 주차장으로 끌어내렸다. 하이커박스는 필요한 식량이나 기타 물품을 트레일로 직접 보내거나 배송 받아야 하는 장거리 도보여행의 특성 때문에 생겨났다. 막상 소포가 손에 들어올 무렵이면 입맛이 바뀌어 있거나 물건이 더 이상 필요치 않을 때가 있다. 가령 한 달 전에 장을 볼 때는 그렇게나 맛있어 보이던 볶은 아몬드가 쳐다보기도 싫어지는 경우가 그렇다. 오는 길에 3킬로그램을 먹어치운 탓이다. 혹은 캠핑용 가스나 배터리를 소포에 너무 많이 넣은 경우도 있다. 그러나 다른 스루하이커들에게는 요긴하게 쓰일 수 있으니 당연히 버리지는 않는다. 그리고 뒤에 올 동료들을 위해 남는 물건을 하이커박스에 넣어두는 것이다.

트레일 엔젤들은 누구나 이런 상자를 가지고 있었다. 때로는 트레일 중간에 있는 우체국에서도 볼 수 있었다. 사람들은 더 이상 필요하지 않게 된 것을 상자에 넣고, 먼저 간 사람들이 남겨놓은 물건 중 유용하게 쓸 만한 것을 꺼내어 갔다. 일종의 물물교환인 셈이다. 스피리트의 하이커박스는 그녀가 말한 대로 가장자리까지 차 있었다. 반쯤 쓰고 남은 캠핑 가스 여섯 통, 얼마 신지 않은 285밀리미터 크기의 트레일 운동화, 빨간색 티셔츠, 휴지, 최소한 서른 개는 되어 보이는 다양한 맛의 오트밀 죽, 먹다 남은 땅콩버터 여러 통, 비닐봉지를 가득 채운 땅콩과 아몬드, 말린 과일, 분유, 인스턴트 라면 열 봉지와 다양한 즉석식품이 들어차 있었다.

시수는 말린 과일이 들어 있는 비닐봉지를 상자에서 꺼내며 환호했다.

"와, 말린 자두도 있네! 땡잡았다!"

그러자 그녀의 남편인 라루가 주차장이 울리도록 껄껄 웃어 댔다.

"어휴, 시수! 그거 3주일 전에 당신이 넣었던 거 아니야?"

상자의 밑바닥까지 열심히 뒤적이던 나는 정체를 알 수 없는 갈색 덩어리가 든 비닐봉지를 발견했다. 나는 호기심에 찬 비닐봉지를 높이 치켜들고 일행에게 물었다.

"이제 뭔지 아시는 분?"

"그냥 일단 가져가서 먹어봐요! 최고의 선물은 깜짝 선물,

몰라요?"

시수가 말하며 견과류 몇 봉지를 더 집어 들었다.

"그건 건조시킨 콩죽이야. 죽과 물을 최소 1 대 4 비율로 맞춰서 불려야 해."

먹다 남은 땅콩버터 뚜껑을 열어 냄새를 맡던 시슬리 B가 설명해줬다.

"먹고 나면 배에 가스가 차서 아마 그 동력으로 산을 단숨에 뛰어 올라가게 될 거요."

캡틴마이크가 킥킥 웃으며 덧붙였다. 그는 오트밀 죽이 든 팩을 쓸어 담는 중이었다.

"와, 이거 히트(HEET)잖아!"

런드로맷이 거의 쓰지 않은 자동차 결빙 방지제를 들고 기뻐했다. 대부분의 도보여행자들이 음식을 조리할 때 연료로 사용하는 제품이었다.

여섯 사람이 덤벼들어 30분 동안 샅샅이 뒤진 끝에야 하이커박스는 다시 캠핑 트레일러에 실렸다. 우리는 각자 갈 곳을 정했다. 그나마 가장 깨끗한 캡틴마이크가 먼저 호텔에 가서 방을 잡아두기로 했다. 런드로맷과 시슬리 B는 슈퍼마켓, 시수는 은행, 라루와 나는 빨래방을 목적지로 선택했다. 라루는 시수의 옷가지를 챙기고 시슬리 B도 내게 빨래를 맡겼다.

"그럼 이제 출발하죠."

스피리트가 말했다. 그녀는 호텔과 슈퍼마켓에 차례로 들른 뒤 마지막으로 우리를 빨래방 앞에 내려줬다.

약간 허름한 던스뮤어의 빨래방에는 손님이 나와 라루뿐이었다. 덕분에 주황색의 싸구려 플라스틱 의자들은 몽땅 우리 차지가 되었다. 우리는 배낭을 풀어 헤치고 시수와 시슬리 B의 빨랫감에 우리의 옷가지를 던져 섞었다. 이제 입고 있던 옷을 벗을 차례였다. 나는 한구석에 몸을 숨긴 채 지저분한 트레킹복을 벗었다. 먼저 더러운 셔츠를 벗고 스피리트의 히이키 박스에 들어 있던 빨간 티셔츠로 갈아입었다. 빨래할 때 입을 요량으로 잠시 빌려온 것이었다. 그러나 하의를 대신할 만한 것은 우비 바지밖에 없었다. 영상 35도의 날씨에 우비를 입고 있으려니 사우나에 들어앉아 있는 것 같았다. 양쪽 다리를 한껏 걷어 올려도 소용없었다. 티셔츠가 있어서 우비 재킷까지 걸치지 않아도 되는 게 그나마 다행이었다.

옷을 갈아입고 돌아서자 여전히 배낭 앞에서 머뭇거리고 있는 라루가 보였다. 그 역시 옷 때문에 고민 중인 모양이었다.

"자, 멋진 스트립쇼 기대해도 될까요?"

나는 씩 웃으며 라루를 향해 말했다.

"물론입죠!"

그가 대꾸하더니 엉덩이를 흔들며 조 코커(Joe Cocker)의 유명한 곡 「You can leave your hat on」을 부르기 시작했다. 때맞춰 빨래방에 들어서던 시수가 웃음을 터뜨리며 물었다.

"이게 무슨 법석이에요?"

"댁의 남편이 스트립쇼를 한다는데요."

시수에게 대답해주고는 야구모자를 부채처럼 얼굴에 대고 부쳤다.

"어머나, 이 좋은 구경을 놓칠 수 없지."

시수는 구미가 당기는 듯 외치고는 큰 소리로 함께 노래를 부르기 시작했다. 나는 손가락으로 딱딱 소리를 내며 장단을 맞췄다. 그리고 우리는 영화 「나인 하프 위크」의 멋진 삽입곡을 다 함께 화음을 넣어 불렀다.

여자들의 시선이 자신에게 집중되자 라루는 한층 더 흥이 오르는 모양이었다. 교태 넘치는 몸짓으로 야구모자를 쓴 뒤 천천히, 유혹하듯 엉덩이를 흔들며 너덜너덜한 운동화를 벗어 던졌다. 그러나 스트립쇼 초보인지라 기술이 부족했던 모양이었다. 그가 슬쩍 벗어 던진 신발이 빨래 건조기 쪽으로 날아가더니 그 안으로 쏙 들어가 버린 것이다. 이 털북숭이 남자는 그러거나 말거나 신경 쓰지 않고 쇼를 계속했다. 이번에는 한 발로 선 채 구멍이 숭숭 뚫린 양말을 벗다가 하마터면 균형을 잃고 넘어질 뻔했다. 마침내 그가 더러워질 대로 더러워진 양말을 능청스럽게 머리 위로 빙빙 돌리기 시작했을 때, 시수와 나는 이미 목에서 꺽꺽 소리가 나도록 웃고 있었다.

"빨리해! 빨리해!"

그가 일부러 느릿한 몸짓으로 트레킹 셔츠의 단추를 풀기 시작하자 우리는 열렬히 외쳐댔다. 옷 아래로 치즈처럼 희멀 건 상체가 드러나 새까맣게 탄 팔뚝과 강한 대비를 이루었다.

"아니, 도대체 왜 집에서는 이런 쇼를 안 보여주는 거야?"

시수가 라루를 향해 외쳤다. 라루는 관능적인 몸짓으로 셔츠를 어깨 아래를 내려뜨리는 중이었다.

"자, 숙녀분들, 쇼는 여기까지. 아랫도리는 안 벗어요!"

라루는 웃으며 이쪽을 향해 말했다. 우리는 커다란 박수로 그의 멋진 공연에 답했다. 시수는 남편에게 입을 맞추고는 능청스러운 웃음을 지으며 속삭였다.

"여보, 당신에게 이런 재능이 숨어 있는 줄 미처 몰랐는데."

나는 짐짓 딴청을 부렸다. 가게 안에 손님이 우리뿐인 게 천만다행이었다.

몇 시간 뒤, 우리는 깨끗하고 좋은 냄새가 나는 옷을 입고 시내 피자집의 보통 손님들 틈에 섞여 앉아 있었다. 이번에는 구석진 방으로 쫓겨나지도 않았다. 캡틴마이크, 런드로맷, 시슬리 B, 라루, 시수와 내가 일행이었고 뒤늦게 울리케와 밥도 합류했다. 근육질 사나이인 밥이 식사 후 이두박근을 만들어 보이는 것을 보고 나는 그에게 도전장을 던졌다.

"이봐요, 밥, 팔씨름 한번 해볼래요?"

마지막 피자 한 조각을 먹던 울리케는 깜짝 놀라 하마터면 피자가 목에 걸릴 뻔했다.

"상대가 안 될 텐데요."

그녀는 딱 잘라 말했다. 물론 그걸 모르는 사람은 없었다. 그러나 그저 분위기를 띄워볼 심산이었던 나는 물러서지 않았다.

"좋아요. 그럼 우리 둘이 해보죠. 여자 대 여자로 겨루면 훨씬 공평하니까."

그러자 모두의 시선이 우리에게 향했다. 울리케는 마다하지 않고 피자 접시를 한옆으로 밀어둔 뒤 트레킹 셔츠의 팔을 걸어 올렸다. 시수가 반색하며 외쳤다.

"지금부터 여자 스루하이커 팔씨름 대회를 시작합니다!"

"다음은 당신 차례니 준비하고 계세요."

시수에게 한마디 던진 뒤 나는 팔씨름 자세를 취했다. 울리케는 내 적수가 못 되었다. 불과 몇 초 사이에 나는 왼팔과 오른팔 모두로 그녀를 꺾었다. 키가 나보다 30센티미터는 작고 체중도 30킬로그램은 덜 나가는 자그마한 체구를 지녔으니 그리 놀랄 일도 아니었다.

팔씨름 열기는 어느덧 식탁 전체로 번져 있었다. 모두 서로 힘을 겨루느라 여념이 없었다. 밥은 여유 만만한 미소를 지으며 캡틴마이크와 런드로맷, 라루를 차례로 꺾었다. 나는 그와 겨루지 않은 것을 다행스럽게 여겼다. 그래도 여자들 중에서는 우승자가 될 가능성이 보였다. 울리케에 이어 시슬리 B까지 꺾은 것이다. 그러나 왜소한 체구답지 않게 끈질긴 시수가 걸림돌이었다. 나는 오른손으로는 그녀를 쉽게 꺾었지만, 왼손으로는 오랫동안 버틴 끝에 패하고 말았다.

"복수할 테니 두고 보세요."

나는 웃으며 으름장을 놓고는 스프라이트가 든 잔을 집어 들었다.

"그럼 다음번 제로 데이에 한번 보자고요. 그때끼지 나도 열심히 근육을 키워놓을 테니 각오하세요."

시수가 콜라 잔을 들며 대꾸했다. 핀란드 태생의 그녀는 금발머리에 가냘픈 몸매의 여성이었다. 우리는 다음 시합을 기약하며 잔을 부딪쳤다.

다음 시합을 위해 단련하겠다는 시수의 말이 진심이었음을 나는 며칠 뒤 트레일에서 확인했다. 마블(Marble) 산의 트레일 바로 옆에서 종이 한 장을 발견했을 때였다. 종이는 방수 비닐봉지에 담겨 날아가지 않도록 돌로 눌려 있었다. 스루하이커들은 흔히 뒤따라올 여행자들에게 이런 방식으로 소식을 전했다. 궁금증이 든 나는 비닐봉지를 집어 들었다. 위험 구간이나 트레일 엔젤의 위치를 알려주기 위해 놓아뒀을 것이라는 추측은 보기 좋게 빗나갔다. 뜻밖에도 봉지 안에는 시수가 내게 남긴 메시지가 들어 있었다. 나는 작은 해바라기처럼 생긴 꽃들이 만발한 풀밭 가장자리의 바위에 걸터앉았다. '노새 귀꽃'이라 불리는 노란 꽃의 진하고 달콤한 향기가 코를 간질였다. 나는 작은 종이에 손으로 쓰인 글귀를 읽어 내려갔다.

친애하는 저먼 투어리스트 씨,

지난번 일로 당신이 곰처럼 힘센 거인 독일 여자라는 사실을 알게 되었어요. 하지만 내 몸에는 바이킹의 피가 흐르고 있답니다. 우리 핀란드 여성들은 체구가 그리 크지 않지만 끈기와 지구력만은 누구에게도 뒤지지 않죠. 당신과의 다음 대결을 위해 등산스틱을 휘두르며 날마다 30킬로미터를 걷는 훈련을 하고 있어요. 다음번에는 당신도 내 상대가 안 될 테니 기대하세요.

그러나 시수의 기대는 완전히 빗나갔다. 한 주 뒤의 복수전에서 내가 오른손은 물론이고 왼손으로도 순식간에 그녀를 눌러버린 것이다. 나 역시 등산스틱을 휘두르며 열심히 팔근육을 단련해둔 덕분이었다.

2004년 8월 1일
캘리포니아와 오리건 주의 경계에서, 캘리포니아 · 오리건

˙˙˙˙˙˙˙˙ 2,736킬로미터 지점

"만세!"

불과 몇 미터 앞에서 팩맨이 특유의 저음으로 소리를 질렀

다. 와일드플라워와 나는 어리둥절해서 서로를 한 번 마주 보고는 얼른 뛰어가 봤다. 팩맨을 기쁘게 한 것은 바로 '오리건 주에 오신 것을 환영합니다'라고 적힌 단순한 나무 표지판이었다.

와일드플라워의 입에서 '할렐루야!'라는 말이 터져 나오고, 나는 나무 표지판을 얼싸안고 입을 맞췄다. 드디어 캘리포니아와 북쪽 경계를 맞대고 있는 오리건 주에 들어선 것이다.

여행을 시작한 지도 벌써 석 달이 지났고 트레일의 중간 지점을 지나친 것도 이미 한참 전이었다. 하지만 우리는 여전히 캘리포니아 주를 벗어나지 못하는 중이었다. 그러니 오리건 주로 들어섰다는 사실이 우리에게 심리적으로 매우 중요한 사건임은 말할 것도 없었다. 더불어 기후도 완전히 바뀌었다. 우리는 건조한 캘리포니아를 뒤로하고 강수량이 상당한 태평양 연안의 미국 북서부로 접어들었다.

팩맨이 우리를 향해 오른손을 들어 올렸다. 우리는 즐거운 마음으로 그와 하이파이브를 했다.

"그런데 저건 뭐죠?"

와일드플라워가 별안간 내 뒤에 있는 나무를 가리키며 물었다. 나무를 향해 돌아서자 땅바닥에 놓인 납작한 병 하나가 눈에 띄었다.

호기심 어린 표정으로 병마개를 열고 냄새를 맡던 팩맨의 얼굴에 이내 환한 웃음이 번졌다.

"겉에 쓰여 있는 그대로야. 위스키라고! 트레일 엔젤이 가져 다둔 게 틀림없어."

"그냥 다른 여행자가 다 마시지 못하고 무게 때문에 두고 간 것인지도 모르죠. 어쨌든 이 역사적인 순간을 기념하며 축 배를 들 수는 있겠네요."

나는 들뜬 투로 말하고는 끙 신음 소리를 내며 트레일 위에 주저앉았다. 와일드플라워와 팩맨도 이내 내 옆에 자리를 잡 았다. 한없이 멀고 신비스럽게만 느껴지던 주 경계선에서 점 심 휴식을 취하기 위해 몇 시간을 쉬지 않고 걸은 참이었다.

"위하여!"

팩맨은 우리를 향해 병을 치켜든 뒤 크게 한 모금 들이켰다. 병을 넘겨받은 와일드플라워는 술을 삼키자마자 기침을 해댔 다. 내가 등을 두드려주니 그녀는 콜록거리며 말했다.

"독한 술을 마셔본 지 오래돼서 영 익숙지 않네요."

"그늘 쪽 기온도 30도가 넘는 이 대낮에 위스키를 마셔도 괜찮을지 모르겠어요."

걱정스럽게 말하면서 나도 한 모금을 꿀꺽 들이켰다. 술이 넘어가자 목구멍이 타는 듯 뜨거웠다.

"그래도 아마 시애드 밸리(Seiad Valley)에서 팩맨이 겪은 것 같은 최악의 상태까지 가진 않을 거예요."

와일드플라워가 남편의 옆구리를 쿡 찌르며 킬킬댔다. 수염 이 무성하게 난 거구의 남자는 민망한 웃음을 지었다.

"그러게 말이야. 유년기 이후로 그렇게 지독하게 체한 건 처음이었지."

순순히 시인하던 그가 고집스레 항변했다.

"그래도 누구 하나는 도전해야 할 것 아니야."

시애드 밸리는 독특한 스루하이커 의식을 치르는 장소로 유명했다. 그곳의 카페에는 도보여행자들이 차마 뿌리치기 힘든 특별메뉴가 있었다. 바로 팬케이크 다섯 장을 두 시간 안에 먹어치우는 사람에게는 음식값을 받지 않는다는 것이었다. 그 전에 포기하는 사람은 물론 팬케이크값을 지불해야 한다. 주목할 점은 바로 팬케이크 하나의 무게가 약 500그램이고 두께는 약 3센티미터나 된다는 사실이었다. 팬케이크 다섯 장이면 무게가 2.5킬로그램에 달하는 것이다. 도배할 때 쓰는 풀 같은 싸구려 반죽으로 만든 이 팬케이크를 먹고 나면 위장에 솜뭉치라도 들어 있는 것처럼 꽉 막힌 느낌이었다. 그래서 나는 그처럼 무모한 시도는 아예 생각도 하지 않았지만 팩맨은 생각이 달랐던 모양이었다.

"그래도 세 개는 먹었잖아!"

팩맨은 그것도 자랑이라고 당당하게 말했다.

"그러고 나서 밤새 잠도 못 잤으면서."

와일드플라워가 톡 쏘아붙이며 남자들의 어리석은 모험심이 이해가 안 간다는 듯 고개를 절레절레 흔들었다. 나는 두 사람을 향해 물었다.

"지금껏 성공한 사람이 있기는 하대요?"

"있어요. 게다가 당신도 아는 사람이에요. 피처가 그 주인공이죠!"

팩맨이 대답했다. 와일드플라워도 경탄과 농담이 반반 섞인 투로 말을 이었다.

"짐승 같은 남자라니까요."

"그게 아니라 그냥 공명심이 엄청나게 강한 것 같은데요."

그들이 말하는 피처, 즉 밥이 최소한의 경비로 여행한다는 사실을 떠올리고 나는 웃으며 덧붙였다.

"이런 절호의 기회를 놓칠 사람이 절대 아니에요. 양도 어마어마한 데다 공짜잖아요."

"맙소사. 밥값이라고 해봐야 11달러밖에 되지 않는다고요. 그 돈을 아끼려고 그렇게 위장을 혹사시킬 필요가 있나요."

와일드플라워가 심드렁하게 대꾸했다.

"당신은 여자라서 스포츠 정신이라는 걸 몰라. 진짜 사나이는 그저 도전하는 데 의의를 두는 법이지."

팩맨이 짓궂게 끼어들었다. 와일드플라워는 눈을 흘기며 그를 무시하고는 나를 향해 물었다.

"그런데 초콜릿 남은 것 좀 없어요?"

며칠 전에 독일에서 날아온 초콜릿을 말하는 것이었다. 몇 주일 전, 나는 독일에 있는 친구들에게 다음과 같이 구걸하는 이메일을 보냈었다.

이 굶주린 독일인 도보여행자에게 초콜릿 좀 적선하실 분 없나요? 트레일에서 살아남으려면 하루에 400그램의 초콜릿을 먹어야 하거든요. 그런데 미국인들은 초콜릿을 맛있게 만드는 방법을 도통 모르는 모양이에요. 허쉬 초콜릿은 도무지 목구멍으로 넘어가질 않아요. 스니커즈는 날마다 여덟 개를 먹다 보니 이제 신물이 나고요.

대부분의 친구들은 내가 농담한다고 생각하고 무심히 넘겨버렸다. 남자 친구인 볼프강만이 사태의 심각성을 눈치채고 엄청난 양의 초콜릿이 담긴 소포를 시애드 밸리로 보내줬다. 이틀 전 팩맨이 팬케이크를 가지고 고군분투하는 동안 나는 독일에서 막 도착한 300그램짜리 견과류 초콜릿 한 판을 후식으로 먹어버렸다. 소포에 들어 있던 나머지 초콜릿은 무더위에 녹지 않도록 플리스(Fleece) 재킷에 둘둘 싸서 메고 다니는 중이었다.

이후 30분 동안 우리는 나무 그늘에 느긋하게 드러누워 위스키 병을 비우고 내 여분 초콜릿의 상당량을 먹어치웠다. 날아갈 것 같은 기분이었다. 이제 캐나다까지 '고작' 1,500킬로미터밖에 남지 않은 것이다. 게다가 나는 이전의 그 어느 때보다도 기운이 넘쳤다.

`---- --------- 2,779킬로미터 지점`

"이럴 수가, 말린 망고잖아!"

애슐랜드(Ashland)의 푸드코옵이라는 대형 유기농 식료품 점에 들어선 나는 첫 번째 진열대를 보자마자 탄성을 질렀다. 이미 몇 걸음 앞서 들어간 와일드플라워는 재래시장의 가판대처럼 말린 과일과 채소류를 쌓아둔 진열대 앞에 서서 나를 불렀다.

"이리 와서 고구마칩이나 먹어봐요."

그러나 나는 이미 포장되지 않은 시리얼이 진열된 곳으로 가서 넋을 놓고 구경하는 중이었다.

"우와, 종류가 서른 가지도 넘는 것 같아요! 슈퍼마켓에서 흔하게 파는 싸구려 시리얼과는 비교도 안 되는데요."

채식과 유기농 식료품을 고집하는 와일드플라워와 그녀의 남편은 그야말로 물 만난 물고기 같았다.

"이런 게 맛도 훨씬 좋아요. 보통 시리얼에는 고과당 옥수수 시럽이 다량 첨가되어 있어요. 건강에 무척이나 해로운 싸구려 옥수수 시럽인데, 미국의 거의 모든 식료품에 단맛을 내는 재료로 첨가되죠."

"아, 그래서 이 나라 시리얼 맛이 그렇게 이상했군요."

내가 씁쓸하게 중얼거리자 와일드플라워는 상점을 둘러보며 대답했다.

"내 입에도 그렇게 느껴져요. 하지만 안타깝게도 미국인 대부분이 이미 그 맛에 길들여져 있어요. 결과는 당신도 잘 알고 있을 서예요. 우리나라가 비만의 대명사가 된 게 바로 그 때문이죠."

마치 이상한 나라의 앨리스가 된 기분이었다. 나는 몇 달 전부터 보충 식량을 평범한 미국의 슈퍼마켓에서 구입해왔고, 여건이 되지 않을 때는 주유소 매점까지도 이용했다. 그런 곳에서는 건강에 좋고 가격도 적당한 식료품을 구할 가능성이 희박했다. 대부분은 설탕범벅에 핵전쟁이 일어난다 해도 끄떡없을 정도로 많은 보존 첨가제가 함유되어 있었다. 그러나 대부분의 경우 나는 별수 없이 하나에 25센트밖에 하지 않는 인스턴트 라면이나 보기만 해도 거부감이 들 정도로 끈적거리는 팝타르트를 구입했다. 팝타르트는 설탕 옷을 입힌 다디단 과자였다.

그에 비하면 애슐랜드는 그야말로 천국이었다. 미국에서 이곳은 히피들이 많이 사는 친환경 도시로 유명했고, 명성에 걸맞은 유기농 슈퍼마켓도 여러 군데나 있었다.

"이렇게 건강한 음식을 구한 게 얼마 만인지 모르겠네요."

와일드플라워가 즐거워하며 말했다.

"그런데 조금 비싸기는 하군요."

가격표에 시선을 던지며 그녀의 말에 대꾸했다. 내가 책정해둔 하루 생활비는 약 10유로였다. 하루에 먹는 음식의 무게는 대부분의 스루하이커들과 마찬가지로 1킬로그램이 약간 안 된다. 트레일을 걷기 시작한 뒤 초반 몇 주일간은 이 예산과 무게에 맞추어 이상적으로 식료품을 조합하는 일이 무척이나 어려웠다. 여러 차례 실패를 거듭하고 여러 날을 굶주린 끝에야 날마다 무엇을 얼마나 먹어야 하는지 정확히 알게 되었다. 이후 나는 아침 식사로 약 250그램의 시리얼, 점심과 저녁으로는 각각 봉지에 든 즉석식품 하나, 그리고 400그램의 간식을 여러 차례에 나누어 먹게 되었다.

간식은 그때그때 슈퍼마켓에 어떤 제품이 있느냐에 따라 달라졌지만 대개는 초콜릿이었고 젤리나 견과류, 감자칩도 종종 구입했다. 기본적으로 열량이 높고 무게가 적게 나가면 어떤 것이든 고려의 대상이 되었고, 부피까지 적으면 그야말로 완벽했다. 누텔라와 땅콩버터는 그중에서도 단연 으뜸이었다. 스루하이커들이 대개 그렇듯 나도 어느덧 초콜릿 중독자가 되어 있었다. 석 달이 지나도 여전히 먹히는 식품은 초콜릿이 유일했기 때문이다. 걷다 보면 강한 허기를 느끼기 때문에 가끔은 스니커즈 여섯 개를 순식간에 먹어치우고도 속이 울렁거리지 않을 정도였다.

와일드플라워와 나는 한 시간이 넘도록 유기농 슈퍼마켓의 진열대 사이를 돌아다니며 상품의 가격을 비교했다. 계산대로 향할 무렵 내 카트에는 시리얼, 즉석에서 요리할 수 있는 후무스(Hummus, 삶은 병아리콩을 갈아서 양념한 중동 지방의 소스), 말린 과일과 채소칩이 산더미처럼 쌓여 있었다. 나는 이미 132달러 53센트를 지불했지만, 아직도 살 것이 많이 남아 있었다. 이처럼 한꺼번에 많은 양을 구입하는 것은 순전히 편의상의 이유에서였다. 다음 슈퍼마켓은 700킬로미터 떨어진 캐스케이드 록스(Cascade Locks)에 있었는데 거의 3주일을 걸어야 도착하는 거리였다. 그 전까지는 값싼 식료품을 구할 만한 곳이 없으므로 반드시 식량 상자 세 개를 트레일 근처에 위치한 리조트나 호텔로 미리 보내둬야 했다. 즉 애슐랜드에서 22일분의 식량을 사서 배송해놓아야 한다는 의미였다. 그래서 나와 팩맨, 와일드플라워는 식량 조달 계획을 세우고 실천하는 데 하루를 몽땅 할애했다.

와일드플라워와 나는 장 본 것을 상점 밖 테라스에서 기다리고 있던 팩맨에게 넘기고, 이번에는 일반 슈퍼마켓인 세이프웨이스로 돌진했다. 그리고 한 시간 반이 지나서야 팩맨이 있는 곳으로 되돌아왔다. 그는 참을성 있게 우리의 배낭과 등산스틱, 구입한 물건들을 지키고 있었다. 이번에도 사들인 식료품이 한 가득이었다. 세이프웨이스에서 나는 초코바와 젤리, 견과류 등 간식 몇 킬로그램과 즉석식품도 마흔 개 정도 구입했다. 멕시코 쌀 요리, 데리야키 면 요리, 알프레도 파스타와 인스턴트 감자 퓌레까지 종류도 다양했다. 개폐가 가능한 지퍼백도 두 상자 구입했다.

팩맨과 와일드플라워는 벤치 하나를 차지하고 장 본 물건들을 늘어놓았다. 나는 그 옆의 작은 탁자를 점령했다. 이제는 본격적으로 물건들을 풀고, 나누고, 다시 포장하는 작업을 해야 할 때였다. 가장 먼저 한 일은 쓸모없는 겉 포장을 벗겨내는 일이었는데 얼마 안 가 우리 옆에는 쓰레기가 산더미처럼 쌓였다. 그 뒤에는 식료품을 1회 사용량에 맞게 나누었다. 나는 아침 식사용 시리얼을 비닐봉지에 250그램씩 나누어 넣었다. 그렇게 하면 처음 며칠 동안 식탐을 참지 못해 너무 많은 양을 먹어치우고, 마지막 며칠 동안에는 터무니없이 적은 양만 먹거나 굶주리게 되는 사태를 방지할 수 있기 때문이다. 젤리와 견과류, 말린 과일을 각각 100그램씩 작은 비닐봉지에 나누어 넣은 것도 같은 이유에서였다.

작업이 끝나자 어마어마한 식량 더미가 탁자 위에 쌓여 있었다. 시리얼 22회분, 즉석식품 마흔네 개, 간식 88회분이었다. 향후 3주일 동안 내가 소비할 식량의 총무게는 20킬로그램이었다.

팩맨이 슈퍼마켓의 쓰레기 분리수거함에서 종이상자 여섯

개를 주워 오자 우리는 물류 작업의 마지막 단계에 돌입했다. 일단 PCT 안내서에 나오는 구간별 거리를 확인하며 각 지점 사이를 걷는 데 며칠이 소요되는지 확인했다. 그 뒤에는 그것에 맞게 필요한 식량을 세어 상자에 나눠 담았다. 실수라도 했다가는 며칠 동안 텅 빈 위장을 움켜쥐고 걸어야 하기 때문에 팩맨과 와일드플라워도 고도의 집중력을 발휘하고 있었다. 나는 시리얼과 간식이 든 봉지와 즉석식품의 개수를 세 번씩 반복해서 세고 나서야 상자를 접착테이프로 밀봉했다. 그러고는 윗면에 두꺼운 사인펜으로 배송지의 주소를 적어 넣었다.

어느덧 시간은 오후 5시 10분을 가리키고 있었다. 우체국은 6시까지만 문을 열었다. 아직 시간은 남았지만 문제는 우체국이 이곳에서 3킬로미터나 떨어져 있다는 점이었다. 배낭을 메고 6킬로그램짜리 상자 세 개를 들고 걷기에는 결코 가까운 거리가 아니었다.

"쇼핑카트를 하나 빌려서 우체국까지 가는 게 어떨까요?"

내 제안에 팩맨이 대답했다.

"나도 그 생각을 하던 참이었어요."

"그럼 쇼핑카트를 다시 가져와야 하잖아요. 게다가 걸어가기에는 시간이 너무 촉박해요. 장 보는 데 시간을 너무 많이 허비했어요."

와일드플라워가 걱정스럽게 말했다. 우리는 어쩔 줄 몰라 서로의 얼굴만 쳐다봤다.

"이곳은 히피가 많기로 유명한 도시잖아요. 그냥 주차장에서 같은 방향으로 가는 사람이 있는지 물어봐서 태워다 달라고 하면 되지 않을까요?"

내가 또다시 제안하자 팩맨과 와일드플라워는 자신 없는 표정으로 나를 바라봤다. 하지만 그들이라고 딱히 대안이 있는 건 아니었다. 팩맨이 갑자기 능글맞은 표정으로 씩 웃더니 내게 말했다.

"저먼 투어리스트 씨, 당신이 나서는 게 제일 좋을 것 같군요. 이번에도 가엾은 독일인 관광객 흉내를 내보세요. 그게 당신 주특기잖아요."

와일드플라워는 한바탕 웃음을 터뜨렸지만 이내 지원병을 자처했다.

"내가 같이 가줄게요. 여자 두 명이 부탁하는데 설마 누가 거절하겠어요."

그러고 나서 그녀는 남편의 옆구리를 쿡 찌르며 덧붙였다.

"키 190센티미터의 거구에 수염까지 북실북실한 남자가 말을 걸면 행인들이 위협을 느낄 거예요. 그러니 우리가 가는 게 낫죠."

10분 뒤, 다부진 체격의 젊은 남자가 우리를 돕겠다며 차를 세웠다.

"제 목적지는 반대 방향이지만 데려다줄게요. 저도 PCT를 일부 구간이나마 걸어봤거든요. 스루하이커들은 정말 멋진 사람들이에요."

우리는 그의 찌그러진 스바루(Subaru) 자동차에 짐을 구겨 넣고 올라탔다. 우체국에 도착했을 때는 5시 40분이었다.

"저런, 빠듯하겠는데."

팩맨이 접수대 앞에 늘어선 줄 끄트머리에 서며 말했다. 우체국에 있던 사람들이 호기심 어린 눈빛으로 우리를 흘끗거렸다. 5시 50분이 되어서야 우리 차례가 왔다. 소포 상자가 여섯 개였지만, 다행히도 우체국 직원은 아주 느긋했다.

"아, 또 PCT 여행자들이군요. 오늘 낮에도 두 무리가 더 다녀갔답니다."

그녀는 상냥하게 우리를 맞아주며 말했다. 안도의 한숨을 쉬던 우리에게 마지막 순간, 또 한 번 위기가 다가왔다.

"이건 술 상자네요. 이건 우편으로 부칠 수 없어요."

직원이 내 상자들 중 하나를 가리키며 말했다. 상자에는 위스키 상표명이 선명하게 인쇄되어 있었다. 나는 당황해서 설명했다.

"그냥 재활용 상자를 주워 와서 그래요. 물론 이 안에는 위스키가 안 들어 있어요."

"저도 그럴 거라고는 생각했어요. 하지만 주류 포장재는 배송에 사용할 수 없다는 규정이 있어서요."

직원이 내게 차근차근 설명했다. 당황한 나는 그녀를 바라보며 더듬더듬 말했다.

"그런데…… 당장 어디서 다른 상자를 구하죠?"

운 좋게도 우리에게 호의적인 그 직원은 잠깐 고민하더니 내게 이렇게 일러줬다.

"상표명 위에 불투명 접착테이프를 붙이는 게 가장 좋은 방법이겠네요. 주류 포장재라는 것을 알아볼 수만 없으면 배송이 가능합니다. 혹시 남은 접착테이프가 있나요? 아니면 빌려드릴까요?"

겨우 안심한 나는 상표명이 보이지 않을 때까지 이 말썽 많은 상자에 접착테이프를 여러 겹 둘러 붙였다. 직원은 마지막으로 각 상자의 무게를 달았고 우리는 해당 비용을 지불했다. 우체국을 나오자 시계는 이미 6시 12분을 가리키고 있었다. 상냥한 직원이 우리 때문에 초과근무를 한 셈이었다. 등 뒤에서 우체국 문이 닫히는 소리를 들은 우리는 비로소 안도하며 하이파이브를 나누었다.

다음 날, 애연가였던 와일드플라워의 모친이 폐암으로 병원에 실려 갔다는 소식이 날아들었다. 비상 대비책을 고민한 끝에 와일드플라워가 혼자 뉴욕으로 날아가기로 하고, 팩맨은 경비 문제로 애슐랜드에 남아 그녀가 돌아올 때까지 기다리기로 했다. 이제 나 혼자서 길을 떠나야 할 시간이었다. 두 사람은 나보다 며칠 늦게 PCT 완주를 마쳤지만, 안타깝게도 그 해가 끝날 때까지 나는 그들을 다시 만나지 못했다.

2004년 8월 24일

팀버리인 로지, 오리건

╭╴╴╴╴
╰╌╌╌╌╌╌╌╌ 3,396킬로미터 지점

안경에 서린 김 때문에 앞이 거의 보이지 않았다. 엎친 데 덮친 격으로 어렴풋한 안개가 하얀 벽처럼 눈앞을 가로막고 있었고, 차가운 부슬비는 인정사정없이 몸을 적셨다. 배낭과 신발, 양말, 우비까지 모든 것이 비에 흠뻑 젖어 있었다. 속옷도 마찬가지였다. 한동안 오르막길을 오르느라 땀을 흘린 탓이었다. 안팎으로 모든 게 축축하니 몸이 식으며 한기가 들었다. 이런 극한의 상황은 이틀째 계속되고 있었다. 아시아에 부는 태풍의 기류가 오리건까지 영향을 미치면서 장맛비와 세찬 바람을 몰고 온 탓이었다. 내내 젖은 옷을 입고 있다 보니 체온도 떨어졌다. 거의 무한대로 햇볕이 내리쬐는 캘리포니아에서 넉 달을 보낸 뒤라, 비가 많은 미국 북서부에 들어와 있다는 사실이 한층 더 실감 났다.

걷기를 멈추면 체온이 더 떨어질 위험이 있으므로 나는 쉬지 않고 걸었다. 이제 조금만 더 가면 팀버라인 로지(Timberline Lodge)에 도착할 것이다. 팀버라인 로지는 후드(Hood) 산 남면 해발 1,830미터 지점에 있는 유서 깊은 고급호텔로 나는 그곳에서 점심 휴식을 취하며 몸을 녹일 요량이었다. 그런데 호텔로 향하는 갈림길은 도대체 어디에 있는 거지? 나는 필사적으로 눈을 찡그리며 안개와 김 서린 안경을 뚫고 뭐라도 식별해내려 애썼다. 그러나 헛수고였다. 서서히 두려움이 몰려왔다. 벌써 지나쳐버린 거 아닐까? 어디가 어딘지 도무지 알 수 없었다.

마른 천이라고는 한 조각도 걸치고 있지 않았던 나는 손가락으로 안경에 서린 김과 빗물을 문질러 닦아냈다. 안경을 다시 쓰자 아까보다는 앞이 잘 보였다. 그때 안개 속에서 나를 향해 다가오는 작고 어두운 형체가 눈에 띄었다. 동물인가? 아니면 이 궂은 날씨에 길을 나선 도보여행자가 나 말고 또 있었나? 점처럼 작게 보이던 형체가 가까워진 뒤에야 나는 비로소 이쪽을 향해 손을 흔드는 사람의 형체를 알아볼 수 있었다. 흥분한 나는 열심히 그쪽으로 마주 걸었고 마침내 초록색 판초 우비를 보자 그가 누군지 알 수 있었다. 기쁨과 안도의 눈물이 솟구치는 것을 느끼며 나는 그쪽을 향해 소리쳤다.

"울리케! 나 여기 있어요!"

마침내 가까이 다가온 울리케가 걱정스러운 투로 물었다.

"크리스티네, 괜찮아요?"

온몸의 긴장이 싹 풀리는 것 같았다.

"이제 괜찮아요. 그런데 지금 어디에서 오는 길이에요? 오늘 아침에 나보다 훨씬 일찍 출발했잖아요. 벌써 한참 전에 팀버라인 로지에 도착했을 거라고 생각했는데."

"맞아요. 벌써 한 시간 전에 도착했죠. 그런데 한참을 기다려도 당신이 오지 않기에 걱정이 돼서 되돌아와 봤어요."

그제야 나는 울리케가 판초우비만 걸쳤을 뿐 배낭은 메고 있지 않다는 사실을 깨달았다.

"정말 나를 찾으러 이 날씨에 다시 나온 거예요?"

나는 그녀의 우정 어린 행동에 감격해서 물었다. 그러나 울리케는 어깨만 한 번 으쓱하고는 산 위쪽을 가리켰다.

"이쪽이에요. 10분만 걸어가면 호텔이에요. 밥도 거기서 기다리고 있어요."

30분 뒤, 나는 긴 내복 하의와 유일하게 젖지 않은 스웨터를 걸친 채 호사스러운 팀버라인 로지의 라운지에 앉아 있었다. 밥과 울리케도 곁에 있었다. 나는 차가운 후무스를 마구 퍼먹었다. 젖은 옷들은 옆의 의자 위에 널어 말리는 중이었다. 따뜻하고 건조한 실내에 앉아 음식을 먹고 있으려니 얼굴에 절로 웃음이 번졌다. 지금 이 순간만큼은 더 이상 아무것도 필요치 않았다.

그러나 그 행복감은 오래가지 못했다. 호화로운 호텔 리셉

션에 다녀온 울리케가 나쁜 소식을 전한 것이다.

"기상 상황이 썩 좋지 않은 것 같아요. 앞으로 최소 이틀간은 비가 올 거라네요."

우리 세 사람은 당혹스럽게 서로를 마주 봤다.

"그럼 이제 어쩌죠? 숙박비를 나누어 내고 이곳에 머물러야 하나요?"

내 말이 떨어지기가 무섭게 밥이 즉각 손을 내저으며 대꾸했다.

"그러기에는 숙박비가 너무 비싸요. 게다가 오늘 내로 샌디 (Sandy) 강을 건너야 한다고요. 오래 기다릴수록 비에 강물이 불어날 거예요."

샌디 강은 팀버라인 로지에서 13킬로미터 떨어진 곳으로, 다리가 없는 강이라 PCT 안내서에도 '위험지점'이라는 경고가 덧붙어 있었다. 나는 마른침을 삼키고는 근심스럽게 말했다.

"이 날씨에 너무 위험하지 않을까요? 틀림없이 이미 수위가 꽤 높아졌을 거예요!"

"하지만 비가 그치기를 마냥 기다리다가는 강물이 계속 불어나서 이곳에 며칠 동안 발이 묶이고 말 거예요. 그러니 한번 시도해봅시다."

밥이 딱 잘라 말했다. 더 이상의 입씨름은 허용하지 않겠다는 투였다. 체념한 나는 운명에 모든 것을 내맡기기로 하고 출발 준비를 했다.

네 시간 뒤, 우리는 쏟아지는 비를 맞으며 샌디 강가에 서 있었다. 커다란 바윗돌로 이루어진 계곡에 산을 타고 내려온 물줄기가 위력적인 기세로 콸콸 흐르고 있었다. 침전물 함량이 높은 강물은 불투명한 회색빛을 띤 채 소용돌이쳤다. 시끄러운 물소리 때문에 대화를 나누려면 고함을 쳐야 할 정도였다. 이처럼 물살이 센 강을 건널 때는 물의 깊이가 무릎을 넘지 않아야 그나마 안전하다는 것이 스루하이커가 명심해야 할 원칙이었다. 그러나 이렇게 물가에 선 채로는 계곡 한가운데가 얼마나 깊은지 어림잡는 게 불가능했다.

밥은 별다른 말도 없이 지체하지 않고 거센 물살 속으로 들어갔다. 신발은 그대로 신고 있었다. 어차피 젖어 있기도 했고, 날카로운 돌의 모서리에 발을 다치지 않으려면 신발은 필수였다. 울리케와 나는 밥이 무릎까지 물에 잠긴 채 강을 한 걸음씩 더듬어 건너는 장면을 숨죽이고 지켜봤다. 3분 만에 그는 맞은편 물가에 도달했다.

다음은 울리케 차례였다. 나는 밥보다 그녀가 훨씬 더 걱정이었다. 우리 세 사람 중 체구가 가장 작은 탓에 물이 무릎 위로 한참을 차올라 있었다. 게다가 그녀는 밥에 비해 훨씬 적은 체중과 힘으로 물살을 버텨야 했다. 밥은 강 건너에서 "좀 더 오른쪽으로!" "그 커다란 바위를 밟고 와!" "왼쪽으로 크게 한 걸음!"이라고 고함을 치며 그녀가 강을 무사히 건너도록 안내했다. 울리케가 강을 반쯤 건넜을 때 밥이 기겁하며 외쳤다.

"판초우비가 너무 처져 있어! 당장 위로 들어 올려! 잘못하면 걸려서 넘어진다고!"

울리케는 침착하게 그의 지시에 따랐고 몇 분 안 가 무사히 강 건너에 도착했다.

이제 내 차례였다. 물속으로 첫걸음을 내딛기 전에 나는 배낭에 달린 허리띠부터 풀었다. 물속에서 넘어질 경우 재빨리 배낭을 벗어버리고 신속하게 몸을 추스르기 위해서였다. 마침내 나는 등산스틱을 꽉 쥐고 깊게 심호흡한 뒤 출발했다! 얼음처럼 차가운 물속에 들어서자 숨이 멎는 것 같았다. 빨리 건너지 않으면 발과 다리가 마비되어 마음대로 움직일 수 없게 될 것이다.

나는 온 힘을 다해 물살을 헤치며 앞으로 나아갔다. 물이 소용돌이치며 무릎에 휘감기고, 콰르릉거리는 소리가 불길하리만치 육중하게 귓속을 파고들었다. 공포에 사로잡힌 채 이 소음이 대체 어디에서 나는 것인지 생각하던 차에 무언가가 발을 때렸다. 충격에 균형을 잃지 않으려 애쓰던 나는 문득 소음의 출처가 어디인지 깨달았다. 거센 물살에 휩쓸린 바윗돌들이 강바닥에 내동댕이쳐지며 둔중한 소리를 내는 것이었다. 운 나쁘게 큰 바윗돌이 다리나 등산스틱에 부딪치면 넘어질 위험이 있었다. 시간을 끌수록 위험은 커질 것이다.

가까스로 균형을 되찾은 나는 떨리는 무릎을 지탱하며 한 걸음씩 앞으로 나아갔다. 전진하는 동안 네 고정점, 즉 두 팔과 두 다리 중 세 개가 항상 바위 표면에 닿아 있어야 한다는 암벽등반의 규칙을 끊임없이 머릿속에 되새겼다. 내게는 두 발과 등산스틱 두 개가 고정점인 셈이었다. 나는 이 중 하나를 움직일 때 나머지 세 고정점이 강바닥에 붙어 있도록 주의를 기울였다. 그런데도 물살을 헤치고 한 발을 앞으로 내디딜 때마다 전력을 다해야 했다. 강바닥에 있는 돌들은 미끄럽기 싹이 없었고 넘어질지도 모른다는 두려움에 이마에서 식은땀이 흘렀다. 그냥 돌아갈까 고민하던 순간, 울리케가 나를 향해 외쳤다.

"벌써 반 이상 왔어요. 조금만 더 힘을 내요!"

그 말을 듣자 있는지도 몰랐던 힘이 솟았다. 계속해서 강을 헤치고 나아가다 보니 어느덧 물살이 약해지는 게 느껴졌다. 강기슭에 가까워진 것이다. 남은 힘을 끌어모아 다섯 걸음을 더 내디딘 나는 마침내 밥과 울리케의 곁에 닿을 수 있었다.

"잘했어요!"

울리케가 칭찬의 말을 건넸지만, 나는 너무나 기진맥진해서 기뻐할 기력도 없었다.

"축하하고 있을 때가 아니야! 저 앞쪽에 텐트 치기 좋은 자리가 몇 군데 있을 거야. 이미 시간이 늦었으니 거기서 하룻밤을 묵어야 해."

밥이 또다시 재촉했다. 나는 이제 될 대로 되라는 심정으로 쏟아지는 비를 뚫고 터덜터덜 두 사람 뒤를 따랐다. 얼마 안 가 돌이 없는 고른 땅이 나타났다.

내가 무덤덤하게 텐트 칠 자리를 고르고 있을 때 밥이 울리케에게 말했다.

"내가 천막을 칠 동안 당신은 우산을 좀 들고 있어."

쓸 만한 우비가 없는 밥은 비가 올 때면 대개 우산을 사용했다. 울리케는 썩 내키지 않는 표정으로 시종처럼 밥의 뒤를 따라다녔다. 내가 녹초가 된 몸을 이끌고 텐트 치는 데 열중하고 있을 때 두 사람이 큰 소리로 다투기 시작했다.

"우산 하나 똑바로 못 드는 멍청이로군!"

밥이 소리를 지르자 울리케가 맞받아쳤다.

"그러는 당신은 고집쟁이 독불장군 주제에!"

다툼은 점입가경으로 치달았다. 그러나 나는 너무나 지친 나머지 그들의 사랑싸움을 말려야겠다는 생각조차 들지 않았다. 그래서 끼어들지 않은 채 묵묵히 하던 일만 계속했다. 다행히도 두 사람은 얼마 안 가 잠잠해졌다.

피로한 몸을 끌고 침낭 안으로 기어들어 가던 찰나, 10미터쯤 떨어진 곳에 텐트를 치고 들어가 있던 밥이 미안한 듯 내 쪽을 향해 외쳤다.

"이봐요, 크리스티네! 본의 아니게 당신이 있는 자리에서 싸움을 벌였네요. 미안해요!"

"괜찮아요!"

그쪽을 향해 대답해줬다. 그런데 이상하게도 혀와 입술이 마음대로 움직이지 않았다. 내가 지금 웅얼거리고 있는 건가? 혀뿐만 아니라 온몸의 감각이 무척이나 이상했다. 모든 것이 아주 천천히 돌아가는 것처럼 느껴졌다. 생각하는 속도도 너무나 느려서 머릿속에서 달팽이가 기어 다니는 느낌이었다. 양손이 덜덜 떨리는데도 추위가 느껴지지 않았다. 더욱 이상한 점은, 저녁 식사로 초콜릿 세 판을 먹어치워도 모자랄 만큼 배가 고파야 정상임에도 허기가 들지 않는다는 사실이었다. 나는 감각을 완전히 상실하고 온몸을 부들부들 떨며 침낭 안에 드러누운 채 이게 무슨 현상인지 고민했다. 생각을 해보려 무진 애를 쓰는데도 자꾸만 잠이 왔다. 이윽고 나는 이 기묘한 느낌이 어디서 비롯된 것인지 서서히 깨달았다. 저체온증이 온 것이다!

생각이 여기까지 미치자 별안간 몸에 힘이 들어갔다. 머릿속이 몽롱한 상태에서도 지금 내 목숨이 위험한 상황임을 분명히 깨달을 수 있었다. 서둘러 대책을 강구해야 한다. 밥과 울리케에게 도움을 청할까? 그럴 수는 없다. 두 사람도 나만큼이나 지친 데다 큰 다툼까지 벌였으니 말이다.

그때 어느 스루하이커가 했던 말이 떠올랐다. '한기가 심하게 들면 뜨거운 물주머니를 사용해보세요.' 내 식수용 물 팩은 내열 플라스틱으로 만들어져 있어서 끓는 물을 부어도 끄떡없었다. 나는 이걸 사용해보기로 마음먹고 남은 기력을 모두 끌어모아 침낭에서 빠져나왔다. 버너에 가스통을 연결하려던 나는 소근육이 의지대로 움직이지 않는다는 것을 깨닫고 또 한 번 충격에 휩싸였다. 버너에 가스통 입구를 맞춰 끼우는 것조차 불가능했다. 거의 5분이나 고군분투한 끝에 가스를 연결하는 데는 성공했지만, 불을 붙이려 하자 이번에는 라이터가 자꾸만 손에서 미끄러졌다. 간신히 불을 붙이고 버너에 얹은 물이 데워지는 동안 나는 초콜릿 한 판을 꺼내어 억지로 입안에 밀어 넣었다. 즉석식품까지 조리하기에는 기력이 부족했다.

10분이 지나자 물이 끓기 시작했다. 나는 먼저 언 손가락을 냄비에 대고 녹였다. 그러고는 떨리는 손으로 물 팩에 뜨거운 물을 붓고 뚜껑을 닫은 뒤, 이 임시로 만든 뜨거운 물 팩을 침낭 안에 집어넣었다. 맨살에는 대지 못할 정도로 뜨거운 물 팩를 껴안고 있으려니 근육 경련도 불과 몇 분 만에 가라앉기 시작했다. 뜨거운 물 팩과 초콜릿이 나를 위기에서 구해준 것이다. 기분 좋은 온기가 퍼지자 점점 더 근육이 이완되면서 호흡이 안정되어 갔다. 30분이 지난 뒤 나는 꿈조차 없는 불안한 잠에 빠져들었다.

사흘 뒤 캐스케이드 록스에 도착한 나는 우리가 무사히 강을 건넌 게 커다란 행운이었음을 알게 되었다. 같은 날 혼자서 샌디 강을 건너던 스물일곱 살의 도보여행자 세라 비숍이 익사했다는 소식을 들은 것이다. 그녀는 우리가 선택한 얕은 지점보다 더 하류 쪽에서 강을 건너려다 물살에 휩쓸렸고 시신은 이틀 뒤에 발견됐다. 미국 기상청의 보고에 따르면 2004년 8월 21일에서 25일 사이 이 지역의 강우량은 250밀리리터 이상이었다.

2004년 8월 26~28일

캐스케이드 록스, 오리건

- - - -
'- - - - - - - - 3,476킬로미터 지점

"그런데 말이에요, 울리케. 그렇게 심하게 다투는 일이 자주 있나요?"

나는 조심스레 울리케에게 물었다. 울리케와 밥과 나는 며칠째 함께 걷는 중이었다. 우리의 다음 목적지는 워싱턴 주 경계에 있는 캐스케이드 록스였다. 밥이 평소처럼 우리보다 몇백 미터나 앞서 걷고 있어서 울리케와 나는 방해받지 않고 마음껏 독일어로 대화를 나눌 수 있었다.

두 사람 사이에 벌어졌던 심한 다툼은 그때까지도 내 머릿속을 떠나지 않고 있었다. 그 전까지만 해도 내 눈에 두 사람

은 이상적인 커플이자 자아실현을 실천하는 멋진 사람들로 비
쳤기 때문이다. 그러나 엊그제 이후로 그처럼 완벽한 상에는
금이 가 있었다. 울리케는 대답하기가 곤란한 모양인지 잠시
아무 말도 하지 않은 채 걷기만 했다. 곧 질문을 던진 게 후회
되기 시작했다.

이윽고 그녀는 판초우비에 달린 모자를 벗으며 무심히 중얼
거렸다.

"드디어 비가 그쳤군요!"

"정말 그러네요!"

새삼 감탄사를 내뱉으며 그녀를 따라 나도 우비에 달린 모
자를 벗었다. 얼마간 침묵하며 걷던 울리케가 마침내 입을 열
었다.

"안 그래도 며칠 전부터 이야기하려고 벼르던 참이었어요.
PCT를 완주하고 나면 밥과 헤어질 거예요."

깜짝 놀라 나도 모르게 우뚝 멈춰 섰다.

"뭐라고요? 헤어진다니, 왜요?"

어안이 벙벙해진 나를 보고 울리케도 걸음을 멈췄다. 그러
고는 생각에 잠긴 채 눈앞에 늘어선 이끼 낀 나무들을 응시했
다. 나무에서는 여전히 빗방울이 뚝뚝 떨어지고 있었다.

이윽고 그녀가 이야기를 시작했다. 두 사람이 오스트레일
리아에서 처음 만났을 때, 밥은 이미 야외활동 경험이 풍부했

던 반면 울리케는 초보 중에서도 초보였다. 그래서 초반에는 밥이 자연스럽게 이런저런 일들을 주도했다. 이후부터는 계속 함께 여행을 다니게 되면서 울리케도 곧 여행 노하우를 습득했다. 그러나 안타깝게도 밥은 그녀의 발전을 인정하려 들지 않았다.

"시간이 흘러도 그는 여전히 나를 동등한 파트너가 아닌 어린애처럼 대했어요. 모든 결정을 자기 혼자 내리려 했고 무엇이든 다 아는 것처럼 행동했죠. 자신이 원하는 대로 내가 따르지 않으면 꼭 싸움이 벌어졌어요. 사실 난 이번 여행도 함께 올 마음이 없었는데 그가 청혼을 했어요. 그래서 한 번만 더 기회를 줘보자고 마음먹은 거예요."

울리케가 털어놓은 말에 나는 적잖이 놀랐다.

"청혼을 했다고요?"

그러자 그녀는 체념한 투로 한숨을 푹 내쉬었다.

"그렇다고 흔히들 생각하는 낭만적인 청혼은 아니었어요. 결혼하는 데 필요한 서류를 가져오라고 일방적으로 통보하더군요. 그것도 이메일로요."

"감성이 그리 풍부한 편은 아닌 모양이죠?"

나는 조심스럽게 물었다.

"그렇다고 할 수 있죠. 12년을 사귀는 동안 단 한 번도 내게 사랑한다고 말한 적이 없으니까."

먹먹한 심정이 된 나는 아무런 말도 할 수 없었다. 우리는 생각에 잠긴 채 발걸음을 옮겼다.

비를 듬뿍 머금은 숲은 짙고 풍성한 초록색으로 빛나고 있었다. 소나무겨우살이가 여기저기 나뭇가지에 베일처럼 걸려 있었고 나무줄기와 땅바닥을 뒤덮은 이끼 사이로 드문드문 거대한 고사리가 돋아나 있었다.

"동화 속에 나오는 숲 같네요."

나는 경외심에 휩싸여 울리케에게 속삭였다.

"아, 정말 그러네요."

울리케가 맞장구를 쳤다. 신비한 숲의 정경에 취해 우리는 발걸음을 늦췄다. 그때 하늘에 자욱하던 구름이 열리며 푸른 하늘이 눈부신 모습을 드러냈다. 흘러가는 구름 사이로 잠시 해가 비쳤다. 그 광경에 나도 울리케도 숨을 죽이며 가만히 멈춰 섰다. 물에 빠져 필사적으로 공기를 들이마시려 애쓰는 사람처럼 우리는 따스한 햇볕을 향해 한껏 얼굴을 내밀었다. 태양은 비에 젖은 숲을 빛나는 녹색의 성으로 바꾸고 있었다.

해를 보는 것은 1주일 만이었다. 그동안 비는 날마다 쉼 없이 쏟아졌고 세상은 축축한 회색빛 안개에 휩싸여 있었다. 그런데 별안간 누군가 베일을 걷어내고 태양을 되돌려준 것 같았다. 그야말로 마법 같은 순간이었다. 잠깐 나타났던 해는 이내 또다시 구름에 가려졌지만, 나는 악천후가 이제 완전히 물러갔다고 확신했다. 그러자 안도의 한숨이 나왔다.

다시 걷기 시작했을 때 울리케가 입을 열었다.

"그런데 말이죠, 예전에는 사람들이 태양신이나 비의 신이 있다고 믿었잖아요. 요즘 사람들은 그런 걸 원시적이라고 비웃고요. 하지만 이렇게 오랜 시간 떠돌다 보니 옛사람들의 심정을 이해할 수 있게 되더군요. 고대 인류는 태양은 물론이고 비에도 크게 의존했었으니까요. 현대인들이 더 이상 그런 것을 의식하지 못하게 되어버린 것뿐이죠. 난 때로 태양에게 제발 다시 모습을 드러내 달라고 빌고 있는 나 자신을 발견하기도 해요."

그녀의 말에 공감이 갔다.

"맞아요! 나도 직장에 다닐 때는 몇 날 며칠 궂은 날씨가 이어져도 별로 의식하지 않았어요. 사무실에 우아하게 앉아 있을 때는 밖에 비가 오든 말든 나와 상관없는 일로 느껴졌거든요. 그런데 지금은 자연이 너무나 가깝게 느껴져요. 좋은 의미로든 나쁜 의미로든 말이죠."

트레일을 걷다 보면 지극히 단순한 것들이 얼마나 강렬한 행복의 순간을 선사해주는지, 새삼 깨닫곤 했다. 순간적으로 내비치는 햇살도 그중 하나였다.

슬슬 점심 휴식을 취할 시간이었다. 몇 분 더 걷자 멀리서 우리를 기다리고 있는 밥이 보였다. 그를 발견한 울리케가 내게 부탁했다.

"크리스티네, 부탁이 하나 있어요. 밥이나 다른 여행자들에게는 내가 그와 헤어질 생각이라는 말을 하지 말아주세요. 밥은 그걸 인정하려 들지 않을 거예요. 남자로서의 자존심 때문에 자신이 버림받는다는 사실을 감당할 수 없을 테니까요."

"물론이죠. 우리만 알고 있는 걸로 해요."

나는 그녀를 안심시켰다.

이튿날 아침 우리는 눈 부신 햇살을 받으며 캐스케이드 록스에 도착했다. 울리케와 나는 제일 먼저 지역 도서관을 방문했다. 스루하이커들은 이곳에서 무료로 컴퓨터와 인터넷을 사용할 수 있었다. 이메일을 확인하자 변호사로부터 새 소식이 도착해 있었다. 그는 노동재판에서 협상을 시도해 성과를 거뒀고, 그 결과 내게는 보상으로 2개월 치 급여가 지급된다고 했다. 반가운 소식이었음에도 나는 이상하리만치 덤덤했다. 독일에서의 삶이 이제 너무나 멀게만 느껴졌다. 지금의 나에게는 직장 관련 소식보다 최신 일기예보나 지역 슈퍼마켓의 위치 같은 정보가 훨씬 더 큰 관심사였다. 나는 변호사에게 짤막한 감사 인사를 보내고는 이내 이 일을 잊어버렸다.

울리케는 그새 시애틀로 가는 버스표 예약을 마쳤다. PCT를 완주한 뒤 그곳에서 비행기를 타고 독일로 돌아간다고 했다. 컴퓨터 사용을 끝내고 다시 만난 그녀는 무척이나 홀가분해 보였다.

"트레일을 완주한 뒤에 당신이 시애틀로 간다는 것을 밥도 알고 있나요?"

도서관을 나오며 나는 조심스럽게 그녀에게 물었다.

"물론이에요. 이미 여러 차례 이야기했어요. 그런데 그는 우리의 관계가 여기서 끝이라는 사실을 도무지 인정하려 들지 않아요."

"어째서 지금부터 따로 다니지 않는 거예요?"

"그는 PCT를 반드시 나와 함께 완주하고 싶어 해요. 워낙 많은 시간을 함께 보낸 터라 나도 그 마음은 이해할 수 있어요. 그래서 이번 트레일만은 끝까지 함께 걸으려고요. 하시만 그 뒤에는 끝이에요."

울리케는 단호한 어조로 말했다.

이튿날 밥과 울리케와 나는 캐스케이드 록스 근교의 컬럼비아 강 위에 걸쳐져 있는 '신들의 다리'를 건넜다. 그로써 PCT가 지나는 마지막 연방주인 워싱턴 주에 들어선 셈이었다. 캐나다 국경까지도 이제 800킬로미터밖에 남지 않았다.

밥과 울리케와 함께 며칠을 더 걸었을 때, 두 사람이 심한 설사를 하는 바람에 나는 그들과 헤어져야 했다. 밥은 지독하게 앓으면서도 계속 걷겠다고 고집부렸지만, 울리케는 의사를 찾아가자며 그를 설득했다. 두 사람은 의사의 진료를 받을 수 있는 도시로 가기 위해 히치하이크를 해야 했고, 나는 혼자서 계속 걸었다. 그 뒤로 PCT에서는 두 사람을 다시 만나지 못했으나 이후 이들은 내 삶에서 커다란 비중을 차지하는 사람이 되었다.

2004년 9월 13일

스카이코미시, 워싱턴

다시금 우비 아래에 넣어뒀던 방수 지도첩을 꺼낸 나는 그 안에 들어 있는 데이터북을 들여다봤다. 한 시간 사이에 열 번은 족히 확인한 것 같았다.

데이터북은 스루하이커에게 성경과도 같은 존재였다. PCT를 걷는 데 필요한 정보는 데이터북과 타운가이드에 모두 들어 있었다. 이정표가 워낙 잘 표시되어 있기 때문에, 짐만 되는 데다 비싸기까지 한 지도를 들고 다니는 여행자는 거의 없었다. 데이터북에는 주요 중간 지점 목록이 실려 있고 거리와 고도, 식수 보급소, 장 볼 곳과 캠핑 장소에 대한 짤막한 설명도 곁들여져 있었다. 스루하이커들은 이런 자료를 가지고 각자 걸어야 할 거리와 해발고도, 오르막길과 내리막길을 계산했다. 타운가이드에는 트레일 근처에 있는 마을과 도시의 숙소, 슈퍼마켓, 우체국 등에 관한 모든 정보가 매우 상세히 실려 있었다.

숫자가 빼곡하게 인쇄된 데이터북을 훑어보는 동안에도 굵은 빗방울은 지도첩 위로 쉼 없이 떨어졌다. 온종일 양동이로 퍼붓듯 비가 쏟아지는 중이었다. 짜증스러운 마음으로 지도첩에 맺힌 물방울을 엄지로 닦아봤지만 숫자는 아까 확인한 그 대로였다. 추측건대 나는 트레일의 3,990킬로미터 지점에 위 치한 수전 제인(Susan Jane) 호수 바로 근처까지 와 있었다. 스 티븐스 고개(Stevens Pass)와 2번 고속도로는 3,996.4킬로미터 부근, 다시 말해 호수에서 정확히 6.4킬로미터 떨어진 곳에 있 었다. 그러나 지금 거기까지 걷기에는 무리였다. 시계는 이미 저녁 6시를 가리키고 있었고, 약 한 시간 뒤에는 땅거미가 질 것이다. 젖은 텐트를 치고 이곳에서 하룻밤을 보내야 한다는 생각에 나는 땅이 꺼지도록 한숨을 쉬었다.

체념한 심정으로 막 배낭을 내려놓고 텐트를 꺼내려던 순 간 뒤쪽에서 발소리가 들렸다. 깜짝 놀라 돌아보니 주피터 (Jupiter)가 눈에 들어왔다. 그녀는 해양생물학 박사 과정을 밟 고 있는 20대 후반의 여성이었다.

"어, GT 씨."

그녀는 나를 부르며 인사를 건넸다. GT는 내 트레일 별명인 '저먼 투어리스트'의 줄임말이었다.

"마침 잘 만났어요. 나와 함께 딘스모어 저택으로 가죠. 셰 르파(Sherpa)도 곧 뒤따라올 거예요."

딘스모어 가족은 스티븐스 고개에서 22킬로미터 떨어져 있 는 작은 마을, 스카이코미시(Skykomish)에 사는 트레일 엔젤들 이었다. 그들의 집은 '도보여행자들의 피난처'라 불렸다. 오늘의 내 목적지도 원래는 그곳이었지만 안타깝게도 시간이 너무 늦어 포기하려던 참이었다. 나는 어리둥절해서 물었다.

"지금 스티븐스 고개까지 가게요? 그럼 어두워져서야 도착할 텐데요."

그러나 주피터는 씩씩하게 대답했다.

"에이, 말도 안 되는 소리. 여기서부터는 어차피 쭉 내리막길인데요, 뭘. 어두워진 뒤에 조금 걷는다고 큰일 나는 것도 아니고."

"그건 상관없지만, 어두워진 뒤에는 도로로 나가봤자 태워줄 사람이 없을 거예요. 이런 빗속에서는 더더욱 그렇고. 누가 자동차 실내를 진창으로 만들고 싶겠어요."

"히치하이크를 하려는 게 아니에요. 딘스모어 가족이 스티븐스 고개까지 우리를 데리러 오길 기대하는 거죠."

주피터가 성마르게 대꾸하자 나는 약간 동요하며 그녀에게 따져 물었다.

"우리가 스티븐스 고개에 있다는 걸 딘스모어 가족에게 어떻게 알릴 거죠? 이 근방에서는 휴대폰도 터지지 않는데."

"간단해요! 스티븐스 고개에 스키장이 있는데, 거기에 공중전화가 하나 있어요. 그럼 전화를 걸어서 데리러 와달라고 부탁하면 돼요. 안 된다고 하면 그냥 길가에 텐트를 치고 자면 되고요."

주피터는 자신만만해 보였다. 그녀는 여전히 망설이는 나에게 또다시 재촉했다.

"같이 갈 거예요, 말 거예요? 이렇게 시간만 낭비하다가는 저체온증이 온다고요."

주피터의 말이 옳았다. 현재 기온은 영상 7도에 불과했고, 나는 이미 뼛속까지 젖어 있었다. 내가 '알았어요'라고 대답하기 무섭게 주피터는 걸음을 옮기기 시작했다. 나는 허둥지둥 그녀를 뒤따랐다.

지독한 날씨에 기분이 침울해질까 봐 우리는 쉼 없이 수다를 떨었다. 그러나 어차피 스루하이커들의 대화는 거기서 거기였다. 한정된 화젯거리 중 첫 번째는 당연히 음식에 관한 것이었다. 두 번째는 대소변의 색깔과 냄새, 묽기에 관한 것이었는데, 모르는 사람이 들으면 아마 비위가 꽤 상했을 것이다. 그러나 스루하이커들은 자신의 소변을 유심히 관찰하고 그에 관해 열띤 토론을 벌인다. 그 이유는 바로 소변이 건강 상태를 어림하는 데 훌륭한 척도가 되기 때문이다. 설사하는 사람도 꼭 한 명은 있었다. 세 번째 주제는 그렇게 거북한 것은 아니었다. 트레일에 도는 '누가 누구와 어째서' 따위의 소문들이 그것이었다. 그 밖에도 이따금 트레일 자체에 관해 이야기를 나누기도 했다.

주피터와 나는 숨이 턱에 차오르도록 빠른 속도로 스티븐스 고개를 향해 내려가며 이 세 가지 주제에 관해 끊임없이 이야기를 주고받았다. 한 시간쯤 지나 화제가 샐러맨더(Salamander)와 비셔스 사이의 흥미진진한 관계에까지 이르렀을 때, 내게는 더 이상 걸을 힘이 남아 있지 않았다. 혈당수치가 바닥까지 내려가 뭐라도 먹지 않으면 안 되는 상태에 이른 것이다. 그러나 주피터는 내게 명령하듯 말했다.

"저면 투어리스트 씨, 여기서 걸음을 멈추고 배낭을 내려놓으면 절대로 안 돼요."

"알았어요. 나도 안다고요. 계속 가요!"

허기 때문에 쓰러질 지경이었음에도 나는 그녀의 말에 동의했다. 천만다행으로 배낭 바깥쪽에 달린 주머니에 초코바 하나가 남아 있었다. 주피터는 걸음을 멈추지 않고 손만 뻗어 배낭에서 초코바를 꺼내줬다. 우리가 뛰다시피 걷는 동안 땅거미가 졌지만, 비는 여전히 그치지 않고 쏟아졌다. 고속도로를 달리는 자동차 불빛이 눈에 들어온 순간 우리는 마침내 환호성을 질렀다. 그러자 멀찍이서 누군가 신호를 보냈다. 주피터와 나의 시선이 마주쳤다.

"분명 셰르파일 거예요."

주피터가 흥분한 목소리로 말했다. 우리는 한껏 들뜬 채 고개로 가는 마지막 굽잇길을 내달았고 셰르파도 마침내 우리를 따라잡았다.

"숙녀분들, 그 빌어먹을 공중전화는 어디 있죠?"

셰르파가 우리에게 던진 첫마디였다. 운 좋게도 공중전화를 찾기까지는 그리 오래 걸리지 않았다.

공중전화는 도로 맞은편에 있었다. 주피터는 단호한 걸음으로 퀴퀴한 냄새가 나는 공중전화 부스 안으로 들어갔다. 우리는 빗속에 서서 몸을 떨며 일이 잘 풀리기만을 빌었다. 주피터는 긴장된 표정으로 수화기를 귓가에 갖다 댔다. 얼굴이 환해지는 것을 보니 전화기가 작동되는 모양이었다. 그녀가 딘스모어 가족의 전화번호를 누르는 동안 셰르파와 나는 기도하는 심정으로 숨을 죽였다. 트레일 엔젤들이 과연 전화를 받을까? 얼마 안 가 주피터의 새된 목소리가 울려왔다. 그쪽에서 전화를 받은 모양이었다. 2분쯤 지난 뒤 주피터는 공중전화 부스의 문을 밀고 나오며 엄지를 세워 올렸다. 내 눈에는 그게 구원의 손길처럼 보였다.

"제리 딘스모어가 곧 데리러 온대요."

기쁨에 찬 표정으로 말하는 그녀를 보고 우리는 열광했다. 주변에 비를 피할 장소라고는 공중전화 부스뿐이라 셋이서 그 안에 낀 채로 꽤 오랜 시간을 기다려야 했지만, 그런 것쯤은 참을 수 있었다. 몸도 좀 녹일 수 있었으니까. 기다리는 내내 세찬 빗줄기가 요란하게 지붕을 때렸다.

두 시간 뒤, 나는 주피터와 함께 딘스모어 저택의 월풀 욕조에 몸을 담근 채 행복감에 젖어 있었다. 비에 흠뻑 젖어 추위에 떨면서 하루를 보낸 것도 모자라 텐트에서 악몽 같은 밤

을 보낼 각오까지 한 터였다. 그런데 뜻밖에도 이렇게 월풀 욕
조의 따뜻한 물속에 드러누워 있다니. 안드레아와 제리 딘스
모어 부부의 배려로 오늘 밤은 진짜 침대에서 자게 되었다. 이
두 사람은 몇 킬로미터 남지 않은 캐나다까지 완주할 수 있도
록 스루하이커들의 엄마와 아빠가 되어주며 노후를 보내고 있
었다. 제리는 전직 자동차 기술자로 예전엔 트럭 운전수들을
위해 응급 정비 서비스를 제공했다고 한다.

"그때는 '도로 위의 천사'였던 셈이지. 지금은 트레일의 천
사가 되어 이렇게 돌아다니는 중이고 말이야."

스티븐스 고개에서 자신의 픽업트럭에 우리를 태우던 그가
웃으며 한 말이었다. 말 그대로 그는 온몸이 젖은 채 꽁꽁 얼
어 있던 우리를 위기에서 구해준 천사였다. '트레일이 우리를
보살필지어다'라는 스루하이커의 금언이 오늘 또다시 증명된
것이다.

2004년 9월 20~21일

패세이텐 와일더니스, 워싱턴

`'----`
`'-------- 4,200킬로미터 지점`

딘스모어 저택에 묵고 난 뒤부터는 열 명이 한 무리가 되어

걸었다. 디제이(DJ), 셰르파, 테크노(Techno), 토에크(Toek), 트렘블(Tremble), 카렉(Carwreck), 주피터, 푸(Pooh), 스트라이드(Stride), 그리고 나까지 남녀 각각 다섯 명으로 이루어진 무리였다. 스카이코미시에서 캐나다 국경까지는 이제 280킬로미터밖에 남지 않았다. 이미 4,000킬로미터를 걸어 온 우리 스루하이커에게는 그야말로 새 발의 피였다. 비가 내리고 추운 날씨라도 괜찮았다. 폭설이라도 내리지 않는 한 지금 우리를 가로막을 수 있는 것은 아무것도 없었다. 우리는 미냥 여유로웠다. '1등으로 캐나다에 도착하는 사람에게는 잃는 것만 있을 뿐이다'라는 스루하이커의 금언을 저마다 마음에 새기고 있었다.

우리는 워싱턴 주의 가을을 마음껏 음미하며 걸었다. 가을이면 패세이텐 와일더니스(Pasayten Wilderness)는 나무열매와 버섯 채취를 즐기는 사람들의 천국이었다. 사방에 널린 블루베리가 자꾸만 발걸음을 잡는 바람에 저녁이면 손가락에 파랗게 블루베리빛이 물들어 있었다. 그러나 겨울은 이미 문턱에 와 있었다. 캐스케이드 산맥 북부에 솟아 있는 산봉우리에는 날마다 짙은 안개가 커튼처럼 드리워져 있었다. 밤이면 기온이 빙점을 지나 영하까지 떨어지는 일도 많았다. 낮 동안에도 나는 종종 장갑을 끼고 걸었다. 그런데도 무리에는 여유로운 분위기가 감돌았다. 이미 종주에 성공했다는 것을 알고 있었기 때문에, 이제 우리는 트레일에서의 마지막 며칠을 즐기기만 하면 되었다.

낮 동안에는 각자 자기만의 속도로 걷되, 저녁에는 함께 텐트를 치거나 짧은 휴식을 취하기 위해 모이곤 했다. 하루는 무리 중 다섯 명이 트레일에 앉아 비를 맞으며 쉬고 있길래 그쪽으로 다가갔다. 이들은 두껍게 만 조인트(Joint, 마리화나를 넣어 말아 피우는 담배)를 피우는 중이었다.

"뭣들 하고 있어요?"

유쾌하게 인사를 건네자 테크노는 곧장 한 모금 피우라며 담배를 건넸지만, 나는 정중히 사양했다.

"같이 어울리고는 싶지만, 몽롱한 정신으로 어떻게 20킬로미터를 더 걷겠어요? 내게는 환각 상태에서 계곡물을 건너는 기술 따윈 없다고요."

테크노는 나직하게 낄낄거리더니 이내 단호한 말투로 나에게 말했다.

"상관없어요. 오늘은 더 이상 계곡 건널 일이 없으니까. 게다가 이걸 피우면 걷지 않아도 몸이 저절로 둥둥 뜰걸요."

매우 그럴듯한 주장이었다. 그의 말처럼 얼마 안 가 한 무리의 스루하이커가 북쪽을 향해 둥둥 떠가고 있었다. 테크노와 나란히 걸으며 나는 장거리 도보여행자들이 술 대신 마리화나를 선호하는 이유를 분명히 깨달았다. 술은 일단 메고 다니기에 너무 무거웠다. 반면에 환각제는 그 자체로도 무게가 별로 안 나갈뿐더러 스루하이커들의 몸까지 초경량으로 만들어줬다. 이런 생각을 하며 나도 모르게 쿡 웃음을 터뜨리는데, 별안간 테크노가 안개 낀 숲을 향해 '바-달!'이라고 소리를 질렀다. 지난 며칠 동안 자주 하던 행동이었다. 이쯤 되자 나는 도저히 궁금함을 참을 수 없었다.

"이봐요, 테크노 씨. 그 '바-달'이라는 말이 도대체 무슨 뜻인가요? 어째서 틈만 나면 온 산이 울리게 그 말을 외치는 거예요?"

테크노는 서슴없이 대답했다.

"'바-달'이라는 말에는 아무 뜻두 없어요. 그냥 이김이 좋삲아요. 그저 기분이 좋을 때 외치는 말이에요."

이해할 수 없다는 내 눈빛을 본 그는 싱긋 웃으며 덧붙였다.

"굳이 이해하려 들 필요 없어요. 스루하이커는 누구나 조금은 괴짜 기질을 갖고 있으니까."

맞는 말이었다. 테크노는 틈만 나면 '바-달'이라고 고함을 질렀고, 카렉은 트레일을 완주하면 의식을 치러야 한다며 노란색 깃털 장식 다섯 개를 내내 들고 다녔다. 수동 후추 그라인더를 지니고 다니는 것은 덤이었다. 트렘블은 방귀 뀌기 시합에서 우승이라도 할 것처럼 시도 때도 없이 큰 소리로 방귀를 뀌어댔고 디제이는 트림하기 대회가 있다면 분명 우승감이었다. 나는 기회만 있으면 옷을 몽땅 벗어젖히는 것으로 유명했다. 그러나 4,277킬로미터의 야생 길을 두 발로 걸을 생각을 하는 사람이라면 그 자체로도 약간 엉뚱하다고 할 수 있었다.

이튿날 아침에 출발했을 때 우리는 캐나다 국경까지 고작 70킬로미터만을 남겨두고 있었다. 한 번만 더 트레일 위에서 텐트를 치고 자고, 다음 날 아침 한 번 더 배낭을 싸고, 한 번 더 브로콜리가 든 즉석식품을 먹고 나면 이 생활도 끝이었다. PCT 완주를 목전에 두고 있다는 기쁨과 더불어, 근심 걱정 없는 트레일 위에서의 나날이 곧 끝난다는 쓰디쓴 깨달음이 밀려왔다. 저먼 투어리스트에서 이제 다시 크리스티네 튀르머로 돌아가는 것이다.

그런데도 PCT를 마치기 이틀 전은 지난 다섯 달 중에서도 가장 멋진 날이었다. 이날 아침 테크노와 디제이 다음으로 내가 록(Rock) 고개에 도달했을 때, 별안간 구름 사이로 햇살이 쏟아지며 수일 동안 자욱하게 깔려 있던 안개층이 걷혔다. 그러자 눈앞에 숨 막히는 듯한 아름다운 풍경이 펼쳐졌다. 캐스케이드 산맥 북쪽의 눈 덮인 능선이 한눈에 들어왔다. 우리는 경건한 마음으로 멈춰 섰다. 테크노는 평소처럼 '바-달'이라고 외치는 대신 경외감에 찬 채 '와'라는 감탄사만 내뱉었다. 그러고는 배낭을 내려 바깥쪽에 달린 주머니를 뒤적이더니, 이내 만면에 웃음을 띤 채 커다란 조인트를 치켜들었다.

"테크노 씨, 설마 진심은 아니겠죠. 아직 아침 9시 반밖에 안 됐다고요."

헉헉거리며 막 고개에 다다른 카렉이 우리 등 뒤에서 말했다. 그러나 테크노는 당당했다.

"당연히 진심이죠. 어차피 캐나다에는 갖고 들어갈 수도 없잖아요. 게다가 조인트를 즐기기에 이보다 멋진 장소가 어디 있겠어요."

그 말에는 나도 동의하지 않을 수 없었다.

무리의 나머지 사람들도 휴식을 취하러 하나둘 합류했다. 테크노, 푸, 스트라이드는 기세 좋게 우산을 펼쳤다. 한동안 해를 보지 못한 탓에 강한 자외선에 갑자기 노출되는 일이 익숙지 않았던 것이다. 나는 토에크와 나란히 바위 위에 느긋하게 앉아, 눈앞에 펼쳐진 어마어마한 파노라마를 배경으로 인증사진을 찍고 있는 사람들을 바라봤다.

토에크는 암스테르담에서 온 30대 후반의 껑다리 남성이었다. 미국의 장거리 트레일에 도전하는 것은 애팔래치아 트레일에 이어 PCT가 두 번째라고 했다. 우리는 깊은 상념에 잠긴 채 눈앞에 험준하게 솟구친 산봉우리들을 바라보며 얼굴에 부드럽게 와 닿는 뜻밖의 햇살을 즐겼다. 그때 문득 데이터북에 쓰여 있던 글귀가 떠오른 나는 토에크를 향해 불쑥 물었다.

"토에크 씨, 데이터북의 마지막 장 생각나요?"

그러자 토에크가 즉각 대답했다.

"물론이죠! 일본어와 영어로 인쇄된 그 기이한 하이쿠(일본 정형시의 일종) 말이죠?"

"맞아요, 바로 그거. '이 모든 것이 꿈이라면, 나는 깨어나지 않으리.' 다섯 달 전 이 시를 처음 읽었을 때는 데이터북에 이런 하이쿠가 실린 걸 이상하게만 여겼었죠."

토에크가 쿡쿡 웃었다.

"이제 이해가 간다는 말을 하고 싶은 건가요?"

"그래요. 이제야 이해가 가요. 내일이면 깨어날 꿈이라고 생각하니 정말 깨고 싶지 않은 심정이에요."

나는 생각에 빠진 채 대답했다. 잠시 침묵이 흐른 끝에 토에크가 나를 돌아보며 말했다.

"GT 씨, 미국 트레일을 완주한 사람들이 두 부류로 나뉜다는 것을 알고 있죠? 하나만 완주한 사람, 아니면 세 개를 모두 완주한 사람. 두 개만 완주하는 사람은 아무도 없어요. 적어도 자의로는 말이에요."

"예, 들어봤어요. 어째서 그런 거죠?"

"트레일 하나를 종주하면서 장거리 도보여행 바이러스에 감염되면 세 트레일을 모두 정복할 때까지 멈출 수 없게 되어버려요. 그런데 첫 번째 트레일 경험에서 바이러스에 감염되지 않은 사람은 이 고되기만 한 여행을 두 번 다시는 하려 들지 않죠."

우리는 한바탕 웃음을 터뜨렸다. 나는 그에게 물었다.

"당신은 이번이 두 번째라고 했죠? 그렇다면 당신도……."

그는 내 말이 미처 끝나기도 전에 대답했다.

"맞아요! 그 말은 즉, 내가 벌써 콘티넨털 디바이드 트레일 종주를 준비하고 있다는 뜻이에요. 그러지 않고는 이후의 직장 생활을 견뎌낼 수 없을 거예요."

"언제 할 건지는 결정했나요?"

마지막 질문을 던지며 나는 천천히 몸을 일으켰다. 오늘 내로 25킬로미터를 더 걸어야 했다.

"아마 2007년에 할 것 같아요."

토에크가 나를 따라 일어서며 대답했다.

"그럼 CDT에서 다시 만나게 될지도 모르겠군요."

이렇게 말하며 나는 배낭을 둘러멨다. 이 말을 나는 현실로 만들고 말 것이다.

2004년 9월 22일

패세이텐 와일더니스. 워싱턴

-------- 4,277킬로미터 지점

PCT에서의 마지막 하루는 비와 함께 시작됐다. 우리 앞에는 여느 때와 다름없이 35킬로미터가 기다리고 있었다. PCT는 마지막 날이라고 해서 봐주는 게 없었다. 시작부터 몇 시간 동안 오르막길이 이어졌고 해발 2,000미터에 이르자 빗방울이 눈송이로 변했다. 눈앞에 밀가루를 뿌려놓은 것 같은 풍경이

펼쳐졌다. 토에크는 눈 위에 그가 가장 좋아하는 'Life is good'
이라는 글귀를 마지막으로 한 번 더 새겼다. 우리 열 사람은
일렬로 줄지어 걸으며 중간중간 서로의 사진을 찍어줬다. 토
에크는 사진을 찍다가 그만 눈 쌓인 길에서 미끄러지는 바람
에 엉덩방아를 찧었다. 그는 당황한 표정으로 나를 올려다보
며 말했다.

"PCT를 걷는 동안 넘어진 건 이번이 처음이에요."

"뭐라고요? 지금껏 한 번도 안 넘어졌다고요?"

믿기지 않았지만 일단 손을 내밀어 그가 일어나도록 도와줬
다. 그는 몸을 추스르며 대답했다.

"그래요, 지금까지는 단 한 번도 넘어진 적이 없어요."

캐나다가 가까워져 올수록 우리는 점점 더 들떴다. 모두 쉴
새 없이 재잘거리며 오늘 저녁에 있을 완주 기념파티 계획을
세웠다. 서로 약속이나 한 듯 당장 내일부터 시작될 이후의 삶
에 관해서는 누구도 언급하려 들지 않았다. 오후 4시가 되자
국경이 보이기 시작했다. 숲의 나무를 베어 일직선으로 낸 선
이 바로 국경이었다. 사방에서 '바-달'을 비롯한 환호성이 터
져 나왔다.

이제 우리는 한시라도 빨리 국경에 도달하기 위해 속도를
높였다. 그리고 얼마 안 가 '모뉴먼트 78'이라 불리는 은색의
경계 표지석에 도달했다. 북위 49도, 바로 미국과 캐나다의 국

경이었다. 그러나 우리 스루하이커에게 그보다 훨씬 더 큰 관심사는 그 옆에 서 있는 다섯 개의 하얀색 나무기둥이었다. 기둥에는 '퍼시픽 크레스트 국립 경관 트레일-북단 출발점'이라는 글씨가 새겨져 있었다. 다섯 달 하고도 하루 전에 내가 서 있던 멕시코 국경의 PCT 기념물과 똑같은 모양이었다. 나는 상념에 젖은 채 보잘것없는 이 기념물을 응시했다.

그러나 얼마 안 가 동료들이 상념에서 나를 깨웠다. 카렉은 배낭 안에 들어 있던 비닐봉지에서 노란색 깃털 장식 다섯 개를 꺼냈다. 1주일 전에 미리 우편으로 받아둔 것이었다. 그녀는 기세등등하게 우리를 향해 외쳤다.

"자매님들, 이제부터 쇼 타임이 시작되겠습니다. 옷을 벗고 깃털 장식만 걸친 채 여자들끼리 기념사진을 찍는 거예요!"

트레일 완주 끝에 나체 사진을 찍는 괴상한 스루하이커 전통에 대해서는 나도 익히 들어 알고 있었다. 사진으로도 이미 많이 봤다. 그러나 노란색 깃털 장식을 달고 찍은 사진은 한 번도 본 적이 없었다. 나는 그처럼 사진에 포인트를 주는 것이 좋은 아이디어라고 생각했지만, 20대 초반밖에 되지 않은 스트라이드와 푸는 썩 내키지 않는 모양이었다.

"옷을 몽땅 벗어야 하나요? 사진이 인터넷에 올라가기라도 하면 부모님이 집에서 쫓아낼지도 몰라요."

그러자 카렉은 깔깔 웃으며 말했다.

"좋아요. 그럼 상의만 벗는 걸로 하죠. 물론 모두 사진을 절대 유출시키지 않겠다고 약속하고요. 자, 이제 가진 옷들 중에서 제일 섹시한 의상을 입으세요!"

내게 제일 섹시한 의상은 옆쪽에 지퍼가 달린 남색 우비 바지였다. 그때까지 그치지 않고 내리던 부슬비에도 어울리는 의상이었다.

이윽고 샛노란 깃털 장식을 하나씩 목에 두른 반라의 여자 다섯 명은 PCT 기념물 앞에서 포즈를 취했다. 남자들은 열광하며 셔터를 눌러댔다. 여남은 장의 사진을 찍은 다음 다시 옷을 입고 보니, 남자들은 이미 자취를 감춘 뒤였다. 주위를 두리번거리는데 옆에 있던 덤불 속에서 느닷없이 테크노가 '바-달!'을 외치며 튀어나왔다. 몸에 걸친 것이라고는 신발과 털모자, 그리고 중요 부위를 감싼 장갑 한 짝뿐이었다. 연이어 여기저기서 '바-달!'이 터져 나오며 나머지 남자들도 똑같은 복장으로 덤불 속에서 나타났다. 우스꽝스럽기 짝이 없는 몰골에 우리는 배꼽을 쥐고 웃어댔다.

날이 어두워지기 직전에 우리는 500미터를 더 걸어 캐나다 영토 내에 있는 백컨트리(Backcountry) 야영장으로 가서 마지막으로 텐트를 쳤다. 그러고는 타닥거리며 타오르는 모닥불을 가운데 두고 열 사람이 둘러앉아 남은 식량들로 만찬을 즐겼다. 스루하이커 포틀럭(각자 음식을 가져와 즐기는 파티)인 셈이었다. 심지어 카렉은 인스턴트 치즈케이크를 후식으로 내놓기도 했다.

어른거리는 모닥불 빛에 동료들의 얼굴을 하나하나 비춰 봤다. 어느덧 모두의 표정에는 트레일 종주에 성공한 뒤의 환희가 가시고 침울한 상념이 드리워지고 있었다. 트레일이 자신을 얼마나 크게 변화시켰는지 모두 절감하는 중인 듯했다. 우리는 트레일을 걷기 전과 완전히 다른 사람이 되어 있었다. 그러나 바깥세상의 삶은 예진 그대로였고, 내일이면 우리는 다시금 그 삶과 마주하게 될 것이다. 사람들은 이런 생각에 사로잡혀 하나둘 조용히 텐트 안으로 들어갔다.

토에크는 말없이 내 곁에 앉아 나뭇가지로 남은 불씨를 뒤적거렸다. 나는 그를 향해 나직이 물었다.

"토에크 씨, 내일도 우리를 여전히 스루하이커라고 부를 수 있을까요? 이제 모든 것이 끝났는데."

몇 초 더 침묵하던 토에크는 마침내 두려우면서도 반가운 대답을 내놓았다.

"아니에요, GT 씨. 한번 스루하이커는 영원한 스루하이커니까요. 당신은 영원히 이 이름을 내려놓을 수 없을 거예요."

말을 마친 그는 막대기를 불 속에 던져 넣고 더러워진 트레킹 바지에 손을 비벼 닦았다. 그러고는 이런 말로 내게 작별 인사를 건넸다.

"도보여행 때문에 나는 이제 제대로 경력을 쌓을 수 없게 됐어요. 이 모든 것을 함께할 배우자도 찾을 수 없겠죠. 그렇게 따지면 사실 장거리 도보여행이 내 삶을 망가뜨린 셈이에요. 그런데 그거 알아요? 나는 내 인생이 이렇게 된 게 미치도록 기쁘답니다! 잘 자요, GT 씨!"

2004년 10월 10일
독일행 비행기 안에서

시애틀에서 로스앤젤레스까지는 비행기로 두 시간 반밖에 걸리지 않았다. 걸어서 완주하는 데 다섯 달 하고도 하루가 꼬박 걸린 거리를 이렇게 쉽게 갈 수 있다니. 창가 좌석에 앉아 넋을 잃은 채 나는 창밖의 풍경을 바라봤다. 뒤로 가기 버튼을 누른 것처럼 PCT가 역방향으로 눈앞을 스쳐 가고 있었다. 비행기가 워싱턴 주와 오리건 주를 지나칠 때는 가을 안개 때문에 캐스케이드 산맥을 거의 알아볼 수 없었다. 그러나 캘리포니아 상공으로 들어서자 하늘은 청명해졌고, 시에라네바다 산맥의 눈 덮인 봉우리들이 한눈에 들어왔다. 장대한 풍경을 내려다보고 있으려니 온몸에 소름이 돋았다.

　나는 잠시 눈을 감고 깊이 숨을 들이마시며 트레일에서의 모든 경험을 다시 한 번 되돌아봤다. 그러자 나도 모르게 미소가 배어 나오며 자부심의 물결이 나를 휘감았다. 정말 트레일의 전 구간을 내 두 발로 완주한 것이다. 멕시코에서 캐나다까지. 오로지 혼자서. 중간에 마주친 모든 장애물도 극복하고서 말이다. 사막의 불타는 열기도, 그칠 줄 모르고 쏟아지던 북서부 태평양 연안의 비도, 시에라네바다의 눈 덮인 고개도, 오리건의 거센 계곡물도, 곳곳에 도사리고 있던 방울뱀과 흑곰까지도. 이 모든 것을 이겨냈는데 이제 무엇이 나를 가로막을 수 있겠는가?

독일에서 나를 기다리고 있는 알 수 없는 미래를 향해 가면서도 나는 두렵지 않았다. 트레일이 나를 강하게 만들어준 덕분이었다. 이제 나는 그 무엇에도 굴하지 않을 자신이 있었다. '트레일이 우리를 보살필지어다.' 이번에도 이 금언이 증명되리라고 나는 확신했다. 얼마 안 가 나는 좋은 새 직장을 구할 것이다. 그게 뜻대로 안 된다면? 그때는 다시 한 번 뚜벅뚜벅 여행을 떠나리라.

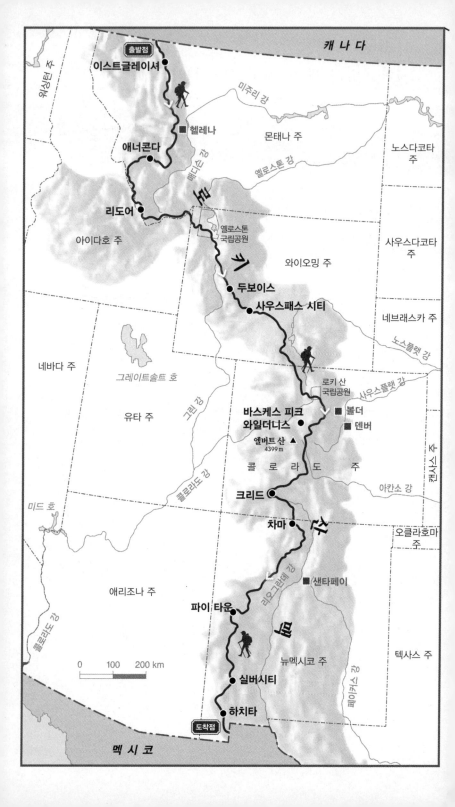

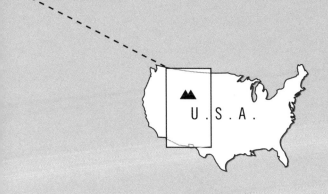

▲▲ 콘티넨털 디바이드 트레일

멕시코 국경에서 캐나다 국경까지 미국의 대륙분수계(로키 산맥을
기준으로 미국 대륙을 동서로 나누는 경계)를 따라 이어진 트레일이다.

총길이: 4,200~5,000킬로미터까지 다양한 경로 존재

총상승고도: 124,000미터

최고 해발고도: 그레이스 피크. 로키 산맥. 4,350미터

최저 해발고도: 워터턴 호수. 글레이셔 국립공원. 1,280미터

통과 연방주: 뉴멕시코 주, 콜로라도 주, 와이오밍 주, 몬태나·아이다호 주

최남단: 크레이지쿡 기념물, 앤털로프 웰스 또는 콜럼버스. 뉴멕시코 주

최북단: 글레이셔 국립공원 내 치프 산 또는 워터턴 호수. 몬태나 주

공식 웹사이트: www.continentaldividetrail.org

정말 트레일의 전 구간을 내 두 발로 완주한 것이다.
멕시코에서 캐나다까지. 오로지 혼자서. 사막의 불타는 열기도,
그칠 줄 모르고 쏟아지던 북서부 태평양 연안의 비도,
시에라네바다의 눈 덮인 고개도, 오리건의 거센 계곡물도,
곳곳에 도사리고 있던 방울뱀과 흑곰까지도, 이 모든 것을 이겨냈는데
이제 무엇이 나를 가로막을 수 있겠는가?

2004년 11월

베를린

"지난 반년 동안 무엇을 했습니까?"

두 회사 대표 중 좀 더 늙은 쪽이 내게 물었다. 나는 면접을 보는 중이었다.

세 사람의 시선이 내 쪽으로 쏠렸다. 헤드헌터는 독려하듯 나를 향해 고개를 끄덕였다. 우아한 아르마니 양복을 입은 회사의 공동대표, 루돌프 빌헬름과 크리스토프 지터는 나를 뚫어져라 응시하고 있었다.

"멕시코에서 캐나다까지 여행을 했습니다. 4,277킬로미터를 온전히 두 발로 걷는 여행이었죠."

나는 솔직하게 대답했다. 면접장 안에 잠시 침묵이 흘렀다.

빌헬름은 의아한 표정으로 동료를 흘긋 바라보더니 재차 캐물었다.

"그게 뭡니까? 자아를 찾는 여행, 뭐 그런 겁니까?"

나는 마른침을 꿀꺽 삼킨 뒤 깊게 숨을 들이쉬고는 차분한 목소리로 대답했다.

"빌헬름 사장님, 진작 자아를 찾지 못한 사람은 그런 트레일을 절대 완주할 수 없습니다. 다섯 달 동안 혼자서 야생 속을 걸으려면 떠나기 전에 이미 자기 자신에 대해 잘 알고 있어야 하죠."

루돌프 빌헬름은 보일 듯 말 듯 고개를 끄덕였다. 크리스토프 지터는 헛기침을 하고 다음 질문을 던졌다.

"튀르머 씨, 무척이나 보기 드문 일을 해냈군요. 이런 자리에 지원하는 사람의 이력으로는 더욱 특이한데……."

"달리 생각할 수도 있습니다. 두 분이 제 상사가 된다면, 끈기와 목적 달성 의지에 관해서는 걱정하지 않으셔도 됩니다."

자신 있게 대답했지만 내면 깊숙한 곳에서는 내가 이 자리에서 면접을 보고 있다는 사실 자체가 여전히 이상하게만 느껴졌다.

10월 16일 토요일, 미국에서 돌아온 나는 당일 바로 신문에 난 구인광고를 훑어봤다. 그중 하나가 무척이나 구미를 당겼다. '생산업체 최고운영책임자 구함.' 광고를 낸 회사는 정확히 내 전문 분야 업체인 데다 베를린 근교로 위치도 좋았다. 그러나 나는 회사 운영을 맡아본 경험이 없었고 이런 기술 관련 직종에서 여자 지원자가 환영받을지도 의문이었다. 거의 지원할 뻔했다가 마지막 순간에 마음을 바꿨다. 그런데 고작 2주일 뒤 헤드헌터에게서 면접 제의가 들어온 것이다. 회사 쪽에서 내가 적격이라고 여겼는지는 몰라도 어쨌든 그 덕분에 오늘 이렇게 사장과 직접 면담을 하게 된 참이었다.

두 사람은 미심쩍은 시선을 교환했다. 이윽고 빌헬름이 금빛 롤렉스 시계를 들여다보며 말했다.

"그럼 생산라인을 같이 보죠."

의자를 뒤로 밀어 일어난 나는 잠시 내 옷차림을 내려다봤다. 깨끗이 목욕재계한 몸에 굽 낮은 명품 신발, 주름 하나 없이 다림질된 검은색 정장 바지, 흰색 블라우스 차림이었다. 특별한 자리이니만큼 화장도 약간 보탰다.

'이 사람들이 두 달 전에 나를 봤더라면 아마 난 그 자리에서 탈락이었을 거야.'

나는 이렇게 생각하며 핸드백을 집어 들고 두 사람을 따라 어마어마하게 넓은 생산 공장으로 들어섰다. 작업하던 직원들이 당혹스러운 눈빛으로 우리를 흘긋거렸다. 공장을 한 바퀴 둘러본 뒤 지터가 나를 출구까지 바래다줬다. 문밖으로 나온 나는 회사 주차장을 눈으로 훑었다.

"아, 저쪽에 있는 게 임원용 회사차량입니다."

지터가 무심히 말하며 번쩍거리는 BMW를 손으로 가리켰다. 이번에도 나는 마른침을 삼켰다. 다섯 달 동안 두 발로 걸어 다닌 뒤라 그런 고급 차를 끌고 돌아다닌다는 게 상상도 되지 않았다.

"멋진 자동차죠?"

사장의 말에 나는 얼른 대답했다.

"아, 그러네요. 정말 좋은 사례요."

말이 끝나기 무섭게 나는 그와 악수를 했다. 그는 헤어지며 한마디를 덧붙였다.

"그럼, 튀르머 씨. 저희 인사 담당자로부터 조만간 연락이 갈 겁니다."

헤드헌터는 이틀 뒤에 전화를 걸어 말했다.

"튀르머 씨, 기쁜 소식을 전하게 되었네요. 회사 대표들이 튀르머 씨를 고용하겠답니다."

그의 첫마디를 들은 나는 심장이 멎는 것 같았다.

"축하합니다! 전에 알려드린 대로 1월 1일부터 근무하면 됩니다."

그는 거리낌 없이 말을 이어갔지만, 나는 이 행운을 좀처럼 믿을 수 없었다. PCT에서 돌아와 처음 지원한 회사에 합격을 하다니.

몇 가지 세부사항에 관해 이야기를 나눈 뒤 전화를 끊기 전에 나는 기어이 참고 있던 질문을 던졌다.

　"그 자리에 지원한 사람이 몇 명이었나요?"

　그러자 헤드헌터는 느긋하게 대답했다.

　"남자 지원자만 여든 명이었죠. 튀르머 씨는 유일한 여성이었고요. 저도 애초부터 튀르머 씨를 적임자로 추천했습니다. 그런 도보여행을 완주한 사람이라면 분명 정신적인 힘이 넘쳐날 테니까요. 새 직장에서도 아마 그런 힘이 필요할 겁니다."

2005년 7월

베를린

"자, 그럼 건배합시다, 튀르머 씨!"

　나는 잔을 들어 빌헬름과 지터의 잔에 부딪쳤다. 두 사람은 나를 향해 온화한 미소를 지었다. 우리는 고급 이탈리아 레스토랑에서 회식을 하며 지난 반년간의 성과에 관해 대화를 나누는 중이었다.

　"정말 놀라운 성과를 올렸어요. 튀르머 씨가 우리 회사를 이렇게 빠른 시일 내에 위기에서 구해줄 거라고는 상상도 못했습니다."

　지터가 새하얀 식탁보 위에 잔을 조심스럽게 내려놓으며 말했다.

"감사합니다."

칭찬에 화답한 뒤 나는 전채요리를 먹기 시작했다.

"정말 능력 있는 사람입니다. 그런데 우리는 튀르머 씨에 관해 개인적으로 아는 게 하나도 없군요."

이번에는 빌헬름이 말을 건네며 호기심 어린 시선으로 나를 주시했다. 나는 미심쩍은 투로 물었다.

"특별히 알고 싶은 게 있나요?"

"뭐, 예를 들어 쉴 때는 무엇을 하나요?"

지터는 질문을 던진 뒤 어마어마하게 비싼 와인을 한 모금 들이켰다.

"주로 잠을 자죠."

나는 솔직히 대답했다. 지난 다섯 달 동안 날마다 거의 열두 시간을 일했으니 당연한 일이었다. 지터는 당황한 듯 고쳐 물었다.

"그럼 일하는 시간과 자는 시간을 제외하면요?"

"주말에 종종 트레킹을 하러 가기는 해요."

이제 내 비서뿐 아니라 다른 동료들도 내가 주로 금요일이나 월요일에 외부 일정을 잡는다는 사실을 알고 있었다. 주말을 이용해 현지에서 트레킹을 하기 위해서였다.

그러나 두 대표는 여전히 물러서지 않았다.

"연봉이 무척 높은데, 그 많은 돈으로 뭘 하죠?"

"그 정도로 많은 것도 아닌데요, 뭘."

쿡쿡 웃으며 대답해주고는 나이프와 포크를 접시에 내려놓았다.

"월급으로 좋아하는 물건을 사거나, 그러는 일도 없나요?"

물론 사는 게 있었다. 나는 별로 깊이 생각하지 않고 들뜬 목소리로 대답했다.

"물론 사죠. 최근에는 웨스턴마운티니어링사의 거위털 침낭을 샀어요. 영하 15도의 혹한에서도 따뜻하게 잘 수 있는 제품이랍니다."

두 남자는 당혹스러운 표정으로 한참이나 나를 바라봤다. 그리고 내가 화제를 바꾸어 내년 예산안에 관해 언급했을 때에야 다시 입을 열었다.

2005년 12월

베를린

모니터를 뚫어져라 들여다보며 나는 매출액을 다시 한 번 계산했다. 벌써 열 번째 계산 중이었다. 한 시간 전부터 나는 향후 10년간의 사업계획을 붙잡고 고심하는 중이었다. 그러나 눈앞을 채운 수많은 엑셀 피벗테이블에 도무지 집중할 수가 없었다. 나는 몇 번이나 시선을 들어 널따란 사무실을 둘러봤다. 시선은 번번이 정면에 걸려 있는, 미국 국립공원 사진들로 가득한 달력에 가 멎었다. 12월의 사진은 몬태나 주의 글레이셔(Glacier) 국립공원에 있는 세인트 메리(Saint Mary) 호수였다. 캐나다와 국경이 맞물리는 그곳에는 콘티넨털 디바이드 트레일의 북쪽 출발점이 있었다. 나는 한숨을 내쉬며 사무용 의자를 창 쪽으로 돌리고는 우중충한 회색빛의 회사 주차장을 응시했다. 지저분한 눈의 잔재가 회색 아스팔트 위에서 녹고 있었다.

몸을 뒤로 기대며 눈을 감았다. 그러자 곧바로 PCT의 풍경들이 떠올랐다. 숨 막힐 듯 아름다운 경관, 끝없이 펼쳐진 하늘, 함께 걷던 동료들의 얼굴……. 나는 또다시 한숨을 쉬고 컴퓨터를 향해 돌아앉아 반밖에 끝내지 못한 사업계획에 다시 집중했다. 그때 불현듯 묘한 생각이 떠올랐다. 내 인생이라는 사업계획은 어떤가? 1년 뒤, 5년 뒤, 혹은 10년 뒤에 내가 머물고자 하는 자리는 어디지? 나 자신의 목표, 자원, 기회, 위험 요소는 무엇이란 말인가?

순간 나는 분명히 깨달았다. 10년 뒤에 나는 지금 이 사무실에도, 다른 어떤 사무실에도 앉아 있고 싶지 않았다. 다시 뛰쳐나가 걷고 싶었다. 별안간 베른트가 떠올랐다. 내가 가진 자원 중 가장 적은 것은 시간, 정확히 말해 내 삶의 시간이었다. 물론 지금 이대로 경력을 쌓아 나가면 더 많은 돈을 벌 수도 있다. 그러나 그렇게 함으로써 나는 또다시 소중한 몇 달, 몇 년을 잃고 말 것이다. 돈이라면 이미 트레일 하나를 종주할 수 있을 만큼 모아뒀다. 심지어 두 개를 완주하기에도 충분할지 모른다. 트레일만이 목적이라면 일을 더 할 필요는 없었다. 직업적으로 큰 성과를 거둘 능력이 있다는 사실도 이미 증명해 보였다. 물론 나는 내 일을 사랑하지만, 향후 회사 운영자로서 하게 될 모든 일은 지금까지 해온 일의 반복에 지나지 않을 것이 분명했다.

몇 년 뒤에 내가 여전히 수천 킬로미터를 단숨에 걸을 수 있을 만큼 건강하고 힘이 넘칠 것이라고 누가 장담할 수 있단 말인가? 베른트에게 일어난 일이 내게도 일어나지 않을 것이라는 보장은 없었다.

그때 전화벨이 울리는 바람에 나는 화들짝 생각에서 깨어났다. 비서였다.

"튀르머 씨, 지터 씨께서 통화하고 싶어 하십니다."

"연결해주세요."

통화에 응하고 잠시 기다린 뒤, 나는 사장을 향해 쾌활하게 인사를 건넸다.

"안녕하세요, 지터 씨! 전화를 주시다니 영광입니다."

어느덧 그와 나는 거리낌 없이 대화하는 사이가 되어 있었다. 놀라울 것 없는 일이었다. 한때는 부실한 중견기업이었던 회사가 내 기업회생 전략 덕분에 탄탄대로를 달리고 있었다. 덕분에 회사의 두 소유주에게는 경쟁 기업체에 회사를 매각할 좋은 기회까지 주어졌다. 벌써 몇 주 전부터 나는 매입 의사를 밝힌 프랑스 기업의 인수 협상 자리에 동행하고 있었다.

"성공입니다!"

흥분한 지터의 목소리가 수화기를 타고 건너왔다.

"오늘 프랑스에서 수락 의사를 밝혔습니다. 그쪽에서 우리 업체를 인수하겠답니다!"

나는 머릿속으로 이 정보를 소화하느라 약간 뜸을 들였다. 그리고 이 일이 내 여행 계획에 어떤 기회로 작용할 것인지 번개같이 계산하기 시작했다.

내 침묵을 잘못 해석한 지터는 나를 안심시키려 애썼다.

"걱정 마세요. 튀르머 씨의 자리는 예전 그대로 유지될 테니까요. 새 소유주도 틀림없이 튀르머 씨를 놓치고 싶지 않을 겁니다."

그러나 내 속셈은 전혀 딴 데 있었다. 아마도 새 소유주는 자기네 기존 임원을 내 자리에 앉히려 들 것이다. 내게는 회사를 그만두기에 더할 나위 없이 좋은 기회였다.

이윽고 나는 축하 인사를 건넸다.

"축하드립니다! 제 걱정은 하지 않으셔도 됩니다. 소유주 변경은 제게도 아주 잘된 일인걸요……."

1주일 뒤 나는 내 사무실의 회의용 탁자에 지터와 마주 앉아 있었다. 새로운 회사 소유주인 풀링거도 이 자리에 동석했다. 비서는 차와 쿠키를 내어온 뒤 조용히 물러났다. 오늘은 직장에서의 내 미래가 결정되는 날이었다. 의례상 가볍게 몇 마디 인사를 주고받은 뒤, 나는 곧장 냉철한 경영 전문가다운 태도로 나와 회사의 앞날에 대해 그들이 어떤 계획을 세우고 있는지 물었다.

풀링거는 친절한 말투로 대답했다.

"먼저 튀르머 씨와 함께 일하게 된 것을 기쁘게 생각합니다!"

나는 지체하지 않고 다음 질문을 던졌다.

"풀링거 씨, 돌려 말씀하실 필요는 없습니다. 회사를 인수한 후 귀하의 임원을 경영진으로 임명할 것으로 예상됩니다. 저는 이 점을 문제 삼지도 않을뿐더러, 회사 측과 협상을 한 뒤 회사를 떠날 준비도 되어 있습니다."

풀링거는 혼란스러운 표정으로 나를 바라보다가, 한 입 베어 문 쿠키를 찻잔 받침대 위에 내려놓았다.

"어째서 그런 말을 하는 건지 모르겠군요. 튀르머 씨는 커다란 성과를 올린 장본인입니다. 저희는 당연히 튀르머 씨를 임원으로 채용할 예정입니다."

망연자실한 나는 찻잔을 내려놓았다. 대화가 이런 방향으로 흘러갈 거라고는 미처 예상치 못했다. 사실 지금 나는 기뻐해야 정상이었다. 내 능력을 인정받고 자리도 보장받는 것이다.

그러나 지금 나는 그런 것에 조금도 관심이 없었다. 그저 트레일로 떠나고 싶을 뿐이었다.

나는 잠시 눈을 감고는, 오로지 장거리 도보여행을 떠나기 위해 이 멋지고 안정된 직장을 희생시키는 게 과연 현명한 선택인지 다시 한 번 스스로에게 되물었다. 내 대답은 '그렇다'였다. 일자리 따위는 잃어도 상관없다! 나는 한 번 더 심호흡을 하고는 폭탄을 디뜨렸다.

"풀링거 씨, 죄송하지만 제게는 다른 계획이 있습니다. 다시 도보여행을 떠나는 거예요."

풀링거가 달그락 소리를 내며 찻잔을 내려놓았다.

"그게 무슨 말인가요? 여행이야 휴가를 내고 가면 되지 않습니까?"

그러자 잠자코 있던 지터가 조심스럽게 끼어들었다.

"그게, 튀르머 씨가 그와 관련해 아주 특별한……."

나는 그의 말허리를 자르고 직접 설명했다.

"저는 멕시코 국경에서 캐나다 국경까지 장거리 트레일을 완주한 경험이 있습니다. 이번에는 두 번째 트레일에 도전할 계획이고요. 그러려면 법정 휴가만으로는 부족합니다. 5개월이 걸리는 여행이거든요."

풀링거는 곰곰이 생각하는 표정으로 찻잔을 어루만지다가 직접적으로 물었다.

"그럼 퇴사하고 싶다는 말인가요?"

"그렇습니다. 제가 5개월 휴직하는 것을 허가한다면 사정이 달라지겠지만요."

이로써 내가 가진 패를 모두 내놓았다. 내 시선은 다시금 벽에 걸린 달력의 풍경 사진에 가 닿았다. 사진 속에는 여전히 글레이셔 국립공원의 험준한 봉우리들 사이로 세인트 메리 호수가 빛나고 있었다.

풀링거는 내 시선을 따라가 사진을 보더니 재차 물었다.

"가려는 곳이 저기인가요?"

"예. 저기도 제가 갈 장소들 중 하나입니다."

풀링거는 자리에서 일어나 달력으로 다가가더니 이전 달의 사진들을 한 장씩 넘기며 살펴봤다. 나는 긴장한 채 숨을 죽였다. 내 새로운 상사는 평범하지 않은 내 요구에 어떤 반응을 보일까?

마지막 한 장까지 살펴본 풀링거가 달력을 덮으며 말했다.

"정말 아름답군요. 풍경 하나하나가……. 언제 출발할 계획입니까? 내년에 당장 떠나야 하나요, 아니면 한 해 더 일을 하며 기다릴 수 있나요?"

나는 안도의 숨을 내쉬었다. 이후 우리는 흔치 않은 비밀 협상을 하며 30분을 보냈다. 나는 1년 반 동안 운영책임자로 일한 뒤 5개월간 휴직을 하고 여행을 떠나기로 했다. 짧게 말해

2007년 6월이면 나는 콘티넨털 디바이드 트레일 위에 서 있을 것이다!

　1년 반은 쏜살같이 흘렀다. 회사는 잘 굴러갔고 꾸준히 성장세를 보였지만 그만큼 나도 희생을 감수해야 했다. 하루 열두 시간 근무는 날이 갈수록 나를 피폐하게 만들었다. 그에 대한 보상을 얻기 위해 거의 매 주말과 휴일을 자연 속에서 걷거나 자전거를 타며 보냈다. 나로 하여금 이 시간을 버틸 수 있도록 해준 것은 뭐니 뭐니 해도 조만간 본격적으로 트레일을 밟게 될 거라는 기대감뿐이었다.

2007년 4월, CDT 도착 2개월 전

베를린

월요일 아침 9시, 나는 어느 때보다 상쾌한 기분으로 사무실에 들어섰다. 지난 주말을 슈바르츠발트(Schwarzwald, '검은 숲'이라는 뜻을 가진 독일 남부의 산악지대)에서 보낸 덕분이었다. PCT를 계기로 알게 된 친구인 셀프메이드, 즉 울리케와 함께였다. 미국에서 돌아온 뒤 우리는 종종 연락을 나누었고, 가끔은 직접 만나 지난 추억을 돌아보고 새로운 여행 계획을 세우기도 했다. 이번에는 눈 덮인 슈바르츠발트에서 만나 그녀의 전 애인이었던 밥에 관해 많은 이야기를 나누었다. 울리케는 밥과 헤어진 뒤 그를 한 번도 만나지 않았다고 했다. CDT 역시 우리의 화젯거리였다. 두 달 후면 나는 또다시 배낭을 싸 들고 미국으로 향하고 있을 것이다.

비서가 사무실에 고개를 들이밀고 말했다.

"풀링거 씨와 그림 씨가 아까부터 기다리고 계십니다!"

오늘은 사장, 부장과의 면담이 잡혀 있는 날이었다. 다섯 달의 휴직 기간 동안 내 업무를 수행할 직무대리에 관해 의논하기 위해서였다. 나는 한숨을 쉬며 회의실로 들어가 두 상사에게 인사를 건넸다. 탁자 앞에 앉은 채 커피를 마시는 풀링거와는 달리, 그림은 뒷짐을 진 채 회의실을 왔다 갔다 하고 있었다. 무척이나 언짢아 보였다. 그 원인이 바로 나였음을 나는 곧 알게 되었다.

몇 마디 인사말이 오간 뒤 그림이 곧장 본론을 꺼냈다.

"형식적인 인사는 이쯤에서 그만두는 것으로 하죠. 오늘은 튀르머 씨의 '트레일 협의사항'에 관해 논의를 좀 해야 할 것 같습니다만."

"물론이죠. 그렇잖아도 제 휴직 기간 동안의 직무대리에 관해 논의하기로 되어 있었으니까요."

내가 순순히 대답하자 그림이 갑자기 언성을 높였다.

"빙빙 돌리지 말고 이제 솔직히 털어놔요, 튀르머 씨. 그 바보 같은 트레일 이야기는 그저 구실이잖습니까!"

나는 뜨악해서 부장과 사장을 번갈아 바라봤다. 사장은 여전히 커피 잔만 뚫어지게 바라보고 있었다.

"그게 무슨 말이죠?"

그새 회의실을 한 바퀴 더 돌고 온 그림을 향해 나는 자신 없는 투로 물었다. 그는 또다시 내게 질타를 퍼부었다.

"회사가 어려운 시기에 사장님을 꼬드겨 휴직 허가를 얻어 냈잖습니까. 사실은 다른 속셈이 있었으면서 말입니다. 자, 이제 돈을 얼마나 더 줘야 회사에 남을 직징인지 말해봐요!"

그제야 나는 이 남자가 무엇 때문에 이렇게 성나 있는지 서서히 깨달았다. 나는 어이가 없어 그에게 되물었다.

"그러니까, 제 여행 계획이 연봉 협상을 위한 작전에 불과하다는 말인가요?"

"그게 아니면 뭡니까! 어떤 정신 나간 사람이 그저 산속이나 돌아다니겠다고 이런 직장을 다섯 달 동안이나 내팽개친단 말입니까? 그러니 솔직히 말해봐요. 돈을 더 달란 겁니까, 아니면 더 좋은 차를 원하는 겁니까?"

부장은 나를 향해 속사포같이 쏘아붙였다.

어처구니가 없어 실소를 터뜨릴 뻔했다. 누구보다도 걷기를 사랑하는 나 같은 사람을 고급 자동차 따위로 구슬리려 들다니. 그러나 나는 분위기를 진정시키기 위해 신중하게 입을 열었다.

"그림 씨. 여행은 어떤 구실도 아닙니다. 저는 이미 다섯 달 동안 미국을 도보로 여행한 적이 있고, 이를 다시 한 번 시도하고 싶은 것뿐이에요.”

“우리가 그런 허황된 일을 하라고 튀르머 씨에게 자유 시간을 줄 거라 생각합니까?”

그의 분노는 좀처럼 사그라들지 않았다. 그러나 나 또한 물러설 수 없었다.

“그럴 거라고 믿습니다. 이미 그렇게 계약도 체결했고요. 저역시 휴직을 포기하고 싶은 마음은 조금도 없습니다.”

“우린 마음만 먹으면 언제든 댁을 해고할 수 있어요.”

그림은 이제 으름장을 놓기 시작했다. 그러자 마침내 풀링거가 끼어들었다.

“그림 씨, 이제 그만 진정하고 차분하게 대화를 나눠보는 게…….”

그러나 그림은 이미 돌이킬 수 없을 정도로 흥분한 상태였다. 벌써 회의실 문고리에 손을 얹은 채 희번덕거리며 나를 노려보고 있었다.

“지금 당장 댁의 비서를 불러들여 해고통지서를 받아쓰게 할 테니 그리 아시오.”

어느덧 내 이마에는 식은땀이 맺혀 있었다. 상황이 이런 방향으로 치달을 것이라고는 미처 예상치 못한 탓이었다. 그냥 내 쪽에서 양보하는 편이 나을까? 하지만 그럴 이유가 뭐란 말이지? 정 안 되면 여행을 떠나기 위해 스스로 회사를 그만

둘 수도 있었다. 머릿속이 뒤죽박죽이었지만 나는 평정을 유지하기 위해 심호흡을 한 뒤 입을 열었다.

"그림 씨, 뜻대로 하셔도 좋습니다. 하지만 그럴 경우 당장 회사 운영에 공백이 생깁니다. 그림 씨에게도 분명 좋은 일은 아닐 테죠. 그리고 제가 이곳에서 일하는 이유는 누가 시켜서가 아니라 저 스스로가 원해서입니다."

당황한 풀링거가 눈을 휘둥그레 떴다. 그림은 경악한 표정으로 나를 응시했다. 협박이 먹히지 않는다는 사실을 깨달은 그는 무릎이 풀렸는지 주저앉을 지경이었다. 몇 초 동안 회의실 안에 정적이 감돌았다.

이윽고 그림은 잡고 있던 문고리를 놓더니 회의용 탁자에 나와 마주 보고 앉았다.

"좋습니다. 그럼 직무대리에 관해 논의해봅시다."

마침내 그가 쉰 목소리로 입을 열자 풀링거는 안도의 한숨을 쉬었다. 그러나 이 상황이 그들의 승리가 아니라 일시적인 휴전 상태일 뿐이란 건 명백한 사실이었다. 폭풍이 한바탕 휩쓸고 지나간 지금, 여행 뒤에 내가 다시 임원 자격으로 이곳에서 일할 수 있을 것인지 여부도 불투명해졌다. 고용계약도, 특별 합의조건도 이제 다 종잇장에 불과했다.

그림과는 달리 내 사업 파트너들은 나의 여행 계획에 무척이나 긍정적인 반응을 보였다. 가장 중요한 거래처 중 한 곳의 구매팀장에게 전화를 걸어 휴직 예정임을 알렸을 때, 냉철한 비즈니스맨으로만 알고 있었던 그가 돌연 친근한 태도로 이렇게 말했다.

"아주 멋진 계획입니다. 사실은 저도 대체복무를 마친 뒤에 낡은 폭스바겐 승합차를 구입해서 반년 동안 오스트레일리아를 돌아다녔답니다. 정말 멋진 시간이었는데……."

나는 잠시 말문이 막혀 전화기를 바라봤다. 그저 책임감 있는 가장이라고만 여겨온 그가 한때는 젊고 자유로운 배낭 여행자였다는 사실을 도저히 상상할 수 없었다. 그는 또다시 뜻밖의 말을 했다.

"꿈을 이루기 위해 미련 없이 직장도 등질 수 있다니, 정말 대단한 분이네요. 여행 이야기를 더 듣고 싶은데, 출발하기 전에 한번 만나볼 수 있을까요?"

그는 업계에서 꽤나 영향력 있는 인사였다. 나는 벌써 몇 달 전부터 그와 면담 약속을 잡기 위해 고심하던 참이었다. 그런데 이제 도리어 그쪽에서 여행 이야기를 듣기 위해 나를 만나고 싶어 하는 것이었다.

"물론이죠."

이렇게 대답한 나는 미소를 띠며 곧장 스케줄표를 꺼내 들었다.

미국으로 떠나기 전의 며칠간을 나는 눈코 뜰 새 없이 바쁘게 보냈다. 낮 동안에는 열 시간 내지 열두 시간을 사무실에 앉아 정신없이 남은 업무를 처리했다. 퇴근한 뒤에는 늦은 밤까지 짐을 싸고, CDT 지도를 인쇄하고, 다른 스루하이커들과 이메일을 주고받느라 분주했다. 밥, 다시 말해 스루하이커 피처와도 연락이 닿았다. 그 역시 올해 CDT를 종주할 예정이었고, 나처럼 사우스바운드(Southbound), 즉 북쪽에서 남쪽으로 향하는 경로를 택했다. 대략 비슷한 시기에 출발할 예정이었으므로 우리는 이스트 글레이셔(East Glacier)에 있는 CDT 북쪽 출발점에서 만나 하루를 함께 걷기로 약속했다. 캐나다 국경지대를 혼자 걷는 동안 굶주린 회색곰들과 마주칠까 봐 전전긍긍하던 나는 동행이 생겼다는 사실에 뛸 듯이 기뻤다. 밥도 나와 같은 마음인 모양이었다.

여행 경험이 풍부한 울리케와도 자주 통화하며 내 계획에 관해 의논했다. 물론 그녀의 전 애인인 밥을 만날 예정이라는 이야기도 빼놓지 않았다. 다행히도 울리케는 신경 쓰지 않는다고 했다.

2007년 6월 8일 금요일, 나는 마지막으로 사무실을 나섰다. 고급 회사차량은 홀가분한 기분으로 회사 주차장에 세워뒀다. 이제는 시속 240킬로미터로 주행이 가능한 자동차를 타고 다니는 대신 시속 4킬로미터로 걸을 차례였다.

2007년 6월 12일

암트랙(Amtrak, 전미 여객 철도공사)의 엠파이어 빌더(Empire builder, 미국 중부와 서부를 연결하는 장거리 열차)는 느긋하게 덜커덩거리며 몬태나 주의 숲을 헤치고 달렸다. 막 솟아오르는 태양이 하늘을 주황색으로 물들이고 있었다. 나는 퉁퉁 부은 눈을 비비며 의자 위에서 몸을 쭉 뻗었다. 두어 시간 꾸벅꾸벅 졸고 난 뒤 잠은 포기해버린 참이었다. 불안한 기분 때문에 도저히 잘 수가 없었다. 사흘 전 베를린에서 출발한 직후부터 모든 일이 틀어지는 것만 같았다. 베를린에서는 내가 탈 비행 편이 몇 시간이나 지연되었다. 나는 공항의 지상 직원을 붙잡고 워싱턴 주의 스포캔(Spokane)으로 가는 다른 비행 편을 알아봤지만, 스포캔행 비행기는 많지 않았다.

"이곳에서 일한 지 벌써 10년이 됐지만 스포캔으로 여행하시는 분은 선생님이 처음이라서요……."

베를린 테겔(Tegel) 공항의 친절한 항공사 직원은 정신없이 대체 연결 편을 검색하며 이렇게 말했다.

원래는 오후 4시에 도착 예정이었으나 몇 시간씩 대기해가며 두 번이나 비행기를 갈아탄 끝에 나는 한밤중이 되어서야 사람 하나 없는 스포캔 공항에 내릴 수 있었다. 수하물을 찾는 곳에서는 두 번째 난관이 기다리고 있었다. 독일에서 부친 두 개의 짐 중 하나만 도착한 것이다. 식량과 지도가 든 가방은 아무리 기다려도 나오지 않았다. 늦은 시간인지라 수하물 안내소에는 당연히 아무도 없었다. 심지어 나와서도 택시 한 대 잡을 수 없었다. 결국은 호텔 셔틀 차량이 나를 데리러 왔고, 새벽 1시가 되어서야 나는 시차와 불안감에 지쳐 침대에 쓰러졌다.

이튿날 아침 수하물 안내소에서 확인한 걸과, 내 가방은 엉뚱하게도 이곳에서 4,000킬로미터나 떨어진 플로리다 주의 마이애미에 가 있었다. 불행 중 다행으로 짐은 벌써 이쪽으로 날아오는 중이라고 했다. 초조하게 하루를 더 기다린 뒤에야 나는 가방을 손에 넣을 수 있었다. 이스트 글레이셔에서 만나기로 한 밥과의 약속도 간신히 지킬 수 있었다.

글레이셔 국립공원 내의 휴양지인 이스트 글레이셔까지는 여름철에 국한되어 기차가 운행된다. 그러나 이번에도 내가 탈 기차는 몇 시간이나 연착되었다. 덕분에 나는 스포캔 역에서 수상쩍은 사람들과 그날 밤의 절반을 보내고 겨우 세 시간 동안 눈을 붙일 수 있었다.

하지만 나는 이 모든 소동에도 개의치 않았다. 독일, 직장, 그리고 모든 의무로부터 벗어나 마침내 자유를 되찾은 것이 기쁠 따름이었다. 숨을 깊이 들이마시며 열차의 창을 통해 몬태나 주의 산들을 바라보노라니 전에도 느껴본 적 있는 행복감이 내면 깊숙한 곳에서 솟구쳤다. 트레일은 이제 잡힐 듯 가까이 있었다.

끝이 보이지 않을 정도로 긴 열차가 끼익 소리를 내며 이스트 글레이셔의 조그마한 역에 정차했다. 기차에서 내려 승강장을 살핀 지 얼마 되지 않아 야무진 체구와 민머리의 밥을 발견할 수 있었다. 그는 반바지와 운동화, 플리스 재킷 차림으로 투박한 역사 앞에 서서 나를 향해 손을 흔들었다. 그제야 한숨 돌린 나는 마주 인사했다. 이번에도 밥을 보자마자 마이스터 프로퍼가 곧바로 떠올랐다.

잠시 뒤, 함께 PCT를 걸었던 옛 친구는 나를 껴안고 어깨를 두드리며 말했다.

"다시 만나서 정말 기뻐요, GT 씨!"

나도 같은 말을 반복했다. CDT에서의 첫째 날을 혼자 보내지 않아도 된다는 게 기쁘기 그지없었다.

이윽고 배낭을 둘러멘 다음 승강장에 있는 몇 안 되는 사람들을 살펴봤다. 나이가 지긋하고 마른 체형에 삼림 경비원 같은 복장을 한 남성이 제일 먼저 눈에 들어왔다. 그 역시 미소를 지으며 내게 다가와 어깨를 두드리며 말했다.

"안녕하시오, GT 씨! 나는 플랫피트(Flat Feet)요."

"알아요. 이메일을 몇 번 주고받았죠."

우리는 반갑게 인사했다. 배낭을 멘 젊은 남자도 우리에게

다가와 자기소개를 했다.

"안녕하세요. 저그(Jug)예요."

플랫피트와 마찬가지로 출발 전에 몇 번 이메일을 교환하며 알게 된 사람이었다. 잠재적 CDT 스루하이커가 벌써 넷이나 모인 것이다. 매년 서른 명가량만이 CDT 완주에 성공한다는 점을 고려하면 넷은 큰 숫자였다. 게다가 그 서른 명 중에서도 절반 정도만이 6월 중순에 북쪽에서 출발하고, 나머지 절반은 4월 중순에 남쪽에서 출발하기 때문이다.

줄여서 CDT라 불리는 콘티넨털 디바이드 트레일은 미국 장거리 트레일 중 가장 역사가 짧은 동시에 가장 야생적인 트레일이다. 명칭 그대로 미국의 대륙분수계를 따라 로키 산맥의 능선을 타고 이어져 있으며 몬태나를 비롯해 아이다호, 와이오밍, 콜로라도, 뉴멕시코 주를 지난다. 트레일의 약 70퍼센트는 최근에 완성되었거나 대략적인 방향 표시만 되어 있고 나머지 3분의 1은 황량한 들판이나 제대로 닦이지 않은 길, 아니면 도로를 따라 나 있었다. 통일된 공식 경로가 아직 없기 때문에 CDT를 종주하는 데 기간이 얼마나 걸리는지 정확히 아는 사람도 없었다. 다양한 경로 중 어느 것을 선택하느냐에 따라 걷는 거리는 4,200킬로미터 내지 5,000킬로미터에 달했다. 그러나 PCT와 마찬가지로 이 트레일을 종주하는 데도 대략 다섯 달 정도의 여유밖에 없었다. CDT는 PCT에 비해 거리가 길 뿐 아니라 그보다 훨씬 더 많은 잠재적 난관이 도사리고 있는 트레일이었다. 기차역에 모인 사람들과 이야기를 나누는 동안에도 이미 그중 두 가지 문제가 오르내렸다.

"여러분은 언제 출발할 계획인가요?"
사람들을 바라보며 묻자 플랫피트가 먼저 대답했다.
"나는 이스트 글레이셔에서 며칠 정도 머물 계획이오."
"나도 마찬가지예요. 눈이 아직 너무 많이 쌓여 있어요."
저그가 거들었다.
"우리 말고도 내일 스루하이커 몇 명이 추가로 도착할 예정이에요. 무리가 클수록 회색곰에게서 안전할 텐데, 두 분도 동행하겠소?"
플랫피트가 밥과 나를 향해 물었다. 내가 밥을 바라보자 그는 딱 잘라 말했다.
"GT 씨와 나는 내일 바로 출발할 겁니다. 난 이미 이곳에서 시간을 많이 허비했거든요. 더 기다릴 여유가 없어요."
나도 고개를 끄덕였다. 이스트 글레이셔에서 며칠을 더 기다리기에는 CDT에 대한 기대감이 너무나 컸다. 우리는 조금 더 잡담을 나누다가 각자 숙소를 찾아갔다. 플랫피트는 글레이셔 파크 로지(Glacier Park Lodge)라는 고급호텔에서, 저그는 호스텔에서 묵기로 되어 있었다. 밥은 2킬로미터 떨어진 숲속으로 나를 데려갔는데 그곳에는 이미 밥의 텐트가 세워져 있었다. 우리는 PCT의 추억을 되새기거나 얼음도끼를 시험해보며 오후를 보냈다.

올해 몬태나의 강설량은 '평균적인' 수준이었지만, 우리는 아직 녹지 않은 눈밭을 수없이 헤치고 갈 각오를 해야 했다. 때문에 나도 이번에는 얼음도끼를 준비해왔다. 우리는 활락정지(滑落停止), 말하자면 눈 위에서 미끄러질 경우에 얼음도끼로 제동을 거는 기술을 연습했다. 그러나 정신없이 보낸 지난 며칠의 여파에다가 시차로 인한 피로까지 겹쳐 녹초가 되어 있던 나는, 밥의 텐트 옆에 내 텐트를 치고는 해가 채 떨어지기도 전에 곯아떨어졌다.

2007년 6월 13일

미국과 캐나다의 국경, 글레이셔 국립공원, 몬태나

`------- 0킬로미터 지점

이스트 글레이셔에서 캐나다 국경까지는 셔틀 차량이 운행된다. 그러나 경비를 최대한 절약해야 하는 밥에게는 40달러의 차비도 너무 부담스러운 가격인 듯했다. 결국 우리는 국경까지 100킬로미터가 조금 안 되는 거리를 히치하이크해서 가기로 했다. 세인트 메리까지 가는 첫 구간은 어느 관광객 부부의 차를 얻어 타고 갈 수 있었다. 도보여행자들은 세인트 메리 관광사무소에서 글레이셔 국립공원 트레킹 허가증을 받고, 곰을 만날 경우에 대비해 안전교육 영상도 시청해야 한다. 다소 무뚝뚝한 산림 경비원의 경고에 우리는 바짝 긴장할 수밖에 없었다.

"우리 국립공원에는 대략 사백 마리의 회색곰과 천 마리가 넘는 흑곰이 서식하고 있습니다. 이들은 요즘 같은 초여름에 겨울잠에서 깨어나기 때문에 무척이나 배가 고픈 상태죠. 곰 퇴치용 스프레이는 준비해 오셨나요?"

"아니요, 전 못 가져왔어요."

나는 순순히 자백했다. 곰 퇴치용 후추 스프레이가 공항 보안검색대를 통과할 리 없잖은가.

"그래도 호루라기는 가져왔어요. 호루라기를 불어서 미리 곰에게 경고를 하면 갑작스럽게 마주치는 일은 피할 수 있다고 들었거든요."

내가 덧붙이자 산림 경비원이 엷은 미소를 지었다.

"호루라기를 추천하는 사람들이 많기는 하지만, 그건 곰 퇴치용 방울을 쓰는 것만큼이나 어리석은 방법입니다. 곰의 귀에는 호루라기 소리나 방울 소리가 마멋의 휘파람 소리처럼 들려요. 걷는 동안 최대한 큰 소리로 대화를 나누거나 노래를 부르세요. 그래야 곰도 그게 사람 소리라는 것을 알아챕니다."

이어서 그는 다음 화제를 꺼냈다.

"곰의 접근을 막기 위해 식량을 어떻게 보관하는지 알고 계십니까?"

그러자 밥이 냉큼 대답했다.

"물론이죠. 가느다란 밧줄 여러 개와 등산 고리를 이미 준비해왔습니다."

나도 고개를 끄덕였다. 일명 '곰 자루 매달기'라는 식량 보호 방법은 PCT에서 이미 배운 터였다. 먼저 길고 가느다란 밧줄의 한쪽 끝에 돌을 하나 매달아 적당한 가지 위로 던진다. 줄이 나뭇가지에 걸리면 식량이 든 자루를 다른 쪽 끝에 단단히 묶어 위로 끌어올린다. 반대쪽 밧줄 끝 부분은 둥치에 매듭을 지어 고정시키면 된다.

산림 경비원은 이에 몇 가지 충고를 덧붙였다.

"가지의 높이는 땅에서 최소한 5미터는 떨어져 있어야 하며, 최대한 옆쪽으로 넓게 뻗어 나온 가지가 좋습니다. 흑곰은 나무를 아주 잘 타니까요. 심지어 체중이 30킬로그램 이상 나가는 흑곰도 꽤 높은 곳까지 기어오를 수 있답니다."

나는 마른침을 삼키며, 다시 한 번 밥과 동행하게 된 것을 다행으로 여겼다. 운동으로 단련된 덕분에 그의 곰 자루 매달기 실력은 그야말로 수준급이었다. 반면에 나는 밧줄 던지기 따위에는 영 재능이 없었다.

산림 경비원은 또 한 번 화제를 바꿨다. 일단 컴퓨터 앞에 앉은 그는 캠핑 허가증을 인쇄했다. 국립공원 내에서는 오로지 지정된 자리에서만 텐트를 칠 수 있었다.

"하지만 레드 이글(Red Eagle) 호숫가에서는 아무 곳에나 텐트를 쳐도 됩니다."

그렇게 규정이 느슨하리라고는 미처 생각지 못했던 탓에 나는 뜻밖이라는 표정으로 산림 경비원을 바라봤다. 그러나 뒤이은 그의 말에 기대감은 금세 사그라졌다.

"작년에 큰 산불이 나는 바람에 호수 주위에 있던 시설이 모두 훼손되었거든요. 올해는 아무도 호숫가에 간 적이 없습니다. 그래서 저희도 현재 그 일대의 상태가 어떤지, 사람이 지나다닐 수 있는지조차 모릅니다."

설명을 마친 그는 프린터에 있던 종이 두 장을 집어 우리에게 건네며 짤막하게 말했다.

"행운을 빕니다!"

몇 분 뒤 다시 89번 고속도로로 나온 밥과 나는 국경이 있는 치프(Chief) 산으로 가기 위해 히치하이크를 시도했다. 그러나 행운의 여신은 우리를 외면하는 듯했다. 한 시간이나 기다린 뒤에야 자동차 한 대가 우리 앞에 멈춰 섰지만, 안에는 한눈에 봐도 머리끝까지 술에 취한 네 명의 사내가 타고 있었다. 밥이 운전자와 이야기를 나누는 동안 나는 께름칙한 표정으로 낡아빠진 왜건 자동차를 살펴봤다. 차 안은 난장판이었다. 혼자였다면 절대로 이런 차 안에 낯선 남자 네 명과 동승하지 않았을 것이다. 그러나 지금은 남자 동행도 있고, 딱히 다른 방법이 없었으므로 이거라도 얻어 탈 수밖에 없었다. 문제는 네 사람만으로도 자동차가 이미 꽉 차 있다는 점이었다.

"문제없어요. 하나는 뒷자리에 타고 나머지 하나는 트렁크에 타면 되니까."

운전하던 남자가 말하며 맥주 캔을 든 손으로 뒤쪽을 가리켰다. 밥이 섣불 신사적이지 못하다는 사실을 나는 그때 처음 알았다. 사내들 중 한 명이 트렁크 문을 여는 사이에 밥은 냉큼 뒷자리에 올라탔다. 사내는 트렁크에서 맥주 캔 하나를 또 꺼냈다. 차에 타고 있던 남자들은 모두 아메리카 원주민이었다. 보아하니 인디언 보호구역 내에서 알코올 중독이 요즘 큰 문제가 되는 모양이었다.

오래된 연장 더미 사이에서 내가 조금이라도 편한 자세를 취해보려 애쓰는 사이, 바퀴에서 끼익 소리가 나더니 차가 달리기 시작했다. 첫 번째 굽잇길을 도는 순간, 운전하던 남자가 한 손으로 핸들을 조작하며 다른 한 손으로는 담배에 불을 붙이는 게 보였다. 차가 울퉁불퉁한 지면을 지날 때마다 나는 천장에 머리를 찧었다.

뒷좌석에 앉아 있던 두 남자들 중 한 사람이 밥에게 맥주 한 캔을 권하며 음흉한 눈빛으로 나를 돌아봤다.

"애인이오?"

밥은 아니라고 대답했다. 나는 그의 따귀라도 때려주고 싶은 심정이었다. 그러나 그때 차가 길에 팬 구덩이에 빠지는 바람에 따귀는커녕 자동차 잭에 호되게 꼬리뼈만 부딪쳤다. 운전자가 록 음악이 시끄럽게 흘러나오는 라디오 방송에 주파수를 맞춰서 대화조차 불가능했다. 거의 30분 동안 이리저리 흔들리고 있는데 갑자기 대로변에 차가 멈춰 서더니 네 원주민이 차에서 내렸다.

내 인생은 여기까지구나 싶어 눈앞이 캄캄해지는 순간, 그들이 이렇게 일러줬다.

"여기서 내려야 해요. 1킬로미터만 더 가면 국경이 나올 거요. 우리는 자동차를 정리해야 해서 이만."

어째서 지금 갑자기 자동차를 정리한다는 것인지 모르겠지만, 나는 살아서 내렸다는 사실만으로도 감지덕지였다. 남자들 중 한 명이 근처 나무 밑에서 볼일을 보는 동안 두 명은 허겁지겁 낡은 왜건 자동차 안을 정리했다. 맥주 캔이 몽땅 트렁크 안으로 사라지고, 이내 자동차는 국경 통과대 방향으로 부르릉거리며 출발했다.

밥과 나는 15분쯤 걸어 국경에 도착했다. 국경이라 봤자 숲 한가운데 나무를 베어 표시를 해둔 게 다였다. CDT의 시작을 알리는 기념비 같은 것도 없었고, '국경'이라고 새겨진 시멘트 기둥 하나가 달랑 서 있을 뿐이었다. 국경 관리인에게 사진을 찍어도 되냐고 묻자 그녀는 선선히 그러라고 대답하고는, 먼저 내 여권과 비자를 꼼꼼히 검사했다. 밥과 나는 서둘러 서로의 기념사진을 찍어줬다.

PCT에서와는 달리 우리는 국경에 오래 머물지 않았다. 두번째 트레일의 출발점에서는 어떤 회의나 망설임도 들지 않았다. 이미 내 앞에 무엇이 놓여 있는지, 내 능력이 어디까지인지 정확히 알고 있기 때문이었다. 적어도 내게는 해낼 수 있다는 믿음이 있었다. 국경에 도착한 지 불과 10분 만에 우리는 엷은 부슬비를 맞으며 첫걸음을 떼었다. '트리플 크라운' 중에서도 가장 험난한 트레일의 시작이었다.

2007년 6월 14~18일

글레이셔 국립공원, 몬태나

'------- 0~160킬로미터 구간

글레이셔 국립공원은 CDT의 거창한 서막을 열기에 적합한 무대였다. 빙하기의 얼음은 이곳에 깊숙한 골짜기와 깊고 푸른 호수를 수도 없이 남겨놓았다. 거의 수직으로 치솟은 절벽들은 사슬처럼 엮여 거대한 단지 모양을 만들어내고 있었다. 깎아지른 듯한 사암 절벽과 헤아릴 수 없이 많은 빙하가 어우러진 이 국립공원에는 '북서부의 석관(石冠)'이라는 별칭이 붙어 있었다.

CDT에서의 둘째 날 우리는 첫 회색곰 무리를 만났다. 나보다 앞서 낮은 구릉을 기어오르던 밥이 먼저 곰을 발견하고는 얼어붙은 듯 동작을 멈췄다. 뒤따라 오르던 나도 마찬가지였다. 나지막한 구릉 맞은편에 어미 회색곰이 새끼 두 마리를 데리고 놀고 있었다. 그때 우리의 냄새를 맡았는지 어미 곰이 문득 몸을 일으켰다. 키가 2미터에 달하는 회색곰이 눈앞에 버티고 있는 광경을 보자 간담이 서늘해졌다. 밥과 나는 아주 천천히 물러났다. 조금이라도 허둥거렸다가는 곰의 사냥 본능을 깨울 수 있었다. 200~300미터 정도 물러선 뒤에야 우리는 비로소 걸음을 멈췄다. 곰 가족은 길옆의 침엽수림 속으로 들어가버렸다.

사흘째 날에는 처음으로 눈밭을 만났다. 눈밭을 지난 뒤에는 산불로 훼손된 지역을 몇 시간 동안 걸어야 했다. 빼곡한 침엽수들이 새까맣게 타버린 풍경은 을씨년스럽기 그지없었다. 이글 크리크(Eagle Creek) 계곡을 건너는 다리도 불타버려서 우리는 눈 녹은 물로 불어난 계곡물 속을 걸어서 건너야 했다. 얼음처럼 차가운 계곡물이 무릎까지 차올랐다. 젖은 신발이 마르려면 며칠은 족히 걸릴 것이다.

나흘째 되던 날, 우리는 드디어 CDT를 걷는 여행자를 처음으로 만났다. 폭스트롯(Foxtrot)이라는 별명의 젊은 미국인 남성인 그는 트리플 디바이드 고개(Triple Divide Pass)로 가는 길목에 망연자실한 표정으로 주저앉아 있었다.

"벌써 한나절은 기다린 것 같아요. 고개 너머에 곰 두 마리가 있는데 도무지 움직이려 들지 않는군요."

우리는 폭스트롯과 함께 점심 휴식을 취한 뒤 고개 너머를 살펴봤다. 어느새 곰들은 사라지고 없었다. 그때부터 나는 쉬지 않고 수다를 떨거나 노래를 불렀다. 밥이나 폭스트롯을 즐겁게 해주려던 것이 아니라 혹시 있을지 모르는 곰에게 미리 경고하기 위해서였다. 가사를 다 아는 노래가 몇 없었기 때문에 주로 독일 국가를 불렀다. 걸으면서 노래까지 하려니 무척이나 숨이 찼다. 게다가 입을 벌릴 때마다 모기가 입속으로 날아들기까지 했는데 생각보다 맛이 고약하지 않은 게 다행이었다. 밥과 폭스트롯은 보답으로 미국 국가를 불러달라는 내 요청을 거부했다. 아무래도 가사를 잘 모르는 게 분명했다.

우리는 다 같이 애틀랜틱 크리크(Atlantic Creek) 야영지까지 걸었다. 그곳에는 이미 CDT 여행자 한 무리가 머물고 있었는데, 밥과 함께 AT를 종주한 와일드캣(Wildcat)도 그 무리 중 한 명이었다. 그러나 이튿날 아침이 되자 밥과 나는 또다시 단둘이 출발했다. 이제 3주 뒤에나 다른 여행자들을 만나게 될 것이다.

닷새째 날에는 기온이 급속도로 떨어지더니 눈발이 날리기 시작했다. 기력을 완전히 소진한 내게 고산지대에서 날마다 32킬로미터를 걷는 일은 무리였다. 사무실에 앉아 있다가 곧장 미국으로 날아온 탓에 전혀 체력 단련이 되어 있지 않았던 것이다.

"늦어도 빅해칫(Big Hatchet) 산맥에 도착할 때쯤이면 기운이 날 거요."

밥은 나를 격려해주기 위해 농담을 건넸다. 그러나 내 귀에는 그의 농담이 쓰디쓰게만 들렸다. 빅해칫 산맥은 이곳에서 4,800킬로미터나 떨어진 뉴멕시코 주에 있었다.

점심시간이 되자 나는 추위에 떨며 작은 냄비를 손가락으로 감쌌다. 강한 바람이 불어 머리 위로 눈송이가 휘날렸다. 나는 애타는 눈빛으로 밥을 건너다봤다. 몬태나의 야생이 만들어낸 거친 풍경 속에 서 있는 그는 그야말로 남성성의 대명사처럼 보였다. 닷새 동안 깎지 않은 수염이 이목구비가 뚜렷한 그의 얼굴을 한층 도드라지게 만들었다. 떡 벌어진 골반에서는 남다른 강인함이, 근육질의 다리에서는 엄청난 지구력이 엿보였다. 강추위에도 그는 끄떡없어 보였다. 눈보라가 휘몰아치는 산 한가운데서도 태연하기만 한 그를 보고 있노라니 온기와 포근함, 그리고 남성의 품이 그리워졌다.

"밥, 추워서 못 견디겠어요."

나는 이빨을 딱딱 부딪치며 말하고는 그에게 가까이 다가가 앉았다. 그러나 밥은 이 노골적인 신호조차 눈치채지 못하는 모양이었다.

"그럼 어서 출발합시다. 걷다 보면 몸이 금세 데워질 거요."

이것도 조언이랍시고 그는 상냥하게 말했다. 나는 그에게 좀 더 바짝 다가가 나직한 목소리로 부탁했다.

"온기를 좀 나눠줄래요?"

밥은 당황한 듯 헛기침을 하며 물었다.

"그게 무슨 뜻이죠?"

"아이고 정말, 그냥 어깨 위로 팔이라도 좀 둘러줘요."

대놓고 말한 뒤 나는 그의 옆구리를 파고들었다.

밥은 어색한 동작으로 근육질의 팔을 내 몸에 둘렀고 나는 그의 가슴에 얼굴을 묻었다. 몇 분 동안 우리는 쿵쿵 뛰는 가슴을 억누르며 말없이 앉아 있었다. 하지만 이제 뭘 어떻게 해야 할지 알 수 없었다. 밥 역시 마찬가지인 모양이었던 듯 다시 한 번 헛기침을 하더니 어색하게 몸을 일으켰다.

"GT 씨, 이제 출발해야 해요."

그는 시선을 피한 채 잠긴 목소리로 말했다.

"알았어요."

웅얼거리듯 대답하고 나는 주섬주섬 물건들을 챙겼다. 이후 30분 동안 우리는 말없이 앞서거니 뒤서거니 눈바람을 헤치고 걷기만 했다.

저녁이 되어 야영지에 도착하자 마침내 하늘이 조금 개기 시작했다. 저녁 식사를 하는 중에도 우리는 점심때 있었던 일을 입 밖에 내지 않고 아무 일 없었다는 듯 행동했다.

"GT 씨, 내일은 아침 일찍 출발해야 해요."

해가 지려 할 때 그가 말했다. 나는 주저 없이 대답했다.

"물론이죠! 혹시 내가 못 일어나면 깨워줘요."

"아니면 당신이 나를 깨우던가요."

밥은 대꾸하며 자신의 텐트 안으로 사라졌고 나도 내 텐트 안으로 기어들어 갔다. 지난 며칠간의 산행으로 녹초가 되었음에도 나는 밤늦게까지 잠을 이루지 못했다. 발포매트 위에서 이리저리 뒤척이며, 내가 밥에게 원하는 게 과연 무엇인지 고민했다. 우리는 안전 문제를 구실로 첫 구간을 함께 걷기 위해 글레이셔 국립공원에서 만났다. 그러나 지난 며칠 그와 대화를 나누는 동안 나는 한 가지 사실을 분명히 깨달았다. 밥은 곰을 피하기 위해 나와 동행하기로 한 것이 아니다. 그런 문제라면 혼자서도 충분히 해결할 수 있는 사람이니까.

밥은 외로움에 찌들어 있었던 것이다. 2년 반 전에 울리케와 헤어지고 혼자서 여행을 다니는 동안 여자가 그리웠던 눈치였다. 무엇보다도 야외활동에 대한 그의 열정을 나눌 수 있는 동반자가 말이다.

나는 어떤가? 지난 두 해를 나는 거의 일밖에 모르고 살았다. 날마다 열두 시간을 일하다 보니 미처 이성을 사귈 여유도 없었다. 친구들에게도 소홀했다. 2년 동안 나는 다가서기 어려울 정도로 차가운 인상의 전문직 여성으로 살아왔다. 그러나 내심 누군가와 가까워지고 애정을 나누고픈 마음이 간절했다는 사실을 이제야 사무치게 깨달은 것이다. 추운 것은 몸뿐이 아니었다. 강추위와 고독에 떨며 나는 침낭 속에서 태아처럼 몸을 웅크린 채 고민에 고민을 거듭했다.

밥과 나는 트레일 위에서 이상적인 동반자였다. 하지만 우리가 이성으로서도 어울릴까? 밥은 무척이나 남자답고 잘생긴 외모의 소유자였다. 나는 그의 거친 남성성이 마음에 들었고 그 역시 내게 매력을 느끼고 있다는 사실을 그의 눈빛에서 눈치채고 있었다. 게다가 우리에게는 커다란 공통점이 있었다. 자연 속을 누비고픈 억누를 수 없는 충동이 그것이었다.

그러나 이 점을 제외하면 그와 나는 다르기가 하늘과 땅 차이였다. 일단 밥은 미국인, 나는 독일인이었다. 게다가 밥이 겨우내 시골의 나무 오두막에서 지내는 반면, 나는 도시 토박이였다. 밥은 군인으로 복무했었지만 전역 후에는 거의 12년을 직업 없이 살았다. 나는 얼마 전까지만 해도 고액의 연봉을 받는 전문직 여성이었다.

문제는 또 있었다. 밥의 전 애인인 울리케가 이 사실을 알면 나에게 뭐라고 할까? 울리케를 대하던 밥의 태도를 고려해 나

역시 그를 멀리하는 편이 낫지 않을까? 아니, 그래도 두 사람은 12년을 함께하지 않았던가.

답답해진 나는 몸을 돌려 텐트의 천장을 바라보며 누웠다. 끝이 예정된 것이나 다름없는 관계를 시작하는 일이 과연 의미 있을까? 내일부터 아예 따로 걷는 편이 낫지 않을까? 내일이면 글레이셔 국립공원을 벗어나니 이제 회색곰을 걱정할 필요도 없었다.

생각은 뫼비우스의 띠처럼 같은 선상에서 끝도 없이 맴돌았다. 두어 시간의 얕은 잠만이 생각을 일시적으로 끊어줬을 뿐이었다.

새벽 5시가 조금 지나고 동이 틀 무렵, 나는 드디어 결단을 내렸다. 그리고 자리에서 일어나 발포매트와 침낭을 든 채 밥의 텐트로 건너갔다.

"좋은 아침이에요, 밥."

나는 상냥한 목소리로 그를 깨웠다.

밥은 잠이 덜 깬 얼굴로 텐트의 외겹을 들추고는 어리둥절한 표정으로 물었다.

"GT 씨도 좋은 아침. 그런데 이 시간에 뭐 하는 거예요?"

나는 심호흡을 한 번 하고는, 계획했던 일을 정말 실행해야 할지 한 번 더 고민했다. 그래, 하자.

"밥, 안으로 들어가게 옆으로 조금만 비켜줘요."

밥은 말문이 막혔는지 꼼짝도 하지 않았다.

"빨리요. 비도 오고 춥단 말이에요."

내 재촉에 밥은 황급히 물건들을 한쪽으로 치웠다.

"들어와요."

목소리가 꽉 잠겨 있었다. 나는 발포매트와 침낭을 들이밀고 뒤이어 텐트 안으로 비집고 들어갔다. 밥은 곁에 눕는 나를 휘둥그레진 눈으로 바라보며 물었다.

"대체 무슨 일이에요?"

"너무 추워서요."

은근슬쩍 돌려 말하며 나는 침낭을 휘감은 채 그의 배에 슬쩍 등을 댔다.

"춥다고요?"

밥은 손을 어디에 둬야 할지 몰라 쩔쩔매며 물었다.

"당신 곁에 있으면 조금 따뜻해질 것 같았어요. 무슨 말인지 알겠어요?"

나는 그의 두 손을 내 웃옷 아래로 밀어 넣으며 대답했다.

자신의 손가락이 내 가슴에 와 닿고 나서야 밥은 내 말을 이해한 모양이었다. 그리고 이날 아침, 우리는 일찍 출발하려던 계획을 미뤄버렸다.

2007년 7월 6~7일

애너콘다, 몬태나

`'------- 680킬로미터 지점`

CDT를 종주하고자 한다면 PCT나 AT의 경우와는 전혀 다른 전략이 필요하다. 우선 경로가 전 구간에 걸쳐 표시되어 있지 않으므로 각자 알아서 길을 찾아야 한다. 출발점과 도착점도 마찬가지다. CDT 북단 공식 출발점인 워터턴(Waterton) 호수는 눈 때문에 성수기가 시작되는 무렵에도 접근할 수 없는 경우가 다반사다. 그래서 대부분의 도보여행자들은 우리처럼 치프 산에 있는 국경 통과대 앞에서 출발했다. 통일된 트레일이 존재하지 않기 때문에 CDT 종주에 대한 명확한 기준도 없었다. 대신에 CDT에서는 '커넥팅 풋스텝(Connecting footsteps)' 법칙이 지배하는데 이는 그때그때 주어진 조건에서 가장 적합한 경로를 찾는 것을 의미한다. 그저 통과 가능한 길, '발걸음이 이어지는' 길을 따라 걷는 것이다.

'애너콘다 컷오프(Anaconda-cut-off)' 역시 그 수많은 경로 중 하나였다. 30킬로미터가량 아스팔트 도로를 따라 걸어야 함에도 불구하고, 거의 모든 스루하이커들은 몬태나 주의 소도시 애너콘다를 거치는 이 비공식 경로를 선택했다. 다른 대안 경로들에 비해 거리가 짧을 뿐 아니라 중간에 대형 슈퍼마켓 두

곳을 거쳐 갈 수 있기 때문이다.

밥과 나는 장을 보고 세탁을 하고 인터넷을 사용하느라 애너콘다에서 거의 온종일을 보냈다. 오후 5시가 되어서야 우리는 열흘 치 식량을 짊어지고 도시를 등질 수 있었다. 아스팔트 도로에서 나는 등산스틱을 사용하지 않고 겨드랑이 밑에 끼고 다녔는데 그 틈을 타 밥이 내 손을 잡았다. 나보다 한참이나 키가 작은 밥을 배려해, 최대한 밥을 보도 위에서 걷도록 하고 나는 차도로 내려서서 걸었다. 원래 혼란스럽게 시작된 관계이기는 했지만 이 점은 한층 더 밥을 혼란에 빠뜨렸다.

밥의 행동이 뜻밖이라 나는 놀라움과 기쁨이 반반씩 섞인 기분으로 그의 옆모습을 바라봤다. 낭만적인 것과는 거리가 먼 그가 손을 잡을 것이라고는 미처 기대하지 못했다. 그러나 밥은 내 기뻐하는 눈빛이 뭉클하면서도 거북했는지 얼른 손을 놓아버렸다.

"크리스티네, 이제 물을 구해야 해요."

그의 말에 감흥이 깨진 나는 실망한 채 고개를 끄덕이고는 주위를 살펴봤다. 어느덧 우리는 애너콘다의 외곽까지 나와 있었다. 집 몇 채만 띄엄띄엄 서 있는 것을 보니 물을 구하기가 쉽지 않을 것 같았다. 그때 어느 집에서 테라스로 막 나오는 한 부인이 눈에 띄었다.

"저기 좀 봐요! 저 집 부인에게 물을 얻을 수 있는지 물어볼게요."

내가 말하자 밥은 내키지 않는 듯 거친 숨을 내뱉었다. 나와는 달리 그는 무척이나 내성적인 성격이라 남에게 뭘 부탁하는 일을 싫어했다.

"당신은 그냥 여기서 기다려요. 어차피 여자인 내가 혼자 가는 편이 나을 테니까."

그를 안심시키며 걸음을 옮겼다. 그러나 밥은 약간 거리를 둔 채 뒤따라왔다. 나는 멀리서 여자를 향해 외쳤다.

"실례합니다만, 물을 좀 얻을 수 있을까요?"

여자는 정원 울타리 쪽으로 다가오더니 나를 머리부터 발끝까지 훑어봤다.

"물론이죠. 그런데 어디서 오는 길인가요?"

그녀는 선뜻 승낙한 뒤 곧장 호기심 어린 눈빛으로 물었다.

"캐나다에서 멕시코까지 이어진 콘티넨털 디바이드 트레일을 걷는 중이에요."

내 대답에 그녀는 충격받은 표정을 짓더니 곧장 돌아서서 집 안을 향해 외쳤다.

"조, 어서 나와 봐요. 젊은이 두 명이 왔는데, 글쎄 캐나다에서 멕시코까지 걸어가는 중이래요!"

잠시 뒤 쉰 살쯤 되어 보이는 대머리 남성이 발을 끌며 테라스로 나와서는 부인만큼이나 호기심에 가득 찬 표정으로 우리를 바라봤다. 그 뒤에는 익숙한 질의응답이 이어졌다. 우리가 트레일에서 어떤 음식을 먹는지 이야기하자 레베카라고 자신을 소개한 부인은 측은하다는 듯 나를 바라보다가 남편에게 말했다.

"즉석식품과 초콜릿만 먹는다니. 그럼 건강에 안 좋을 텐데 말이죠. 우리가 음식을 좀 해주는 게 어떨까요, 여보?"

남편이 고개를 끄덕이자 레베카는 한술 더 떠서 말했다.

"잠깐, 그러고 보니 우리 애들이 쓰던 방이 있거든요. 어차피 아무도 쓰지 않으니 오늘 밤은 그 방에서 묵도록 해요."

나는 이 믿을 수 없는 행운에 기뻐하며 밥을 바라봤다. 제대로 된 음식을 먹고, 침대에서 자고, 어쩌면 뜨거운 물로 샤워도 할 수 있을지 모른다!

"어때요, 밥? 오늘은 여기서 묵을래요?"

마침내 나는 그에게 작은 목소리로 물었다. 그늘진 표정에서 짐작건대 그는 나만큼 이 상황이 달갑지는 않은 모양이었다. 그러나 잠시 망설인 뒤, 그도 절약 정신은 이길 수 없었는지 나를 따라 소곤소곤 대답했다.

"그러죠, 뭐. 어차피 식량도 아슬아슬한 참이니."

한 시간 뒤, 밥과 나는 개운하게 샤워를 하고 상쾌한 기분으로 주방에 서 있었다. 레베카는 접시만 한 고깃덩이를 가리키며 발랄하게 말했다.

"스테이크 요리가 좋겠다고 생각했어요. 거기다 오븐에 구운 감자와 샐러드를 곁들일 거예요. 젊은이들도 좋아해야 할 텐데."

그런 걱정은 할 필요도 없었다. 벌써부터 입안에 침이 고이고 있었으니까. 나는 이 커다란 스테이크를 구울 만한 프라이팬이 있는지 궁금했다. 그러나 내가 미처 묻기도 전에 레베카가 말했다.

"조가 바비큐 그릴을 준비하고 있으니 가봐요."

조는 테라스에서 내가 지금껏 본 것 중 가장 큰 바비큐 그릴에 불을 붙이고 있었다. 자를 수도 없는 커다란 티본스테이크를 구우려면 그만한 그릴이 필요하기는 했다. 조는 곧장 스테이크 두 덩이를 그릴 위에 얹었다. 이윽고 커다란 스테이크 하나와, 마찬가지로 어마어마한 크기의 구운 감자와 사워크림을 올린 접시가 우리 앞에 놓였다. 다 먹어치울 수 있을지 약간 걱정될 정도로 큰 고깃덩이였다. 그러나 스테이크 한 조각을 입에 넣는 순간 그런 걱정은 씻은 듯이 사라졌다.

"레베카, 지금까지 먹어본 스테이크 중 최고예요. 독일에서는 이런 고기를 찾으려야 찾을 수 없거든요."

나는 입안에 음식을 한가득 문 채 우물우물 말했다. 레베카는 웃음을 터뜨리며 뿌듯한 말투로 대답했다.

"그럴 수밖에요. 이 산에서 방목해서 키운 소인데요."

밥과 나도 몬태나 주를 걷는 동안 소 떼와 여러 번 마주쳤었다. 처음에는 소들을 무서워했지만 이내 나는 그들이 무척이나 유순한 동물임을 알게 되었다. 밥은 '양파를 곁들인 스테이크!'라고 고함을 치며 그들을 쫓아내곤 했다.

레베카와 조가 자녀와 손주에 관해 이야기하는 동안 밥과 나는 어마어마한 양의 음식을 깨끗이 먹어치웠다. 나는 부른 배를 두드리며 정원 의자 위에 기대어 앉아, 끝없이 펼쳐진 맑은 하늘에 별이 하나둘 떠오르는 모습을 지켜봤다.

"너무나 아름다운 곳이에요. 다만 도시가 해발 1,600미터 높이에 있어서 겨울을 나는 건 좀 힘들겠네요."

안주인에게 말을 건네자 그녀의 눈빛이 별안간 심하게 흔들리더니 유리잔을 만지작거렸다.

"난 올겨울을 넘길 수 없을 거요."

조가 뜻밖의 말을 하는 바람에 밥과 나는 그대로 얼어붙어 버렸다.

"조는 악성 뇌종양을 앓고 있어요. 의사 말로는 몇 달밖에 살 수 없다는구려."

레베카가 무미건조한 목소리로 덧붙였다. 나는 온몸에 소름이 쫙 돋았다. 무슨 말을 해야 할지 몰라 쩔쩔매는데 조가 먼저 입을 열었다.

"나는 이미 죽음을 받아들였어요. 행복한 삶을 살았으니 됐지 뭐."

그는 담담하게 말하며 아내의 손을 어루만졌다. 그러고는 생각에 잠긴 채 밥과 나를 바라보더니 한마디를 덧붙였다.

"젊은이들도 정말 잘하고 있는 거요. 꿈을 좇으며 사는 거 말이오. 자신에게 남은 시간이 얼마나 되는지는 아무도 모르는 거니까."

그러자 문득 3년 전 베른트의 죽음이 떠오르며 눈물이 솟구쳤다. 밥은 거북한 듯 의자에 앉은 채 몸을 이리저리 움직였다. 그때 레베카가 빈 접시들을 치우며 불편한 침묵을 깨고 말했다.

"슬픈 이야기는 그만하면 됐어요, 젊은이들. 이제 후식 먹을래요?"

그날 밤, 안락한 침대에 누워서도 나는 좀처럼 잠을 이룰 수가 없었다. 저녁에 과식을 한 탓만은 아니었다. 밥은 옆에서 나직이 코를 골며 자고 있었다. 몇 주 전부터 무의식에 도사리고 있던 생각들이 수면 위로 떠오르더니 더 이상 나를 놓아주지 않았다. CDT를 완주한 뒤에는 무엇을 할 것인가? 내게 주어진 휴직기간은 5개월뿐이니 11월이면 나는 직장으로 복귀해야 한다. 그러나 그게 정말 내가 원하는 일일까? CDT를 걷기 시작한 지 불과 며칠 만에 나는 트레일 바깥에서의 삶이 내게 무엇을 의미하는지 분명히 깨달았다. 더불어 트레일이 바깥세계의 다른 어떤 직업보다 내게 중요하다는 사실도.

그렇지만 회사와 동료들을 저버릴 수도 없는 노릇이었다. 비록 나는 회사의 '소유주'가 아닌 운영자일 뿐이지만, 어느덧 내 아이를 대하듯 회사에 애정과 책임감을 품게 된 것도 사실이었다. 그러나 안정된 삶을 위해, 그리고 책임의식 때문에 계속해서 직장에 다니는 게 과연 옳은 선택일까? 아니면 야외활동의 꿈을 실현시키기 위해 고소득이 보장된 직장을 그만둬야 할까? 조를 통해 다시 한 번 확인했듯이 인생에서 시간이라는 자원은 한정되어 있다. 밤이 이슥해서야 나는 심란한 마음으로 잠이 들었다.

이튿날 아침, 나는 베이컨 굽는 냄새에 잠에서 깨어났다. 레베카는 벌써 주방에서 분주하게 아침 식사를 준비하고 있었다. 전날의 저녁 식사만큼이나 아침 식사도 풍성했는데 베이컨과 달걀프라이, 시럽을 곁들인 팬케이크, 토스트와 잼까지 있었다. 레베카에게 인사를 건넨 뒤 밥과 함께 식탁 앞에 앉자 그녀는 우리의 접시에 음식을 가득 담아줬다.

"레베카, 음식을 정말 많이 하셨네요! 우리끼리는 다 못 먹을 것 같은데 조는 어디 있죠?"

내 물음에 레베카는 프라이팬을 내려놓으며 덤덤히 말했다.

"오늘 아침에는 조의 상태가 아주 좋지 않아요. 자리에서 일어날 수 없다며 나보고 대신 인사 전해달라고 하더군요."

"어제 저희 때문에 무리하신 것 아닌가요?"

당황한 나는 레베카를 바라보며 불안하게 물었다. 그러자 그녀는 나를 안심시켰다.

"아니에요. 전혀 그렇지 않으니 걱정 마요. 오히려 젊은이들이 와서 기분전환이 된걸요. 조에게도 아주 좋은 경험이었어요. 정말 대단한 젊은이들이라고 감탄하더군요."

생각에 잠긴 채 나는 토스트를 한 입 베어 물었다. 처음 트레일 종주를 시작했을 때, 내가 트레일 엔젤들을 공짜로 이용하고 있다는 느낌을 지울 수가 없었다. 레베카와 조가 그랬듯 그들은 스루하이커에게 물질적으로 정말 많은 일을 해주기 때문이었다. 그들은 우리에게 음식과 숙소를 제공하고, 자동차로 이동시켜주거나 바운스박스를 보관해주기도 한다. 그러나 이 두 사람을 보며 나는 스루하이커들 역시 트레일 엔젤에게 보답하고 있음을 새삼 깨달았다. 물론 대부분 물질적인 의미의 보답이 아니긴 하지만 말이다.

레베카가 종이 한 장을 건네며 나를 생각 속에서 불러냈다.

"우리 집 주소예요. 멕시코 국경에 다다르거든 우리에게 엽서 한 장만 보내줘요."

그리고 그녀는 잠시 말을 끊었다가 이내 덧붙였다.

"조도 엽서를 받으면 아주 기뻐할 거예요."

2007년 7월 9일

워런 호수, 애너콘다–핀틀러 와일더니스, 몬태나

`--------- 740킬로미터 지점`

"좋은 아침이에요, 크리스티네! 생일 축하해요!"

밥이 내게 다정하게 입을 맞추며 인사를 건넸다. 기쁨에 들뜬 나는 눈을 동그랗게 뜨고 밥을 향해 환한 미소를 지었다.

"지금 선물 줄까요?"

그의 물음에 선물이 무엇일까 궁금해하며 말없이 고개를 끄덕였다. 스루하이커들은 짐의 무게를 최대한 줄여야 하기 때문에 선물까지 들고 다닐 여유는 없었다.

"그럼 눈을 감아요."

시키는 대로 하자 비닐봉지 부스럭거리는 소리가 들리더니 차갑고 매끈한 것이 입술에 와 닿았다.

"이제 입을 벌려봐요."

그가 재차 말했다. 혀에 뭔가 둥근 것의 감촉이 느껴졌다. 조심스럽게 그것을 깨물자 잘 익은 체리의 달콤한 맛이 입안 가득 퍼졌다.

"음!"

감탄사가 저절로 나왔다. 미각이 폭발하는 느낌이었다.

"하나 더 줄까요?"

밥의 물음에 나는 행복에 겨워 고개를 끄덕였다. 내 마흔 번째 생일을 축하해주기 위해 거의 500그램이나 되는 체리를 이틀 동안 짊어지고 다닌 것이다. 평소의 배낭 무게에 열흘 치 식량까지 더해져 있었음을 감안하면 500그램은 적잖이 부담스러운 무게였다. 해발고도 3,000미터가 조금 안 되는 곳이라 밤이면 기온이 0도까지 떨어지는 덕분에 체리는 냉장고에서 갓 꺼낸 듯 시원했다. 밥은 세 개째 체리를 내 입에 넣어줬다.

"이제 당신도 먹어요."

내가 권하자 그는 사양하지 않았다. 몇 분 지나지 않아 우리는 체리를 깨끗이 먹어치웠다. 발포매트에 다시 몸을 뻗고 누워 나는 눈을 감았다. 오늘은 평소처럼 아침 6시, 해가 뜨기가 무섭게 출발할 필요가 없었다. 보통은 노예를 부리듯 나를 몰아대며 하루 35킬로미터 이상을 걸으려 드는 밥이 한나절의 휴식을 허락했기 때문이다. 나는 시내에 들러 호텔에서 자고 레스토랑에서 식사를 하며 생일을 보내고 싶었지만, 그러려면 시간이 너무 많이 들었다. CDT에서는 특히 하루하루가 금쪽 같이 귀했다. 콜로라도 주에 겨울이 닥치는 10월 초까지 이곳을 벗어나야 하기 때문이다. 그러기 위해서는 쉬지 않고 하루에 최소한 30킬로미터는 걸어야 했다. CDT는 무자비하기 그지없는 곳이었다.

그때 갑자기 발소리가 들려왔다. 틀림없이 사람의 발걸음이었다. 텐트 덮개 사이로 내다보니 이내 스루하이커들이 흔히 신는 트레일화 한 쌍이 나타났다. 신발의 주인공은 우리 텐트 바로 앞에서 걸음을 멈췄고 남자의 목소리가 들렸다.

"피처와 저면 투어리스트 아니오? 안에 있어요?"

목소리를 알아듣고는 나도 모르게 환성을 질렀다.

"프랜시스! 프랜시스 타폰(Francis Tapon)이군요!"

밥과 나는 눈 깜짝할 사이에 텐트에서 뛰쳐나와 갈색으로 그을린 단단한 체구의 남자를 얼싸안았다. 올해 트레일에서 프랜시스 타폰은 단연 화제의 인물이었다. 이미 AT와 PCT 완주 경험이 있는 그는 올해 역사상 최초로 'CDT 요요'를 시도하고 있었다. 쉽게 말해 한 시즌 내에 멕시코에서 캐나다까지 종주를 마친 뒤 되돌아오는 것이다. 하루 평균 35킬로미터도 채 걷지 못하는 나와 달리 프랜시스는 날마다 50킬로미터 이상을 걸어야 했다. 그런데도 그는 거의 한 시간이나 곁에 앉아 우리와 이야기를 나눴다.

프랜시스의 소형 배낭에는 우리가 가진 것보다 훨씬 적은 장비가 들어 있었다. 그로써 걷는 속도는 빨라지지만 단점 역시 감수해야 했다.

"오늘 밤에는 얼어 죽을 것만 같아서 새벽 2시에 일어나 계속 걸었어요. 추위를 견딜 만한 옷이 없거든요."

쉬는 시간을 효율적으로 이용하기 위해 프랜시스는 우리와 이야기하는 도중에도 옥수수 과자를 허겁지겁 먹었다. 순식간에 480칼로리를 섭취한 셈이다. 그에게는 이 이상의 열량이 필요했다. 45분 정도 수다를 떨고 나자 그는 눈에 띄게 초조해 보였다.

"친구들, 이제 난 가봐야 해요. 오늘 최소한 60킬로미터는 걸어야 하거든요."

그는 우리를 껴안고 인사를 나눈 뒤 사라졌다. 생일을 맞아 깜짝 손님이 다녀간 것 같은 기분이었다.

프랜시스는 이후 역사상 최초로 CDT 요요에 성공한 스루하이커라는 영예를 안게 된다. 그러나 되돌아올 때는 우리와 다른 경로를 택해서 안타깝게도 그를 다시 만나지는 못했다.

따뜻한 햇살을 즐기며 나는 텐트 앞에 앉아 숨 막히도록 아름다운 애너콘다-핀틀러 와일더니스(Anaconda-Pintler Wilderness)의 풍경을 감상했다. 거울처럼 잔잔한 워런(Warren) 호수의 정경이 눈앞에 펼쳐져 있었다. 유리처럼 투명한 물속에서 셀 수 없이 많은 무지개송어 떼가 헤엄쳤고 폰데로사 소나무와 미송이 병풍처럼 호수를 둘러싸고 있었다. 물기를 가득 머금은 듯 짙푸른 고산의 풀밭에는 보라색의 층층이부채꽃이 만발했다. 그 너머로 해발 3,200미터에 이르는 워런 봉의 절벽이 깎아지른 듯 솟구쳐 있었고, 절벽 사이로는 잔설이 드문드문 눈에 띄었다. 그런데 험준한 절벽 틈에서 무언가 움직이는 게 보여 나는 순간 숨을 죽였다.

"밥, 저게 뭐죠?"

그에게 물으며 좀 더 자세히 보기 위해 나는 눈을 가늘게 떴다. 밥은 자신만만하게 설명했다.

"큰뿔양이에요. 둥글게 말린 커다란 뿔을 잘 봐요."

그들이 작은 무리를 지어 돌투성이 비탈을 가뿐히 뛰어다니는 장면을 넋을 놓고 바라봤다. 숨을 깊게 들이마시자 진한 송진 냄새가 콧속을 간질였다. 느긋하고 만족스러운 기분이 온몸으로 퍼져 나가던 순간, 불현듯 독일의 직장이 떠올랐다. 그러자 만족감은 순식간에 사라져버렸다.

나는 밥을 돌아보며 물었다.

"밥, 어떻게 하면 좋을까요? CDT를 완주한 뒤에 독일로 돌아가서 또다시 몇 년을 회사에 매여 있고 싶지는 않은데."

밥은 무심히 알아들을 수 없는 말을 웅얼거렸다.

"그렇다고 무작정 사직서를 내고 회사와 동료들을 외면할 수도 없는 노릇이고 말이에요."

다시금 내 고민에 대해 이야기를 늘어놓았지만, 밥은 여전히 아무 반응도 보이지 않았다.

"직장을 그만두면 내년에 당신과 함께 애팔래치아 트레일을 종주할 수 있을지도 몰라요."

이번에는 밥의 관심을 끌 만한 이야기를 꺼냈다. 그러나 그는 여전히 침묵할 뿐이었다. 마침내 나는 거의 애원하듯 말했다.

"뭐라고 말 좀 해봐요!"

"나더러 당신 일에 대해 무슨 말을 하라는 거예요?"

그가 퉁명스레 대꾸했다. 그리고 내 실망한 표정을 보더니 언짢은 기색으로 자리에서 일어났다.

"슬슬 짐을 챙기죠. 곧 출발해야 해요."

짤막한 한마디에 나는 말문이 막혀, 먹먹한 심정으로 잠시 그대로 앉아 있었다. 느닷없이 끔찍한 외로움이 나를 휘감는 느낌이었다.

2007년 7월 19~20일

리도어, 비터루트 산맥, 아이다호

------ 1,150킬로미터 지점

"젠장!"

갈림길 앞에 서서 나는 큰 소리로 욕설을 내뱉었다. 아무리 땅바닥을 훑어봐도 밥의 신발 자국이 보이지 않아 그가 어느 쪽으로 갔는지 도무지 알 길이 없었다. 갈림길에서 나를 기다리지 않고 가버리다니. 다시 한 번 필사적으로 바닥을 더듬었지만 헛수고였다. 물론 장거리 트레일에서는 각자 나름의 속도로 걷는 게 원칙이지만, CDT에서는 이게 큰 문제가 되기도 한다. 트레일이 제대로 표시되어 있지 않아 샛길을 놓치거나 다른 경로로 들어서기 십상이었고, 그러면 몇 날 며칠이 지나도록 서로를 만날 수 없는 것이다.

나도 모르게 눈물이 왈칵 솟구쳤다. 몇 주일 동안 나보다 훨씬 건장하고 노련한 밥의 뒤만 쫓아다닌 참이라 이 상황에 망연자실하기만 했다. 그는 내가 도저히 따라잡을 수 없는 사람이었다.

밥은 여행 초반에 했던 '늦어도 빅해칫 산맥에 도착할 즈음이면 기운이 닐 거요'라는 농담을 이후에도 입버릇처럼 반복했다. 이제 그 말을 두 번 다시 들을 수 없을지도 모른다. 가파른 오르막을 산양처럼 뛰어오르는 밥을 뒤쫓노라면 나는 늘 패배감에 젖곤 했다.

눈물로 범벅이 된 채 지도를 살펴보던 나는 마침내 한쪽 길을 택했다. 좌절감과 근심에 젖어 터덜터덜 비탈길을 내려가다 보니 엄청난 분노가 벌컥 치솟았다. 어째서 밥은 나를 몇 분 기다려주는 배려조차 하지 않은 것일까? 15분쯤 걸어가자 나뭇등걸에 앉아 쉬고 있는 밥이 보였다. 순간 나는 안도감과 동시에 화가 치밀어 올라 그를 향해 소리쳤다.

"빌어먹을. 밥! 어째서 저 위에 갈림길에서 나를 기다리지 않은 거예요? 길이 엇갈릴 뻔했잖아요!"

밥은 뜨악한 표정으로 나를 보더니 곧장 맞고함을 쳤다.

"그럼 좀 더 빨리 걸으시죠, 친애하는 여류 사업가님!"

주거니 받거니 언성을 높인 끝에 그는 씩씩대며 배낭을 메더니 그대로 발걸음을 뗐다.

"당신 혼자서도 얼마든 다닐 수 있을 거요. 지금껏 그렇게 대단한 인생을 살았으니. 내 말이 틀려요?"

그는 큰 소리로 쏘아붙인 뒤 굽잇길을 돌아 사라져버렸다.

너무 놀라 정신이 아득해진 나는 나뭇등걸에 주저앉아 서럽게 흐느꼈다. 밥과 관계를 유지하는 일은 더 이상 의미가 없었다. 우리는 육체적으로나 정신적으로 서로 너무 달랐다. 육체적인 면만 따지자면 밥이 훨씬 더 우월했지만, 그는 나처럼 직업적으로 성공한 사람들에 대해 어마어마한 열등감을 품고 있었다. 밥은 원래 공군에 입대해 조종사가 되려고 했다가 심한 색맹 때문에 일개 병사로 복무하는 데 그쳤다. 이 때문에 엄청난 마음고생을 했다고 나에게 말한 적이 있었다.

15분 뒤, 나는 눈물을 닦고 코를 푼 다음 거의 텅 비어 있는 배낭을 둘러멨다. 식량이 완전히 바닥났기 때문에 서둘러 배노크(Bannock Pass) 고개까지 가야 했다. 그곳에서 대륙분수계와 교차되는 비포장도로를 따라가면 리도어(Leadore)라는 작은 마을이 나온다.

먼지가 풀풀 이는 황량한 고개 위에 이르자 밥이 나를 기다리고 있었다. 리도어를 향해 뻗은 자갈길이 몇 킬로미터 앞까지 내다보였지만, 지나가는 자동차는 한 대도 눈에 띄지 않았다. 나는 한숨을 쉬며 배낭을 내려놓고 밥의 곁에 앉아 목초지의 울타리에 등을 기댔다. 그는 말없이 마지막 남은 식수 물 팩을 내게 건넸다. 나는 물을 꿀꺽꿀꺽 마신 뒤 조심스럽게 입을 열었다.

"밥, 난 당신의 트레일 동반자로 적합한 상대가 아닌가 봐요. 여자보다는 당신처럼 체력이 좋고 걷는 속도도 빠른 남자와 다니는 편이 나을 것 같아요."

밥은 내가 돌려주는 물 팩을 건네받고는 일직선으로 이어진 길을 물끄러미 응시했다. 그리고 단호한 투로 대답했다.

"두 번 다시 남자와는 안 다닐 거요. 혼자 걷든지, 아니면 여자와 함께 다니든지."

놀란 나는 그를 바라보며 물었다.

"어째서요?"

"예전에 남자 동료들과 걸은 적이 몇 번 있는데 매번 끔찍하기 짝이 없었어요. 남자 둘이 걷다 보면 어느 쪽에서도 휴식을 취하고 싶다거나 좀 천천히 걷자는 말을 꺼내지 않아요. 자신이 더 빠르고 강하다는 사실을 증명하고 싶어서죠. 그러다 보면 걷는 일이 점점 더 경쟁으로 치닫게 돼요."

그는 내 옆구리를 툭 치며 누그러진 투로 말했다.

"일단 리도어까지 간 뒤에 생각해봅시다."

그러나 리도어로 가는 일은 생각처럼 쉽지 않았다. 작열하는 태양 아래서 두 시간을 기다렸지만 자동차는 단 한 대도 지나가지 않았다. 한참 뒤 처음으로 나타난 차는 낡아빠진 폭스바겐 비틀이었는데, 그나마도 반대 방향으로 가는 중이었다. 그런데 차가 고개에서 멈춰 서더니 나이가 좀 있어 보이는 히피 두 명과 개 여러 마리가 차에서 내렸다. 나는 지푸라기라도 잡는 심정으로 그들에게 달려갔다.

"혹시 나중에 리도어 쪽으로 돌아가시나요?"

셰퍼드 세 마리가 조마조마한 심정으로 묻는 나를 둘러싸고 컹컹 짖어댔다. 그쪽에서는 주저하듯 대답했다.

"그렇기는 한데, 개들을 좀 산책시켜야 해서요. 게다가 차에 남는 자리도 없고……."

그러나 우리는 30분을 기다린 끝에 기어이 그들의 차를 얻어 타고 리도어로 향했다. 비록 배낭은 차 지붕에 단단히 묶어두고, 밥과 내가 셰퍼드를 한 마리씩 무릎에 앉히고 가야 했지만. 나는 이제 이런 일쯤은 개의치 않는 경지에 다다라 있었다. 리도어에 도착하자 우리는 옷에 잔뜩 붙은 개털을 털어낸 뒤 작은 슈퍼마켓으로 들어갔다. 그리고 급한 대로 허기부터 채우고 인터넷을 사용하기 위해 마을 도서관으로 향했다.

컴퓨터로 이메일을 확인하고 있는데 밥이 환한 얼굴로 다가와 말했다.

"배노크 고개로 돌아갈 차편을 벌써 구했어요."

나는 깜짝 놀라 물었다.

"어떻게요?"

"어느 노신사가 말을 걸더군요. 늘 그렇듯 이런저런 질문을 하고는, 내가 배노크 고개에서 여기까지 오기가 무척 어려웠다고 하니 돌아가는 길에 태워다 주겠다고 약속했어요. 그런데 내일 아침에나 시간이 된대요."

그렇게 해서 밥과 나는 리도어에서 하룻밤을 묵게 되었다. 밥이 숙박비를 쓰고 싶어 하지 않았기 때문에 우리는 호텔 대신 모르몬교 예배당 뒤편에 있는 잔디밭에서 밤을 보냈다.

이튿날 아침 7시, 우리는 도서관 앞에서 마틴과 그의 아내 라레이를 만났다. 가는 길에 두 사람은 또다시 트레일에 관한 질문을 쏟아냈다. 그리고 고개에 도착한 뒤에도 우리와 함께 조금 더 걷겠다고 나섰다. 이곳의 대륙분수계는 곧 몬태나 주와 아이다호 주의 경계이기도 했다. 나는 민둥산의 능선에 세워진 울타리를 따라 라레이와 나란히 걸으며 탁 트인 사방을 둘러봤다. 끝없이 펼쳐진 파란 하늘 아래 서 있으려니 수백 킬로미터 밖까지 보이는 것 같았다.

"우리 미국인들은 몬태나 주를 '빅 스카이 컨트리(Big Sky Country)'라고도 부른다오."

라레이가 내 시선을 좇으며 말했다. 이 황량한 땅에 그보다 더 잘 어울리는 별명은 없을 거라고 생각하며 나는 고개를 끄덕였다.

"마틴과 나는 평생 동안 세계 방방곡곡을 누볐어요. 노후는 조지아 주의 애틀랜타에서 보내고 있지만, 내가 나고 자란 고향은 이곳이죠. 그래서인지 자꾸만 이쪽으로 발걸음이 이끌리네요."

라레이가 말하며 걸음을 멈췄다. 나는 맑고 차가운 아침 공기를 폐 속 깊숙이까지 빨아들이며 시원한 바람에 얼굴을 내맡겼다.

그때 라레이가 정곡을 찌르는 한마디를 던졌다. 수일 전부터 내가 어렴풋이 느끼고 있던 것이었다.

"나는 다른 어느 곳보다도 여기에 있을 때 자유를 느껴요."

30분 뒤 마틴과 라레이가 우리에게 작별 인사를 건네자 밥은 내 손을 잡았다. 마치 내가 그의 곁을 떠나 두 사람과 함께 자동차로 돌아갈까 봐 두려워하는 것 같았다. 우리는 호의를 베풀어준 두 사람에게 마지막으로 한 번 더 손을 흔들고는, 손을 잡은 채 끝없이 이어진 분수계를 따라 걷기 시작했다.

마틴과 라레이는 우리에게 애틀랜타의 주소를 남겼다. 약 반년 뒤 나는 실제로 애틀랜타에 들러 그들을 방문할 기회가 있었다. 그때 두 사람은 우리를 만난 이후 수많은 스루하이커를 배노크 고개까지 데려다줬다고 자랑스럽게 이야기했다. 밥과 내가 두 명의 새로운 트레일 엔젤을 탄생시킨 셈이었다.

2007년 7월 23일

데드맨 호수 근처, 몬태나와 아이다호의 경계점

-------- 1,230킬로미터 지점

너른 목초지가 동서남북으로 끝없이 펼쳐져 있었다. 메마른 갈색 풀밭에는 향긋한 냄새를 풍기는 사막쑥이 자라고 있었다. 목초지의 울타리와 포장되지 않은 실은 빛바랜 직선을 그리며 이 풍경 속으로 뻗어 있었다. 이글거리는 태양 빛이 빈약한 풀밭 곳곳에 맨살을 드러내고 튀어나와 있는 돌들을 주홍색으로 물들였다.

능선 위에서 작은 점 하나가 움직이며 갑작스레 우리 쪽으로 다가왔다. 나는 잔뜩 긴장한 채 먼지구름을 일으키며 빠른 속도로 다가오는 그 무언가를 주시했다. 이윽고 말을 탄 사람의 형체가 나타났다. 불과 2분 뒤에 우리에게 다다른 그는 말을 멈춰 세우며 호기심 어린 투로 물었다.

"안녕하십니까! 어디에서 오는 길인가요?"

눈앞에 서 있는 사나이의 정체를 알아차린 나는 그만 놀라서 뒤로 넘어갈 뻔했다. 진짜 카우보이였다! 그는 먼지가 뽀얗게 쌓인 카우보이모자와 체크무늬 셔츠, 물 빠진 청바지 차림이었다. 청바지 위에는 말을 탈 때 다치지 않도록 다리를 보호하는 가죽 바지 '챕스(Chaps)'를 덧입고 있었다. 내가 넋을 잃고 그를 바라보는 동안 밥은 그에게 도보여행을 하는 중이라고 무뚝뚝하게 설명했다.

낯선 남자에게 정신이 팔린 나를 보고 밥은 무척이나 신경이 곤두선 모양이었다.

"그렇게 뚫어져라 쳐다보지 말라고요. 그러다 침 흘리겠네."

그가 나지막이 나무랐지만, 나는 미국 남성성의 상징인 카우보이에게서 여전히 눈을 떼지 못했다. 그리고 이 좋은 구경거리를 조금이라도 오래 붙잡아두기 위해 이런저런 질문을 던졌다. 카우보이는 말 위에 앉아 우리를 내려다보며 참을성 있게, 조금은 재미있다는 듯 내 질문에 대답해줬다.

"가축을 몇 마리나 몰고 다니는 거예요?"

"몇천 마리는 되죠!"

"가축들을 1년 내내 바깥에 풀어놓나요?"

"아니요. 겨울이 다가오면 헬리콥터로 한곳에 몰아서 목장으로 데려가요."

"목초지에서 풀을 뜯다 없어지는 가축은 보통 몇 마리 정도 되나요?"

"1년에 대여섯 마리밖에 안 됩니다."

15분쯤 지나자 밥은 슬슬 짜증을 내며 나를 재촉했다. 그러나 한 가지 질문이 더 남아 있었다.

"그런데 장화에 왜 카우보이 박차를 안 달고 있나요? 멍청한 질문 같지만 이해해주세요. 난 독일 사람이라 진짜 카우보이를 보는 게 처음이거든요."

카우보이는 턱수염을 긁으며 잠시 생각하는 듯하더니, 빛나는 파란 눈동자로 나를 똑바로 바라보며 꾸밈없는 태도로 대답했다.

"똥을 누다가 벌렁 넘어지는 바람에 그걸 깔고 앉은 적이 있거든요. 그 뒤로 두 번 다시 차지 않게 되었죠."

말을 마친 그는 오른손을 모자챙에 가볍게 갖다 대며 작별 인사를 하고는, 말 머리를 돌렸다. 그러고는 다시 먼지구름을 일으키며 사라져버렸다.

2007년 8월 5일

두보이스, 와이오밍

‘------- 1,730킬로미터 지점

두보이스(Dubois) 근처 26번 고속도로의 주유소에서 나는 공중전화 한 대를 발견했다. 밥이 주유소 옆의 빨래방에서 세탁을 하는 동안, 나는 독일에 있는 가장 친한 친구이자 내 우편물 관리인인 마이크에게 전화를 걸어 새로운 소식을 묻기로 마음먹었다. 뙤약볕에 달궈진 공중전화 부스의 플라스틱 지붕 아래 우비를 입고 서 있으려니 숨이 턱턱 막혔다. 그러나 다른 옷은 죄다 세탁기에 집어넣은 터라 어쩔 수 없었다. 나는 수화기를 집어 들고 내 국제전화카드 번호와 마이크의 전화번호를 차례로 눌렀다. 독일은 지금 밤 10시였다. 덕분에 집에 있던 마이크는 벨 소리가 한 번 울리자마자 전화를 받았다.

"이메일은 확인했어?"

그는 인사도 없이 대뜸 물었다.

"아니, 일요일이라 도서관이 문을 닫아서 인터넷을 쓸 수 없었어. 뭐 새로운 소식이라도 있는 거야?"

긴장한 채 묻자 마이크가 말했다.

"그러면 천천히 이야기하게 일단 앉아봐."

"그럴 수 없어. 와이오밍 주의 주유소 공중전화에서 거는 거야. 햇볕에 구워지기 일보 직전이라고."

나는 뽀로통하게 대답했다. 캠핑카 한 대가 공중전화 옆의 주유기 앞으로 굴러왔다.

"그러면 일단 심호흡을 한 번 크게 해!"

그가 또다시 명령하듯 말해 나는 슬슬 신경이 곤두서기 시작했다.

"도대체 무슨 일이야? 빨리 말해."

이번에는 10미터 뒤에 있는 고속도로로 대형 트럭 한 대가 굉음을 울리며 지나쳤다. 소음 때문에 나는 수화기를 땀에 젖은 귀에 바싹 붙이고 마이크의 말에 귀를 기울였다.

"좋아! 네 고용주에게서 서신이 왔어. 너를 해고하겠대!"

마이크가 한 말이 느린 속도로 재생되듯 귓속을 파고들었다. 도무지 믿어지지 않아 나는 멀어져 가는 트럭만 멍하니 응시했다. 이윽고 기쁨의 환호성이 내 입에서 터져 나왔다. 마이크는 어이없다는 듯 물었다.

"그게 대체 무슨 반응이야? 충격 때문에 정신이 나갔어?"

"그래, 좋아서 미쳐버릴 지경이야! 드디어 자유의 몸이 되었다니!"

나는 기쁨에 겨워 전화기에 대고 외쳤다. 그리고 지난 몇 주 동안 고민해온 문제를 그에게 이야기했다. 해고당한 덕분에 그 고민이 말끔히 사라졌다는 말과 함께. 드디어 자유를 찾은 것이다. 이제는 자연 속을 누비며 살고픈 꿈을 실현시킬 수 있게 되었다. 내 손으로 사직서를 내는 수고도 할 필요 없었다. 무엇보다도 회사와 동료들을 내 쪽에서 저버리지 않아도 된다는 사실이 홀가분했다. 회사의 소유주가 나를 해고한 이상 내게는 다른 선택지가 없기 때문이다.

눈 깜짝할 사이에 수많은 생각이 머릿속을 스치고 지나갔다. 내년에 애팔래치아 트레일을 종주하는 것도 이제 가능해졌고 자전거로 유럽 일주를 할 수도 있었다. 두 가지를 모두 하는 것은 어떨까? 겨울에는 그토록 고대하던 오스트레일리아 여행을 떠날 수 있을 것이다. 한두 해, 혹은 그보다 오래 휴식기를 가지는 것은 어떨까?

마이크와 통화를 끝내고 수화기를 내려놓은 뒤에야 나는 흥분으로 두 손이 덜덜 떨리고 있음을 깨달았다. 내 인생에서 두 번째 맞는 해고였다. 남들에게는 이상하게 들리겠지만 이번에도 해고는 내게 최고의 기회였다.

며칠 뒤 나는 다시금 독일로 전화를 걸었다. 한 가지 궁금증이 나를 괴롭혔기 때문이다. 회사에서 갑작스레 나를 해고한 이유가 뭘까? 이제는 전 고용주인 풀링거에게 전화를 걸어 직접 물었다.

"제가 한 일 중에 실수가 있어서 해고한 건가요?"

"그럴 리가요. 전혀 아닙니다."

이렇게 단언하면서도 풀링거는 내게 명확한 해고 사유를 대지 않았다. 내 거침없는 태도가 그들의 심기를 건드린 게 틀림없는 모양이었다.

"튀르머 씨, 부디 상호 협의를 통해 이 일을 원만하게 끝맺었으면 합니다."

통화를 마칠 때쯤 풀링거는 내게 이렇게 부탁했다.

"물론이죠."

그가 내 밝은 표정을 볼 수 없는 것을 다행으로 여기며 이렇게 대답해줬다.

2007년 8월 11~14일

냅색 콜, 윈드리버 산맥, 와이오밍

'-------- 1,950킬로미터 지점

"밥, 더는 못 가겠어요!"

나는 절망에 휩싸여 외쳤다. 해발고도 3,700미터의 바위투성이 산등성이를 내려가느라 다리가 후들후들 떨렸다. 한 걸음 옮길 때마다 발밑에서 돌멩이들이 무너지는 바람에 나는 가파른 비탈을 몇 미터씩 미끄러졌다. 바로 옆의 바윗돌 아래에서는 트윈스 빙하와 잔설 녹은 물이 골짜기를 향해 흐르고 있었다. 콸콸대는 물소리가 위협적으로 울려 퍼졌다.

"엄살떨지 마요!"

밥이 골짜기 아래에서 소리쳤다. 알프스 산양처럼 가벼운 걸음으로 가뿐하게 바위를 뛰어 내려간 그는 아까부터 가파른 비탈 아래서 짜증이 역력한 기색으로 나를 쳐다보며 기다리는 중이었다.

"밥, 무서워서 못 가겠어요."

또다시 외치자 바로 옆에서 육중한 바윗돌 여러 개가 계곡을 향해 덜커덕거리며 굴러떨어졌다. 내게서 20미터도 채 떨어지지 않은 지점이었다. 또 한 걸음을 내딛던 나는 흔들리는 바위를 밟는 바람에 균형을 잃고 휘청하며 깨진 바위 위에 엉덩방아를 찧었다. 짐으로 가득한 배낭이 충격을 완화해준 게 천만다행이었다.

"정말 둔하기 짝이 없군!"

아래쪽에서 밥의 질타는 계속되고 있었다. 거북이처럼 뒤로 벌렁 드러누워 있던 나는 배낭의 무게 때문에 미끄러운 바닥에서 일어나지도 못하고 버둥거렸다.

"제기랄, 도대체 언제 내려올 작정이오!"

자제력을 잃은 밥이 버럭 소리를 질렀다. 바로 그 순간 내 옆에서 또 한 번 돌들이 굴러떨어졌다. 공포와 절망감이 밀려들며 눈물이 와락 쏟아졌다. 최대한 신속하게 위험지대를 벗어나야 하는 상황임에도 나는 땅바닥에 드러누운 채 덜덜 떨며 울먹이기만 했다.

"더 이상 못 가겠다고요."

물론 내가 비이성적으로 행동하고 있다는 것도, 이게 생명에 위협이 될 수 있다는 사실도 알고 있었다. 그러나 내게는 더 이상 힘이 남아 있지 않았다. 절망에 빠진 나는 눈을 감고 속으로 밥과 이 트레일을 저주했다. 도대체 어쩌자고 이 고개를 거쳐 가자는 밥의 설득에 넘어간 거지?

윈드리버 산맥(Wind River Range)은 독특한 형태의 산봉우리들로 이루어져 기막힌 경관을 자랑하는 곳이다. 냅색 콜(Knapsack Col)을 거치는 이 길도 윈드리버 산맥을 통과하는 수

많은 경로 중 하나였다. 그러나 트레일 안내서는 고개의 동쪽 산등성이를 타고 내려가는 이 경로를 '산을 잘 타고 현기증을 쉽게 느끼지 않는 사람만 택할 것'이라고 경고하고 있었다. 나는 두 가지 조건 중 어느 쪽에도 해당되지 않는 사람이므로 그보다 거리가 짧고 난이도도 훨씬 낮은 경로를 택하자고 말했다. 그러나 밥은 냅색 콜을 두려워하는 나를 무시한 채 이쪽이 훨씬 더 경치가 좋다고 고집을 부렸다. 결국 그의 설득에 넘어가고 만 것이다.

다시 눈을 뜨자 뿌연 눈물 사이로 가파른 비탈을 올라오는 밥이 보였다. 10분쯤 지나 내가 있는 곳까지 이른 밥은 호통치듯 말했다.

"배낭 이리 줘요."

나는 신음을 내뱉으며 몸을 뒤틀어 배낭끈을 벗겨냈다. 밥은 내 배낭을 메고 앞서 내려가기 시작했다. 무거운 짐이 덜어지자 마침내 나도 몸을 일으킬 수 있었고, 느리지만 좀 더 안전하게 산비탈을 타고 내려가는 데도 성공했다.

골짜기 아래쪽에 이르자 밥은 말없이 내게 배낭을 돌려줬다. 나는 마지막으로 한 번 더 냅색 콜을 올려다봤다. 험준한 산봉우리와 빙하가 듣던 대로 장관이었지만, 이 경로를 택한 일은 여전히 후회될 뿐이었다. 자의식에 또다시 금이 가면서 나는 밥이 이런 난관을 함께 거치기에 걸맞은 트레일 동료가 아님을 새삼 실감했다. 가뜩이나 위험한 상황에서 그는 내게

도움의 손길을 내밀기는커녕 배려 없고 졸렬한 태도를 보이기 일쑤였다. 이 때문에 나는 한층 더 어려움을 겪곤 했다.

"밥, 내가 그리 대담하게 대처하지 못했다는 건 나도 알아요. 하지만 당신이 고함을 친다고 해서 상황이 나아지는 건 아니에요."

그를 납득시키려 말을 꺼냈지만, 밥은 퉁명스럽게 말을 가로챘다.

"어휴, 심리적인 뭐가 어쩌고 하는 설교 따윈 집어치워요. 서둘러야 하니까."

그러고는 자신의 배낭을 둘러멘 뒤 걷기 시작했다.

이틀 뒤, 우리는 점심 식사를 하기 위해 트레일에 앉아 있었다. 두 사람 앞에는 형편없이 적은 양의 식량이 놓여 있었다. 몇 번이나 계산해봐도 식량은 하루치밖에 남아 있지 않았다. 그러나 바운스박스를 배달시켜 둔 사우스패스 시티(South Pass City)까지는 최소한 이틀은 더 걸어야 했다.

"큰일이에요, 밥."

내 말에 그는 못마땅한 투로 되받아쳤다.

"나도 알아요. 당신이 그렇게까지 느릴 줄 누가 알았겠어요. 당신이 좀 더 빨리 걷기만 했어도 식량은 충분했을 텐데."

이쯤 되자 나는 슬슬 화가 솟구쳤다.

"벌써 두 달이나 함께 걸었으니 내가 험한 지역을 지날 때 얼마나 빨리 걸을 수 있는지 충분히 어림할 수 있잖아요."

"식량을 다시 분배해야겠어요."

밥의 말은 나의 분노를 돋우었다.

"그런 건 진작 제대로 했어야죠."

나는 그에게 쏘아붙였다. 그는 허기를 참지 못하는 사람이었다. 나와는 달리 식욕을 제대로 통제하지 못하는 탓에 채 며칠도 못 가 간식거리를 죄다 먹어치우는 일이 허다했다. 그러닌 나는 그의 배고픈 눈빛을 차마 외면할 수 없어 번번이 내 간식거리를 나눠주곤 했다. 내가 먹기 위해, 내 돈으로 사서, 걷는 내내 무겁게 짊어지고 다닌 식량을.

"그럼 내가 종일 아무것도 안 먹으면 될 거 아니오."

그는 서둘러 내 말을 가로막았다. 스스로도 자신의 행동이 부끄러운 모양이었다. 우리는 몇 분 동안 침묵하며 보잘것없는 식량을 바라봤다. 잠시 후 다시 고개를 들자 다른 도보여행자 한 명이 이쪽으로 오는 게 보였다.

"저것 봐요, 린트(Lint)가 틀림없어요."

침울하던 우리의 표정이 순식간에 밝아졌다. 우리와 마찬가지로 열정적인 스루하이커인 린트는 특유의 저속한 농담과 수많은 문신 때문에 트레일 전체에서 유명세를 타는 인물이었다. 그의 몸에는 미국에 있는 거의 모든 장거리 트레일의 지도가 새겨져 있었다. 오른쪽 허벅지 앞쪽에는 AT가, 왼쪽에는 PCT가 새겨져 있었고, CDT는 허벅지 뒤쪽에 새길 예정이었다. 등에는 아이스 에이지 트레일(Ice Age Trail, 미국의 위스콘신 주에 있는 장거리 트레일)이 그려져 있었다.

"여, 왜들 그러고 있어요?"

린트가 털털하게 인사를 건네며 우리 옆에 털썩 주저앉았다. 지난번 그를 만난 이후 무슨 일이 있었는지 이야기한 뒤 나는 식량 문제까지 덧붙였다. 덕분에 자존심 강한 밥의 따가운 눈총을 받아야 했지만.

"아이고, 그럼 때맞춰 잘 만난 게로군."

린트는 배낭에서 여남은 개나 되는 초코바와 시리얼바를 꺼내며 말했다.

"빅샌디 로지(Big Sandy Lodge)로 보내둔 바운스박스를 어제 받아왔거든요. 그런데 음식을 너무 많이 넣어뒀지 뭐예요. 하이커박스도 없었고, 그렇다고 버리고 싶지도 않아서 만약의 경우에 대비해 다 짊어지고 왔어요. 그 만약의 경우가 당신들을 만나는 거였군."

그는 간식과 시리얼을 우리에게 한 아름 안겨줬다. 할 말을 잃고 있던 나는 간신히 입을 뗐다.

"린트. 굶어 죽기 직전이었는데 당신이 우릴 구했어요!"

밥조차도 이때만큼은 몇 마디 감사의 말을 웅얼거렸다. 그러나 린트는 듣는 둥 마는 둥 자리에서 일어났다.

"난 오늘 이스트템플(East Temple) 봉에 오를 예정이에요. 그냥 재미 삼아 말이죠! 그럼 사우스패스 시티에서 봐요!"

그는 씩씩하게 외치며 뚜벅뚜벅 멀어져 갔다.

실제로 우리는 며칠 뒤에 박물관 도시로 이름난 사우스패스 시티에서 린트를 다시 만났다. 세 사람 모두 이곳에 바운스박스를 보내놓은 터였다. 그런데 린트는 며칠 전만큼 유쾌해 보이지 않았다.

"무슨 일 있어요?"

내가 묻자 그는 시무룩하게 대답했다.

"아버지가 깜빡 잊고 식수 소독제를 안 보내셨더라고요. 다음 구간의 그레이트 디바이드(Great Devide) 분지에서 가축용 식수 공급대의 물을 소독하지 않고 마시면 틀림없이 심한 설사를 하게 될 텐데."

"잘됐군요. 이번에는 내가 당신을 구해줄 차례네요. 내게 남는 소독제가 있거든요."

나는 뿌듯한 마음으로 그에게 작은 플라스틱 팩 두 개를 쥐여줬다. 아쿠아미라(Aquamira)사에서 나온 식수 살균액이었다.

린트는 뛸 듯이 기뻐하며 팩을 챙겼다. 그러고는 싱긋 웃으며 스루하이커들의 오랜 금언을 다시금 되뇌었다.

"트레일이 우리를 보살필지어다. 그게 정답이네요, GT 씨."

2007년 8월 15~19일

그레이트 디바이드 분지, 와이오밍

`---------` 약 2,000~2,250킬로미터 구간

린트가 그토록 두려워하던 구간인 그레이트 디바이드 분지
는 와이오밍 주의 남서부에 위치한 고산지대의 사막이었다.
면적이 약 1만 평방킬로미터에 달하는 이곳에는 천연가스와
석유, 우라늄의 매장량이 풍부했지만 물은 절대적으로 부족
했다. 한 식수 보급소에서 다음 식수 보급소까지 가기 위해 우
리는 끝없이 늘어선 울타리를 따라 날마다 50킬로미터를 걸
어야 했다. 무거운 배낭에 더해 최소한 5리터의 물까지 짊어
지고 하루 50킬로미터씩을 걸은 것이다. 게다가 다음 식수 보
급소가 바싹 말라버린 건 아닌지, 소들이 물을 오염시켜 놓은
것은 아닌지 항상 두려움에 떨어야 했다. 기온은 낮 동안 영상
30도까지 솟구쳤고, 밤이면 10도 이하로 곤두박질했다. 그레
이트 디바이드 분지는 풍경의 변화 없이 평평하고 단조롭기만
해서 다른 데로 주의조차 돌릴 수 없었다. 오늘 보는 것이 곧
내일 볼 풍경이었다.

처음에 밥과 나는 소소한 게임을 하며 생기를 돋워보려 노
력했다. 여행 초반부터 밥은 시간을 때우기 위해 내게 이런저
런 미국 상식을 가르쳐줬다. 역대 미국 대통령을 순서대로 나

열하기, 미국의 모든 연방주와 각 주도를 알파벳순으로 나열하기, 미국 프로 축구팀의 이름을 알파벳순으로 나열하기 등이 그것이었다. 얼마 안 가 나는 철자 'M'과 'N'으로 시작하는 미국 연방주의 이름이 각각 여덟 개라는 사실을 배웠다. 플로리다 주에 내셔널 풋볼 리그 팀이 세 개인 반면 몬태나 주에는 하나도 없다는 것도 알게 되었다. 평생 풋볼 경기라고는 단 한 번도 본 적이 없음에도 말이다.

지난 몇 수 농안 밥은 종종 내게 몇 시간씩 이런 질문을 해 댔고, 그러는 도중 우스운 생각이 떠오르거나 발음을 잘못할 때면 배꼽을 쥐고 웃어댔다. 그러나 그레이트 디바이드 분지에서는 그렇게 재미있던 심심풀이 게임도 시들하기만 했다. 우리를 둘러싼 단조로운 풍경에 압살당할 것만 같았다. 결국 우리는 나름의 방식대로 이러한 단조로움을 극복하기 위해 각자 떨어져서 걷기 시작했다.

나는 자동조종장치처럼 빠른 걸음으로 걸으며 걷기와 생각을 완전히 분리시키는 전략을 썼다. 양발을 번갈아가며 앞으로 내딛는 동작을 하루 열두 시간 내지 열네 시간 동안 자동으로 반복하는 한편, 머리로는 다른 생각에 몰입한 것이다. 아이팟에 저장해온 음악을 듣거나, 해고된 뒤의 새로운 삶을 어떻게 꾸려나갈 것인지도 숙고했다. 내가 어째서 계속 밥과 동행하고 있는 것인지도 고민해봤다.

평소에는 나보다 몇 킬로미터 앞서 있어 따라잡기조차 힘들었던 밥은 이제 내게 뒤처지기 일쑤였다. 전에는 그가 간간이 멈춰 서서 나를 기다려줬지만, 이제는 여행을 시작한 이래 처음으로 그 반대의 상황이 연출되었다.

나는 생각에 잠길 여유를 주는 사막의 단조로운 풍경이 좋았다. 반면에 밥은 마땅히 도전할 게 없는 단순한 지형을 지독하게 싫어했다. 나는 걷는 행위 자체에 의미를 두는 반면, 그는 걷기를 통해 주어진 환경을 정복하려 들었다. 그런데 이곳에는 정복할 게 아무것도 없었다.

지금껏 밥을 보며 나는 기록 스포츠에서 여성은 비슷한 훈련을 받은 비슷한 연령대의 남성과 상대가 되지 않는다는 사실을 번번이 통감해야 했다. 그래서 수 주일 동안 밥이 앞서서 날쌔게 산을 오르는 것을 뒤처진 채 바라보며 입술만 깨물었다. 그러나 이처럼 단조로운 고산지대의 사막에서는 여러 날을 견디는 지구력이 기록보다 중요했다. 체력 조건만 따지자면 물론 남자인 밥이 여전히 월등했지만, 지금은 정신적으로 버티는 능력이 관건이었다. 여성인 내가 별안간 밥보다 빠르고 우월해진 것도 그 덕분이었다. 나는 남자들이 반드시 트레일을 더 잘 걷는 것만은 아님을 실감하고 내심 놀랐다. 그러나 밥은 이런 사실을 입에 올리려 들지 않았다.

전날 저녁, 석양이 그레이트 디바이드 분지의 사막을 주황색으로 물들일 무렵이었다. 뒤쪽에서 무슨 소리가 들려 돌아보니 대략 스무 마리쯤으로 이뤄진 야생마 무리가 먼지를 일으키며 들판을 지나고 있었다. 나는 넋을 놓은 채 황홀하리만치 아름다운 말들을 바라봤다. 그들은 한없이 자유롭고 생기가 넘쳐 보였다. 그들이 발굽에 먼지를 일으키며 지평선 너머로 사라진 뒤에야 나는 미소를 머금고 다시금 발걸음을 재촉했다.

2007년 9월. 5~6일

바스케스 피크 와일더니스, 콜로라도

약 2,750킬로미터 지점

"도대체 비가 언제쯤 그칠까요?"

너무 답답한 나머지 한탄이 절로 나왔다. 벌써 백 번쯤은 바깥을 내다본 것 같았다. 밥과 나는 해발 3,600미터에 이르는 바스케스 피크 와일더니스(Vasquez Peak Wilderness)의 수목한계선에 늘어선 나무 아래에다 텐트를 치고 드러누워 있었다. 동틀 무렵부터 내리기 시작한 비는 도무지 그칠 줄을 몰랐다. 기온도 영상 10도밖에 되지 않아서 침낭 속에 몸을 한껏 웅크리고 있어야 했다. 가로, 세로 각각 3미터의 비좁은 텐트 안에 둘이서 끼어 있다 보니 갑갑하기 짝이 없는 데다, 지도를 하도 들여다봐서 멀미가 날 지경이었다. 읽을 만한 책도 한 권 없었고 이야깃거리도 많지 않았다.

"빗줄기가 잦아들면 바로 출발합시다."

밥이 무뚝뚝하게 말했다. 그의 인내심도 한계에 다다른 모양이었다. 그러나 나는 걱정이 앞섰다.

"그럼 수목한계선에서 벗어나서 비에 완전히 노출된 채로 15킬로미터를 걸어야 해요. 그때까지 비가 그치지 않으면 위험하다고요!"

"에이, 쓸데없는 소리! 바보같이 굴지 말아요. 헤치고 나갈 생각을 해야지."

밥은 명령하듯 말하고는, 하늘을 흘긋 올려다보더니 출발 준비를 했다.

"빗줄기가 약해지기 시작했어요. 저 뒤쪽은 벌써 밝아졌잖소. 짐을 싸고 출발합시다."

30분쯤 뒤 걸음을 떼어놓자 정말로 비가 그쳤다. 돌밭에 난 길을 지그재그로 오르다 보니 얼마 안 가 우리는 피난처나 다름없던 수목한계선에서 멀어졌다.

나무 한 그루 없는 분수계의 능선에 다다랐을 때 날씨는 또다시 요동치기 시작했다. 태풍이 몰고 온 얼음처럼 차가운 빗줄기가 사정없이 얼굴을 때렸다. 해발 4,000미터 지점인 이곳에는 자연의 위력으로부터 우리를 보호해줄 만한 게 아무것도 없었다. 위아래 모두 우비를 갖춰 입었음에도 나는 채 몇 킬로미터도 못 가 뼛속까지 젖어버렸다. 온몸이 얼어붙는 듯한 느낌이었다. 나는 기계적으로 앞을 향해 나아갔다. 잠깐이라도 멈춰 섰다가는 체온이 급속도로 떨어질 것이다. 등산스틱을 쥔 손가락이 곱아들었다. 손잡이를 느슨하게 조절하려던 나는 손가락이 얼음같이 차가운 것을 깨닫고 경악했다. 손에 아무런 감각이 없었다. 나는 충격받은 나머지 걸음을 멈추고 밥을 부르려 했다. 그런데 이번에는 입술과 혀가 말을 듣지 않았다.

"밥……."

큰 소리로 외치려 했는데 입술 사이로는 웅얼거리는 소리만 새어 나왔다. 밥에게 내 목소리가 들릴 리 없었다. 서서히 공포가 차올랐다. 비바람과 추위 때문에 체온이 급격히 떨어진 게 분명했다. 이런 상태로 걷는다는 것은 더 이상 불가능했다. 게다가 트레일의 고도는 당분간 낮아지지 않을 터였다.

"밥!"

나는 온 힘을 다해 좀 더 큰 소리로 외쳤지만 그에게선 아무런 반응이 없었다. 밥의 움직임이 슬로모션처럼 보였다. 문득 나는 그가 지그재그로 걷고 있음을 알아챘다. 어째서 저렇게 걷고 있는 거지? 그러자 비상등이 켜지듯 한 가지 깨달음이 머릿속에 떠올랐다. 트레일을 벗어나버린 것이다. 길뿐 아니라 트레일을 표시하는 돌탑이나 어떤 표지도 보이지 않았다.

"밥!"

나는 절망감에 휩싸여 외쳤다. 울음을 터뜨리기 일보 직전이었다. 드디어 내 목소리를 들은 밥이 몸을 돌렸다.

"무슨 일이에요?"

밥이 사납게 휘몰아치는 바람을 뚫고 이쪽을 향해 외쳤다. 더는 소리칠 기운도 남아 있지 않던 나는 발걸음을 떼려 안간힘을 썼다. 마침내 그에게 가 닿았을 때도 단어 하나를 발음할 때마다 온 신경을 쏟아야 했다.

"손이 말을 듣지 않아요. 더 이상 못 가겠어요."

힘겹게 말을 내뱉고 나서야 이 상황이 무엇을 의미하는지 명확해졌다. 더 이상 전진하는 것은 불가능하다. 이런 날씨에서는 아무리 가도 길을 찾을 수 없을 것이다. 그러나 비를 피할 수 있는 수목한계선으로부터 거의 두 시간이나 걸어왔기 때문에 되돌아갈 수도 없는 노릇이었다. 어차피 내게는 돌아갈 기력조차 없었고, 있다 해도 가는 길에 해가 져버릴 것이다. 아무리 둘러봐도 비를 피할 만한 곳은 보이지 않았다. 남은 방법은 해발 4,000미터 가까이 되는 벌거벗은 능선에서 텐트를 치는 것뿐이지만, 이런 악천후 속에서 마비된 손으로 텐트를 칠 수 있을 리가 없었다. 텐트는커녕 이미 저체온증이 온 터라 몇 분도 버티지 못할 것이다. 운동능력을 완전히 잃기 전까지 과연 얼마나 버틸 수 있을까?

"이곳에서 야영할 수밖에 없겠군."

밥이 어쩔 수 없다는 듯 내뱉으며 주위를 둘러봤다. 우리는 깨진 돌덩어리들과 관목으로 뒤덮인 널따란 능선 한가운데서 있었다. 텐트를 칠 만한 평평한 자리는 눈을 씻고 봐도 없었다.

'하느님 맙소사.'

속으로 탄식하며 밥이 어느 정도나마 괜찮은 자리를 찾는 모습을 우두커니 바라봤다.

"여기다 치죠. 돌 위에서 자는 것보다는 나을 거예요."

마침내 그가 키 작은 덤불로 뒤덮인 한 지점을 가리키며 말했다. 나는 고개를 끄덕이고는 밥이 텐트를 고정시킬 수 있기만을 간절히 빌었다.

"나도 돕고 싶은데 힘이 없어요."

밥은 느릿느릿 웅얼대는 나에게 됐다는 듯 손을 내젓고는 태풍과 싸워가며 텐트를 치기 시작했다. 텐트는 15분도 채 되지 않아 완성되었다. 세찬 폭풍에 텐트가 날아갈 듯 펄럭였다.

밥은 발포매트와 침낭을 안으로 밀어 넣은 뒤 짤막하게 지시했다.

"옷을 모두 벗어요."

즉각 그 말에 따랐다. 체온을 다시 올리려면 먼저 젖은 옷을 벗어야 한다. 나는 텐트의 바람막이 안에서 오들오들 떨며 옷을 벗고는, 밥이 넓게 펼쳐서 겹쳐 놓은 두 개의 침낭 속으로 기어들어 갔다. 단열 효과를 내는 옷을 입지 말아야 체온이 잘 전달되기 때문에 밥 역시 벌거벗은 채 침낭으로 들어와 내 몸에 자신의 몸을 밀착시켰다.

"쉬, 쉬."

그는 나를 품에 안고 사시나무 떨듯 몸을 떠는 내 귓가에 대고 속삭였다. 바깥에서는 바람이 여전히 미친 듯이 날뛰었고 빗줄기는 텐트를 사정없이 때렸다. 나는 물에 빠져 지푸라기라도 잡으려는 사람처럼 밥에게 달라붙어 그의 체온을 빨아들이려 애썼다. 엄마 품에서 보호받던 어린 시절 이래, 살기 위해 육체적으로 이만큼이나 타인에게 의존했던 적은 한 번도 없었다. 지금 내게 중요한 것은 그저 생존하는 일 하나뿐이었다.

한 시간이 지나서야 오한이 잦아들었다. 손가락에도 서서히 감각이 돌아오면서, 마치 뜨겁게 달궈진 수천 개의 바늘에 찔리는 것 같은 통증이 일었다.

그러나 생존 투쟁은 거기서 끝난 게 아니었다. 능선에 밤이 내리면서 태풍은 점점 거세져갔다. 바람이 텐트를 덮칠 때마다 나는 텐트가 날아가버릴까 봐 공포에 떨었다. 칠흑같이 어두운 밤에 텐트조차 없었더라면 빙점까지 내려간 기온과 폭우, 위력적인 태풍 속에서 우리가 살아남을 가능성은 희박했다. 강한 돌풍이 불어온다 싶으면 밥과 나는 필사적으로 텐트를 움켜잡았다. 밤새 단 1분도 잘 수 없었던 것은 물론이다.

비바람은 이튿날 새벽이 되어서야 겨우 잠잠해졌고, 나는 녹초가 되어 얕은 잠에 빠졌다. 동틀 무렵 기진맥진한 채 텐트를 들추고 바깥을 내다봤을 때는 마치 아무 일도 없었다는 듯 파란 하늘이 빛나고 있었다. 나는 벌겋게 충혈된 눈을 힘겹게 문지르며 생각에 잠긴 채 밥을 바라봤다. 그는 지난밤 내 생명을 구해준 은인이었다. 그러나 그가 없었더라면 이처럼 생명이 위태로운 상황에 처하지도 않았을 것이다.

밥은 이미 짐을 싸고 있었다. 뜬눈으로 밤을 지새운 뒤였음에도 여유를 부리고 있을 상황이 아니었다. 서두르지 않으면 식량이 바닥날 것이다.

"밥, 정말 고마워요."

조용히 말을 건네자 어리둥절한 그가 나를 향해 물었다.

"뭐가요?"

"당신이 간밤에 내 생명을 구했잖아요."

"에이, 쓸데없는 소리."

밥은 그런 건 알 바 아니라는 듯 웅얼거리고는 서둘러 출발 준비를 했다.

트레일에서 보는 경치는 숨 막힐 정도로 장관이었다. 마치 트레일이 지난밤 내 생명을 위협했던 것을 보상해주려는 것 같았다. 우리는 대부분의 시간을 능선 꼭대기를 따라 직진

하는 데 할애했다. 좌우로는 까마득한 절벽이 내려다보였다. 360도 파노라마로 펼쳐진 척박한 고산지대의 풍경과 차갑고 희박한 고산의 공기는 나로 하여금 말을 잃게 만들었다. 끝도 없는 하늘에서 펼쳐지는 구름의 유희와 머리 위를 맴도는 독수리들의 모습은 아무리 봐도 질리지 않았다.

그러나 CDT에서 체험하는 아름다움은 PCT에서의 것과는 전혀 달랐다. CDT의 아름다움은 사랑스러움과는 거리가 먼 치명적인 것이었다. 자연의 위엄은 나를 압도하는 동시에, 그 속에서의 내 존재가 어떤 것인지 분명히 깨닫게 해줬다. 이곳에서 인간은 위계질서의 최상위를 차지하고 있는 존재가 아니었다. 자연은 날마다 내가 얼마나 보잘것없고 무의미한 존재인지 일깨워줬고, 동시에 나는 아주 사소한 실수 하나로도 생명이 위험해질 수 있다는 교훈을 얻었다. 지난밤의 경험이 내게 가르쳐준 것도 겸손이었다. 그런데도 나는 위축되기는커녕 끝없는 자유를 느끼고 있었다.

밥은 타미간 고개(Ptarmigan Pass)의 바위에 걸터앉아 나를 기다리고 있었다. 나는 깊은 감동에 젖은 채 그가 있는 곳에 도착했다. 이 모든 것을 경험할 기회를 얻었다는 게 한없이 감사할 뿐이었다. 이런 감동을 트레일 동반자인 밥과 공유하고 싶었다. 여러 해 동안 자연 속을 방랑하며 살아왔으니 그도 비슷한 감정을 느껴봤을 것이다. 적어도 나는 그럴 것이라 믿었다.

"이곳의 자연은 형용할 수 없이 아름다운 동시에 정말이지 무자비하군요."

나는 벅찬 감정에 사로잡혀 말하고는 밤에게 입을 맞추려 허리를 굽혔다. 그러나 내 입술이 그의 입술에 닿아도 그는 아무런 반응을 보이지 않았다. 나는 떨떠름하게 몸을 일으키며 물었다.

"왜 그래요?"

몇 초 동안 침묵하던 밤은 이윽고 찬물을 끼얹듯 냉랭하게 말했다.

"이런 짓은 두 번 다시 하지 말아요. 당신 입술은 너무 차가우니까."

감흥에서 깨어난 나는 못 박힌 듯 그를 응시했다. 환희는 어느덧 쓰디쓴 실망으로 변해 있었다. 문득 피로에 지쳐 잠 못 이루고 흐느끼던 수많은 밤의 기억이 떠올랐다. 밤은 그런 나를 위로하기는커녕 옆에 드러누워 혼자서 쿨쿨 잠들곤 했다. 우리의 복잡한 관계에 관해 밤과 대화를 나누어보려 한 적도 여러 번이었다. 하지만 그는 번번이 '심리적인 뭐가 어쩌고' 하는 소리는 집어치우라며 대화를 거부했다. 나는 PCT에서 울리케가 했던 말을 상기했다. 그녀는 12년 동안 사귀면서 밤이 사랑한다고 말한 적이 단 한 번도 없다고 했다. 애정표현을 하는 데 인색하기는 나와의 관계에서도 마찬가지였다.

"밤, 다른 사람들은 가슴속에 심장을 감추고 있는데, 당신은 냉동고를 감추고 있는 모양이군요."

더 이상 실망감을 감출 수 없게 된 나는 마침내 씁쓸한 투로 내뱉고 돌아섰다. 그러나 그는 눈 하나 깜짝하지 않았다. 그저 자리에서 일어서며 늘 하는 말을 반복했을 뿐이었다.

"일어나요. 서둘러야 해요."

이후 몇 시간이 지나도록 두 사람 중 누구도 말을 꺼내지 않았다.

2007년 9월 20~30일

산후안 산맥, 콜로라도

`------- 약 3,250~3,600킬로미터 구간

콜로라도 주를 지나는 CDT의 길이는 약 1,200킬로미터에 달했다. 이 구간에서 우리가 오르내려야 하는 해발고도만도 총 40,000미터가 넘었다. 우리가 걸은 구간의 평균 고도는 약 3,300미터였으며 해발 4,000미터를 넘기는 일도 다반사였다. CDT 정복은 시간과의 싸움이었다. 9월에는 계절이 하루아침에 겨울로 바뀔 수도 있어서 도보여행이 너무 힘들어지거나 아예 포기해야 할 수도 있었다. 기온은 거의 매일 밤 영하로 떨어졌다. 아침마다 나는 돌덩이처럼 얼어붙은 신발과 씨름해야 했고 물 팩 안에는 얼음 조각이 둥둥 떠다녔다.

다행히도 콜로라도 주의 CDT 근처에는 도보여행을 통해 알게 된 친구들이 여럿 살고 있었다. 야외활동을 광적으로 즐기는 사람들에게 산지로 뒤덮인 콜로라도 주만큼 이상적인 거주지는 없었다. 우리는 이들을 만나기 위해 볼더(Boulder)나 크레스티드 뷰트(Crested Butte), 파고사 스프링스(Pagosa Springs) 등에 들렀다. 그러나 친구들 집에서 하룻밤 이상 묵는 일은 없었다. 겨울이 언제 닥칠지 모르기 때문에 밥은 모질게 나를 몰아댔다. 내 몸은 이전의 어느 때보다 말라 있었고 체력은 바닥나기 일보 직전이었다. 3개월이 넘는 기간 동안 단 하루도 온전히 휴식을 취한 날이 없었다. 크리드 컷오프(Creede-Cut-off)라는 좀 더 짧은 경로가 있었지만 밥에게 이 경로는 고려의 대상조차 되지 못했다. 그는 멋진 풍광을 자랑하는 동시에 험하기도 한 산후안(San Juan) 산맥을 거치는 경로를 고집했다.

9월 말에 접어들자 나는 극도로 신경이 예민해졌다. 트레일을 출발하던 순간부터 나는 내내 밥과 붙어 다녔다. 우리가 서로 얼마나 다른지는 시간이 갈수록 분명해졌다. 자연 속을 누비는 삶을 사랑한다는 점 외에는 두 사람을 이어줄 만한 공통점도 거의 없었다. 곪은 상처는 언젠가 터지게 마련이었다.

"크리스티네. 다리 좀 면도하는 게 어때요."

어느 날 점심 휴식을 마무리하려던 찰나에 밥이 무심히 말했다. 나는 뜨악해서 되물었다.

"지금 뭐라고 했어요? 이 산속에서 누가 우리를 본다고 그러죠? 게다가 추워서 어차피 긴 바지만 입고 있는데, 나보고 다리털을 면도하라고요?"

"그래요. 여자라면 그 정도는 해야죠."

억지를 부리는 밥의 대답에 나는 어이없는 표정으로 그를 바라봤다.

"도대체 뭘 바라는 거예요? 짐의 무게를 줄이기 위해서 칫솔도 잘라버리는 마당에 다리털 면도기를 짊어지고 다니라고요? 당신이나 텐트 안에서 볼 뿐이지 대체 누가 내 다리를 본다고 그러는 거예요?"

"그래도 하는 편이 훨씬 보기 좋잖아요."

그는 좀처럼 굽히려 들지 않았다. 자신의 네온색 내복 바지도 그리 섹시해 보이지 않는다는 사실을 까맣게 잊은 모양이었다. 아무 대꾸도 하지 않고 나는 짐을 챙겼다. 밥의 무례함에 분노가 치민 나머지 이날 오후 내내 나는 그를 앞서갔다. 밥을 뒤로 한 채 이어폰을 꽂고 분수계의 능선을 따라 걷는 동안 나는 메탈리카의 「Nothing else matters」를 몇 번이고 반복해서 들었다. 그리고 온종일 밥과 나의 관계에 대해 생각했다.

처음에는 마음 맞는 동반자가 생겼다는 게 너무나 기뻤다. 트레일에서 느끼는 행복감을 나누고 서로를 도와줄 수 있을 거라 여긴 것이다. 더 이상 혼자가 아니었으면 하는 마음도 컸다. 둘이 함께라면 더욱 강해질 것이라고도 생각했다. 그러나 밥과의 관계는 기대했던 바와 정반대의 결과를 낳았다. 밥과 동행하면서 얻는 도움보다 날마다 다투고 실망하면서 잃는 에너지가 더욱 컸다. 밥은 자신이 주는 것보다 훨씬 많은 것을 요구했다. 나는 기계처럼 움직여야 했고, 불평하거나 징징대지 않고 날마다 걸어야 했다.

그러나 나는 밥이 원하는 '성능 좋은 도보 기계'가 아니었다. 나는 트레일, 밥과의 미래, 해고된 뒤의 내 삶에 대한 두려움과 근심으로 가득 찬 상태였다. 밥은 이런 고민을 들어주기는커녕 매번 '심리적인 뭐가 어쩌고'는 집어치우라며 귀를 닫아버렸다. 그가 원하는 것은 트레일 완주뿐이었고, 이 목표 외의 다른 모든 것은 안중에도 없었다.

어차피 걷는 동안에는 어떤 동반자도 도움이 되지 않을 터였다. 걷는 동안에는 누구나 혼자니까. 한 걸음 한 걸음을 혼자 내딛고, 모든 산봉우리를 혼자 힘으로 오르고, 모든 식량의 무게를 혼자서 짊어져야 하는 것이다. 생각이 여기까지 미친 뒤에야 나는 서서히 깨달았다. 트레일 위에서 사람은 혼자일 때 가장 강하다!

나는 우뚝 멈춰 섰다. 이런 식으로는 여행을 계속할 수 없다는 사실을 분명하게 느끼고 있었다. 밥을 너무나 좋아했지만, 우리는 서로에게 힘을 주기보다는 상처를 입힐 뿐이었다. 그가 내 요구에 부응할 수 없는 만큼 나도 그의 요구에 부응할 수 없었다. 마침내 나는 그와 헤어지는 편이 낫다고 결론을 내렸다.

한 시간 정도를 더 걸으며 이 결심이 옳은 것인지 고민을 거듭했다. 그리고 마침내 확신이 서자 바람막이가 있는 장소에 앉아 밥이 오기를 기다렸다. 10분 뒤에 도착해 내 곁에 앉은 그가 내 표정이 심상치 않음을 알아차리고 곧장 물었다.

"무슨 일 있어요?"

"밥, 이야기 좀 해야겠어요."

일단 조심스럽게 말문을 열었다.

"나는 당신처럼 빨리 걷지도 못하고 지구력도 떨어져요. 게다가 오늘은 내가 당신이 원하는 미적 기준을 충족시키지도 못한다는 사실을 깨달았어요. 우리 두 사람은 도저히 맞지 않는 것 같아요."

"그래서 하고 싶은 말이 뭔데요?"

밥은 감정을 최대한 자제하며 재차 물었다.

"헤어지는 게 최선이라는 말을 하고 싶어요."

나는 억누르고 있던 감정을 시원하게 터뜨려버렸다. 밥은 우리 관계에 대한 나의 냉정한 분석을 들으면서도 아무런 말도 하지 않았다.

"이제부터 혼자 다니겠어요. 당신이 눈에서 보이지 않게 될 때까지 여기 앉아서 기다릴 거예요. 당신은 늘 그랬듯 계속해서 걸을 테지만, 나는 다음 도시에 도착하면 제로 데이를 가질 예정이에요. 그러면 어느 정도 거리가 벌어져서 트레일을 완주할 때까지 더는 만날 일이 없겠죠."

하고 싶은 말을 모두 쏟아내는 동안, 밥은 말없이 그대로 앉아 있었다.

"뭐라고 말 좀 해봐요. 이 상태로는 더 이상 여행을 계속할 수 없다고요."

그래도 밥은 침묵했다. 몇 분 더 재촉해도 마찬가지였다.

"좋아요. 그럼 내가 가죠. 당신은 여기 앉아 있어요."

설득하다 지친 나는 이렇게 말하고는 일어서서 배낭을 메려 했다. 그러자 밥이 뒤따라 일어서면서 자신의 배낭을 집어 들었다.

"밥, 이제 나 혼자 다니고 싶다고 했잖아요. 이곳에서 기다리든지 먼저 출발하든지 해요. 난 절대 당신과 함께 가지 않을 거니까."

급기야 나는 고함치다시피 말했다. 그러나 밥은 말없이 내 옆에서 걷기만 할 뿐이었다. 100미터쯤 걷다가 나는 배낭을 바닥에 내팽개치며 신경질적으로 말했다.

"알겠어요. 그럼 내가 여기 앉아서 당신이 앞서가길 기다리는 걸로 하죠."

내가 트레일 위에 다시 주저앉기 무섭게 밥은 고집스러운 어린아이처럼 내 옆에 앉았다.

　이후 두 시간 동안 우리는 이 어처구니없는 게임을 몇 번이나 반복했다. 고함도 쳐보고 간청해보기도 했지만 밥은 꿈쩍하지 않고 내 곁에 붙어 있었다. 내가 앉으면 그도 앉았고, 내가 걷기 시작하면 그도 따라 걸었다.

　"함께 시작했으니 함께 끝냅시다."

　이것이 그가 내뱉은 단 한마디였다. 나는 그를 저주하며 마구 고함을 질러댔다. 그가 온갖 굴욕을 감수하면서도 그토록 나와 함께 걷기를 고집하는 이유가 무엇인지 고민도 해봤다. 그리고 마침내 서서히 깨달았다. 거칠고 무뚝뚝하기 짝이 없어 보이는 이 사내의 내면에는 물러 터진 속살이 숨겨져 있었던 것이다. 밥은 나보다 훨씬 고독한 인간이었다. 그 스스로는 인정하려 들지 않았지만, 내가 그를 필요로 하는 것보다 그는 나를 훨씬 더 필요로 했다. 그러나 자존심 때문에 이를 인정할 수 없었던 것뿐이다. 곰이나 폭설이 무서워서가 아니라 고독으로부터 달아나기 위해 내가 필요했던 것이다.

　두 시간 뒤, 지쳐버린 나는 망연자실하게 그의 곁에 앉아 무릎에 얼굴을 묻고 있었다. 그때 밥이 조심스레 내 어깨에 팔을 두르며 나직이 간청했다.

　"그냥 함께 걸어요! 부탁이에요!"

　나는 한참 동안 그의 얼굴을 바라보다가 맥없이 고개를 끄덕였다.

이후 밥은 다리를 면도하라는 말 따위는 두 번 다시 꺼내지 않았다. 그날 있었던 일에 관해서도 더는 언급하지 않았다. 그럼에도 내 비난이 그에게 얼마나 큰 변화를 일으켰는지 느낄 수 있었다.

며칠 뒤 그는 내 배낭에 든 여분의 초콜릿을 자신이 들고 가겠다고 말했다. 그러고는 건네받은 초콜릿을 재킷 앞주머니에 넣었다. 어리둥절해진 나는 어째서 초콜릿을 재킷 주머니에 넣느냐고 물었다. 그러자 그는 한참 동안 슬픈 표정으로 나를 바라보더니 쓰디쓴 투로 대답했다.

"이렇게 내 심장 가까이 있어야 녹지 않을 테니까요. 벌써 잊은 거요? 당신이 그랬잖아요. 다른 사람은 가슴에 심장을 감추고 있는데 나는 냉동고를 감추고 있다고."

2007년 10월 1~2일

차마, 뉴멕시코 .

˙------- 약 3,600킬로미터 지점

9월 28일, 산후안 산맥의 해발 3,500미터 지점에서 우리는 뜻밖의 첫눈을 만났다. 엷게 쌓였던 눈은 이튿날 정오의 햇살에

녹아버렸지만, 겨울이 등 뒤로 바짝 다가와 있음을 실감하기
에는 충분했다. 이제 나는 낮에도 스키 모자와 장갑을 착용하
고 플리스 재킷을 입고 다녔다.

우리는 계획했던 대로 10월 1일에 CDT가 통과하는 마지막
연방주인 뉴멕시코의 경계에 도착했다. 그리고 이날 밤, 몇 주
만에 처음으로 해발 3,000미터보다 낮은 지점으로 내려와 차
마(Chama)라는 마을에 텐트를 치고 묵었다. 내일 아침이 오면
나는 맨발에 반바지 차림으로 이슬이 내린 풀밭을 밟으며 덩
실덩실 춤을 추고 있을지도 모른다. 차갑고 축축할지는 몰라
도 얼어붙지 않은 게 어디인가. 뉴멕시코에 도착함과 동시에
시간적인 압박감에서도 벗어났기 때문에, 나는 어깨를 짓누르
던 짐을 내려놓은 듯 홀가분했다. 이곳에서부터는 CDT가 저
지대를 따라 멀리 남쪽으로 이어져 있어, 몇 달을 더 걷든 더
이상 눈 걱정은 하지 않아도 된다. 밥조차 석 달 반 만에 처음
으로 제로 데이를 언급할 정도였다.

장을 보고 차마를 막 벗어나려던 우리는 문이 활짝 열려 있
는 집 앞을 지나게 되었다. 들여다보니 이런저런 물품이 빼곡
히 들어찬 작은 사무실 책상 앞에 한 남자가 앉아 있었다.

"안녕하세요!"

상냥하게 인사를 건넨 뒤에야 나는 문간에 붙어 있는 간
판을 발견했다. 간판에는 'KZRM - 96.1 - Rocky Mountain

Rock'이라는 글씨가 새겨져 있었다.

"라디오 방송을 하나 보죠?"

남자를 향해 뻔한 질문을 던졌다.

"맞아요."

짤막한 대답에 이어 남자는 내가 누구이며 여기서 뭘 하고 있는지 따위의 질문을 던졌다. 그러고는 내 입에서 CDT라는 말이 나오기가 무섭게 우리를 안으로 불러들였다.

"그럼 잠깐 들어와서 생방송으로 인터뷰나 합시다."

나는 라디오 방송에 출연해본 적이 한 번도 없었다. 내키지 않는 표정의 밥에게 눈빛으로 의견을 물으려는 찰나 그를 설득할 좋은 방법이 떠올랐다.

"어차피 히치하이크를 해서 트레일로 돌아가야 하잖아요. 방송으로 우리를 태워다 줄 사람을 수소문하면 되겠네요."

방송 진행자는 더 생각할 겨를도 없이 우리를 방음이 된 녹음실 안으로 밀어 넣었다. 마이크가 코앞에 들이밀어지고, 나는 몇 분 동안 차마와 리오아리바 카운티(Rio Arriba County)의 청취자들에게 트레일에서의 경험에 관해 들려줬다.

"특별히 인사를 전하고 싶은 사람이 있나요?"

진행자는 인터뷰를 끝내며 우리에게 물었다.

"아니요. 다만 지금 길가에서 히치하이크를 할 예정이니 지나가다 저희를 발견하면 태워주세요. 고맙습니다!"

이 말을 마지막으로 내 라디오 방송 데뷔를 끝냈다.

조금 뒤에 도로로 나왔으나 우리를 태워줄 차량은 아직 보이지 않았다. 그 대신에 깜짝 놀랄 만한 일이 기다리고 있었다. 길가에 키가 크고 마른 체구의 남자가 스루하이커의 상징인 배낭과 등산스틱으로 무장한 채 서 있었던 것이다. 좀 더 자세히 보기 위해 눈을 가늘게 뜨자 곧장 그를 알아볼 수 있었다. 바로 PCT에서 만났던 네덜란드인 토에크였다!

"토에크 씨! 드디어 만났군요!"

나는 기쁨에 들떠 외치며 그를 향해 달려갔다.

"다시 만나서 정말 기뻐요!"

토에크는 인사를 건네며 나를 껴안고는 곧이어 밥의 어깨를 툭툭 두드렸다. 오는 길에 이미 몇 번이나 이메일을 주고받았기 때문에 나는 토에크도 CDT를 종주 중이라는 사실을 알고 있었다. 며칠 늦게 캐나다 국경에서 출발한 탓에 이곳에서야 우리를 따라잡은 것이다. 우리는 이야기를 나누면서도 길가에서서 자동차들을 향해 엄지를 내밀었다. 얼마 안 가 세 명 앞에 차가 멈춰 섰다.

"라디오 방송을 듣고 오는 길인가요?"

목장을 운영한다는 마흔 살쯤 되어 보이는 남성에게 나는 호기심 어린 투로 물었다. 영문을 모르겠다는 표정으로 그가 되물었다.

"라디오라뇨? 그건 모르겠고, 그냥 여러분이 도보여행자들 같아서 차를 세웠어요."

라디오 인터뷰를 그다지 달가워하지 않던 밥은 그것 보라는 표정으로 나를 바라봤다.

목장주는 CDT가 지나는 쿰브레스 고개(Cumbres Pass)에서 우리를 내려줬다. 그제야 나는 토에크와 밀렸던 이야기를 나눌 수 있었다. PCT 완주 이후 3년 동안 서로 만나지 못한 터라 쌓이고 쌓인 이야기가 너무나 많았다.

"GT 씨, PCT에서의 마지막 날에 CDT에 관해 이야기 나눴던 거 기억나요? 정말로 이곳에서 만나게 될 줄이야."

널찍한 삼림로를 따라 몇 킬로미터를 가다가 카슨 국유림(Carson National Forest)으로 들어섰을 때 토에크가 말했다.

나는 회상에 젖어 고개를 끄덕이고는 그에게 물었다.

"직장은 어떻게 하고 왔나요?"

"지금까지는 2년 동안 일한 뒤 3년째 되는 해에 6개월간 안식기를 가졌어요. 다행히도 매번 승인을 받았죠. 덕분에 AT와 PCT를 완주했고 이번에 CDT에도 올 수 있었어요."

"더 이상 허가가 안 나면 어떻게 할 건가요?"

"잘 알면서 뭘 묻나요. 당연히 그만둬야죠! 내 고용주도 그럴 거라는 사실을 알기 때문에 매번 허가를 내준 거예요."

"토에크, 나는 얼마 전에 해고당했어요."

나는 나직이 말하고는 멍하니 앞쪽을 응시했다.

"그런데 기쁘지 않은 거예요? 이제 자유로워졌잖아요."

토에크는 계속해서 걸으며 내 옆얼굴을 살폈다. 나는 솔직히 대답했다.

"기쁘기야 하죠. 그런데 한편으론 두려워요."

"뭐가 두려운데요? 돈이 궁해서 그래요?"

"그건 아니에요. 돈이라면 몇 년간 쉬어도 될 정도로 벌어뒀어요. 하지만 갑작스레 모든 게 불확실해지니⋯⋯."

나는 그동안 품고 있던 회의와 근심에 관해 털어놨다. 이제 세 들어 살던 집에서도 나와야 할까? 그로써 내 마지막 안식처가 사라진다 해도 말이다. 몇 년 동안 세상을 떠돌아다닌다고 하면 친구들과 가족은 어떤 반응을 보일까? 오랜 공백기를 거친 뒤 다시 일자리를 구할 때 과연 높은 보수를 받는 직장에 들어갈 수 있을까?

이후 6주 동안 토에크와 나는 서로의 미래는 물론 도보여행 계획에 관해서도 많은 이야기를 나눌 수 있었다. 그가 멕시코 국경까지 우리와 동행한 덕분이었다. 밥 외에 새로운 대화 상대가 생겼다는 사실이 나를 무척이나 홀가분하게 만들었다. 덕분에 밥과 나 사이에 형성되어 있던 팽팽한 긴장감도 훨씬 느슨해졌다. 토에크 역시 여행 동반자가 생긴 것을 기뻐했다. 그에게 CDT는 트리플 크라운으로 가는 마지막 트레일이었으므로 멕시코 국경에 도착했을 때 혼자서 그 특별한 순간을 맞고 싶지는 않았던 것이다. 가는 길에 나는 미리 토에크의 3관왕 달성을 축하해주기 위한 비밀 계획을 세워뒀다.

밥과 내가 한밤중에 텐트 속에서 서로 고함을 쳐대거나 아침 식사 자리에 내가 퉁퉁 부은 눈으로 나타날 때면 토에크는 그저 침묵했다. 단 한 번 내게 이렇게 물었을 뿐이다.

"GT 씨, 도대체 왜 밥과 함께 여행하는 거죠? 아무리 봐도 두 사람은 어울리지 않는데……."

그러나 나는 아무런 대답도 해줄 수 없었다.

2007년 10월 20일

엘말파이스 국립 천연기념물, 뉴멕시코

약 4,050킬로미터 지점

엘말파이스(El Malpais)는 '척박한 땅'이라는 뜻이다. 뉴멕시코 주 북서부에 위치한 이곳에는 먼 옛날 분출된 용암이 흘러내리다가 그대로 굳어진 독특한 지형이 형성되어 있었다. 이곳의 CDT는 푸에블로(Pueblo) 인디언인 주니(Zuni)와 아코마(Acoma) 부족이 서로 교류하던 옛길을 따라 이어져 있다. 이 길을 따라 걷다 보면 기묘한 형태의 암석지대를 지나치게 된다. 그중에서도 가장 유명한 것은 사암이 비바람에 풍화되어 형성된 라벤타나(La Ventana) 천연 아치로, 아치의 너비만 해도

41미터에 달한다. 밥과 토에크와 나는 이곳을 걷는 동안 특히 발밑에 주의를 기울였다. 용암지대를 뒤덮은 검고 날카로운 현무암이 여러 갈래로 쪼개져 있어서 실수로 넘어지기라도 하면 고통이 어마어마할 터였다.

경관이 매력적인 만큼 위험하기도 한 구간이었으므로, 느지막한 오후가 되어 현무암 지대를 벗어났을 때는 그렇게 홀가분할 수 없었다. 이후에는 모래가 덮인 들길이 이어져 다시금 속도를 낼 수 있었다. 한 시간째 아이팟으로 음악을 들으며 걷고 있는데 앞서가던 토에크가 별안간 우뚝 멈춰 서더니 카메라를 꺼내 들었다.

"무슨 일이에요?"

멀찌감치 떨어져 있던 나는 그를 보고 큰 소리로 물으며 음악을 껐다. 그러나 토에크는 대답 없이 카메라를 든 채 괴상한 자세로 몸을 숙였다. 나는 토에크가 어디에 그렇게 정신이 팔린 것인지 궁금해서 서둘러 뛰어가 봤다. 그리고 그 대상을 목격하는 순간 숨을 죽였다. 모랫길 한가운데 길이가 거의 1미터는 됨 직한 방울뱀이 가로누워 있었다. 가까이서 촬영하기 위해 뱀에게서 불과 한 걸음쯤 떨어진 지점까지 다가가는 토에크를 보고 나는 깜짝 놀라 외쳤다.

"미쳤어요? 뱀에게서 떨어져요! 그러다 물리겠어요!"

"알았어요. 금방 끝나요!"

나를 진정시킨 그는 조용히 사진을 몇 장 더 찍은 뒤에야 카메라를 집어넣으며 물러섰다.

"골똘히 생각에 잠겨서 걷느라 하마터면 못 볼 뻔했지 뭐예요. 제때 방울 소리를 들은 게 천만다행이었죠."

나는 마른침을 삼켰다. 그가 아니라 나였다면 아이팟 때문에 소리를 못 듣고 뱀을 밟았을지도 모른다.

어느새 옆에 와 있던 밥이 웃으며 타일렀다.

"방울뱀에게 물리는 사고가 대부분 사진을 찍다가 일어난다는 건 알고들 있나요?"

"말도 안 되는 소리!"

토에크가 반박했으나 밥은 물러서지 않았다.

"정말이에요. 뱀한테 물리는 사람은 대개 젊은 남성들이고, 특히 술에 취해 있을 때 사고를 많이 당해요. 방울뱀은 공격당했다고 느낄 때만 사람을 물죠. 예를 들어 누가 사진을 찍으려고 가까이 다가간다거나……."

나는 이 쓸데없는 입씨름을 두고 볼 수 없어 끼어들었다.

"여기서 시간 끌지 말고 어서 가자고요. 말다툼은 걸으면서도 할 수 있잖아요."

방울뱀은 여전히 우리를 본체만체하며 꼼짝 않고 모래 위에 누워 일광욕을 즐기고 있었다. 우리는 멀찍이 반원을 그리며 무사히 뱀을 지나쳤다.

몇백 미터쯤 갔을 때 나는 주머니에서 휴대폰을 꺼내 들고 싱긋 웃으며 토에크에게 말했다.

　"방울뱀을 그렇게 신기해하는 걸 보니 이것도 마음에 들 것 같아서요."

　그리고 나는 손바닥만 한 검은색 타란툴라(대형 독거미의 일종)의 사진을 찾아 보여줬다.

　어리둥절한 표정으로 나를 바라보는 토에크를 향해 나는 느긋하게 이야기했다.

　"어제 점심을 먹는데 말이죠. 이게 내 발 앞을 스쳐 지나가더라고요."

　PCT에서와 마찬가지로 CDT에서도 나는 최소한 여남은 마리 정도의 방울뱀과 마주쳤다. 그러나 밥의 말대로 이들은 위협을 느낄 때만 사람을 공격하기 때문에 그리 무섭지는 않았다. 방울뱀에 물리면 굉장히 아프고 위험하지만 목숨이 위험한 경우는 드물다. 미국 의사들의 주장에 따르면 미국에서 뱀에게 물려 치료받는 사람의 수는 한 해에 7,000명에서 8,000명 사이지만, 그중 사망에까지 이르는 사람은 약 다섯 명밖에 되지 않는다. 그리고 타란툴라에게 물리는 것은 벌에 쏘이는 것보다 그다지 위험할 것도 없다고 한다.

2007년 10월 23일

파이 타운, 뉴멕시코

약 4,200킬로미터 지점

파이 타운(Pie Town)의 지명은 실제로도 파이라는 음식에서 비롯되었다. 1920년에 이미 이곳에는 제과점이 존재했다고 한다. 오늘날 이곳의 주민은 200명에도 못 미치지만 파이를 파는 카페는 여전히 두 군데나 있었고 우체국도 하나 있었다. 그 밖에는 아무것도 없는 마을이었다. 상점 하나, 아니 하다못해 음료수 자판기조차 없었다.

CDT 스루하이커들 사이에서는 이 마을이 특히 니타의 토스터 하우스로 유명했다. 트레일 엔젤인 니타와 던은 근교의 다른 집으로 이사를 하면서 이곳에 있는 오래된 집을 장거리 도보여행자들과 자전거여행자들에게 통째로 내줬다. 여행자들이 쉽게 집을 찾을 수 있도록 출입문과 정원 울타리를 오래된 토스터 수십 개로 장식해뒀다. 토스터 하우스라는 이름도 이 때문에 붙은 것이다.

이곳에서 보낸 제로 데이는 그야말로 스루하이커들의 친목 모임일이라 해도 과언이 아니었다. 스칼릿(Scarlet)과 블로섬(Blossom), 도나(Donna)와 그뤼비(Gruevy), 니트로(Nitro)와 닉(Nick)이 연이어 토스터 하우스에 나타났다. 우리는 낮 동안 마을에 있는 카페 두 군데에서 몇 시간이나 진을 치고 앉아 파이를 먹으며 CDT의 다양한 경로에서 겪은 각자의 경험을 나누었다. 특히 우리의 주요 화제는 물이었다. 물 때문에 끔찍이 고생한 경험은 누구에게나 있었다. 뉴멕시코 주에는 천연 식수 공급원이 극히 적었기 때문에 스루하이커들은 가축용 식수 공급대를 이용해야 했다. 이때 가장 큰 난관은 바로 철제 물탱크에 물을 공급하는 풍차였다.

"멀리서 봤을 때 풍차가 돌아가고 있지 않으면 문제가 이미 시작된 거나 다름없죠."

그뤼비는 이 문제를 한 문장으로 정리했다. 풍차가 멈추는 원인은 다양했는데 그저 바람이 없는 탓일 수도 있고, 물탱크와 연결된 가축 여물통에 아직 물이 남아서일 수도 있다. 풍차가 고장 났을 가능성도 있다. 이런 경우에는 여물통도 완전히 말라붙어 있었다. 그뤼비는 그 밖에도 다른 원인을 설명했다.

"운이 좋을 경우 그저 들판에 소들을 풀어놓지 않아서 목장 주가 풍차의 작동을 정지시켜 둔 것일 수도 있어요."

토에크는 큰 소리로 웃으며 말했다.

"나도 보니타 캐니언(Bonita Canyon)에서 그런 경험을 했어요. 그래서 풍차 위로 올라가 날개 옆에 있는 제동장치를 직접 풀었죠. 다행히도 바람이 불자 풍차가 다시 작동하더군요."

스칼릿과 블로섬은 경탄의 눈빛으로 토에크를 바라봤다. 흔들리는 풍차의 지지대를 10미터 이상 타고 올라갈 용기가 없기는 그들도 나와 마찬가지인 모양이었다.

"한번은 식수를 채우러 예소(Yeso) 물탱크에 갔더니 여남은 마리나 되는 젖소들이 그 안에서 목욕을 하고 있었어요. 물에는 오물이 둥둥 떠다니고 있고. 처음에는 물 색깔이 꼭 초콜릿 우유 같다고 생각했는데, 질감은 우유가 아니라 초콜릿 푸딩에 가깝더라고요."

니트로는 생각만 해도 구역질이 난다는 표정으로 말하면서도 파이 한 조각을 입안에 밀어 넣었다. 도나도 비슷한 경험을 들려줬다.

"시에라 식수 공급대를 거쳐 온 사람 있나요? 그곳의 물탱크 안에는 두꺼운 녹조가 뚜껑처럼 물을 뒤덮고 있었어요. 죽은 다람쥐도 두 마리 들어 있었고요."

거의 모두가 고개를 끄덕였다. 그러나 그 물을 마셨다고 고백하는 사람은 아무도 없었다.

이번에는 닉이 입을 열었다.

"로스인디오스(Los Indios) 식수 공급대는 얼어붙어서 물을 받으려면 겉에 얼음부터 깨야 했어요. 그런데 물줄기가 어찌나 가느다란지 물 팩을 모두 채우는 데 30분이나 걸렸지 뭐예요. 손가락에 동상 걸리는 줄 알았다니까요."

이번에도 일행 대부분이 고개를 끄덕였다. 이 무렵의 뉴멕시코는 낮에는 반바지와 티셔츠 차림으로 돌아다닐 만큼 덥지만, 밤이 되면 기온이 영하로 떨어지는 일이 잦았다.

대개는 식수 공급대를 하루에 한 개 정도 지나치게 된다. 그러나 이마저도 오염되어 있거나 찾기 힘든 경우가 많았다. 물을 발견하면 우리는 거의 속이 울렁거릴 정도로 물을 마셔댔다. '낙타 전략'이라 부르는 방법이었는데, 말 그대로 낙타처럼 몸속에 물을 저장하는 것이다. 그러고도 6리터의 물을 더 채우고서야 길을 떠났다. 가축용 식수 공급대에 있는 물은 대개 구역질이 날 정도로 더러웠고 물맛도 보는 그대로였다. 그래도 물을 마시지 않을 수는 없었기에 나는 비위 상하는 맛이라도 가려보려고 물에 복숭아 맛 아이스티나 산딸기 향 레모네이드 가루를 타서 마셨다.

물을 아끼기 위해 우리는 저마다 나름의 전략을 고안했다. 나는 양치질을 한 뒤 입안을 헹구지 않게 된 지 오래였다. 식사 후에는 냄비에 소변을 받아 닦은 뒤 물을 약간만 사용해 헹궜다. 그나마도 설거지한 물까지 마시는 토에크의 전략에 비하면 덜 지저분한 편이었다. 그러나 물 부족에 혹독하게 단련된 스루하이커들에게도 이런 것은 그다지 입에 올리고 싶은 화제가 아니었다.

카페에 앉아 다른 여행자들과 어울리는 동안 오후가 쏜살같이 지나갔다. 우리는 철조망 울타리를 타고 넘어다닌 일, 뱀이나 독거미에게 물릴 뻔한 경험을 이야기했고, 우리보다 앞서

가거나 뒤따라올 스루하이커들의 안부도 주고받았다. 다음번에는 어느 곳에서 제로 데이를 갖는 게 좋을지도 논의했다. 이런 잡담을 일명 트레일 토크라고 불렀다. 이번에도 수다에 끼지 않은 사람은 단 한 명, 밥뿐이었다. 그는 돈이 많이 든다는 이유로 카페나 레스토랑에 가는 일이 거의 없었다. 나중에 보니 그는 토스터 하우스의 테라스에 있었다.

"안녕, 밥. 오후 내내 뭘 했어요?"

카페에서 돌아온 나는 다정하게 인사를 건네며 벤치로 사용하는 자동차 좌석에 털썩 주저앉았다.

"우체국에 다녀왔소."

밥은 짤막하게 대답했다. 어제 그가 식량이 든 바운스박스를 이미 받아 왔다는 것을 알고 있었기에 나는 어리둥절해서 물었다.

"우체국에는 왜요?"

"텐트를 집으로 보냈어요."

밥은 당연하다는 듯 대답했다. 나는 내 귀를 의심하며 튕기듯 일어섰다.

"뭘 어떻게 했다고요?"

"텐트를 집으로 보냈다고 했소."

아무렇지 않게 똑같은 대답을 반복하는 밥을 보고 격분한 나는 고함을 질렀다.

"당신 미쳤어요? 그럼 우린 이제 어디에서 자야 하죠?"

"어차피 뉴멕시코 주 남부에는 비가 오지 않아요. 이제부터는 카우보이 캠핑을 하면 돼요."

"그래도 함께 쓰는 텐트잖아요. 우체국 가기 전에 내게 한 번쯤 물어봐야 한다는 생각은 안 들었어요?"

좀처럼 노기를 가라앉힐 수 없었다. 동시에 몇 주 전 그와 텐트를 공유하기로 하고 내 텐트를 집으로 보내버린 일을 뼈저리게 후회했다. 어차피 늘 밥의 텐트에서 함께 잤기 때문에 내린 결정이었다.

"어째서 당신에게 물어봐야 한다는 거요?"

밥은 내가 흥분하는 이유를 도무지 모르겠다는 투로 반문했다. 내 안에서 또다시 분노가 차올랐다.

"나는 우리가 한 팀이라고 생각했어요. 그럼 그런 결정을 내리기 전에 한 번쯤 의논해볼 수도 있잖아요."

"하지만 이런 일이라면 내가 훨씬 더 잘 알아요."

거만하기 짝이 없는 대답이었다. 여기에다 그는 자신이 항상 즐겨 쓰는 말을 덧붙였다.

"나는 이미 삼천 번이 넘는 밤을 야외에서 보냈어요. 당신은 고작해야 오백 번이나 될까."

그 순간 회사차량의 크기와 성과급의 액수에 따라 자신의 지위를 규정하던 동료 관리자들이 떠올랐다. 경쟁 위주의 사고방식을 지녔다는 점에서는 밥도 그 관리자들과 다를 바가 없었다. 소득액이나 직급이 아니라 그동안 걸은 트레일의 거리와 야외에서 보낸 날의 수로 자신과 남을 비교한다는 점만 다를 뿐이었다. 하지만 내가 지금 트레일에 있는 이유는 바로 그런 '더 높이, 더 빨리, 더 멀리' 식의 사고방식으로부터 달아나기 위해서가 아니었는가.

나는 고개를 설레설레 흔들며 그를 바라보다가 말없이 집 안으로 들어갔다. 그와는 아무리 입씨름을 해봐야 소용없었다. 테라스로 통하는 여닫이 문짝이 철커덩 닫히는 소리가 등 뒤에서 울렸다.

2007년 10월 29일~11월 5일

힐라 강과 실버시티, 뉴멕시코

├----
└------- 약 4,300~4,600킬로미터 구간

이 구간을 걷는 동안 우리는 힐라(Gila) 강을 거의 200차례나 건너다녔다. 토에크는 처음 열 번 정도는 어떻게든 발을 적시지 않고 강을 건넜지만 결국은 지쳐서 포기했다. 밥과 나는 처음부터 체념하고 곧장 첨벙거리며 물속으로 들어갔다. 가장자리에서는 물이 겨우 복사뼈까지 차는 정도였지만, 강 한복판으로 들어가자 물은 무릎까지 차올랐다. 물살은 그리 세지 않앗으나 강물은 얼음처럼 차가웠다. 강을 한 차례 건넌 뒤 발이 좀 녹았다 싶으면 또다시 강을 건너는 일이 반복됐다.

이튿날 아침이 되자 신발과 양말은 판자처럼 딱딱하게 얼어 있었다. 이걸 신으려면 강물에 한 번 더 담그는 수밖에 없었다. 트레일은 이런 모순덩어리로 가득 찬 곳이었다. 뉴멕시코에 들어선 이래 처음으로 물 걱정을 하지 않아도 되었지만, 대신 발가락이 동상에 걸리지 않을까 두려워해야 했다.

거의 점심때가 되어서야 따뜻한 햇볕이 계곡 깊숙이까지 스며들었다. 힐라 강은 매우 장엄하면서도 협소한 골짜기를 따라 흐르고 있었다. 최소 20미터는 됨 직한 깎아지른 기암괴석 절벽이 강의 양옆으로 솟아 있었다. 힐라 강은 이 경치만으로도 CDT에서 가장 아름다운 구간 중 하나였지만, 그 밖에도 이곳에는 두 가지 볼거리가 더 있었다.

첫 번째 볼거리는 북미 고대 원주민이 주거했다던 협곡의 가파른 절벽 곳곳에 있는 천연 동굴이었다. 토에크와 나는 기분 전환 삼아 간간이 관광객들 틈에 섞여 CDT의 길목에 있는 힐라 클리프(Gila Cliff) 거주지 국립기념물을 구경했다. 이곳에는 13세기에 고대 모골론(Mogollon) 문명의 원주민들이 주거지로 사용한 절벽 가옥이 남아 있었다. 밥은 이번에도 함께 오지 않았다. 입장료 5달러를 아끼기 위해서였다.

두 번째 볼거리는 입장료도 낼 필요 없었다. 트레일 바로 옆에 있는 조던 핫스프링스(Jordan Hot Springs)가 그것이었는데 우리는 이 천연 온천의 따뜻한 물속에 느긋하게 드러누워 온종일 휴식을 취했다. 가장 가까운 도로까지 도보로 20킬로미터는 떨어져 있었기 때문에, 원시적인 자연욕탕에서 목욕을 하거나 모닥불을 피우고 앉아 있어도 보는 사람은 아무도 없었다.

힐라 강을 따라가는 구간은 대부분 트레일이 제대로 닦여 있지 않았다. 우리는 덤불을 헤치고 나아가다가 길이 막히면 맞은편 강기슭으로 건너가기를 수백 차례 반복했다. 한번은 유난히 커다란 사막쑥 덤불을 헤치고 가느라 애를 먹고 있는데 몇 미터 앞서가던 토에크가 느닷없이 비명을 지르며 멈춰 섰다. 호기심에 얼른 달려간 밥과 내 눈앞에 으스스한 광경이 펼쳐졌다. 작은 공터에 누군가 쳐놓은 텐트가 갈기갈기 찢겨 있었고 장비들은 사방에 마구 흩어져 있었다.

우리는 의문에 찬 시선을 교환하고는 조심스레 야영지를 탐색하기 시작했다. 텐트는 짐승들이 찢은 게 분명했다. 여기저기 널린 옷가지에도 물어뜯긴 자국이 있었다. 야영지는 무척이나 호화로웠는데, 아마도 텐트 주인이 장기간 거주할 목적으로 꾸며놓은 듯했다. 냄비와 프라이팬, 다량의 배터리, 생필품, 심지어 도서관에서 빌려온 책들도 무척 많았다. 밥이 지갑을 발견했지만 신분증과 신용카드, 돈은 모두 사라진 뒤였다.

텐트 주인은 흔적조차 찾아볼 수 없었다.

불길한 예감에 휩싸인 우리는 여러 가지 가능성을 놓고 논쟁을 벌였다. 이곳에 텐트를 치고 지내던 사냥꾼이 사고로 목숨을 잃은 것은 아닐까? 도보여행자가 야영지를 잠시 떠났다가 길을 잃은 바람에 돌아오지 못한 것이 아닐까? 혹은 강도에게 습격을 당한 것인지도 모른다. 어쨌든 못 본 체 지나칠 수는 없는 노릇이라 나는 토에크에게 말했다.

"토에크, 야영지 전체 사진을 찍어줘요. 나는 GPS로 위치를 기록해둘게요. 다음번 들르는 도시에서 신고해야겠어요."

토에크는 심각한 표정으로 고개를 끄덕이고 사진을 찍기 시작했다. 우리는 한 시간 뒤에 다시 출발했지만, 이 수상한 야영지에 관한 생각은 온종일 머릿속을 떠나지 않았다.

야영지를 목격한 지 사흘이 지난 뒤에야 실버시티(Silver City)에 도착한 우리는 곧장 경찰서를 찾았다. 사람들은 우리의 남루한 행색에 미심쩍은 시선을 보냈으나, 안내창구의 여직원에게 우리가 목격한 것을 알리자 그녀는 서둘러 움직이기 시작했다. 30분 뒤 우리는 어느 경찰관과 마주 앉아 야영지에 관해 증언했고, 그는 심각한 표정으로 모든 것을 받아 적었다. 기록이 끝나자 우리는 가장 궁금했던 질문을 던졌다.

"최근에 이 근처에서 실종 신고가 들어왔나요?"

경찰관은 한숨을 내쉬었다.

"아니요. 하지만 그건 중요하지 않아요. 수색대를 보내야 할 겁니다. 그런데 이 주변은 걷거나 말을 타고서만 수색이 가능해서……."

경찰관은 토에크의 사진을 복사하고 내 GPS 기록을 베껴 적은 뒤 수첩을 덮고 말했다.

"정보 감사합니다. 곧 수사에 착수하겠습니다."

5분 뒤에 우리는 여전히 풀리지 않은 궁금증을 안고 경찰서를 나섰다.

토에크와 밥과 나는 이후에도 그 비어 있던 야영지에 무슨 사연이 있는지 알아내지는 못했다. 그러나 인터넷 검색을 통해 나는 경찰관이 그토록 수심에 찬 표정을 한 이유를 알 수 있었다. 그해 초, 쉰두 살의 캐롤린 던이라는 여성이 힐라 국립산림에서 실종되었다는 신고가 들어왔다. 이 여성은 수색이 중단된 지 오래인 실종 5주일 뒤에야 두 대학생에게 발견되었는데, 심한 저체온증과 영양실조에 걸려 있었지만 목숨은 겨우 붙어 있었다고 한다.

마찬가지로 같은 해에 CDT를 종주한 스루하이커 한 명도 힐라 강 근처에서 위기를 겪었다. 6월에 글레이셔 국립공원에서 우리와 만났던 와일드캣이 그 장본인이었다. 중간에 이런저런 가족 행사에 참여하느라 우리보다 한참 뒤처졌던 그는 12월 중순에야 힐라 강에 도착했다. 그런데 갑자기 눈보라가 닥치는 바람에 영하 10도의 강추위에다 1미터나 쌓인 눈 속에 고립되고 만 것이다. 와일드캣은 눈을 헤치고 협곡을 빠져나와 가까스로 작은 마을에 도착했으나 발이 심한 동상에 걸려 있었다. 결국 여행을 중단할 수밖에 없었던 그는 집중 치료를 받은 끝에 발가락 절단을 겨우 모면했다고 한다. 그리고 이듬해 초 CDT 종주를 끝냄으로써 마침내 트리플 크라운을 달성할 수 있었다.

2007년 11월 9일

하치타, 뉴멕시코

┌ - - - -
└ - - - - - - - - 약 4,850킬로미터 지점

"콜라 마실래요?"

상냥한 우체국 여직원이 식량이 든 바운스박스를 우리에게 건네며 물었다. CDT에서 마지막으로 받는 소포였다.

"스루하이커들은 정말 대단한 것 같아요. 여러분 덕분에 이 따분한 시골에도 가끔 활기가 돈답니다."

그녀는 개인 냉장고에서 시원한 콜라를 꺼내 우리 손에 하나씩 쥐여주며 말했다. '따분한 시골'이라는 표현은 과장된 데가 하나도 없었다. 멕시코 국경에서 약 60킬로미터 떨어진 하치타(Hachita)는 주민이 채 50명도 되지 않는 작은 마을이었다.

이후 우리는 그 소수의 주민 중에도 다소 '특이한' 이들이 여럿이라는 사실을 알게 되었다.

우체국 앞에서 바운스박스에 들어 있던 식량을 배낭에 쟁여 넣고 있을 때였다. 길고 가느다란 머리칼에 인디언 장식을 한 쉰 살 정도 되어 보이는 히피 남성이 나타나더니 자신을 소개했다.

"나는 매직 스티브요."

"반가워요. 여기서 뭘 하고 계세요?"

나는 흥미로워하며 물었다.

"UFO를 관찰하고 있지."

스티브는 대답하며 명함을 한 장 건네줬다. 명함에는 '매직 스티브 - 주술 여행 안내자 - 치유자 중의 치유자 - 도사 중의 도사'라고 적혀 있었다. 스티브는 이야기를 계속했다.

"그러던 중에 내 친구 재규어 킹을 알게 되었지. 나는 6만 살밖에 먹지 않았지만 그는 나보다 훨씬 오래 살았소."

"아."

나는 뭐라 대꾸해야 할지 몰라 얼버무렸다. 토에크는 떨떠름한 표정으로 슬쩍 곁눈질을 했고 밥은 눈길 한번 주지 않은 채 고개만 절레절레 흔들었다.

"이만 가봐야겠어요."

이 상황을 모면하기 위해 말을 꺼냈지만, 스티브는 고분고분 보내줄 기색이 아니었다.

"조심하시오. 몇 주 전 한밤중에 붉은 군대가 UFO를 호위하며 이곳을 지나갔소."

"그랬군요. 조심할게요."

나는 신이 난 스티브를 자극하지 않으려 애썼다. 그는 어느덧 온갖 음모론을 폭포수처럼 쏟아내고 있었다.

"그래도 당신은 내 말을 이해하는군."

한바탕 연설을 마친 뒤에 그가 내게 말했다. 토에크와 밥이 킬킬대며 웃는 와중에도 나만은 인내심을 발휘해가며 들어줬기 때문이다.

"그 대가로 당신에게 부적을 선물하겠소."

그는 주머니에 손을 집어넣더니 작은 터키옥을 꺼냈다.

"가지시오!"

그는 씩 웃으며 내 손에 돌을 쥐여주고는 다시 한 번 "UFO를 조심하시오!"라는 말로 작별 인사를 했다.

나는 빈 콜라 캔을 쓰레기통에 던져 넣고 배낭을 메며 동료들에게 말했다.

"서둘러 출발하죠. 스티브의 친구라는 재규어 킹이 나타나기 전에."

그들도 기꺼이 걸음을 떼었다. 그러나 우리는 얼마 못 가 또다시 붙잡히고 말았다. 도로 맞은편 몇 집 건너에서 체크무늬 셔츠와 청바지 차림의 노인이 손짓으로 우리를 부르고 있었다. 그 역시 명함을 건네며 자기소개를 했다.

"나는 샘 휴스요. 콜라 마실래요?"

매직 스티브와는 달리 샘 휴스는 우리 모두에게 반가운 사람이었다. 그는 몇 년 전부터 하치타에서 트레일 엔젤 역할을 하며, 한껏 들뜬 채 CDT의 남쪽 출발점을 찾아오는 스루하이커들을 멕시코 국경까지 데려다주고 있다고 했다. 다만 그의 명함에는 '금·보물 탐색자'라는 문구가 적혀 있었다.

삼시 후 우리는 낡아서 부서질 것 같은 샘의 소파에 앉아 콜라를 마시며, 줄담배를 피워대는 이 노인의 흥미진진한 채금 이야기에 귀를 기울였다.

"태워다 달라는 사람이 어찌나 많은지, 내가 캔 금만으로는 연료값을 대기도 벅차다오."

그는 기침을 해대면서도 새로 꺼낸 담배에 또다시 불을 붙이고 화제를 바꿨다.

"여러분은 어느 종착점으로 갈 예정이오?"

CDT의 남쪽 종착점은 세 곳이었다. 공식 종착점인 크레이지쿡(Crazy Cook)은 허허벌판 한가운데 있었다. 앤털로프 웰스(Antelope Wells)는 국경 통과대가 있는 지점으로, 크레이지쿡과 마찬가지로 횅한 곳이었지만 그나마도 그곳까지는 아스팔트 도로가 닦여 있었다. 세 번째 종착지인 콜럼버스는 국경지대에서 대도시라 할 수 있는 인구 1,700명의 마을이었다.

"먼저 크레이지쿡까지 갔다가 다음 종착점인 앤털로프 웰스로 갈 거예요."

내 대답에 샘은 쿡쿡 웃으며 말했다.

"CDT가 지겹지도 않은 모양이로군. 내 방명록에 글을 남기고 콜라 한 잔씩 더 마시고 가요."

작별 인사를 하려는데 그가 빙긋 웃으며 덧붙였다.

"UFO를 조심하라는 말은 분명 이미 매직 스티브에게서 들었을 테고……."

30분 뒤 81번 고속도로에 도달했을 때 우리는 또 한 번 붙잡히고 말았다. 이번에는 국경 수비대였다. 갈색으로 그을린 피부에 건장한 체구의 국경 수비대원들은 트럭에 탄 채 우리를 보고 환하게 웃었다.

"CDT 그거, 정말 멋진 일이에요! 우리도 언제 시도해봐야 할 텐데."

그들은 친근하게 인사를 건넨 다음 이내 사무적인 태도로 말했다.

"우리는 여러분이 어느 지점에 위치하고 있는지 항상 파악하고 있습니다. 국경지대에 감시 카메라가 설치되어 있다는 것은 잘 아시겠죠. 야간근무를 하는 동료들에게도 여러분이 여행 중임을 고지해두겠습니다."

국경 수비대가 탄 트럭이 끼익 소리를 내며 출발했다. 토에크와 나는 철저한 감시체계에 놀라 할 말을 잃은 채 서로를 바라봤다.

"안전 문제는 걱정 안 해도 되겠군요."

토에크가 비꼬듯 말하며 다시 걸음을 옮기기 시작했다.

이번에도 우리는 멀리 가지 못했다. 한 시간 뒤, 말끔한 중형차 두 대가 국경 방향에서 달려오다가 경적을 울리며 우리 옆에 멈추었다. 자동차 문이 열리더니 도나와 그뤼비, 저그, 리 (Li), 니트로와 그녀의 부친이 우르르 몰려나왔다. 이들은 국경에서 니트로의 트리플 크라운 달성을 축하하고 돌아오는 길이었다.

모두 서로를 얼싸안았다. 우리는 CDT를 정복한 다섯 사람에게 축하의 말을 건네고 이메일 주소와 전화번호를 주고받은 뒤 수십 장의 사진을 찍어댔다. 그러나 종주를 끝낸 친구들과 달리 우리는 아직 크레이지쿡까지 하루 반나절은 더 걸어야 했으므로 곧 그들과 헤어졌다. 니트로의 부친은 출발하기 전에 아이스박스를 열더니 우리에게 물었다.

"콜라 마실래요?"

콜라 때문에 배가 터질 지경이던 나는 박장대소를 터뜨렸지만 사양하지는 않았다. 이날 밤 좀처럼 잠을 이룰 수 없었던 것도 아마 오후 내내 콜라를 다섯 캔이나 마신 탓이었으리라.

GPS가 없었더라면 우리는 아마 불법으로 멕시코 국경을 넘었을지도 모른다. 여행의 종착점인 국경에는 낡고 허술한 철조망 하나만 쳐져 있었다. 철조망은 우리가 지난 몇 달 동안 수없이 넘어다녀야 했던 다른 철조망들과 다를 바 없어 보였다. 기둥 하나에 새겨진 CDT의 로고와 특징 없는 시멘트 판에 새겨진 글씨만이 우리가 크레이지쿡에 와 있음을 알려줄 뿐이었다. 미국의 장거리 트레일 중에서도 가장 긴 트레일의 남쪽 종착점에 도착한 것이다. 무심코 시계를 본 나는 자신도 모르게 웃음을 터뜨렸다. 우리가 목적지에 도착한 날짜와 시간은 정확히 11월 11일 11시 11분이었다.

우리는 치와와(Chihuahua) 사막의 바짝 마른 들판 한가운데서 있었다. 평범한 가시투성이 덤불 외에도 선인장과 아가베, 덤불처럼 생긴 오코틸로가 자라고 있었다. 우리의 뒤쪽으로는 멀리 빅해칫 산맥이 보였다. 밥이 나를 독려하기 위해 늘 언급하던 바로 그 산. 귀가 닳도록 들었던 '늦어도 빅해칫 산맥에 도착할 때쯤이면 기운이 날 거요'라는 말의 바로 그 빅해칫 산이었다. 그리고 마침내 어제 우리는 그 산을 넘었다.

토에크와 밥과 나는 배낭을 내려놓고 어설프게 서로를 마주 봤다. 우리가 목적지에 도착했다는 사실이 좀처럼 실감 나지 않았다.

"우리가 걸어온 거리가 총 몇 킬로미터쯤 될까요?"

나는 여전히 믿을 수 없다는 표정으로 내 곁에 서 있는 두 사람을 향해 물었다.

"아마 5,000킬로미터가 좀 안 될 거요."

밥이 대답하자 토에크도 고개를 끄덕이며 덧붙였다.

"다섯 달이 채 걸리지 않았으니 한 달에 거의 1,000킬로미터를 걸은 셈이죠."

우리는 잠시 말을 잃었다. 자신이 이뤄낸 성과에 스스로 놀라는 중이었다.

"그럼 이제 기념식을 거행해야죠. 토에크, 트리플 크라운 달성 대관식을 치를 준비가 되었나요?"

내 말에 마침내 모두 감회에서 깨어났다.

"물론이죠!"

토에크는 함박웃음을 지으며 곧장 대꾸했다. 미국 장거리 하이킹 협회는 총합 약 1년 반 동안 세 개의 장거리 트레일을 완주한 사람에게 배지를 수여하고 트리플 크라운에 성공한 모든 사람이 모이는 행사를 매년 주최하고 있다. 그러나 사실상 트리플 크라운 기념식은 마지막 트레일 종주를 마치는 것과 동시에 이루어진다. 토에크에게는 지금이 바로 그 기념비적인 순간이었다.

밥과 나는 토에크에게 가장 멋진 날을 선물해주기 위해 몇 시간 동안 머리를 굴린 끝에 배낭에 있던 물건들로 장신구 몇 개를 만들어뒀다. 마침내 밥이 토에크의 카메라로 동영상 찍을 준비를 했고 나는 대관식을 준비했다.

"트리플 크라운을 달성한 그대를 토에크 1세로 명명하고자 하노라. 그러려면 왕다운 옷차림이 필요하니 이 대관식 망토를 걸칠 것을 명하노라!"

나는 이렇게 선언하며 독개구리 색깔 같은 녹색 판초우비를 그의 어깨에 둘러줬다. 그러고는 오른손에 등산스틱을, 왼손에 오렌지 한 개를 쥐여주며 덧붙였다.

"이 제국의 보주(구체 상단에 십자가가 박힌 모양으로 중세 황제의 강력한 왕권을 상징한다)와 왕홀(지휘봉 모양으로 이 또한 강력한 왕권의 상징이다)도 이제 그대의 것이다. 마지막으로 무릎을 꿇고 영광스러운 스루하이커의 관을 받도록 하라."

토에크는 민망한 웃음을 지으며 먼지 날리는 흙바닥에 무릎을 꿇었다. 나는 기사 작위 수여식을 할 때처럼 등산스틱을 그의 양어깨와 머리에 한 번씩 갖다 댔다.

밥은 내게 종이상자로 만든 왕관을 건네줬다. 어젯밤에 정성껏 오려 붙이고 세 트레일의 로고까지 그려 넣은 왕관이었다. 나는 경건한 몸짓으로 토에크의 머리 위에 왕관을 씌우고 엄숙하게 말을 이었다.

"그대가 트레일에서 달성한 위업을 치하하노라."

동시에 그의 목에는 다채로운 색의 젤리빈으로 만든 화려한 목걸이가 걸렸다. 콩 보양의 이 달콤한 젤리는 토에크가 가장 좋아하는 간식이었다. 어젯밤 나는 젤리빈 한 봉지를 치실에 바늘로 꿰어 이 목걸이를 만들었다. 마지막으로 나는 "토에크 1세 만세!"라고 세 번 외침으로써 대관식을 종료했다.

토에크는 감동에 젖어 몸을 일으키고는 나와 포옹을 나누었다. 분위기는 한껏 들떠 있었다. 밥과 나는 각도를 이리저리 바꾸어가며 갓 대관식을 마친 트레일 황제의 모습을 사진으로 남겼다. 축하 의식은 이후에도 계속됐다. 나는 밥의 목에 마시멜로 목걸이를, 밥은 내 목에 치실에 꿴 스니커즈 초코바 한 개를 걸어줬다.

점심 식사를 하는 동안 우리는 토에크의 대관식 망토로 사용했던 판초우비를 펼쳐 햇빛 가리개로 사용했다. 물이 거의 남아 있지 않았기 때문에 무척이나 텁텁한 점심 식사가 될 것 같았다. 그러나 물을 구할 수 있는 풍차는 너무 멀리 떨어져 있었다. 우리가 미처 자리를 잡고 앉기도 전에 멀리서 엔진 소리가 들려왔다.

"국경 수비대 친구들이 오는 모양이군."

황제의 장신구를 모두 벗은 토에크가 투덜댔다. 그러나 자동차는 멕시코 영토 쪽에서 나타나더니 곧장 우리를 향해 다가왔다. 철조망 반대편에 멈춰 선 차에서 카우보이모자를 쓴 세 남자가 내려 스페인어로 인사를 건넸다.

"부에노스 디아스(Buenos dias)!"

그들은 영어를 못했기 때문에 나는 스페인어로 그들과 대화를 나눴다. 우리가 이곳에서 무엇을 하고 있는지 간단히 설명한 뒤 대화는 뜻밖의 방향으로 흘러갔다. 세 남성은 16세기에 독일어권에서 창설된 개신교 교단의 추종자인 메노나이트(Mennonites)였다. 메노나이트는 교단 창설 이후 유럽에서 박해를 받았는데, 그 때문에 이 세 남성의 선조들도 유럽을 떠나 이곳저곳을 방랑한 끝에 멕시코 북서부에 자리를 잡았다고 한다. 줄곧 스페인어를 쓰던 세 사람은 내가 독일인이라는 것을 알고 나자 별안간 고대 독일어 방언을 쓰기 시작했다. 그러더니 멕시코 영토 쪽에 있는 그들의 농장으로 우리를 초대했다.

잔뜩 흥분한 나는 두 동료에게 이들의 뜻을 전했지만, 안타깝게도 우리는 그들의 초대를 받아들일 수 없었다. 미국 국경수비대의 삼엄한 감시 속에서 불법으로 국경을 넘는 일은 너무나 위험하기 때문이었다. 크게 실망한 나는 메노나이트들에게 그렇게 전한 뒤 물이라도 얻을 수 있는지 물었다.

"물론이죠. 물병을 주면 농장으로 돌아가 물을 채워 가지고 올게요."

그들은 선선히 말하고는 5분 뒤에 픽업트럭을 타고 먼지구름을 한바탕 일으키며 사라졌다.

"저들이 다시 돌아오지 않으면 무척이나 곤란해질 텐데 어쩌죠? 물이 한 방울도 남지 않은 데다 물병까지 그들이 모두 가져가버렸으니……."

나는 걱정스럽게 말했다. 그러나 토에크와 밥은 고개를 저으며 대답했다.

"메노나이트라면 틀림없이 돌아올 거예요."

"그럼 기다리는 시간이라도 의미 있게 활용해보는 게 어때요? PCT에서처럼 트레일의 종착점을 배경으로 누드사진을 찍기로 하죠."

나는 능청스럽게 웃으며 말하고는 자리에서 일어났다. 그러자 토에크가 손을 휘휘 내저으며 대꾸했다.

"누가 GT 씨 아니랄까 봐. 사진이라면 오늘 충분히 찍었으니 나는 빠질게요."

밥도 내 아이디어를 그다지 반기는 기색이 아니었다.

"이봐요, 신사 여러분. 나는 태어나서 지금까지 이만큼 팔팔했던 때가 없었다고요. 그러니 무슨 일이 있어도 이 모습을 사진으로 남겨야겠어요."

나는 고집을 부리며 밥에게 억지로 휴대폰을 쥐여주고 반바지와 티셔츠를 벗어버렸다. 신발은 가시투성이 덤불 때문에 벗지 않았다.

국경선 울타리 앞에서 나체로 포즈를 취하던 나는 문득 내 몸을 내려다봤다. 지난 다섯 달 동안 내 몸은 몰라보게 달라져 있었다. 짙은 갈색으로 탄 팔다리는 창백하리만치 희멀건 몸통과 극단적인 대조를 이루었다. 원래 갈색이던 머리칼은 강한 햇볕에 오래 노출되어 푸석푸석했고 끝부분은 거의 금발로 보일 만큼 바래 있었다. 게다가 나는 이전의 어느 때보다 날씬했다. CDT를 걷는 동안 거의 10킬로그램이 빠진 것 같았다. 그런데도 믿을 수 없을 정도로 힘과 생기가 넘쳐흘렀다. 나는 활짝 웃으며 두 손을 하늘로 쭉 뻗고는 이 황홀한 기분을 온몸으로 음미했다. 그때 토에크가 화들짝 놀라며 외쳤다.

"저런! 메노나이트들이 돌아오고 있어요!"

토에크와 밥이 허리가 휘어지도록 웃는 동안 나는 허둥거리며 번개같이 옷을 입었다. 메노나이트들이 탄 자동차가 도착했을 때는 이미 옷을 다 갖춰 입은 뒤였다.

이번에는 세 남자 외에도 검은 뜨개양말과 긴 치마를 입고 모자를 쓴 여자들 몇 명도 함께 타고 있었다. 독일 향토영화에서나 보던 고풍스러운 복장을 멕시코 사막 한가운데서 보리라고는 꿈에도 상상한 적이 없었다.

"집에 돌아가서 여자들에게 여러분 이야기를 했더니 도무지 믿지를 않더군요. 그래서 직접 보라고 데려왔어요."

메노나이트 남자 하나가 쿡쿡 웃으며 이야기했다. 여자들은 약간 수줍은 태도로 우리를 곁눈질하더니 얼마 안 가 CDT에 관해 골백번은 받았던 질문들을 쏟아냈다. 이번에는 예스러운 저지독일어 방언으로 질문을 받는다는 점만 다를 뿐이었다. 나는 중간에서 통역을 하느라 진땀을 흘렸다. 한 시간이 지나고 거듭 초대를 받은 끝에 우리는 메노나이트들과 헤어졌다. 그들은 약속내부 물병에 물을 가능 채워 가져다주었다.

우리는 다음 목적지인 앤털로프 웰스 국경 통과대로 가기 위해 오래된 들길을 따라 81번 고속도로 방향으로 걸음을 옮겼다. 야생에서 문명으로 돌아가는 셈이었다. 기묘한 해방감이 우리를 사로잡았다. 목표는 이미 달성했으니 지금부터는 느긋하게 여운을 즐기며 트레일과 작별하는 일만 남은 것이다. 서서히 평범한 일상으로 되돌아갈 준비도 해야 한다. 그런데 지금의 내게 평범한 일상이란 과연 무엇일까?

이튿날 저녁, 우리는 땅거미가 진 뒤에도 한참 동안 말없이 마주 앉아 있었다. 멀리서 들려오는 코요테의 울부짖음을 제외하면 사방은 적막했다. 트레일에서 다 함께 맞는 마지막 밤이었다. 토에크는 내일 앤털로프 웰스를 떠나 내일모레면 이미 네덜란드행 비행기를 타고 있을 것이다.

어둠 속에서 갑자기 토에크의 목소리가 울렸다.

"내일모레 비행기에서 두 사람에게 손을 흔들게요!"

모두의 쓸쓸한 웃음이 흐르는 가운데 토에크는 나를 향해 말했다.

"GT 씨, 멋진 트리플 크라운 기념식을 마련해줘서 정말 고마워요. 영원히 잊지 못할 거예요."

나는 민망하게 손을 내저었지만, 토에크는 아랑곳하지 않고 말을 이었다.

"내년에 당신이 애팔래치아 트레일을 완주하고 트리플 크라운을 달성했을 때 함께 축하해주고 싶군요."

"내년에 내가 애팔래치아 트레일을 종주할 거라고 생각하는 거예요?"

내가 반문하자 그는 확신에 찬 투로 대답했다.

"GT 씨, 당신은 그러지 않고는 못 배길 사람이에요. PCT를 완주한 뒤에 내가 한 말 기억 안 나요? 스루하이킹이 내 인생을 망쳤다고 했잖아요. 천만다행으로 말이에요! 당신에게도 마찬가지예요. 그렇게 된 걸 감사히 여기세요."

다음 날 오전 우리는 앤털로프 웰스의 작은 국경 통과대 앞에서 한 번 더 CDT 완주 축하 파티를 벌였다. 이곳은 하루 평균 열두 대의 자동차가 통과하는 장소였다. 리가 벌써부터 코로나 맥주와 소시지를 가지고 와 우리를 기다리고 있었고, 친절한 국경 통과대 관리는 자신의 바비큐 그릴을 빌려줬다. 리역시 올해 CDT를 완주함으로써 토에크보다 이틀 앞서 트리플 크라운을 달성했다. 그러나 직장으로 복귀할 때까지 이곳에 머물며 스루하이커 후배들을 지원해줄 예정이라고 했다. 얼마 뒤 우리는 리의 자동차를 타고 문명 속으로 되돌아가는 토에크를 향해 마지막으로 손을 흔들었다.

나는 밥과 함께 며칠 더 트레일을 걷기로 결정했다. 그 뒤에는 그레이하운드 버스를 타고 피닉스로 돌아가 독일행 비행기를 탈 것이다. 사실 나는 이 시간을 이용해 우리의 관계에 대해 그와 대화를 나눌 작정이었다. 그러나 밥은 여느 때처럼 어떤 이야기도 하지 않으려 들었다.

결국 목적지인 로즈버그(Lordsburg)에 도착할 때까지 우리는 아무런 결론도 내리지 못했다. 그와 계속해서 연락을 하게 될까? 다시 보게 될 날이 오기는 할까? 그와 한참 동안 애틋한 포옹을 나누고 그레이하운드 버스에 몸을 싣는 순간, 밥이 슬픈 눈빛을 한 채 마지막으로 손을 흔드는 그 찰나까지도 우리 앞에 어떤 미래가 기다리고 있는지 나는 알 수가 없었다.

▲▲ 애팔래치아 트레일

미국 동부 애팔래치아 산맥을 따라 이어진 트레일로 세 트레일 중
가장 거리가 짧고 도시와도 인접해 초보 도보여행자가 많다.

총길이: 3,508킬로미터

총상승고도: 142,000미터

최고 해발고도: 클링맨스돔, 그레이트 스모키 산맥, 2,025미터

최저 해발고도: 허드슨 강을 가로지르는 베어마운틴 교, 38미터

통과 연방주: 조지아 주, 노스캐롤라이나 주, 테네시 주, 버지니아 주,
웨스트버지니아 주, 메릴랜드 주, 펜실베이니아 주, 뉴저지 주, 뉴욕 주,
코네티컷 주, 매사추세츠 주, 버몬트 주, 뉴햄프셔 주, 메인 주

최남단: 스프링어 산, 조지아 주

최북단: 카타딘 산, 메인 주

공식 웹사이트: www.appalachiantrail.org

독일에서 나를 기다리고 있는
알 수 없는 미래를 향해 가면서도 나는 두렵지 않았다.
이제 나는 그 무엇에도 굴하지 않을 자신이 있었다.
'트레일이 우리를 보살필지어다.'
이번에도 이 금언이 증명되리라고 나는 확신했다.
얼마 안 가 나는 좋은 새 직장을 구할 것이다.
그게 뜻대로 안 된다면?
그때는 다시 한 번 뚜벅뚜벅 여행을 떠나리라.

2007년 12월

베를린

독일로 돌아온 지 3주가 넘도록 고민하던 나는 마침내 울리케에게 전화를 걸었다. 어차피 언젠가는 연락해야 할 터였다. CDT에 관해, 그리고 그녀의 전 남자 친구와 나의 관계에 관해 들려주기 위해서라도 말이다. 나는 일생일대의 상담치료를 받는다는 각오로 대화에 임했다.

전화를 받은 울리케는 반갑게 인사를 건넸다.

"CDT는 어땠어요? 안 그래도 궁금했던 참인데."

"저, 중요한 것부터 말할게요. 사실은 트레일을 걷던 중에 밥과 사귀게 됐어요."

나는 다짜고짜 본론으로 들어갔다. 뜻밖에도 울리케는 웃음을 터뜨렸다.

"글레이셔 국립공원에서 밥을 만나기로 했다는 이야기를 들었을 때 이미 그렇게 될 거라고 예상했어요."

"그런데 그리 좋게 끝난 건 아니라서……."

또다시 울리케의 웃음소리가 수화기를 통해 흘러나왔다. 이번 웃음에서는 씁쓸함이 묻어났다.

"그것도 예상했어요. 내가 워낙 밥과 오래 만났잖아요."

"그럼 나 때문에 기분이 상하지는 않은 거예요?"

한결 마음이 놓였지만, 나는 궁금했다.

"크리스티네, 전혀 아니에요. 밥과 헤어진 지 벌써 2년도 넘었는걸요. 솔직히 그땐 밥이 좋은 사람을 만나 행복하기를 빌었어요. 그런데 이제는 그가 원만한 관계를 맺을 수 없는 사람이라는 생각이 드네요."

통화는 세 시간이나 계속되었다. 울리케는 내 어깨에 얹혀 있던 무거운 짐을 덜어줬다. 지난 다섯 달 동안 무의식적으로 나는 밥과의 관계가 원만하지 못한 것에 대한 책임을 스스로에게 돌리고 있었다. 그러나 울리케는 내가 진실을 볼 수 있도록 해줬다.

"크리스티네, 그런 생각은 절대 하지 말아요. 당신과 밥이 좋은 관계를 맺지 못한 것은 누구의 책임도 아니에요. 밥은 그냥 원래 그런 사람이에요. 장기적으로는 당신도 나처럼 그의 성격을 받아주기 어려웠을 거예요."

그제야 나는 마음을 정리할 수 있었다. 아직도 밥을 너무나 좋아하지만, 그를 다시 만나는 일은 아무런 의미가 없다는 사실을 깨달은 것이다. 혹여 그와 마음이 잘 맞았다 하더라도 트레일에서는 혼자 걷는 편이 훨씬 나았을 것이다. 혼자일 때 가장 강하다는 사실을 CDT를 걸으면서 배웠지 않은가. 그래서 애팔래치아 트레일만은 혼자 걷기로 굳게 결심했다. 1주일 뒤 나는 밥에게 이런 결심을 이메일에 적어 보냈다. 울리케가 예상한 것처럼 밥에게서는 아무런 반응도 없었다.

이후 두 번 다시 그를 만날 수 없었다.

2008년 3월 31일
베를린

나는 딱딱한 아파트 복도 바닥에 얇은 발포매트를 깔고 드러누운 채 이리저리 뒤척였다. 갓 칠한 페인트 냄새가 코를 찔렀고, 집 안이 텅 비어 있는 터라 작은 소리도 크게 울렸다. 창문에 있던 커튼도 떼어낸 탓에 달빛이 새어 들어 내 몸을 비췄다. 지금껏 살던 집에서 맞는 마지막 밤이었다. 내일 아침이면 미리 싸둔 짐을 들고 마지막으로 이 집 현관문을 나설 것이다. 그 뒤에는 사실상 노숙자나 다름없는 신세였다. 몇 시간 째 잠을 이루지 못하고 뒤척이는 이유도 이런 불안감 때문이었다.

이미 넉 달 전부터 계획하고 준비해온 일이었다. 집을 빼기로 통보하고, 갖고 있던 물건은 모두 팔거나 나누어 줬다. 주변을 정리하는 일은 지금까지 살아온 인생 전체를 한 번 더 돌아보는 기회였다. 책 한 권, 옷 한 벌, 아주 사소한 물건 하나에도 나는 한참을 고민했다. 다가올 새로운 삶에서 이게 과연 내게 필요할까? 그렇지 않더라도 기념으로 간직하는 편이 좋을까? 거의 매번 대답은 '아니다'였다. 결국 나는 책과 옷, 가재도구를 넣은 상자 여러 개를 노숙자 지원단체와 후마나(Humana, 헌 옷 재활용으로 환경보호와 제3세계 지원을 장려하는 독일의 공익단체)에 기부했다. 나머지는 이사박스에 포장해서 3제곱미터 넓이의 창고를 빌려 보관해뒀다. 아침 6시에서 밤 10시 사이에는 창고에 마음대로 드나들 수 있었다. 내가 가진 것이라고는 이제 이사박스 열여덟 개, 매트리스와 접이의자 하나, 자전거 한 대가 전부였다.

새벽 2시가 넘었지만 여전히 잠이 오지 않았다. 새로 보수한 집에서 풍기는 특유의 냄새가 콧속을 파고들었고, 딱딱한 나무 바닥 때문에 허리가 아팠다. 그러나 무엇보다도 나를 괴롭히는 것은 머릿속을 떠나지 않는 물음이었다. 이렇게 나만의 안식처를 포기한 것이 과연 잘한 결정인 걸까?

나는 물끄러미 천장을 응시하며 앞으로의 계획을 수백 번

곱씹었다. 앞으로 열두 달 안에 애팔래치아 트레일을 완주하고 유럽, 오스트레일리아, 일본을 자전거로 여행하는 것이 내 목표였다. 이후에도 곧바로 직장을 구할 마음은 없었다. 미국의 트레일을 걷는 동안 나는 자연 속에서의 삶이 생각만큼 어렵지도, 비용이 많이 들지도 않는다는 사실을 깨달았다. 지금껏 저축한 돈만 가지고도 몇 년 동안 이 단순한 삶의 방식을 누릴 수 있음을 알았을 때는 놀라지 않을 수 없었다. 별안간 내 삶이 매력적인 여행지 정보로 가득한 컬러 카탈로그처럼 느껴졌다. 나는 그중에서 마음에 드는 장소를 고르기만 하면 되는 것이다. 향후 몇 년 동안은 이 자유로운 선택권을 백분 활용하며 오로지 야외활동에만 집중할 생각이었다. 지금까지 머릿속에 떠오른 여행 아이디어만 해도 벌써 수십 가지였다. 앞으로는 이보다 훨씬 많은 아이디어가 떠오를 것이다.

그러나 명색이 경영 전문가였던 만큼 나는 무턱대고 모험에 뛰어들지는 않았다. 모든 위험 가능성에 관해 의료보험사와 상의하고 연금보험 상담도 받았다. 특히 예산을 철저히 계산한 뒤 저축한 돈을 적절한 곳에 투자해두는 것도 잊지 않았다. 그럼에도 돈을 아껴 써야 할 필요는 있었다. 빠듯한 예산으로 어차피 비어 있을 집까지 유지하는 것은 무리였다.

숙고를 통해 내린 합리적인 결정이었음에도 집을 포기하기란 쉬운 일이 아니었다. 지금까지는 여행을 떠나더라도 원하면 언제든 집으로 돌아갈 수 있었다. 그러나 이제 돌아갈 집이 없기 때문에 방랑해야 한다. 달리 표현하자면 내일부터는 텐트가 내 집이었다. 그러나 벽의 두께가 1밀리미터인 텐트는 그리 안전한 안식처라고는 할 수 없었다. 병을 앓거나 부상을 당했을 때 휴식을 취하기에도 적절한 장소가 아니었다. 이제 주위의 모든 것이 부담스럽게 느껴져도 문을 잠그고 틀어박힐 장소조차 없는 것이다.

물론 언제든 베를린으로 돌아와 여럿이 함께 사는 세어하우스에 방 하나를 얻을 수는 있을 것이다. 그러나 그게 말처럼 쉽게 될까?

한숨을 쉬며 자리에서 일어난 나는 창밖에 내린 먹물 같은 밤을 응시했다. 내 근심거리는 그것뿐이 아니었다. 내가 소중히 여기는 사람들 전부가 내 새로운 삶의 계획에 긍정적인 반응을 보이지는 않았던 것이다. 특히 부모님은 완강하게 이에 반대했다.

"네 나이 때 나는 5년 동안 휴가 한번 가지 않고 일만 하며 버텼다. 오로지 가족을 위해서 말이야. 그런데 너는 하는 일 없이 허송세월을 하겠다는 게냐!"

아버지는 이렇게 내게 비난을 퍼부었다. 몇몇 지인들은 '여행을 하고 나면 영영 좋은 자리에 취직하지 못할 거예요!' 또는 '나이를 먹으면 연금 때문에라도 후회하고 말걸!'이라고 걱정 어린 충고를 했다. 친구들은 그나마 내 계획에 격려와 지원을 보냈지만, 오랫동안 자리를 비울 경우 이들과의 우정이 변치 않을 거라고 누가 보장한단 말인가?

야외활동을 하며 보내는 삶은 지극히 매혹적이었지만, 이를 위해 포기해야 하는 것도 지극히 많았다. 언젠가 후회할 날이 오지는 않을까?

나는 배를 깔고 엎드려 앞으로 내 베개가 될 옷 자루에 얼굴을 묻고 침낭을 머리끝까지 덮어썼다. 내 결정이 옳은 것이었는지는 오로지 시간이 말해줄 것이다…….

2008년 6월 16일

밀리노켓, 메인

0킬로미터 지점

메드웨이(Medway)에서 호텔로 가는 셔틀버스를 타기 위해 버스에서 내린 나는 호기심 어린 시선으로 주위부터 살폈다. 셔틀버스를 예약한 AT 스루하이커는 나 말고도 네 명이었다. 그런데 그들은 어디에 있는 걸까? 스루하이커들은 간단하게 꾸린 초경량 배낭과 기능성 의복, 등산스틱 때문에 금세 눈에 띄기 마련이다. 그러나 다른 승객들 중 이 범주에 해당되는 사람은 한 명도 없었다. 버스에서 내리는 승객들을 한 번 더 살살이 훑어보고 있을 때 대략 마흔 살쯤 되어 보이는 남자가 내게 말을 걸었다.

"안녕하세요! 저는 리처드라고 합니다. 애팔래치아 트레일에 가시는 분 맞죠?"

나는 잠시 말문이 막혀 리처드를 머리끝부터 발끝까지 훑어 봤다. 잠재적 스루하이커로 보이는 이 사람은 손으로 뜬 것 같은 사슴무늬 스웨터에 청바지 차림이 전부였다.

"아…… 예, 맞아요! 저는 저면 투어리스트라고 해요. 만나서 반가워요!"

나는 의외의 복장에 여전히 어리둥절한 채 더듬더듬 대답하며 그와 악수를 했다. 리처드는 나이가 좀 더 들어 보이는 남성을 손짓으로 부른 뒤 내게 소개시켰다.

"이분은 존이에요. 버스에서 알게 되었고요. 존도 AT를 종주하러 왔다고 하네요."

존은 내 손을 잡고 힘차게 흔들었다. 그 역시 거친 인상을 주는 남성으로, 바둑판무늬 모직셔츠와 복사뼈까지 올라오는 끈 달린 부츠, 군용배낭 차림이었다. 거기다 나무를 깎아 만든 커다란 지팡이까지 들고 있었다.

그때 셔틀버스 운전수가 우리에게 끼어들었다.

"이봐요, 세 분. 애팔래치아 트레일 로지에 가시는 분들 아닙니까? 그럼 얼른 타세요!"

트레일 스티커가 덕지덕지 붙어 있는 승합차에는 꽤 많은 좌석이 비어 있었고, 안에는 아웃도어 전문점에서 갓 나온 것 같은 차림새의 20대 젊은이 한 쌍이 타고 있었다. 머리끝에서 발끝까지 반짝거리는 새 기능성 의복을 입은 두 사람의 발 옆에 산만 한 여행자용 배낭이 눈에 띄었다.

"배낭은 짐칸에 넣는 게 좋겠어요."

운전수 겸 호텔 주인인 폴이 말하며 내 배낭까지 함께 처리해줬다.

우리는 곧 애팔래치아 트레일의 북쪽 출발점에서 가까운 메인 주의 소도시 밀리노켓(Millinocket)을 향해 출발했다. 낡은 아웃도어복과 더러운 초경량 배낭으로 무장한 채 세련된 젊은이들과 야생적인 두 남자 리처드와 존 사이에 앉아 있으려니 아름다운 백조 무리에 낀 미운 오리새끼가 된 기분이었다.

줄여서 AT라고 불리는 애팔래치아 트레일은 총길이가 약 3,500킬로미터로 트리플 크라운 중에서 가장 짧은 동시에 가장 인기 많은 트레일이었다. 올해 AT 종주에 나서는 여행자만도 대략 2,000명에 달할 것으로 추정되었다. 이 수는 꾸준히 증가하는 추세지만 완주 성공률은 AT가 가장 낮았다. 부푼 가슴을 안고 출발하는 스루하이커들 중 반대편 끝까지 걷는 데 성공하는 사람은 고작 4분의 1에 불과했다.

중도 포기자의 비율이 그토록 높은 이유는 이곳 밀리노켓에서 이미 쉽게 알 수 있었다. PCT와 CDT를 찾는 이들은 대부분 노련한 장거리 트레일 여행자들이었다. 반면에 AT에는 거리가 짧고 난이도가 낮다는 소문을 들은 트레일 초보들까지 몰려들고 있었다. 인구밀도가 높은 동부 해안지역에 있다는 점도 매력적이었다. 여행을 함께할 새 동료들이 준비조차 제대로 하지 않고 왔음을 나는 그들의 복장과 장비에서 이미 눈치채고 있었다.

애팔래치아 트레일 로지에 도착해 체크인을 한 뒤, 폴은 우리에게 배낭의 무게를 달아보라고 권했다.

"우리 호스텔에서 장비를 한 번 더 점검하고 필요 없는 물건은 집으로 돌려보내십시오."

폴은 벽걸이 저울을 가리키며 말했다. 나는 미소를 지으며 제일 처음 배낭의 무게를 달았다. 모든 장비를 1그램까지 정확히 달아둔 덕분에 14킬로그램도 채 안 되는 무게였다. 장비의 무게는 모두 합해서 6킬로그램 이하였지만, 첫 여드레 동안 헌드레드 마일 와일더니스(Hundred Mile Wilderness)를 걷는데 필요한 식량의 무게가 더해져 있었다. 하루치 식량이 1킬로그램이니 총 8킬로그램이 더해진 것이다.

"장거리 트레일을 좀 걸어본 분이군."

폴은 내 낡아빠진 아웃도어 복장을 위아래로 훑어보며 쿡쿡 웃었다.

"뭐, 그렇죠."

나는 대강 얼버무리고는 저울의 고리에 배낭을 거는 존을 흥미진진하게 지켜봤다. 저울의 눈금이 크게 뛰더니 31킬로그램을 가리켰다.

"대체 뭘 그리 많이 구겨 넣으신 겁니까?"

리처드가 불쑥 물었다. 그러나 그의 배낭 역시 터지기 일보 직전이었다. 존이 배낭에서 꺼내 보이는 물건들을 보고 나는 기겁했다. 묵직한 군복 여러 벌과 셀 수 없이 많은 위생용품, 기름에 절인 정어리 통조림 대여섯 개도 눈에 띄었다.

"이건 내가 제일 좋아하는 음식이죠! 게다가 열량도 풍부하답니다."

존은 멋모르는 말투로 자신의 무거운 식량에 시선을 던지며 말했다.

"초경량 원칙이라는 말 들어본 적 없어요?"

폴이 인내심 있게 물었다.

"에이. 애팔래치아 트레일이라는 게 있다는 사실도 1주일 전에야 알았는걸요. 재미있을 것 같아서 바로 표를 예약하고 짐을 챙긴 거예요. 군대에서 배운 대로 말입니다. 그리고 이렇게 이곳까지 왔죠. AT가 아주 기대되는군요."

존은 의기양양하게 팔짱을 끼고는 도전적인 시선으로 우리를 바라봤다. 누가 나서서 설득해도 배낭의 무게를 줄일 것 같지는 않았다.

화제를 바꾸기 위해 나는 27킬로그램짜리 배낭을 들고 온 리처드를 향해 물었다.

"그럼 당신은 어떻게 해서 AT를 알게 됐나요?"

"저는 사실 작년에 스루하이킹을 계획하고 이곳 북쪽 끝에서 출발했었어요."

리처드는 이렇게 대답한 뒤 다소 민망한 투로 덧붙였다.

"그런데 카타딘(Katahdin) 산을 오르다가 발을 접질리는 바람에 중단할 수밖에 없었죠."

"걷기 시작한 첫날에 중단했다고요?"

어이가 없어 불쑥 내뱉은 내 말에 리처드는 수치스러워하는 표정을 지었다. 나는 아차 싶어 입을 다물었다.

"뭐, 그래서 다시 시도하려고 이렇게 온 거 아닙니까."

리처드가 대꾸했다. 그러나 나는 그가 어째서 실패를 교훈 삼아 배낭의 무게를 줄이지 않은 것인지 의아할 뿐이었다.

2008년 6월 17~18일

백스터 주립공원, 메인

‘----
‘-------- 8킬로미터 지점

AT 스루하이커들 중 90퍼센트는 트레일의 남쪽 출발점인 스프링어(Springer) 산에서 출발한다. 약 1,800명이 해마다 이곳에서 종주를 시작하는 셈이니 시즌이 시작되는 4월 초에 그 일대가 얼마나 북적일지는 안 봐도 눈에 훤했다. 이를 피하기 위해 나는 AT의 북쪽 출발점인 백스터 주립공원(Baxter State Park) 내 카타딘 산에서 종주를 시작하기로 했다. 다만 북쪽에서 출발하려면 CDT와 마찬가지로 눈이 녹는 6월까지 기다려야 했다. 이 무렵이면 1월이나 2월에 남쪽에서 출발한 스루하이커들이 벌써 하나둘 카타딘 산에 도착했다. AT 종주는 이처럼 시간 선택의 폭이 매우 넓었다.

이튿날 폴은 리처드와 나를 백스터 주립공원까지 데려다줬다. 우리는 먼저 산림 경비원을 만나 여행자 등록을 한 뒤 카타딘 스트림(Katahdin Stream) 야영지 이용료를 지불했다. 이 주립공원의 이용규칙은 무척이나 엄격했는데 이곳에서는 AT 스루하이커들도 아무 곳에나 텐트를 칠 수 없었다. 다만 남쪽에서 출발한 스루하이커들에게는 지정된 산장을 이용하는 일이 허락되었다.

이날 저녁, 나는 산장에 잠시 들러봤다. 그곳에는 바구스(Vagus), 브러래빗(Brer Rabbit), 그리고 도저(Dozer)라는 트레일 별명을 가진 스루하이커 세 명이 머물고 있었다. 나는 그들의 트레일 완주를 축하해준 뒤 날씨와 트레일, 장비 등에 관해 잡담을 나눴다. 대화는 PCT와 CDT에서 경험한 것과 별반 다를

게 없었다. 그러나 내 마지막 질문 하나가 갑작스럽게 대화의 흐름을 바꿔놓았다.

"트레일의 끝을 눈앞에 두고 있는 기분이 어때요?"

바구스는 기다렸다는 듯 제일 먼저 대답했다.

"내일이면 끝이라고 생각하니 너무나 홀가분해요."

그러자 브러래빗이 즉각 동조했다.

"나도 이제 한계에 다다랐어요. 집에 가고 싶은 마음만 굴뚝같아요."

마지막으로 도저가 덧붙였다.

"마지막 한 주 동안은 매일 40킬로미터씩 걸었어요. 최대한 빨리 이곳에 도착하기 위해서 말이죠."

나는 놀라운 마음으로 세 젊은이를 바라보며 조심스레 말을 꺼냈다.

"PCT에서는 흔히들 하는 말이 있죠. 캐나다에 일착으로 도달한 사람은 뭔가를 잃는 셈이라고……. 우리도 종주를 급하게 마무리 짓고 싶지 않아서 마지막 며칠간은 일부러 천천히 걸었어요."

"맙소사. 우리는 점점 더 빨리 걸었는데."

바구스가 곧장 대꾸하자 도저도 덧붙였다.

"물론 AT에서 보낸 시간도 즐거웠어요. 하지만 이번 시즌에 남쪽에서 출발한 사람들 중 1등으로 카타딘 산에 도착하는 게 우리의 목표였거든요. 그리고 한시라도 빨리 집에 가고 싶었기도 하고요."

좋지 않은 느낌이 스멀스멀 나를 휘감았다. 이곳 AT의 분위기는 다른 두 트레일과는 전혀 다른 모양이었다. 지금까지는 누가 먼저 도착하느냐가 아니라 길 위에서 얼마나 멋진 시간을 보내느냐가 관건이었다.

이튿날 아침, 나는 자욱한 안개와 부슬비에도 아랑곳하지 않고 이른 시간에 카타딘 산을 오르기 시작했다. AT의 기술적 난이도는 이곳에서 이미 확인할 수 있었다. 1993년에 공식적으로 완성된 PCT는 애초부터 도보여행은 물론 승마를 하기에도 적합하도록 만들어진 트레일이었다. 그래서 PCT에는 경사가 완만하고 구불구불한 구간이 많았다. 반면에 AT는 1937년 오로지 도보여행을 목적으로 완성된 곳이라 굽잇길 따위는 문제도 아니었다. 경사도 15퍼센트 이상의 오르막길이 전체 구간의 무려 11퍼센트를 차지하고 있었다!

카타딘 산 정상으로 이어진 헌트(Hunt) 트레일로 들어서자 걷는 시간보다 두 손을 대고 기는 시간이 늘어났다. 사람 키만 한 데다 미끄럽기까지 한 바위들을 두 팔과 두 다리를 총동원해 타고 올라야 했다. 그칠 줄 모르고 내리는 비 때문에 우비를 걸쳤는데도 얼마 안 가 온몸이 흠뻑 젖어버렸다. 오들오들 떨며 마침내 정상에 도착하자 '카타딘'이라는 글씨가 새겨진 유명한 나무 표지판이 눈에 들어왔다. AT 사진들에서 수없이 본 그 표지판이었다.

정상을 정복했음에도 기분은 그다지 상쾌하지 않았다. 사진을 찍어줄 다른 여행자가 나타날 때까지 15분을 빗속에 떨며 기다려야 했기 때문이다. 나는 트레일에서의 첫날답게 기대감과 흥분에 찬 스루하이커의 모습이 아니라 흠뻑 젖은 생쥐 꼴을 하고 있었다.

오후에 한 차례 더 등산을 하고 기진맥진한 채 카타딘 스트림 야영지에 노착하고 나니, 작년 AT에 도전했던 리처드가 트레일 첫날에 발을 접질린 이유를 짐작할 수 있었다. 다행히도 올해는 그런 일이 일어나지 않은 것 같았다. 나보다 세 시간 늦게 정상에서 내려온 그는 녹초가 되어 있었지만 몸은 무사해 보였다. 하이파이브를 하며 축하하는 나를 보고 그는 환한 웃음을 지었다. 그러나 이번에도 리처드는 스프링어 산까지 가지 못하고 또다시 중도 포기하게 된다. 이번에는 무릎에 문제가 생기는 바람에 500킬로미터 지점에서 또다시 종주를 중단할 수밖에 없었던 것이다.

동이 트기 직전에 나타난 여자 산림 경비원은 야영지를 한 바퀴 돌며 야영 허가증을 확인했다. 트레일의 높은 난이도를 몸소 체험한 뒤 궁금해진 나는 그녀에게 질문을 던졌다.

"여행자들이 오르막이나 내리막길에서 부상을 당해 꼼짝할 수 없을 때는 어떻게 하나요?"

산림 경비원은 모자를 뒤쪽으로 젖히며 곰곰이 생각하더니 다소 침울하게 대답했다.

"예전에는 늘 헬리콥터를 동원해 부상자를 운송했어요."

나는 다시 한 번 캐물었다.

"지금은 그렇게 하지 않는다는 말씀인가요?"

그녀는 모자를 아예 벗어 들고 손으로 빙빙 돌렸다.

"안 합니다. 더 이상 투입할 헬리콥터가 없거든요."

"그럼 이제 부상자를 어떻게 구조하죠?"

나는 질겁하며 물었다.

"우리도 몰라요. 아마도 들것에 싣고 산에서 내려와야 할 것 같아요…….."

그녀는 안타까운 표정을 지었다. 이 험한 산지에서는 그러기가 불가능에 가깝다는 사실을 나만큼이나 잘 알고 있는 표정이었다. 나는 영문을 몰라 또 한 번 질문을 던졌다.

"그런데 왜 헬리콥터를 더 이상 투입하지 않는 건가요?"

그러자 산림 경비원은 단호한 몸짓으로 모자를 다시 쓰더니 씁쓸하게 대답했다.

"전쟁 중이라서 그래요. 헬리콥터는 이제 군사적 목적에만 투입되고 있어요."

2008년 7월 9일

마후석 골짜기, 메인

원래 나는 고램(Gorham)의 레스토랑에서 호사스러운 만찬을 즐기고 편안한 호텔에서 묵으며 나의 마흔한 번째 생일을 보낼 계획이었다. 그러나 AT는 내 계획을 완전히 뒤죽박죽으로 만들어버렸다. 이후로도 거친 길이 계속되어 나는 평소처럼 하루 32킬로미터가 아닌 24킬로미터만 겨우 걸을 수 있었다. 또 그 바람에 고램을 35킬로미터 앞둔 마후석 골짜기(Mahoosuc Notch)에서 생일을 맞아야 했다. 마후석 골짜기는 메인 주에 있는 마후석 산맥의 사이에 까마득하게 움푹 파인 골짜기였다.

거의 모든 AT 여행자들은 2킬로미터 남짓 되는 이 구간을 트레일에서 가장 험난한 지점으로 꼽았다. 직접 가보니 그 이유를 알 수 있었다. 골짜기는 마치 거인이 바윗돌을 가지고 구슬치기를 하는 장소 같았다. 길다운 길은 더 이상 보이지 않았고 오로지 바윗덩이와 이끼 긴 절벽뿐이었다. AT를 알리는 하얀색 표시만 돌투성이 미로 사이로 이어져 있었다. 나는 거대한 바윗돌 아래를 기어서 통과하느라 몇 번이나 배낭을 벗어야 했다. 내 키보다 높은 데다 미끄럽기까지 한 바위를 거미처럼 타고 오르기도 부지기수였다. 그 뒤에는 다시 엉덩이를 깔고 미끄러져 내려와야 하는 내리막이 계속됐다. 작은 실수 한 번에 다리가 부러지거나 그보다 더 심한 부상을 입을 수 있기 때문에 나는 동작 하나하나에 모든 집중력을 쏟아부었다.

골짜기를 반쯤 통과했을 때 하늘에 구멍이라도 뚫린 듯 폭우가 쏟아졌다. 엄청난 비가 사정없이 퍼붓는 바람에 내 몸은 불과 몇 분도 지나지 않아 완전히 젖어버렸다. 이끼 긴 바위에 빗물까지 흘러 위험하기 짝이 없는 상황이었다. 바위투성이 미로에 갇힌 나는 뿌옇게 서린 김 때문에 앞이 거의 보이지도 않는 안경 너머로 하얀 트레일 표시를 찾으려 죽을힘을 다하고 있었다. 그때 어디선가 썩는 냄새가 나기 시작했다. 냄새는 점점 더 강렬해져 코를 찔렀다. 얼마 안 가 냄새의 근원지가 어렴풋이 보였다. 부패가 반쯤 진행된 말코손바닥사슴의 사체가 바위틈에 끼어 있었던 것이다. 바위 아래로 추락해 상처를 입은 사슴이 미처 빠져나오지 못하고 며칠 동안 고통에 몸부림치다 숨을 거둔 모양이었다. 그 옆에는 티베트에서나 볼 법한 기도용 깃발이 바람에 펄럭이며 으스스한 분위기를 자아내고 있었다. 등줄기에 소름이 쫙 돋았다.

나는 덜덜 떨며 무릎을 바닥에 댄 채 계속해서 바위를 기어올랐다. 비밀의 정원 같은 이 으스스한 골짜기에서 한시라도 빨리 벗어나고 싶었다. 그러나 2킬로미터가 채 안 되는 거리를 가는 데 거의 세 시간이 걸렸다. 마침내 골짜기 깊숙한 곳에서 뻗어 나온 가파른 길이 눈에 띄었다. 길은 빗물에 씻겨나가 알아볼 수 없거나 진창이 되어 있었다. 질척거리는 길을 밟고 앞으로 나아가기 위해서 나는 끊임없이 땅 위로 드러난 나무뿌리를 잡고 몸을 위쪽으로 힘껏 끌어올렸다. 그러다 그만 물을 마시기 위해 달아놓은 물 팩의 호스 마개가 나뭇가지에 걸리는 듯하더니 곧 빠져버렸다. 나는 황급히 호스를 막았지만, 이미 반 리터 정도의 물이 우비 위로 쏟아진 뒤였다. 남은 하루 동안 마실 마지막 물을 다 쏟아버린 것이다.

호스 마개를 찾아보려 애썼지만 허사였다. 그러자 눈물이 터져 나왔다. 도대체 내가 여기서 뭘 하고 있는 거지? 극도로 습한 공기와 그칠 줄 모르는 비가 며칠 전부터 나를 괴롭히고 있었다. 모기와 하루살이 떼도 끈질기게 따라붙어 물어뜯었고, 험난한 지형 때문에 걷는 시간보다 엉금엉금 기는 시간이 더 많았다. 동료 여행자들은 트레일 경험이 없는 20대 젊은이들이 대부분인 데다 야외활동보다는 도심에서 파티를 즐기는 일에 훨씬 더 관심이 많아 서로 대화조차 통하지 않았다. 경치라도 아름다우면 좀 나으련만, AT가 끝없이 숲을 따라 이어진 탓에 감상할 풍경도 없었다. 매일 밤 나는 녹초가 되어 텐트 안에 누운 채 AT에서의 하루가 지나간 것을 기쁘게 여겼다. 넉 달 동안 이렇게 하루하루를 보내야 한단 말인가?

미끄러운 나무뿌리를 밟고 또 한 번 넘어지자 마침내 억누르고 있던 감정이 한꺼번에 폭발했다. 몸을 일으킨 나는 등산 스틱으로 옆에 있는 나무를 힘껏 내려치며 외쳤다.

"망할 AT 같으니!"

눈물이 뺨을 타고 흘러내렸다. 이 우스꽝스러운 장면을 목격한 사람이 없는 게 천만다행이었다.

몇 분 지나지 않아 분노는 잦아들고 끝없는 절망이 그 자리를 채웠다. 나는 진흙투성이가 된 나무뿌리를 밟고 서서 들이붓는 비를 맞으며 눈물을 쏟아냈다. 끊임없이 계속되는 절망적인 상황에 잠식당하는 기분이었다.

AT는 기대했던 것과는 전혀 달랐다. 현재로서는 트레일에서 전혀 즐거움을 느낄 수 없다는 게 내 솔직한 심정이었다. 그러나 당장 여행을 그만둘 수도 없는 노릇이었다. 그만두고 나면 어디로 간단 말인가? 월세 계약도 해지했고, 친구들은 내가 1년 뒤에나 돌아오는 것으로 알고 있었다. 그때까지 친구다운 친구가 여전히 남아 있을지도 장담할 수 없었다. 나는 절박한 심정으로 주먹을 쥐어 가슴을 쾅쾅 쳤다. 내 발로 걸어들어온 이 악몽에서 깨어나고 싶었다.

그러나 악몽에서 깨어나는 일은 일어나지 않았다. 소원을 들어주는 요정도 나타나지 않았다. 마법처럼 따뜻하고 푹신한 침대에서 눈뜨기를 간절히 바랐지만, 침대는커녕 비조차 그치지 않았다. 나는 여전히 지저분하고 홀딱 젖은 몰골로 메인 주의 외딴 숲속에 초라하게 주저앉아 있었다. 일어나서 계속 걷지 않으면 내일 아침에도 여전히 이곳에 앉아 있을 것이고 그랬다가는 감기에 걸려 상황만 더욱 악화될 것이다. 나는 콧물을 훌쩍 들이마시며 눈물과 빗물로 엉망이 된 얼굴을 닦고 몸을 일으켰다. 2킬로미터만 더 가면 산장이다. 그곳까지는 어떻게든 갈 수 있겠지.

서의 한 시간이 지난 뒤 나는 풀구스(Full Goose) 산장에 도착했다. 커다란 산장은 스루하이커와 보이스카우트 단원들로 발 디딜 틈 없이 붐볐다. 대부분의 AT 여행자들과는 달리 나는 산장 안에 묵는 것을 싫어했다. 쥐 떼와 코골이들 사이에 끼어 자는 일이라면 질색이었다. 오늘은 더더욱 사람들과 어울리고 싶은 기분이 아니었다. 스무 명도 넘는 사람이 주위에 있었음에도, 게다가 내 생일이었음에도 나는 사람들과 단 한 마디도 이야기를 나누지 않았다. 마지막 남은 텐트 구역에 묵묵히 텐트를 친 뒤 물을 떠 왔을 뿐이다. 생일 만찬은 인스턴트 감자 퓌레와 스니커즈 한 개였다. 식사를 마친 뒤 지친 몸을 이끌고 축축한 침낭 속으로 기어들어 간 나는 다행히도 쓸데없는 생각이 떠오르기 전에 잠에 빠져들었다.

2008년 7월 12~13일

고램, 뉴햄프셔

468킬로미터 지점

생일이 이틀이나 지나고 나서야 나는 고램에 도착했다. 그러나 아늑한 호텔에서 묵겠다는 꿈은 물거품이 되었다. 주말이라 묵을 만한 숙소는 모두 예약이 꽉 차 있었던 것이다. 이리저리 헤맨 끝에 나는 하이커스 파라다이스(Hikers Paradise)라는 도보여행자 전용 호스텔에 묵게 되었다. 그러나 싱글룸에 묵었음에도 좀처럼 잠을 이룰 수 없었다. 미국의 숙박업소가 흔히 그렇듯이 호스텔도 대로변에 위치한 데다 방음도 거의 되지 않았기 때문이다. 이튿날 아침에도 운은 따르지 않았다. 까다로운 숙소 주인은 일단 체크아웃하면 공용 거실에 머무는 것조차 허락하지 않았다.

울적한 기분으로 트레일로 되돌아가기 위해 대로변을 걷다 보니 아늑해 보이는 카페가 눈에 띄었다. 나는 최소한 아침 식사라도 푸짐하게 먹기로 마음먹고 카페로 들어섰다. 그러나 토요일 아침의 카페는 당연하게도 사람들로 붐볐고 남는 탁자가 단 하나도 없었다. 계속되는 불운에 기운이 쭉 빠진 채 돌아서서 나가려는 순간 여종업원이 내게 말을 걸었다.

"혼자 오셨나요?"

나는 체념한 표정으로 고개를 끄덕였다.

"괜찮다면 저쪽에 계신 래리 씨와 합석하시는 건 어때요?"

그녀는 상냥하게 말하며 대략 마흔 살쯤 돼 보이는 남성을 가리켰다. 그는 짧게 자른 머리에 며칠간 면도도 하지 않은 수염과 편안한 복장을 하고 있었다.

"래리 씨는 저희 단골손님이고, 아주 편한 분이에요. 이야기 상대가 생기면 래리 씨도 분명 기뻐할 거예요."

송업원이 덧붙이며 어떠냐는 눈빛으로 나를 바라봤다. 그리고 내가 고개를 끄덕이기 무섭게 그를 향해 외쳤다.

"래리 씨, 이분이 동석하실 거예요."

배낭을 한구석에 내려놓고 자리에 앉자마자 그는 내게 자기 소개를 했다.

"만나서 반가워요! 난 래리요. 나는 내 조국을 사랑하지만 정부는 도저히 용납이 되지 않아요."

"그렇군요."

나는 짤막하게 대답했다. 괴상한 첫인사에 달리 대꾸할 말이 생각나지 않았다. 그러나 몇 분도 지나지 않아 우리는 다가올 대통령 선거에 관해 열띤 토론을 하게 되었다.

열렬한 녹색당 지지자인 래리는 소수정당에게 거의 기회가 돌아가지 않는 미국의 선거체계와 환경의식이 결여된 미국 시민에 관해, 그리고 조국을 두 쪽으로 갈라놓은 '테러와의 전쟁'에 관해 한 시간 동안이나 열변을 토했다. 시간 가는 줄 모르고 대화에 빠져 있는데 종업원이 청하지도 않은 계산서를 가져왔다. 그제야 우리가 너무 오랫동안 자리를 차지하고 있었음을 깨달았다.

래리는 지갑을 꺼내더니 당연하다는 듯 내 식사비용까지 지불하고는 이렇게 제안했다.

"난 고램에서 약간 떨어진 외곽에 살고 있어요. 괜찮다면 대화도 좀 더 나눌 겸 우리 집에서 하룻밤 묵는 게 어때요?"

래리는 무척이나 호감 가는 사람이었다. 게다가 나는 AT에서 고독한 한 달을 보내며 지적 교류에 목말라 있던 터였다. 그럼에도 나는 잠시 망설였다. 래리는 기존에 알려진 트레일 엔젤이 아니라 그냥 낯선 사람일 뿐이잖은가. 게다가 AT는 폭력 범죄가 잦기로 유명했다. 올해 초만 해도 야외활동을 즐기는 사람들에게 충격을 안겨준 끔찍한 사건이 있었다. 2008년 새해 첫날, 스물네 살의 여대생 메러디스 에머슨이라는 여성이 AT의 블러드(Blood) 산 근처로 일일 트레킹을 나갔다가 실종된 사건이 그것이었다. 그녀는 길에서 만난 예순한 살의 개리 힐턴이라는 노숙자와 몇 킬로미터를 함께 걸은 뒤 힘으로 제압당하고 납치되었다. 힐턴은 그녀를 나흘 동안 가두어둔 채 수차례 성폭행을 하고 사망할 때까지 구타한 다음 목을 베어버렸다. 체포 후 그가 이전에도 조지아 주와 플로리다 주에서 세 명의 도보여행자를 살해했다는 사실이 밝혀졌다. 힐턴은 사형선고를 받았다.

안타깝게도 애팔래치아 트레일에서 벌어진 강력범죄는 이 것만이 아니었다. 1990년에는 몰리 라뤼와 제프리 후드라는 여행자들이 펜실베이니아 주의 델마 마크스(Thelma Marks) 산 장에서 잔혹하게 살해당했다. 범인은 힐턴과 마찬가지로 노숙자인 폴 데이비드 크루스였고 그 역시 사형선고를 받았다. 이후 델마 마크스 산장은 철거되었고 그 자리에는 코브 마운틴(Cove Mountain) 산장이 새로 지어졌다. 그러나 이 끔찍한 사건을 기억하기 위한 추모비나 안내문은 AT의 어디에서도 찾아볼 수 없었다.

잔혹한 사건들을 떠올리고 있으려니, 내가 주저하는 것을 눈치챈 래리가 말했다.

"선뜻 낯선 사람을 따라가는 일이 물론 내키지 않을 거예요. 원한다면 그냥 지금 AT로 데려다줄게요. 하지만 난 이곳 단골손님인걸요. 정 못 미더우면 당신이 우리 집에서 묵는다고 종업원에게 이야기해둘 수도 있어요."

그는 너그럽게 말했다. 나는 인간에 대한 내 건전한 믿음을 따르기로 마음먹었다. 어차피 나와 래리가 함께 있는 모습을 목격한 사람도 수없이 많았고, 그는 정말로 호감이 가는 사람이었다. 결국 나는 그의 제의를 받아들였다.

내 결정은 옳았다. 래리는 오래된 작은 집에 살고 있었고, 낡은 연장이나 농기구들이 집 안 곳곳을 채우고 있었다. 우리는 미국 정치에 관해 토론하며 하루를 보냈다. 저녁이 되자 래리는 퀴퀴한 냄새는 나지만 너무나도 아늑한 작은 다락방에 잠자리를 마련해줬다. 무엇보다도 그곳은 무척이나 조용해서 나는 바위처럼 세상모르고 열 시간을 푹 잘 수 있었다. 이튿날 아침이 되자 래리는 풍성한 아침 식사를 차려준 뒤 나를 트레일까지 태워다 줬다.

"언제나 몸조심해요! 어려운 일이 생기면 언제든 나에게 전화하고."

래리는 나를 내려주고 자동차에 오르며 이렇게 인사했다. 나는 그를 향해 한 번 더 손을 흔들고는 묘한 상쾌함을 느끼며 기분 좋게 걷기 시작했다. 뜻밖에 찾아온 즐거운 제로 데이 덕분에 AT에서 쌓인 좌절감도 깨끗이 씻겨나갔다. 나는 스루하이커들의 오래된 금언을 떠올렸다. '결코 충동적으로 포기하지 말라.' 일단 다음 도시까지 가서 편안한 호텔에 묵고 맛있는 음식을 먹은 뒤, 여행을 계속할지 말지는 다음 날 결정하면 되는 것이다.

인적이 드문 서부에서와는 달리, 인구밀도가 높은 동부 해안의 AT에서 나는 훨씬 많은 사람을 만났다. 스루하이킹을 두 차례 경험한 터라 나는 그중 누가 트레일 공동체의 일원이고 누구는 아닌지 꽤 분명히 구별할 수 있었다. 전형적인 트레일 장비를 갖추지 않았거나 스루하이커만의 은어를 모르는 등, 어딘지 트레일과 어울리지 않아 보이는 사람은 멀찍이 피했다. 가령 인구가 밀집된 동부 연안의 연방주에서 반쯤 유목민 생활을 하며 AT의 산장에 거주하는 노숙자들도 그중 한 부류였다. 그러나 다른 스루하이커나 트레일 엔젤들을 대할 때도 상식적인 판단기준에 의거해 행동했다. 낯선 트레일 여행자에게는 내가 어디에서 묵는지 절대 알려주지 않았으며, 텐트를 칠 때도 가능한 한 트레일에서 곧장 보이지 않는 곳으로 골랐다. 귀중품은 반드시 몸에 지니고 다녔고 될 수 있으면 히치하이크도 피했다.

조심하기는 했지만 두려워한 것은 아니었다. 그럴 이유도 없었다. 단순한 나들이객에서 스루하이커에 이르기까지 한 해에 AT를 찾는 사람의 수만도 200~300만 명이었다. 이 숫자를 고려하면 AT에서의 범죄 발생률은 극히 낮은 셈이다. 미국의 어느 대도시를 가도 범죄에 노출될 가능성은 AT보다 훨씬 높을 테니까.

2008년 7월 24~26일

몬트필리어, 버몬트

`---------- 692킬로미터 지점`

우르릉 쾅쾅!!! 귀를 찢는 듯한 천둥소리가 또다시 울렸다. 텐트가 다 흔들리는 것 같았다. 이어서 번개가 칠흑 같은 어둠을 순간적으로 걷어내며 번쩍였다. 텐트를 때리는 빗소리만 계속되던 것도 잠시, 몇 초도 채 지나지 않아 다시 천둥소리가 숲 전체를 뒤흔들었다. 비는 말 그대로 억수같이 쏟아지고 있었다. 그 순간 물 한 방울이 콧등에 떨어졌다. 이제 텐트도 이런 폭우를 감당하기에는 무리인 것 같았다.

새는 부분을 찾기 위해 몸을 일으키려는데 매트 아래서 꾸르륵거리는 물소리가 들렸다. 며칠간 내린 비에 지표면이 포화상태에 이르렀고 더 이상 땅도 빗물을 빨아들일 수 없게 된 탓에, 텐트 밑에도 물이 차 있었다. 물침대 위에 드러누워 있는 기분이었다. 발포매트, 침낭, 옷까지 모든 것이 축축하고 더러워져 있었다.

나는 절망스러운 심정으로 이리저리 뒤척이며 이런 상황에서 늘 외는 주문을 반복했다. '오늘 밤만 지나면 모든 게 나아질 거야.'

내일이면 하노버(Hanover)에 도착할 것이고, 그곳에 가면 옛

PCT 동료였던 팩맨이 나를 데리러 와 있을 것이다. 내게는 긴 휴식이 절실했다. 화이트(White) 산에서 보낸 지난 며칠은 고되기 짝이 없었다. 지형이 너무나 험해서 하루 평균 걸을 수 있는 거리가 32킬로미터에서 20킬로미터로 줄어들었다. 악천후까지 이어져 거의 날마다 비에 흠뻑 젖은 채 걸어야 했다.

마음 놓고 쉬지 못하기는 밤에도 마찬가지였다. 화이트 신에서는 야영이 금지된 데다 지대가 험하고 가팔라 텐트를 치는 것도 어차피 불가능했다. AT의 도보여행자들은 이용료를 내고 지정된 야영지에 텐트를 치거나 애팔래치안 마운틴 클럽(Appalachian Mountain Club)이라는 호사스러운 산장에서 묵어야 했다. 고급 숙박시설인 이 산장은 온갖 편의시설을 갖추고 있기는 했지만, 수개월 전에 예약을 해야 하고 하룻밤 숙박비도 100달러가 넘었다. 다만 AT 스루하이커에게는 노동으로 숙박비를 대신하는 프로그램이 마련되어 있었다. 예약 없이 와서 묵되, 소일거리를 거들며 무료로 공용 거실 바닥에서 자는 것이다. 듣기에는 그럴듯했지만 실제로는 무척이나 고단한 경험이었다.

나는 열두 시간 동안 험한 길을 걸어 온 뒤였음에도 산장의 냉동고를 청소하고 냄비를 윤이 나게 닦아야 했다. 이후에도 편안한 휴식은 먼 이야기였다. 숙박비를 내고 묵는 여행객들은 공용 거실에서 자정이 지나도록 카드놀이를 하거나 술판을 벌였다. 겨우 잠잠해진다 싶으면 아침잠이 없는 사람들이 새벽 5시부터 일어나 돌아다녔다. 그나마 호텔 직원들이 저녁 식사와 아침 식사 때 남은 음식을 주기는 했다. 의무 숙박 기간인 사흘이 지나자 나는 노예가 된 기분이었고 몸은 완전히 녹초가 되어 있었다. 고램에 있는 래리의 집에서 하루를 쉰 이래로 2주일 동안 쉼 없이 걷고 나서 휴식도 취하지 못하고 일한 탓이었다.

우르릉 콰쾅!!! 천둥이 또다시 텐트를 뒤흔들었다. 물과의 싸움에 지친 나는 포기하고 젖은 침낭을 머리 위까지 뒤집어 썼다. 그리고 '오늘 하룻밤만 견디면 모든 게 나아질 거야'라는 주문을 수없이 되뇌다 지쳐 잠들었다.

이튿날 아침 하노버에 도착했을 때는 기적처럼 햇살이 빛나고 있었다. 약속장소에서 기다리던 팩맨은 몰골이 말이 아닌데다 악취까지 풍기는 나를 반갑게 껴안으며 말했다.

"이렇게 다시 보게 되다니, 정말 반가워요, GT 씨!"

4년 전 PCT에서 헤어진 이후 그를 만난 건 처음이었다.

"나도 마찬가지예요."

나는 진심으로 말했다. 팩맨과 그의 아내 와일드플라워를 만난다는 생각에 몇 주 전부터 설레던 참이었다.

"와일드플라워는 린과 함께 몬트필리어(Montpelier)에서 기다리고 있어요."

팩맨이 내 배낭을 트렁크에 넣으며 말했다. 나는 팩맨의 소형 자동차에 올라타며 대답했다.

"어떤 아이일지 아주 궁금했어요. 아기와의 첫 트레일 여행이 어땠는지 꼭 들려줘야 해요."

4년 전 PCT에서 팩맨과 와일드플라워는 자녀를 낳을 것인가 말 것인가의 문제로 언쟁을 벌이곤 했다. 그때는 없었던 두 사람의 딸이 벌써 두 돌을 넘겼다니. 심지어 아이는 트레킹용 캐리어로 아빠의 등에 업힌 채 첫 장거리 도보여행을 마쳤다고 한다.

"린도 언젠가는 분명 스루하이커가 될 거예요. 벌써부터 업히는 건 질색하고 혼자 걸으려고 하거든요. 그래서 당분간 도보여행은 어려울 것 같아요. 대신에 조만간 아이를 데리고 카누를 타러 갈 계획이에요."

아이 이야기와 PCT의 추억을 나누다 보니 우리는 어느새 버몬트 주의 주도인 몬트필리어에 도착해 있었다. 이 단란한 가족은 팩맨이 직접 공들여 보수했다는 시내 중심가의 오래된 집에 살고 있었다. 나는 제일 먼저 널찍한 욕실에 들어가 몸을 씻고 장비들을 몽땅 빨거나 닦았다. 깨끗이 빨아 집 뒤편의 정원에 옷과 침낭, 발포매트, 배낭을 널어놓자 얼마 안 가 햇볕에 보송보송하게 말랐다. 와일드플라워가 온갖 유기농 재료로 채식 메뉴를 요리하는 동안 팩맨은 직접 담근 시드르(Cidre,

사과를 발효시켜 만든 술)를 꺼내 왔다. 일순간 인생이 아름답게만 보였다.

식사를 하는 동안 나는 두 사람에게 그동안의 고충을 털어 놓았다. 험한 지형과 들끓는 벌레들, 고약한 날씨, 성가신 다른 여행자들까지. 이번 트레일은 그야말로 불만스러운 일투성이었다. 그나마 팩맨의 이야기에 나는 약간 마음을 놓을 수 있었다.

"제일 힘든 구간은 이제 지났어요. 뉴잉글랜드(미국 북동부의 매사추세츠, 코네티컷, 로드아일랜드, 버몬트, 메인, 뉴햄프셔 등 여섯 개 주를 통칭하는 것) 지역을 지나면 지형이 훨씬 무난해지거든요."

와일드플라워도 싱긋 웃으며 덧붙였다.

"조만간 네 발로 길 필요 없이 보통 때처럼 걸을 수 있게·된다는 뜻이에요."

우리는 밤늦게까지 모여 앉아서 이런저런 이야기를 나눴다. 팩맨은 마지막으로 시드르를 한 차례 더 돌리며 이런 말로 즐거웠던 저녁시간을 끝맺었다.

"느긋하게 생각해요, GT 씨. 장담하건대 여행을 마칠 때쯤이면 AT 역시 사랑하게 될 거예요."

자정이 가까워 올 무렵, 오래된 집의 다락에 있는 손님용 침대로 기어들어 가던 내 귓가에는 '느긋하게 생각해요, GT 씨'라던 팩맨의 말이 메아리처럼 울리고 있었다. 팩맨의 말이 옳았다. 오늘 아침 이곳에 도착할 때만 해도 트레일 때문에 스트레스가 쌓이고 쌓여 신경이 날카로워져 있었지만, 한나절 휴식을 취하고 나니 기분은 한껏 고조되고 트레일에 대한 애착도 되살아났다. 순간 나는 트레일을 걷는 동안 자꾸만 침울해지던 이유를 깨달았다. 그저 너무 힘을 뺀 탓이었다. 다른 두 트레일을 걸을 때도 마찬가지였지만, 당시에는 스루하이킹이 다른 의미를 지녔다. 도보여행은 예외적인 상황일 뿐, 곧 평범한 일상으로 돌아가 얼마든 피로를 회복할 수 있었던 것이다. 게다가 당시에는 곧바로 되돌아갈 집도 있었다.

지금은 모든 게 달랐다. 이제는 도보여행이 곧 평범한 일상이었다. 여행과 여행 사이에 몇 년 동안 휴식을 취할 수도 없었다. 무엇보다도 독일에는 더 이상 나만의 안식처가 없었다. 이제는 트레일 종주를 시작하기 전이나 후가 아니라 트레일에 있는 '동안'에만 휴식을 취할 수 있다는 사실이 번개같이 머리를 스쳤다. 장기간을 야외에서 떠도는 방랑자 신분으로 살고자 한다면 이를 버틸 수 있는 육체적인 힘과 정신적 힘도 길러야 한다. 그러지 않으면 언젠가 번아웃에 빠지고 말 것이다.

냉혹한 현실을 직시하자 도리어 마음의 짐을 크게 던 느낌이었다. 좌절감의 원인은 애팔래치아 트레일 자체가 아니라 그것을 대하는 내 마음가짐에서 비롯된 것이었으니까. 이는 얼마든지 변화시킬 수 있는 문제였다. 매일 걸어야 하는 총거리를 줄이면 그만이다. 좀 더 나은 음식을 먹고, 좀 더 괜찮은 곳에서 묵는 것도 한 방법이다. 무엇보다 더 자주 휴식을 취한다면 좋아질 것이다.

'당장 내일부터 실천하자.'

나는 마음속으로 다짐하고는 노곤한 몸을 침대에 뉜 채 깊은 단잠에 빠졌다.

이튿날 아침, 나는 다짐한 바를 즉각 행동으로 옮겼다. 하루 더 머물고 가라는 팩맨과 와일드플라워의 권유를 받아들인 것이다. 나는 두 친구와 그들의 딸과 함께 시내를 누비고 몇 시간이나 인터넷 서핑을 하고 한나절 동안 테라스에 앉아 책을 읽었다. 그리고 휴식하는 동안 기분이 훨씬 나아지는 것을 몸으로 느낄 수 있었다.

AT는 거의 숲을 관통하며 이어지기 때문에 '기나긴 초록 터널(The long green tunnel)'이라 불렸다. 가도 가도 보이는 것은 나무뿐이었다. 며칠 동안 나무만 보고 걸을 때도 많았다. 하루 한 번 높은 지대로 올라가면 그나마 시야가 좀 트였지만, 그래 봤자 보이는 것은 더 많은 나무뿐이었다. 미국 서부의 장대한 파노라마를 보고 나서 AT에 오니 처음에는 지루하기 짝이 없었다. 어차피 나무밖에 안 보이는데 끊임없이 산을 오르내리는 것도 동기 부여가 되지 않았다. 게다가 험하고 가파르기로 치면 이 트레일만 한 곳이 없었다. 스루하이커들은 이를 일컬어 '덧없는 오르내리기(PUDs, Pointless Ups and Downs)'라는 표현을 썼다.

처음에는 이 모든 것을 극복하는 게 무척이나 힘들었다. PCT와 CDT로 인해 AT에도 관심을 갖게 되었지만 AT는 그만큼의 기대를 채워주지 못했기 때문이다. 여러 주기 지나고 나서야 비로소 그런 기대감을 내려놓고 AT를 있는 그대로 받아들일 수 있었다. 팩맨의 표현대로 마음을 '느긋하게' 먹게 된 것이다. 그러자 놀랍게도 그토록 지루하게만 느껴졌던 AT가 별안간 흥미진진하게 보이기 시작했다. 나는 야생 조랑말과 거북이들을 관찰하거나 진달래 덤불, 야생 복숭아나무, '단두대'나 '레몬압축기' 같은 으스스한 이름이 붙은 기이한 형태의 바위들을 발견하기도 했다. AT의 길목이나 근처에 있는 수많은 유적지 덕분에 남북전쟁의 역사를 한눈에 꿰뚫는 효과도 덤으로 얻었다.

무엇보다도 큰 소득은 스루하이킹이 내게 어떤 점에서 중요한지를 깨달은 일이었다. 야외에서 자연과 더불어 지내는 일, 트레일 위에서의 단순하고 자유로운 삶이 바로 그것이었다. 멋진 풍경은 그렇게 중요하지 않았던 것이다.

2008년 7월 28~29일

러틀랜드, 버몬트

`'-------- 767킬로미터 지점`

어느 날 저녁 텐트를 치고 있는데 오른손 검지에 뭔가 통증이 느껴졌다. 살짝 스치기만 해도 아팠다. 원인은 알 수 없었지만 나는 별생각 없이 잠자리에 들었다. 그러나 이튿날 아침에 일어나자 무시할 수 없을 정도로 상태가 심각해져 있었다. 밤새 부어오른 검지에 타는 듯 쑤시는 통증이 느껴졌다. 양치질을 할 때도 칫솔을 힘주어 잡을 수 없을 정도였다.

스마트폰 검색을 통해 알아낸 통증의 원인은 생손앓이(손톱 밑에 염증이 생기는 질병)였다. 인터넷에서는 응급처치로 손톱을 따뜻한 비눗물에 담그라고 권하고 있었다. 좋은 방법인 것 같기는 했지만, 걷는 동안에 이 방법을 어떻게 사용한단 말인가? 손가락 통증을 참아가며 힘들게 텐트를 걷던 중 좋은 생각이 떠올랐다. 때가 때이니만큼 내 짐 속에는 만약의 경우에 대비한 콘돔이 들어 있었다. 나는 버너에 물을 데우고 비누를 한 조각 풀어 알칼리 용액을 만든 뒤 콘돔에 채워 넣었다. 그러고는 미끄러져 빠지지 않도록 고무밴드를 이용해 이것을 손가락에 단단히 고정시켰다. 휴대용 통증 완화제를 만든 셈이다. 그렇게 나는 손가락을 따뜻한 물에 담근 채 걸을 수 있었다.

물론 여자 도보여행자가 손가락에 콘돔을 매달고 걷는 광경은 AT는 물론이고 어디서도 보기 힘든 장면이다. 마침 남쪽에서 올라오는 스루하이커의 수도 점점 많아지던 참이었다. 이들은 내 기발한 장치에 이상야릇한 시선이나 호기심 어린 질문을 던지기도 했고, 불쾌한 한마디를 덧붙이는 경우도 있었다. 그러다 한 여행자가 내게 아주 유용한 정보를 전해줬다. 내가 곧 지나치게 될 4번 고속도로에 의료센터가 있는 러틀랜드(Rutland)까지 가는 버스가 있다는 것이었다.

몇 시간 지나지 않아 나는 배낭과 등산스틱 차림 때문에 약간의 민망함을 느끼며 위용이 당당한 의료센터 건물로 들어섰다. 혹시 모르는 일이므로 콘돔은 떼어 버린 뒤였다.

"손가락에 염증이 생겨서 진료를 받고 싶은데요."

나는 한껏 멋을 부린 창구 여직원에게 말했다.

"의료보험은 있으세요?"

그녀는 곧장 되물었다. 나는 순순히 대답했다.

"아, 예. 저는 독일인이라 여행자 보험을 들어 왔어요."

"여행자 보험은 적용이 안 됩니다. 80달러를 내야 해요."

그녀는 기다렸다는 듯 말했다.

"그건 상관없는데, 오늘 내로 진료를 받을 수 있나요?"

"물론이죠. 그런데 치료비는 선불입니다."

"하지만 제가 어떤 증상을 앓고 있는지 아직 모르잖아요. 그런데 어떻게 진료비를 미리 청구할 수 있죠?"

나는 약간 짜증이 나서 물었다.

"80달러는 증상과는 별개로 항상 지불해야 하는 기본 진료비예요. 다른 진료나 약이 필요할 경우 추가요금이 계산됩니다. 신용카드로 계산할 건가요, 아니면 현금으로 할 건가요?"

냉정하게 설명하면서도 창구 직원은 내내 조각상처럼 환한 미소를 짓고 있었다. 나는 체념하고 신용카드를 탁자 위에 올려놓았다.

"감사합니다. 잠시 앉아서 진료 양식을 작성해주세요."

그녀는 내 카드를 집어가며 새된 소리로 말했다.

그나마 내 이름이 불리기까지는 그리 오랜 시간이 걸리지 않았다. 진료실로 들어가자 젊은 여의사가 상냥한 미소를 머금고 내게 물었다.

"차림을 보니 애팔래치아 트레일 여행자군요. 맞죠?"

"맞아요!"

나는 한시름 놓으며 대답하고 증상을 이야기한 뒤, 내가 고안한 자가 치료법에 관해서도 들려줬다. 의사는 잠깐 내 검지를 살펴보고 만져보더니 인터넷에 나온 대로 생손앓이라는 진단을 내렸다.

"항생제를 처방해줄게요. 그럼 염증이 금방 가서서 더 이상 콘돔을 끼고 다니지 않아도 될 거예요."

그녀는 웃으며 말하고는 이내 진지한 표정으로 덧붙였다.

"이곳에는 AT 여행자들이 자주 찾아와요. 대개는 보렐리아균 감염 때문이죠."

진드기에 의해 발생하는 보렐리아균 감염은 미국 동부 해안에 확산되어 있는 풍토병으로, AT가 지나가는 연방주에서 특히 자주 발생한다. 보렐리아균 감염으로 발생하는 질병을 '라임병'이라고 부르는데, 이 명칭도 코네티컷 주의 라임이라는 실제 지명에서 비롯된 것이다. 이 병이 진드기와 연관된다는 사실이 1975년 그곳에서 처음으로 밝혀졌기 때문이다. 몇 주 내지는 몇 달 동안 이처럼 위험한 지역을 돌아다니다 보면 병에 걸릴 위험이 커지는 것은 당연했다. 다행히도 AT 주변의 도시에서 일하는 의사들은 이 문제에 특별히 주의를 기울이고 있었다. 그래서 피로, 관절통, 미열 등 전형적인 라임병 증상으로 의사를 찾는 도보여행자들에게는 즉각 독시사이클린이라는 항생제가 처방되었다.

"사람들은 흔히 AT 여행자들에게 가장 위험한 게 곰이나 뱀일 거라고 생각해요. 하지만 저는 진드기가 제일 무서워요."

의사가 처방전을 쓰는 동안 내가 말했다.

"그 말씀이 맞아요. 곰한테 물려온 사람은 지금껏 한 명도 없었지만 라임병 환자는 넘쳐나거든요."

의사는 내 말에 동의하며 악수를 청하고는 덧붙였다.

"그럼 몸조심하세요. 진드기가 붙어 있지 않은지 매일 저녁 확인하시고요."

정확히 7분 뒤, 나는 다시 요란하게 꾸민 창구 여직원과 마주 섰다. 그리고 항생제값으로 20달러를 추가로 내야 했다.

1주일 동안 항생제를 복용했음에도 염증은 가라앉지 않았다. 습하고 무더운 미국 동부 연안의 기후는 독한 약이 일으키는 울렁거리는 증상을 한층 악화시켰다. 게다가 오른손잡이인 내가 오른쪽 검지를 사용하지 않는다는 것은 거의 불가능한 일이었다. 거의 3주일이 지나서야 나는 드디어 이 골칫거리에서 해방되었다. 손톱 밑의 곪은 자리가 터져 고름이 흘러나온 것이다. 손톱 밑을 압박하던 고름이 빠지자 통증도 사라졌다.

의사의 경고를 마음에 새긴 나는 맞은편에서 날마다 구름처럼 몰려오는 여행자들을 붙잡고 진드기에 물린 경험이 있는지 물어봤다. 결과는 충격적이었다. 여행 중 보렐리아균 감염으로 치료받은 사람이 열 명 중 한 명꼴이나 되었던 것이다. 증상을 미처 인지하지 못해 치료를 받지 않은 경우까지 더하면 이 수가 얼마나 증가할지 상상도 가지 않았다.

그러나 나는 운이 좋았다. 대다수의 여행자들과는 반대로 북쪽에서 남쪽으로 내려간 덕에, 진드기가 한창 극성을 부리는 시기가 지난 뒤에야 감염 위험지역에 들어선 것이다. AT 여행을 통틀어 진드기에 물린 건 고작 두 번뿐이었고, 이 역시 감염으로 이어지지는 않았다.

2008년 8월 20일

유니언빌, 뉴욕

`'-------- 1,336킬로미터 지점`

뉴욕 주를 지나는 애팔래치아 트레일은 유달리 인구 밀집 지역과 가까웠다. 나는 거의 날마다 좋은 음식을 구할 수 있는 소도시들을 지나쳤다. 무더운 한여름이었던지라 나는 그때마다 아이스크림을 사 먹었다. 그러다 보니 PCT나 CDT에서처럼 큰 다이어트 효과는 볼 수 없었다.

뉴욕도 트레일에서 멀지 않았다. 가는 길에 '애팔래치아 트레일'이라는 이름의 역도 지나쳤는데, 토요일과 일요일에 뉴욕의 그랜드센트럴 역에서 기차로 이곳까지 오는 데는 두 시간도 걸리지 않는다고 한다. 다만 대도시 주민들은 트레일을 걷는 것보다는 나들이 목적으로 베어마운틴 주립공원(Bear Mountain State Park)을 찾는 일이 더 많았다.

어느 일요일 오후 이곳에 도착한 나는 거의 문화충격에 휩싸였다. 수영장과 동물원이 있는 공원은 다양한 문화권 출신의 뉴욕 시민들이 즐겨 찾는 나들이 장소여서 이날도 사람으로 미어터질 지경이었다. 인도 복장인 사리 차림의 여성들, 히잡을 쓴 아랍 여성들, 검은 두루마기를 입고 검은 모자를 쓴 정통파 유대인들이 뒤섞여 있었다. 부담스러울 정도로 혼잡한

공원을 빨리 벗어나고 싶었던 나는, 평소 같으면 이 무더운 날씨에 그냥 지나치지 않았을 수영장도 외면했다. 스루하이커인 내게 뉴욕의 하이라이트는 수영장이 아니라, 트레일 엔젤이자 소도시 유니언빌(Unionville)의 전직 시장인 딕을 방문하는 일이었다.

"자, 이 집에는 몇 가지 규칙이 있네."
대략 일흔 살쯤 되는 딕은 내가 도착하자 이 말부터 꺼냈다.
"물론 지킬 수 있어요."
곧장 대답하고는 일단 배낭부터 내려놓았다.
"첫째, 설거지는 할 생각도 하지 말 것."
"그럼 저야 좋죠!"
나는 이 멋진 규칙에 기뻐하며 주저 없이 대답했다.
"둘째, 맥주 한 캔은 무료지만 이후에는 캔당 50센트를 지불할 것."
"죄송하지만 전 맥주를 마시지 않아서……."
내가 머쓱하게 대답하자 딕이 불쑥 말했다.
"말도 안 돼. 독일 사람이 맥주를 안 마신다고? 어쨌든 다른 음료수에도 이 규칙은 똑같이 적용되네. 냉장고는 저 뒤쪽에 있고."
딕은 일단 담배에 불을 붙인 뒤 세 번째 규칙을 꺼냈다.
"이 집에서는 세 음절 이상으로 된 단어를 말하지 말 것."

"뭐라고요?"

나는 어리둥절해서 물었다.

"뭐긴. 단순하고 이해하기 쉬운 말만 하라는 거지. 지적인 토론 따위는 질색이라고. 말이 길어지는 사람은 벌금 25센트를 저금통에 넣어야 하네."

"네, 뭐……."

나는 여전히 무슨 말인가 싶어 말을 흐렸다. 딕은 담배 연기를 깊게 한 모금 빨아들였다가 맛있게 음미하며 내뿜었다.

"마지막으로 이 집에 오는 악동들은 모두 의무적으로 시청해야 하는 영상이 하나 있어."

"무슨 영상인데요?"

나는 그가 어째서 나를 '악동'이라 부르는지 의아해하며 물었다.

"그건 보면 알아. 한 시간쯤 뒤에 시작할 테니 가서 샤워를 하고 지하실에 있는 방에서 편히 쉬든지 하게나."

"음, 정원에 텐트를 쳐도 되나요?"

나는 조심스럽게 물었다. 집 안을 온통 채운 담배 연기 때문이었다. 트레일 엔젤인 딕은 물론이고, 그를 도와주는 동년배의 빌과 버치까지 굴뚝처럼 담배 연기를 뿜어내고 있었다.

"그건 마음대로 하고 이제 썩 나가! 당신 말고도 돌봐야 할 멍청이들이 수두룩하니."

딕은 나를 바깥으로 몰아냈다.

한 시간 뒤, 나는 대여섯 명의 다른 도보여행자들과 담배 연기로 가득한 거실에 모여 앉았다. 딕은 담배를 든 채 비디오카세트리코더 앞에 서서 입을 열었다.

"나는 트레일 따위와는 아무 상관도 없는 사람이야. 까놓고 말하자면 댁들 같은 스루하이커는 그냥 정신 나간 머저리들로밖에 안 보여."

옆에 앉아 있던 여행자들이 나직한 웃음을 터뜨렸다. 딕의 정감 어린 욕설에 이미 익숙해져 있는 모양이었다. 딕은 담배꽁초가 넘쳐나는 수많은 재떨이 중 하나에 담배를 눌러 끄고는 말을 이었다.

"하지만 그와는 별개로 꿈을 실현시키는 데 성공했다는 점만은 높이 사고 싶구먼. 자신이 지금 길 위에 서 있는 이유를 잊지 않도록 이 영상을 시청하게나, 머저리 여러분."

딕은 비디오카세트리코더의 재생 버튼을 누르고 서둘러 주방으로 사라졌다. 화면에 「브리튼스 갓 탤런트」라는 영국 캐스팅 쇼의 로고가 떴다.

"이건 뭔가요?"

나는 옆 사람에게 소곤소곤 물었다. 그도 영문을 모르겠다는 듯 어깨만 으쓱했다.

화면에 폴 포츠(Paul Potts)라는 이름의 투실투실한 휴대폰 판매원이 나타났다. 잘 맞지 않는 양복 차림에 치열도 고르지 못한 남자는 놀란 표정의 심사위원들을 향해, 자신이 오페라 가수의 운명을 타고난 것 같다고 이야기했다. 그러자 관객들은 딱하다는 듯 웅성거렸고, 심사위원들은 회의적인 표정으로 눈썹을 치켜세웠다. 별 볼 일 없어 보이는 휴대폰 판매원에게 남다른 재능이 있을 거라고 믿는 사람은 아무도 없었다. 그러나 푸치니가 작곡한 오페라 「투란도트」의 삽입곡 「공주는 잠 못 이루고(Nessun dorma)」가 연주되기 시작하자 별안간 폴 포츠의 어마어마한 음량이 무대를 가득 채웠다. 감동적인 아리아에 청중들은 감격에 젖어 자리를 박차고 일어나서는 눈물을 글썽이며 환호하기 시작했다. 나 역시 온몸에 소름이 돋는 것 같았다. 딕의 거실에 모인 사람들은 하나같이 숨을 죽였다.

폴 포츠는 캐스팅 쇼에서 압도적인 우승을 거둔 뒤 오페라 가수로서의 새로운 삶을 찾는 데 성공했다. 25분 길이의 영상이 전달하는 메시지는 분명했다. 딕은 텁텁한 목소리로 우리를 향해 한 번 더 물었다.

"내가 여러분에게 하고 싶은 말이 무엇인지 이해했는가?"

대답하는 사람은 아무도 없었다. 그러나 거의 모두가 고개를 끄덕이며 생각에 잠긴 채 회색 양탄자가 깔린 바닥을 응시했다. 딕이 말을 이었다.

"자신에 대한 믿음을 잃지 말라는 말을 여러분에게 해주고 싶었네. 그럼 뭐든지 해낼 수 있을 거야. 카타딘 산이든 어디

든, 여러분이 삶에서 목표로 하는 곳에 도착하게 되겠지. 이 멍청한 대가리들이 내 말을 이해한 건지 몰라?"

몇몇 여행자들에게서 즉각 "예"라는 대답이 터져 나왔다. 그러나 딕은 만족스럽지 못한 모양이었다.

"그다지 확신이 없어 보이는데. 좀 더 큰 소리로 대답할 수 없나? 아리아의 마지막 부분에도 나오잖아. '빈체로(Vincerò)'라고. '나는 승리하리라!' 이걸 여러분의 모토로 삼으라는 말이야. 이제 알아들었나?"

"예! 빈체로!"

예닐곱 명의 여행자들은 그제야 저마다 다른 음색으로, 그러나 크고 또렷한 목소리로 대답했다.

"그래야지, 이 악동들 같으니. 그럼 당장 정원으로 꺼져. 빌과 버치가 댁들을 위해 바비큐를 준비해뒀으니. 배 터지게들 먹으라고!"

그로써 전직 시장의 연설이 끝났다. 여행자들이 앞다퉈 햄버거와 핫도그에 덤벼드는 사이에 딕은 서재로 들어가버렸다. 나는 호기심에 그를 뒤따라가 반쯤 열려 있는 문을 조심스럽게 두드렸다.

"얌전 떨지 말고 그냥 들어와요, 아가씨."

딕은 나를 들여놓더니 자기 이야기를 들려줬다.

"실은 내 아내나 나나 모두 조상이 독일인이네. 그래서 내

성도 '루드윅(Ludwick)'이지."

나는 반갑게 고개를 끄덕이며 물었다.

"그런데 어떻게 해서 트레일 엔젤이 되신 거예요?"

"내 아내가 자네 같은 머저리들을 오죽 좋아했어야지."

그는 평소처럼 길걸한 말투로 대답하더니, 이내 조용히 덧붙였다.

"그런데 2년 전에 세상을 떠나고 말았어."

숙연한 마음이 되어 그를 바라보고만 있자 그가 다시 말을 이었다.

"난 오랫동안 이 작은 동네의 시장직을 역임했네. 집사람이 병든 뒤로는 그것도 그만두고 아내를 간호했지. 아내는 내가 이 지역에 들르는 도보여행자들을 만나 어떤 경험을 했는지 늘 세세한 것까지 알고 싶어 했어."

나는 또다시 감동에 젖어 고개를 끄덕였다. 투박해 보이기만 하는 노인의 내면에 부드럽기가 이를 데 없는 본성이 감춰져 있던 것이다.

"아내가 세상을 뜨자 혼자서는 도저히 슬픔을 감당할 수 없을 것 같았지. 그래서 작년에 스루하이커들을 우리 집으로 초대하기 시작했다네. 어차피 공간도 남아돌고, 아내가 살아 있었다면 틀림없이 이를 반길 거라고 생각했거든."

"할 일이 굉장히 많을 텐데 부담스럽지는 않으세요?"

"유니언빌의 주민 수는 600명도 채 되지 않네. 이런 곳에서는 이웃이 잔디 깎는 기계를 새로 구입한 것도 굉장한 뉴스거리지."

딕은 쓴웃음을 지으며 또다시 담배 한 개비를 꺼내 불을 붙였다.

"그런데 당신 같은 스루하이커들이 내 집에 머물면서부터 이곳은 날마다 잔치 분위기야. 무료함이라곤 찾아볼 수 없게 됐어. 내게도 즐겁기 그지없는 일이네. 내 친구인 빌과 버치도 돕고 있고."

일흔 살 남짓의 딕과 빌, 버치를 보고 있으면 텔레비전 시리즈인 「골든 걸스」(The Golden Girls, 한집에 사는 네 할머니의 우정과 사랑을 그린 미국의 시트콤)의 남자 버전을 보는 것 같았다.

"저희 스루하이커들에게도 물론 반가운 일이에요. 그런데 어째서 저희에게 이렇게 많은 것을 베풀어주는 건가요?"

그러자 빌은 잠깐 고민하더니 미소를 지으며 멋진 대답을 내놓았다.

"스루하이커들에게는 모두 나름의 사연이 있지 않나. 당신들 이야기를 듣고 있노라면 재미있는 책을 읽는 기분이야. 도서관에 가서 책을 빌리는 수고도 할 필요 없지. 책들이 스스로 우리를 찾아오니까."

2008년 8월 23일

윈드 갭의 언덕, 펜실베이니아

`------- 1,430킬로미터 지점`

"능선의 반대쪽에 가면 총성이 울리고 있을 거예요. 놀라지 마세요."

어느 날 오후 AT의 반대쪽에서 마주 오던 도보여행자가 말을 건넸다. 나는 영문을 몰라 되물었다.

"총소리는 왜요?"

"죄수가 달아나서 경찰이 수색 중이래요."

능글맞게 웃는 중년 남자의 대답에 나는 아연실색했다.

"뭐라고요?"

"에이, 농담이에요. 실은 FBI 훈련장이 거기에 있거든요."

"아이고, FBI 훈련장이 있군요!"

고쳐 대답하는 그를 보고 뭔가 눈치챈 나는 짐짓 능청스럽게 물었다.

"아, 아니, 실은 알카에다 신병훈련소가 있어요."

그의 얼굴 가득 짓궂은 웃음이 번졌다. 나는 이 남자가 위험한 정신병자거나 독특한 유머를 즐기는 사람인가 보다고 생각했다. 내 생각을 알아챘는지 그의 표정이 사뭇 진지해졌다.

"이런, 그냥 재미있으라고 한 소리예요. 사실은 저쪽에서 젊은이들이 사격을 하고 있거든요. 네 시간 동안 쉬지도 않고 쏴대더군요. 자동소총이라도 갖고 있는 모양이에요."

독일에서 평화주의적인 교육을 받고 자란 나는 자동소총이 어떻게 생겼는지도 몰랐다. 어디서 본 적이 있었나 상기하는 사이에 남자는 기가 막힌다는 투로 말을 이었다.

"녀석들이 마구 쏴대는 총알만 해도 가격이 어마어마할 거예요."

나는 어쩐지 찜찜한 마음으로 그와 헤어졌다. 어쨌거나 자동소총이 무기의 일종이라는 사실이 걷는 내내 마음을 괴롭혔다. 능선에 다다를 무렵이면 사격이 끝나 있기를 바라며 나는 걸음을 재촉했다.

그러나 행운은 내 편이 아니었다. 한 시간이 지나자 이미 첫 번째 총성이 들려왔다. 총성은 한 걸음 내디딜 때마다 점점 가까워졌다. '투두두두!' 기관총 소리 같았다. 잠시 후에는 '쾅! 쾅! 쾅!' 소리가 울렸다. 수류탄인가? 또다시 조용해지는가 싶더니 곧이어 '투두두두' 소리가 이중으로 울려 퍼졌다.

신경이 잔뜩 곤두섰다. 숲이 워낙 울창하다 보니 어디서 사격 훈련을 하는 것인지조차 알 수 없었다. 내가 총잡이들의 총구 바로 앞을 지나고 있는 것은 아닐까? 100미터를 더 걸은 뒤에는 총소리에 겁을 먹은 나머지 바지에 오줌이라도 쌀 것 같았다. 과연 계속 걸어가도 괜찮은 걸까? 잘못하다가는 과녁이 될지 모르니 안전을 위해 바닥에 납작 엎드려 있어야 하는 것은 아닐까? 아니면 소리라도 질러서 사람이 있다고 알려야 할까?

걸음을 멈추고 몸을 웅크린 채 고민하고 있는데 맞은편에서 아웃도어복 차림을 한 지역 주민 두 사람이 다가왔다.

"안녕하세요!"

두 남자는 내게 스스럼없이 인사를 건넸다.

"아……."

허리를 바로 펴는 내게 두 남자 중 한 명이 상냥하게 웃으며 말했다.

"저 친구들이 총을 가지고 좀 노는 모양이네요."

아무렇지 않게 말하는 그를 보고 할 말을 잃은 나는 입을 다물었다.

"그럼 좋은 하루 보내세요."

두 사람은 내게 또다시 인사를 건넨 뒤 가던 길을 재촉했다. 어쨌거나 그들이 다치지 않고 사격장을 지나친 건 확실했으므로 나는 가까스로 용기를 냈다. 그리고 무사히 그 '친구들'이 놀고 있는 곳을 지나칠 수 있었다. 그들의 모습은 끝내 눈에 띄지 않았다. 그래서 그들이 이날 오후 얼마만큼의 돈을 허공으로 쏴버렸는지도 영원히 알 수 없게 되었다.

스루하이커들은 트레킹화가 죽는 곳에 펜실베이니아가 있

다는 표현을 쓴다. 펜실베이니아의 AT 구간이 워낙 바위투성이라 신발 밑창이 무척 빨리 닳기 때문이다. 그러나 내게는 그다지 걱정할 일이 아니었다. 나는 트레킹화가 아니라 장거리 도보여행자들이 흔히 신는 가벼운 트레일 전용 운동화를 신는데, 이 신발은 어차피 1,000~1,500킬로미터마다 교체해야 하기 때문이다. 대략 4주에서 6주마다 새 신발을 사야 한다는 의미다. 걱정은커녕 드디어 속도를 낼 수 있게 되어 기쁠 따름이었다. 이곳부터는 AT가 대체로 능선을 따라 이어져 있어 끝없이 산을 오르내릴 필요도 없었다.

몇 안 되는 험한 오르막과 내리막 구간 중 하나는 파머턴(Palmerton)에서 멀지 않은 리하이 퍼니스(Lehigh Furnace) 협곡에 있었다. 이 지역은 수십 년간 이루어진 아연 정제업으로 환경 재앙이 닥친 곳이다. 1983년 미국 환경보건국은 초목이 거의 자라지 않던 이 지역을 슈퍼펀드(Superfund), 다시 말해 재자연화 사업 대상으로 선정했다. AT도 이 지대를 통과하며 이어져 있는데, 스루하이커들은 이 구간을 지날 때면 물 부족으로 어려움을 겪게 된다. 환경오염 때문에 이곳의 물을 식수로 사용할 수 없는 탓이다.

이틀 뒤 포트클린턴(Port Clinton)에서 장을 보던 중에 나는 운 좋게도 두 도보여행자들을 만났다. 이들은 내게 이후의 구간에서도 식수가 부족할 것이라고 경고하고는 자신들이 갖고

있던 남은 물을 내게 줬다. 처음에는 그들의 경고를 대수롭지
않게 여겼다. 그러나 늦여름이었던 탓인지 이곳에 있던 여덟
군데의 샘은 정말로 완전히 말라붙어 있었다. 저녁 식사를 하
는 동안 마지막 남은 물을 써버린 나는 이튿날 오전에서야 혀
를 축 늘어뜨린 채 가느다란 물줄기가 졸졸 흘러나오는 샘에
도착했다. 캘리포니아 남부나 뉴멕시코에서 겪었던 물 부족을
숲으로 뒤덮인 펜실베이니아에서 경험할 것이라고는 미처 예
상하지 못한 탓이었다.

2008년 9월 5~7일

페이엣빌, 펜실베이니아

'-------- 1,762킬로미터 지점

나는 시무룩한 기분으로 30번 고속도로의 가장자리를 따라
걷고 있었다. 자동차들이 빠른 속도로 내 곁을 휙휙 지나쳐 갔
다. 내 타운가이드는 AT에서 1.5킬로미터 떨어진 헤니클스 슈
퍼마켓에서 장을 보라고 추천하고 있었다. 나도 그곳에서 사
흘간 먹을 점심 식사 거리를 구입할 요량이었다. 신선한 과일
과 요구르트가 온종일 눈앞을 떠다녔다.

　전형적인 미국 소도시의 슈퍼마켓인 헤니클스 슈퍼마켓은

정감 있는 곳이기는 했지만 식료품을 구하기에는 적당한 곳이 아니었다. 신선한 과일과 채소는커녕 요구르트조차 없었으니까. 먹을 만한 즉석식품도 눈에 띄지 않아 나는 개당 25센트인 인스턴트 라면만 잔뜩 구입해야 했다. 진열된 초콜릿은 엄청나게 비싼 데다 종류도 얼마 되지 않아서 그마저도 커다란 땅콩 한 봉지와 싸구려 젤리로 대체할 수밖에 없었다. 맛없는 음식을 먹으며 사흘을 버텨야 한다고 생각하니 벌써부터 기분이 바닥을 치고 있었다.

또 한 대의 자동차가 나를 스치고 지나가다 50미터 앞에서 멈춰 섰다. 호기심에 찬 관광객이 트레일에 관해 꼬치꼬치 캐물을 게 분명해 짜증이 났지만, 이를 악물고 억지 미소를 지었다. 자동차 문이 열리고 수염을 기른 젊은 남자가 나를 향해 걸어왔다.

"GT 씨, 잘 지냈어요?"

인사를 건네는 그를 보고 나는 입이 딱 벌어졌다. 그리고 혼란에 휩싸인 채 어딘가 낯익어 보이는 남자를 뚫어져라 응시했다. 외국인인 내가 미국에 아는 사람이 많을 리가 없는 데다 펜실베이니아의 페이엣빌(Fayetteville)에 사는 사람은 더더욱 기억나지 않았다.

"기억 안 나요? 작년에 우리 CDT에서 만났잖아요. 그뤼비라고요!"

"그뤼비? 세상에 이런 일이! 여기서 뭘 하는 거예요?"

그제야 누군지 알아본 나는 믿을 수 없다는 투로 물었다.

"여기서 멀지 않은 곳에 도나와 함께 살고 있어요. 직년에 CDT를 완주한 직후 약혼했거든요."

그뤼비가 말했다. 당연히 나는 그뤼비의 여자 친구이자 CDT 종주 동료였던 도나도 기억하고 있었다.

"그런데 도대체 어떻게 나를 알아봤죠? 자동차로 지나치며 뒷모습을 본 게 다인데."

"에이, CDT에서 한동안 함께 걸었잖아요."

그뤼비의 대답에 나는 고개를 절레절레 흔들었다.

"겨우 반나절 함께 걸었을 뿐인걸요! 게다가 스루하이커들은 다 똑같아 보이잖아요. 뒷모습은 더욱더 그렇고. 내가 올해 AT를 종주한다는 사실을 알고 있었어요?"

"전혀 몰랐어요! 나도 어찌 된 일인지 모르겠지만, 뒷모습을 보자마자 내가 아는 사람이라는 확신이 들더군요. 이렇게 만나기도 쉽지 않은데, 우리 집으로 가요!"

반 시간 뒤에 도나를 만나자, 우리 못지않게 놀라 입을 다물지 못하는 그녀에게 이 기적 같은 우연에 관해 들려줬다. 두 사람은 집을 수리하느라 정신없이 바빴지만, 열 일 제쳐두고 나와 수다를 떠는 데 오후를 몽땅 보냈다.

라디오에서는 이튿날 폭우가 쏟아질 것이라는 예보가 흘러나왔다. 두 사람은 악천후에 길을 나서느니 제대로 제로 데이를 즐기며 하룻밤 더 머물고 가라고 권했다. 나는 기꺼이 초대에 응했다. 이튿날 두 사람과 함께 그곳에서 멀지 않은 게티즈버그(Gettysburg)를 방문한 나는 그렇잖아도 궁금했던 미국 남북전쟁에 관해서는 물론이고 그 이상의 많은 것을 알게 되었다. 세상이 끝날 것처럼 비가 쏟아지는 바깥을 뒤로하고, 나는 엄청난 규모를 자랑하는 박물관의 따뜻하고 건조한 실내에 앉아 있었다. 도나와 그뤼비를 만나지 못했더라면 지금쯤 나는 쏟아지는 비를 맞으며 숲속을 걷고 있었을 것이다. 마음껏 휴식을 취한 나는 이튿날 빛나는 햇살 아래서 다시금 길을 떠날 수 있었다. '트레일이 우리를 보살필지어다'라는 금언이 다시한 번 증명되는 순간이었다. 나는 그냥 주어진 것을 받아들이기만 하면 되는 것이다.

2008년 9월 16일

셰넌도어 국립공원, 버지니아

------- 2,074킬로미터 지점

셰넌도어(Shenandoah) 국립공원에는 수백 마리의 흑곰이 서식하고 있다. 지난 며칠 동안에는 곰들이 일부러 나를 보러오는

게 아닌가 싶을 정도로 곰을 마주치는 일이 잦았다. 흑곰은 키가 180센티미터 이하에 체중도 100킬로그램 이하라서 멀리서 보면 미국 서부에 서식하는 회색곰만큼 위협적으로 느껴지지는 않는다. 그럼에도 일단 마주치면 숨이 멎는 느낌이었다. 이 국립공원에서는 곰 사냥이 금지되어 있기 때문에 이들은 사람을 전혀 두려워하지 않았다. 심지어 어떤 곰은 내 바로 옆에서 10분 동안이나 어슬렁거리며 따라오기도 했다. 그러나 대부분의 곰은 내가 가까이 오는 소리를 들어도 신경 쓰지 않고 먹이를 먹는 데 열중하다가, 마지막 순간에야 재빨리 숲속으로 달아나거나 나무를 타고 올라갔다. 나를 가장 두렵게 만든 것도 바로 그 나무 타는 솜씨였다. 흑곰들은 나만큼 덩치가 큰 사람을 먹잇감으로 여기지는 않겠지만 내 식량에는 관심을 가질 게 분명했기 때문이다. 그래서 식량을 안전하게 보관하는 데 온 신경을 쏟아야 했다.

AT에는 총 262개의 산장이 있다. 평균 13.5킬로미터마다 하나씩 있는 셈이다. 한 면이 개방되어 있는 단순한 형태의 이 나무 오두막 안에는 대개 잠을 잘 수 있는 마루만 마련되어 있고, 가끔 나무 탁자와 벤치가 있는 곳도 있었다. 오두막 이곳 저곳에는 수많은 세대의 스루하이커들이 남긴 짧은 글이나 이름이 눈에 띄곤 했다. 낮 동안 나는 오두막이 보일 때마다 소위 '트레일 레지스터'라 불리는 방명록을 구경하러 잠깐 들러

보곤 했다. 거의 모든 여행자가 이곳에 기발한 글귀나 그림으로 자신의 흔적을 남겨두고 있었다. 낙서에는 풍부한 정보와 재미있는 읽을거리가 담겨 있었지만, 지저분한 데다 쥐 떼까지 들끓어서 밤이면 나는 산장에 들어가는 일을 피했다. 좁은 오두막에서 시끄럽게 코를 고는 여남은 명의 스루하이커 무리에 섞여 하룻밤을 보내느니 혼자서 텐트를 치고 밖에서 자는 편이 나았다.

그러나 오는 길에 열 마리도 넘는 곰을 만나고 나니 오늘만큼은 산장에서 묵는 편이 훨씬 나을 것 같았다. 해가 지기 직전인 방금만 해도 네 마리의 곰과 맞닥뜨린 터였다. 산장에서 다른 사람들과 함께 있으면 안전할 뿐 아니라 베어 폴(Bear pole)을 이용할 수도 있다. 베어 폴이란 셰넌도어 국립공원 내의 모든 산장에 설치된 철제 장대인데, 어마어마하게 큰 옷걸이처럼 생긴 이 기다란 철제 장대에 식량 자루를 걸어두면 곰의 접근을 막을 수 있다. 그러나 오늘따라 산장이 너무 멀리 있어 어둠이 내리기 전에 그곳에 도착하는 건 불가능할 것 같았다. 꼼짝없이 곰이 우글거리는 숲속에서 혼자 텐트를 치고 자야 할 판이었다.

나는 한숨을 쉬며 텐트 치기에 안성맞춤인 작은 공터를 찾아 배낭을 내려놓고 주위를 살펴봤다. 야영지로는 이상적인 장소였다. 게다가 식량 자루를 걸어둘 만한 나무까지 있었다.

그렇다고 기분이 나아지지는 않았지만, 달리 갈 데가 있는 것도 아니었다. 나는 배낭에서 밧줄을 꺼낸 뒤 쓸 만한 돌멩이를 찾기 시작했다. 밧줄의 한쪽 끝에 돌멩이를 매달아 나무줄기로부터 길게 뻗어 나간 가지 위로 던져 건 다음, 식량 자루를 잡아당기면 될 것이다. 일단 이론상으로는 그렇다. 하지만 실전은 늘 이론과 다른 법이지 않은가.

학창 시절에도 육상 과목은 내 약점이었는 데다 던지기 종목은 특히 최악이었다. 이렇다 보니 지금껏 수없이 시도한 '곰 자루 매달기'에서도 나는 번번이 실패를 맛보곤 했다. 첫 시도에서는 돌멩이가 나뭇가지 위로 넘어가지 않고 나뭇가지를 맞추는 바람에 하마터면 튕겨 나온 돌에 안경이 박살 날 뻔했다. 두 번째 시도에서는 돌멩이가 가지 사이에 걸려 아무리 애써도 빠지지 않았다. 나는 어쩔 수 없이 밧줄을 주머니칼로 잘라 버렸다. 이 일로 남은 밧줄의 길이는 엄청나게 짧아졌는데 나머지는 아마 지금도 뉴저지의 어느 나뭇가지에 대롱대롱 매달려 있을 것이다. 가끔 곰 자루 매달기에 성공한 적도 있지만, 그나마도 자루를 제대로 매달기까지 30분이 걸리곤 했다.

오늘도 어김없이 고군분투가 시작됐다. 네 번째 시도가 실패로 돌아갔을 때 갑자기 뒤에서 바스락 소리가 들렸다. 나는 화들짝 놀라 돌아봤다. 왠지 곰 한 마리가 어설프게 돌을 던지고 있는 나를 비웃고 있을 것 같았다. 그러나 곰 대신 서른 살

정도 되어 보이는, 선량한 인상의 여성이 눈에 들어왔다. 가냘
픈 체구에 트레킹복을 입은 그녀가 상냥하게 물었다.

"안녕하세요. 혹시 도움이 필요한가요?"

"보시다시피요!"

나는 얼른 대답했다. 다만 이렇게 가녀린 여성이 나보다 던
지기 실력이 나을 것인지는 의문이었다. 그러나 그녀는 자신
만만하게 내 손에서 돌과 밧줄을 받아들더니 감각 있게 돌을
몇 번 이리저리 흔들었다. 이윽고 돌은 우아한 포물선을 그리
며 목표했던 가지 위로 훌쩍 날아갔다. 나는 바보가 된 기분으
로 멍하니 그녀를 바라보고만 있었다.

"그런 실력은 어디서 나오는 건가요?"

나는 놀라움과 민망함이 뒤섞인 투로 물었다.

"제 직업이 조경사거든요. 가지 치는 일을 전문으로 하고 있
어요. 일하다 보면 이런 능력이 자주 필요하죠."

그제야 내 손재주가 형편없는 탓만은 아니라는 생각에 마음
이 놓였다. 무엇보다도 식량을 곰에게 빼앗길까 걱정하며 밤
새 뒤척이지 않아도 되는 게 다행스러웠다.

"정말 큰 도움이 됐어요."

잠시 뒤 식량 자루가 곰이 절대 접근할 수 없는 곳에 매달린
것을 보고 나는 고마워 어쩔 줄 몰라 말했다. 손재주가 뛰어난
그 여성은 내가 진심으로 감사하는 것을 보고 뭉클했는지 나
를 한 번 껴안아줬다.

"그만 가봐야겠어요. 자동차를 세워둔 곳까지 가야 하거든요. 저희 목사님께서는 곤경에 처한 사람을 돕는 일이 얼마나 중요한 것인지 늘 강조하신답니다. 저도 당신을 도울 수 있어서 무척 기뻤어요."

그녀는 이 말로 작별 인사를 대신했다. 그리고 돌아가던 중에 한 번 더 돌아보며 이렇게 외쳤다.

"우리 교구 신자들이 당신을 위해 기도할 거예요."

2008년 10월 10~12일

더 개더링, 애선스, 웨스트버지니아

------- 2,718킬로미터 지점

미국 장거리 하이킹 협회는 매년 대규모 집회를 개최한다. 장거리 도보여행자들은 이를 일컬어 '더 개더링'이라는 애정 어린 표현을 쓰는데 더 개더링은 현재 종주 중인 스루하이커들이 쉽게 참가할 수 있도록 항상 AT 근처에서 열린다. 물론 미국처럼 대중교통이 발달하지 않은 나라에서는 한 지점에서 다른 지점으로 이동하는 일이 말처럼 쉽지만은 않다. 그러나 더 개더링이 스루하이커 공동체의 집회인 만큼 많은 사람이 이에 참가하기 위해 서로 도움을 주고받는다.

나는 메일링 리스트를 뒤져서 이동할 차편을 수소문했다. 그러자 두 사람에게서 바로 답장이 왔다. 그중 한 명은 PCT를 함께 걸었던 친구 버드넛이었다. 테네시에서부터 다섯 시간 이상을 달려와야 했음에도 그는 정확히 약속한 시간에 만나기로 한 장소인 그레이슨 하일랜드 주립공원(Grayson Highland State Park)의 주차장에 와 있었다. 행사가 끝난 뒤 트레일로 되돌아갈 때도 그는 나를 이곳까지 태워다 줬다.

기존의 스루하이커 또는 미래의 스루하이커들은 이 대규모 집회에 참석하기 위해 이보다 훨씬 긴 여행길에 오르는 경우가 많았다. 올해는 1,000명이 넘는 도보여행자들과 그 친구들이 웨스트버지니아 주 애선스(Athens)에 있는 콩코드(Concord) 대학교에 모였다. 내비게이터와 웨더캐럿을 비롯한 옛 PCT와 CDT 동료들도 상당수 참석해 있었다.

주간에는 수많은 강연과 워크숍, 토론회가 열렸다. 나는 온종일 한 행사에서 다른 행사로 뛰어다니느라 바빴다. '플로리다 트레일' '해먹 야영' '혼자 여행하는 여성' 등 주제도 다양했다. CDT 관련 워크숍에서는 사정상 참석하지 못하게 된 강연자 대신 즉석에서 내가 투입되어 모임을 이끌기도 했다.

세끼 식사는 대학 구내식당에 마련되었고, 잠은 그곳에서 멀지 않은 파이프스템 휴양 주립공원(Pipestem Resort State Park)에서 텐트를 치고 잤다. 내게는 이 집회가 마치 대규모 가족모

임처럼 느껴졌다. 나는 사람들의 이야기에 귀를 기울이거나 내 이야기를 들려주고 마음껏 웃으며 시간을 보냈다. 마음이 통하는 수많은 사람에게 둘러싸여 있으려니 전에 없는 편안함을 느꼈다.

집회 둘째 날에는 트레일의 전설로 불리는 빌리 고트(Billy Goat)를 만났다. 예순아홉 살의 빌리 고트는 당뇨병을 앓으면서도 AT와 PCT, CDT를 총 5만 킬로미터나 걸은 베테랑이었다. 왜소하지만 다부진 몸집에 수염을 풍성하게 기른 그는 나를 보자마자 반갑게 껴안았다.

"GT! 정말 오랜만이군!"

그 말 그대로였다. 빌리 고트를 처음이자 마지막으로 만난 게 4년 전 PCT에서였으니. 그는 내 어깨에 두 손을 얹고는 약간 거리를 둔 채 내 얼굴을 응시했다.

"GT, 난 PCT 개시 기념행사에서 자네를 처음 만났던 날을 아직도 생생히 기억하고 있다네."

"정말이에요?"

나는 감격에 젖어 물었다. 오랜 세월 트레일 경력을 쌓는 동안 그가 만난 스루하이커의 수만 해도 수백 명은 될 터였다.

"정말이고말고! 자네는 잔뜩 겁을 먹고 기가 죽어 있었지. 자네가 여기저기서 '난 해낼 수 없을 거예요'라고 징징대는 바람에 모두 머리를 쥐어뜯었잖은가."

그가 옛날을 회상하며 놀리듯 쿡쿡 웃는 바람에 나는 머쓱해져서 눈을 흘겼다. 빌리는 이내 진지한 표정을 짓더니 칭찬의 말을 쏟아놓았다.

"그런데 지금 자네 모습을 보게. 기죽은 모습이라고는 어디에서도 찾아볼 수 없어. 심지어 트레일에 관한 워크숍도 이끌게 되었고 말이야. 이제 몇 주 뒤면 자네는 진짜 트리플 크라운을 달성하는 게야. GT, 자네가 너무나 자랑스럽구먼."

빌리 고트가 이 말을 남기고 내 곁을 떠났을 때, 나는 얼떨떨한 동시에 뿌듯한 마음을 억누를 수 없었다. 그리고 이제야 다가올 결말이 실감 나기 시작했다. 얼마 있으면 내가 트리플 크라운을 달성하는 것이다.

2008년 10월 20~21일

체로키 국립산림, 테네시

--------- 2,953킬로미터 지점

오늘도 온종일 비가 폭포수처럼 쏟아졌다. 덕분에 저녁 무렵에는 또다시 신발, 양말, 속옷까지 모든 게 흠뻑 젖어 있었다. PCT나 CDT였더라면 별도리 없이 젖은 텐트에서 하룻밤을 묵어야 했을 것이다. 그에 비하면 AT는 트레일 주변 인구 밀집도가 높다는 게 커다란 장점이었다. 주위에 늘 호텔이나 그것

도 아니면 호스텔 한 군데, 하다못해 트레일 엔젤이라도 있었다. 데이터북에는 지금 걷고 있는 체로키 국립산림(Cherokee National Forest)에서 1킬로미터밖에 떨어지지 않은 곳에 호스텔과 방갈로가 하나씩 있다는 정보기 실려 있었다. 그러나 하필 이때 휴대폰 전파 수신이 잘되지 않아 전화를 걸 수는 없었다. 나는 모든 깃을 운에 맡기기로 했다. 성수기는 지났으니 어디를 가도 침대 하나쯤은 있겠지 싶었다.

어둠이 막 깔릴 무렵에야 AT에서 벗어나 비포장도로로 들어선 나는 빗물이 고여 점점 커지는 웅덩이를 이리저리 피해 가며 걸었다. 방갈로가 무리 지어 있는 호스텔에 도착했을 때는 사방이 완전히 어두워진 뒤였다. 떨어지는 빗소리에 섞여 웅웅거리는 베이스기타 소리가 들려왔다. 나는 조명 하나 없는 부지를 더듬더듬 걷다가 불 꺼진 리셉션 건물을 발견했다. 헤드랜턴 불빛을 비춰 보니 문에 '옆 건물로 오세요'라고 적힌 종이가 붙어 있었다. 옆에 있는 목재 건물의 문 아래로 불빛이 새어 나오는 게 보였다. 베이스기타 소리는 점점 커졌다. 무너질 듯 낡아빠진 건물에서 데스메탈 음악이 흘러나오고 있었다. 숲 한가운데 있는 휴양지에는 왠지 어울리지 않는 음악이었다.

좋지 않은 느낌이 엄습했지만 사정없이 내리꽂히는 빗줄기 때문에 나는 별수 없어 문을 두드렸다. 잠잠했다. 안에서는 계속해서 기타 연주가 이어졌다. 한 번 더 문을 두드리자 음악 소리가 뚝 그치더니 무거운 발소리가 문을 향해 다가왔다. 끼익 소리와 함께 문이 열리는 순간 나는 화들짝 놀라며 숨을 죽였다. 헝클어진 금발을 길게 늘어뜨리고 찢어진 청바지에 상의도 걸치지 않은, 나이는 스무 살이 될까 말까 한 청년이 눈앞에 나타난 것이다.

"저기……, 실례합니다만, 호스텔을 찾고 있는데요."

나는 여전히 놀라움에서 벗어나지 못한 채 더듬거리며 자신도 모르게 한 발짝 물러섰다.

"제대로 찾아오셨습니다."

젊은이가 입을 열자 이가 하나도 없는 입안이 드러났다.

"누구야?"

갑자기 누군가 뒤쪽에서 소리쳤다. 그리고 앞의 젊은이만큼이나 후줄근해 보이는 데스메탈 티셔츠 차림의 청년이 나타났다. 얼핏 들여다본 방 안쪽은 엉망으로 어질러진 데다 가구 하나 보이지 않았다. 두 사람이 벌겋게 달아오른 눈으로 나를 주시하는 바람에 나는 그대로 달아나고 싶은 마음뿐이었다.

그때 금발 청년이 열쇠 꾸러미를 꺼내 들더니 빙긋 웃으며 말했다.

"오늘은 손님이 한 명도 없으니 마음에 드는 방으로 고르면 됩니다."

그 방이라는 게 어떨지는 상상에 내맡기는 수밖에 없었다.

무서워서 심장이 오그라드는 것 같았다.

"뭐, 방해가 된다면……, 전 그냥 야영을 해도 괜찮아요."

나는 어떻게든 달아나보려 꾀를 썼지만 이 빠진 청년은 들은 척도 하지 않았다.

"따라오세요! 호스텔과 세면장을 보여드릴 테니."

청년은 쏟아지는 빗줄기에도 아랑곳하지 않고 성큼성큼 맨발로 집을 나섰다. 커다란 방갈로 앞에 도착한 그는 구닥다리 열쇠로 문을 열려 했다. 그러나 몇 분이 지나도록 열쇠 구멍을 찾지 못했고, 그사이에 그는 두 번이나 열쇠 꾸러미를 진창에 떨어뜨렸다.

"이렇게 어두워서야 원."

마침내 문이 열리자 그가 웅얼거리며 사과라도 하듯 나를 향해 웃어 보였다. 내가 보기에는 문을 여는 데 시간이 걸린 건 어둠보다는 술과 마약 때문이었다.

"고마워요! 그럼 난 여기서 묵을게요."

나는 그의 등 뒤에서 곧바로 문을 단단히 걸어 잠글 궁리를 하며 대답했다.

"세면장은 저 건너편이에요. 문은 내가 열어두죠. 숙박비는 내일 아침에 지불하면 되고요."

금발 청년은 이 말을 남기고 다시 비 내리는 어둠 속으로 비틀비틀 걸어갔다. 나는 두려움에 떨며 재빨리 문을 잠근 뒤 만일에 대비해서 문 앞에 의자를 쌓아뒀다. 그러나 15분 뒤 온풍기에서 흘러나온 기분 좋은 온기가 방 안을 채우고 그 옆에 걸어둔 젖은 우비가 말라가는 것을 보자 어느덧 긴장감은 가라앉았다.

바깥은 조용했다. 뜨거운 물로 샤워를 하기로 결심한 나는 잠갔던 문을 조심스레 열고 구닥다리 세면장으로 살금살금 건너갔다. 벌거벗은 전구의 불빛이 물방울이 뚝뚝 떨어지는 샤워기 몇 대를 밝히고 있었다. 물은 따뜻했다. 나는 가벼운 마음으로 갈아입을 깨끗한 옷을 나무 벤치 위에 올려놓은 뒤 덜덜 떨며 옷을 벗었다.

막 속옷을 벗으려는 찰나, 문이 쾅 소리를 내며 열리더니 이 빠진 금발 청년과 그의 데스메탈 친구가 내 코앞까지 들이닥쳤다. 나는 기절할 듯 놀라 비명을 지르며 옆에 두었던 옷으로 허둥지둥 몸을 가렸다. 동시에 문을 잠그고 세면장 안에 있어야 할지, 나무 벤치로 두 사람의 무릎을 힘껏 치고 달아나야 할지 죽을힘을 다해 머리를 굴렸다.

그런데 내게 덤벼들 줄 알았던 금발 청년은 뜻밖에도 큰 소리로 사과의 말을 건넸다.

"죄송해요! 저흰 그냥 보일러가 잘 돌아가는지 확인하려고……."

그러더니 두 사람은 허둥지둥 돌아서서 세면장을 나가버렸다. 그제야 마음을 놓은 나는 몸을 가렸던 옷을 내렸다. 그리고 얼른 문을 걸어 잠근 뒤 잽싸게 샤워를 마쳤다.

내 미국인 친구들은 하나같이 「서바이벌 게임」(Deliverance, 카누 여행을 하던 네 남성이 시골 범죄자들에게 살해당하는 내용의 미국 영화)과 같은 영화를 거론하며 남부 시골 사람들을 주의하라고 경고했다. 지금까지는 그들이 과장하는 것이라고 여겼지만, 조금 전의 소동을 겪고 나니 더 이상 그 경고가 농담 같지 않았다. 그날 나는 밤새 잠을 설쳤다. 영화 속 장면들이 끊임없이 머릿속에 떠올랐다. 이가 하나도 없는 데스메탈 광 청년이 창문을 깨고 침입할 것 같다는 생각을 멈출 수가 없었다. 그러나 아침이 밝도록 아무 일도 일어나지 않았다.

이튿날 아침이 되자 분위기는 완전히 달라져 있었다. 새들이 지저귀고 햇볕이 내리쬐었으며, 문을 나서자 알록달록하게 물든 가을 숲이 눈앞에 펼쳐졌다. 나는 얼마 되지 않는 물건들을 싸 들고 복잡한 감정에 휩싸인 채 리셉션으로 향했다. 리셉션은 활짝 열려 있었다. 갓 내린 커피 향과 친절한 중년 부부가 나를 맞았다. 나는 얼떨떨한 표정으로 내 소개를 했다.

"안녕하세요. 저는 AT 여행자예요. 어젯밤 이곳 호스텔에서 묵었어요."

"예, 어제 무슨 일이 있었는지 이미 들었습니다."

내가 뭐라 불평하기도 전에 부인 쪽이 불쑥 말을 꺼냈다.

"그렇잖아도 사과하려던 참이었어요. 저희가 어젯밤에 외출할 일이 있어서 우리 아들과 그 애 친구가 손님을 맞았거든요. 아이들이 집을 수리하는 중인데, 어제는 마룻바닥에 대패질을 하고 있었다고 하더군요. 먼지가 많이 나서 술을 좀 과하게 마신 모양이더라고요. 요컨대, 어제 두 녀석 상태가 좀 좋지 않아서……."

그때 그녀의 남편이 말을 가로막으며 내게 차나 커피를 마시겠느냐고 물었다. 물론 무료였다. 부인이 말을 이었다.

"어젯밤 늦게 귀가하자마자 아이들에게서 손님 이야기를 들었어요."

그녀는 이 대목에서 일부러 뜸을 들이더니 조심스럽게 덧붙였다.

"저희가 찾아가면 또 놀라실 것 같아서 들르지 못했네요."

나는 유쾌한 기분으로 뜨거운 차를 마셨다. 계속 웃음이 터져 나올 것 같았다. 지난밤의 소름 끼치는 사건이 우스운 경험담으로 변모하는 순간이었다. 청년의 아버지가 자동차로 나를 트레일까지 데려다줬을 때는 두 데스메탈 청년에 관해서도 이미 잊어버린 뒤였다.

2008년 10월 24일

앨런 갭, 테네시

'드레일 매직까지 450미터.'

아침 9시, AT와 고속도로 방향으로 가는 갈림길에 이렇게 적힌 마분지 판이 세워져 있는 게 눈에 띄었다. 트레일 매직이란 트레일 엔젤들이 도보여행자들을 위해 준비해놓는 깜짝 선물로, 그 종류도 다양했다. 대부분의 트레일 엔젤들은 음료수를 채운 아이스박스를 길가에 가져다 두거나 군것질거리가 든 자루를 나무에 매달아 놓는다. AT처럼 인기 있는 트레일에서는 성수기면 하루에도 몇 번씩 무료 콜라나 맥주를 즐길 수 있다. 어떤 트레일 엔젤들은 심지어 길가에 며칠씩 야영을 하며 스루하이커들에게 바비큐나 핫도그 같은 식사를 제공한다.

나는 이번 트레일 매직이 무엇일까 궁금해하며 화살표를 따라 500미터쯤 걸어가봤다. 그러자 작은 앞뜰이 있고 관리가 잘된 단독주택 한 채가 나타났다. 정원 문 앞에 '트레일 매직'이라고 적힌 마분지 판이 또 하나 세워져 있었다. 조금 이른 시간이기는 했지만, 트레일 매직의 유혹을 못 이긴 나는 초인종을 눌렀다. 이내 발소리가 울렸다.

"어서 오세요."

단정해 보이는 마흔 살가량의 부인이 내게 인사를 건네며 안으로 안내했다.

"이른 시간이니 실례가 된다면 그냥 돌아갈게요."

나는 공손히 말했지만 완벽한 화장과 옷차림에 진주목걸이까지 한 부인은 이미 남편을 향해 이렇게 외치고 있었다.

"AT 여행자 한 명이 왔어요. 아침 식사 준비해주세요!"

고급스럽게 꾸며진 집 안에 들어서기 무섭게 두 사람은 바쁘게 움직이기 시작했다. 내게는 일단 깨끗이 몸을 씻고 오라고 했다. 고급스러운 욕실에서 뜨거운 물로 샤워를 한 뒤 거실과 주방이 함께 있는 널찍한 공간으로 나오자 팬케이크를 듬뿍 곁들인 아침 식사가 마련되어 있었다.

"와! 잘 먹겠습니다!"

나는 기쁨에 넘쳐 인사를 한 뒤 커다란 식탁의 벽 쪽에 자리를 잡았다. 주인 부부는 내 맞은편에 앉았지만 식사는 하지 않았다. 팬케이크를 하나씩 입안에 욱여넣는 동안 두 사람은 예의 바른 투로 이런저런 잡담을 나누었다. 폴로셔츠에 정장 바지를 입은 남편 쪽도 부인과 마찬가지로 흠잡을 데 없이 단정해 보였다. 그는 미국 대형 항공사의 조종사라고 자신을 소개했는데 그제야 집 안이 다소 사치스러워 보일 정도로 비싼 물건들로 꾸며진 이유를 알 것 같았다. 다른 대부분의 트레일 엔젤들은 '히피'의 범주에 속하는 사람들이라 욕실에 대리석 바닥을 깔아 놓는 경우가 없었다.

그는 스루하이커들을 돕는 것이 자신에게 매우 중요한 일이라고 이야기했다. 물론 내게도 반가운 일이었지만, 두 사람이 이처럼 큰 수고를 감내하는 이유까지는 잘 이해할 수 없었다. 부인이 내 컵에 오렌지주스를 새로 따르고 황금빛으로 익은 팬케이크 여러 장을 접시에 더 얹어줬다. 팬케이크에 막 메이플 시럽을 붓고 있을 때였다. 남편 쪽이 내 눈을 똑바로 들여다보며 갑작스러운 질문을 던졌다.

"당신은 죽은 뒤에 어떤 일이 일어날 거라고 믿으십니까?"
방 안에는 몇 초 동안 적막이 감돌았다. 나는 메이플 시럽이 든 플라스틱 통을 아주 천천히 식탁 위에 내려놓았다. 두 사람이 나를 뚫어져라 응시하는 동안 내 머릿속에서는 오만 가지 생각이 스쳐 갔다. 내가 연쇄살인마의 집에 발을 들여놓은 것일까? 두 사람이 곧 나를 덮치는 것은 아닐까? 탈출 시도를 해야 하나? 내 시선은 이미 탈출구를 찾아 집 안을 훑고 있었다. 그때 남자가 가볍게 헛기침을 했다. 나는 내게 주어진 유일한 무기인 포크를 눈에 띄지 않게 움켜쥐었다. 남자는 탁자 위로 몸을 숙이더니 나를 향해 말했다.
"우리는 주 예수 그리스도에 의해 영생을 얻게 된다고 믿고 있습니다."
나는 포크를 도로 내려놓고 안도의 한숨을 쉬었다.
"당신도 예수 그리스도를 당신의 구세주로 선택했나요?"

그가 기대에 찬 투로 물었다. 그러나 나는 마땅한 대답이 떠오르지 않았다.

"주님께 이르는 일은 언제라도 늦지 않습니다. 저희는 당신 같은 여행자들이 하나님께 가는 올바른 길을 찾도록 돕고 싶습니다."

그가 거침없이 말을 잇는 사이에 부인이 갑자기 서랍에서 기독교와 관련된 팸플릿을 한 아름 꺼냈다.

"당신에게도 아마 흥미로울 겁니다."

남자가 말하며 '하나님에게 이르는 길'이라는 제목의 팸플릿을 내밀었다.

"이건 어떤가요? '전향하고 회개하라.'"

이후 10여 분 동안 그는 팸플릿을 하나씩 내 눈앞에 들이밀며 선교에 열중했다. 식욕이 싹 가신 나는 필사적으로 이 상황을 끝내보려 애썼다. 종교에 관심도 없을뿐더러 팸플릿을 무겁게 짊어지고 다닐 처지도 아니었기 때문이다.

나는 실망을 금치 못한 채 트레일 엔젤을 가장한 이 독실한 기독교도들의 집에서 최대한 빨리 벗어났다. 팸플릿 세 개만 받아들고 그 집을 나오는 데 성공했으니 그나마 다행이었다. 나는 이것을 읽어보지도 않고 앨런 갭(Allen Gap)에서 첫 번째로 마주친 산장에 두고 왔다. 그곳에 이미 여남은 개의 팸플릿이 놓여 있는 것을 보니 아마도 내가 그 열렬한 선교사들의 첫 번째 희생자는 아닌 모양이었다.

AT 스루하이커들 중 대다수는 서른 살 이하의 남자들이다. 이들은 대개 대학을 졸업한 직후, 다시 말해 식업전선에 뛰어들고 가족을 이루기 전에 도보여행을 떠난다. 두 번째로 많은 연령대는 50대 이상이다. 이들은 보통 생업을 일찌감치 마감해도 괜찮을 정도로 재정 상태가 좋은 조기퇴직자다. 여성의 비율은 네 명 중 한 명꼴로 남성에 비해 훨씬 적었는데, 마흔 살 전후의 나이에 혼자 여행하는 여성인 나는 그중에서도 극히 드문 경우였다. 내 나이 정도의 평균적인 미국 여성은 대부분의 독일 여성과 마찬가지로 직업이나 가족을 보살피는 데 집중한다. 상황이 이렇다 보니 미국에서 가장 많은 사람이 찾는다는 트레일을 걸으면서도 나는 거의 늘 혼자였다.

대부분의 다른 여행자들과는 딱히 공유할 만한 게 없었다. 트레일 종주 경험이 거의 없을뿐더러 스루하이킹의 사교적 측면에 중점을 두는 젊은 도보여행자들과는 더더욱 그랬다. AT는 순화된 표현으로 '사회적 트레일'로 불리는 경우가 많았다. 그러나 현실적으로 말하자면 수많은 산장은 말 그대로 술판을 벌이고 마약을 하는 장소였다. 젊은 여행자들은 트레일보다는 도시 생활에 훨씬 얽매여 있었으며, 중간에 끊기는 일 없이 꾸준히 걷는 일에도 그다지 큰 의미를 두지 않았다. 그래서 오로지 걸어서 완주하기보다는 일정 구간을 히치하이크로 건너뛰는 일도 많았다. 이런 경우를 '노란 표시 따라가기'라고 부른다. '하얀 표시', 즉 나무에 흰색으로 새겨진 AT 표시를 따라가는 게 아니라 노란색의 차선을 따라간다는 의미다. 그런데도 이들은 스스로를 스루하이커라 불렀다.

어느 날 아침, 한 산장에 들렀다가 나는 10대 청소년들이 광란의 술판을 벌이고 남긴 결과물을 목격하고 말았다. 토사물로 얼룩진 산장의 모습에 질려버린 나는 이후부터 산장에는 발도 들여놓지 않았다. 차라리 혼자 지내는 게 낫다고 생각했다. 그러나 마침내 나도 뜻이 맞는 여행자들을 만나게 되었다.

크래커(Cracker)와 실버포테이토(Silver Potato)는 조지아 주 출신의 30대 중반쯤 된 부부였다. 몇 번이고 나를 어리둥절하게 만든 주인공들이기도 했다. 우리는 벌써 눈이 내린 그레이트 스모키(Great Smoky) 산맥을 함께 걸으며 정치 토론에서 트레일 잡담에 이르기까지 많은 대화를 나누었다. 특이하게도 아내인 크래커가 민주당 지지자인 데 반해 남편인 실버포테이토는 보수적인 골수 공화당 지지자였다. 그럼에도 염소수염을 기른 이 다부진 남자는 한겨울같이 추운 날 아내와 커플룩을 맞추기 위해 거리낌 없이 랩스커트를 두르고 걸었다.

이렇게 흥미진진한 한 쌍이다 보니, 나는 선거일인 11월 4일 저녁을 그들과 함께 보내지 않을 수가 없었다. 세 차례에 걸친 대선 후보 토론회는 텐트 안에서 휴대폰 라디오를 틀어놓고 귀를 쫑긋 세워가며 들었지만, 선거 당일만큼은 나도 텔레비전 방송으로 결과를 확인하고 싶었다. 우리는 낸터할라 아웃도어 센터(Nantahala Outdoor Center)의 방을 빌리기로 결정했다. 실버포테이토는 아웃도어 센터 안에 있는 매섬이 문을 닫기 전에 감자칩 몇 봉지와 음료를 미리 구입해뒀다. 드디어 대망의 선거일 저녁, 실버포테이토는 화면에 무슨 장면이 등장할 때마다 큰 소리로 촌평을 곁들여가며 점점 격앙된 반응을 보였다. 크래커는 흥분한 남편을 보며 배꼽을 쥐고 웃어댔다. 오바마와 매케인의 경합은 정말이지 어떤 월드컵 결승전보다도 박진감이 넘쳤다. 실버포테이토가 오바마의 승리를 보며 크게 상심하기는 했지만, 이날 저녁 우리는 마음껏 웃으며 느긋한 휴식을 취했다. 이제 우리에게는 아무런 부담도 없었다. 스프링어 산에 도착하기까지 2주일도 채 남지 않은 덕분이었다. 남은 구간에는 장애물이 될 만한 것도 없었다.

실버포테이토는 밤 11시가 되어서야 피로에 절어 텔레비전을 껐다. 나는 두 사람에게 향후 며칠간의 계획을 물었다.

"내일도 계속 걸을 거예요?"

크래커는 힘차게 고개를 흔들었다.

"아뇨, 안 걸어요. 내일은 제로 데이거든요."

"하지만 두 사람은 조지아 주에 살잖아요. 집이 바로 코앞인데 빨리 종주를 끝내고 싶지 않아요?"

이해가 가지 않아 되물었다.

"천만에요. 성급하게 종주를 마칠 생각은 조금도 없어요. 종주가 끝나면 모든 것을 처음부터 다시 시작해야 하니까요. 셋집을 구하고, 재취업 준비를 해야 하고, 돈을 벌고……. 생각만해도 지긋지긋해요."

실버포테이토의 대답은 PCT를 마칠 즈음 내가 느꼈던 기분과 똑같았다. 그러나 이번에는 상황이 전혀 달랐다. 나는 독일로 돌아가 집과 일자리를 알아볼 필요가 없었다. 스프링어 산에 도착하면 트레일 종주는 끝나지만, 꿈을 찾는 여행은 계속될 것이다. AT를 완주한 뒤에는 곧장 오스트레일리아로 날아갈 예정이었다. 나는 현재의 내 상황에 기뻐하며 잠시 침묵하다가 이윽고 입을 열었다.

"나는 내일 다시 출발할 거예요. 언제 목적지에 도착하든 상관없거든요."

나는 쓰레기통에 빈 음료수 캔을 던져 넣었다.

몇 분 뒤 잠자리에 누운 나는 이 새로운 삶을 선택한 것이 옳은 결정이었다고 확신했다. 이처럼 굳은 확신은 독일을 떠난 이래 처음 느끼는 것이었다.

2008년 11월 13~14일

스프링어 산, 조지아

‘----
‘-------- 3,508킬로미터 지점

트레일에서의 마지막 밤은 쥐가 득시글거리는 스프링어 산의 커다란 산장에서 보냈다. 주요 출발 시기인 년초가 되면 남쪽에서 출발하는 스루하이커들이 밀려들어 산장은 누울 곳을 찾기 어려울 정도로 붐빈다. 그러나 11월 중순인 지금 이곳에 묵는 사람은 나 혼자뿐이었다.

산장 앞에는 배낭걸이 장대가 마련돼 있었다. 이 장대는 곰뿐 아니라 쥐들로부터도 식량을 보호해준다. 내 배낭이 비를 맞으며 처량하게 쇠줄에 매달려 있는 동안 나는 산장 안에서 태국식 깨국수로 AT 종주를 끝맺는 마지막 만찬을 즐겼다. 후식으로는 캐러멜이 든 초콜릿 한 판이 준비되어 있었다. 토에크의 선물이었다. 몇 주 전에 그는 단것이 가득 든 5킬로그램짜리 소포를 네덜란드에서 이곳 트레일까지 보내줬다.

식사를 마치고 침낭 속으로 들어간 뒤에도 나는 한참이나 깨어 있었다. 주위에서 부산스러운 발소리, 낮게 찍찍대는 소리가 끊임없이 들려왔다. 헤드랜턴을 비춰 보던 나는 생쥐들의 번득이는 눈동자에 넋을 잃었다. 하얗게 빛나는 점들이 찍찍 소리를 내며 빠르게 주위를 돌아다니고 있었다. 그나마 산장 안에 텐트를 치고 있어서 자는 동안 생쥐들이 내 얼굴을 타넘고 다닐 염려는 없었다. 두 번 다시 산장에 묵지 않겠다고 또 한 번 다짐하며 잠들려던 찰나, 나는 그럴 일은 어차피 없을 것임을 불현듯 깨달았다. 오늘 밤은 트레일에서 보내는 마지막 밤이니까.

보통의 아침처럼 나는 동이 트기 한 시간 전에 잠에서 깼다. 기온은 겨우 영상 5도였고 여전히 부슬비가 내리고 있었다. 그나마 생쥐들은 잠자리에 들었는지 보이지 않았다. 나는 이 특별한 날을 위해 며칠 전부터 아껴뒀던 카시(Kashi)사의 유기농 시리얼로 아침 식사를 한 뒤, 흠뻑 젖은 배낭을 밧줄에서 내려 짐을 챙겼다.

해가 막 뜰 무렵인 7시, 나는 해발 1,150미터의 스프링어 산 정상에 서 있었다. 바위에 박힌 금속판 하나가 이곳이 애팔래치아 트레일의 남쪽 종착점임을 알리고 있었다. 나는 늦가을의 황량한 풍경 속에 홀로 서서 트레일을 마칠 때 으레 하는 의식을 시작했다.

신발만 제외하고 옷을 모두 벗어버리자 차가운 부슬비에 온몸이 덜덜 떨렸다. 사진 찍어줄 사람이 아무도 없어서 나는 휴대폰을 바위 위에 세우고 타이머를 사용해 완주 기념사진을 찍었다. 안개 때문에 부옇게 흐린 사진을 들여다보고 있으려니 PCT와 CDT가 떠올라 약간 침울해졌다. 깃털 장식을 두르고 단체사진을 찍은 PCT 완주 기념식이나 진지해서 더 우스꽝스러웠던 CDT에서의 대관식에서처럼 여유로운 즐거움은 찾아볼 수 없었다. 대신에 생각에 잠긴 눈빛과 차분한 표정을 한 헝클어진 머리칼의 여자가 카메라를 응시하고 있었다. 배경의 안개가 우수에 젖은 분위기를 자아냈다.

사진을 서른 장가량 찍고 나서야 옷을 입었다. 그리고 트레일의 방명록에 마지막 흔적을 남겼다. 이제 이곳에서 내가 할 일은 남아 있지 않았다. 나는 주위를 한 번 더 둘러봤다. 열다섯 달에 걸친 12,700킬로미터의 종주를 끝맺는 순간이었다. 스루하이커로서의 삶에 정점을 찍는 트리플 크라운을 달성한 것이다. 기쁨의 환호성을 질러야 할 순간이었으나 나는 기쁨도 슬픔도 느껴지지 않았다. 그저 날마다 트레일에서 느꼈던 감정 그대로였다. 걷고, 먹고, 자는 일. 이것이 이제 내 삶이 되었기 때문이다.

에필로그

미국 장거리 하이킹 협회는 세 개의 트레일을 완주한 내게 트리플 크라운을 수여했다. 트리플 크라운은 글씨가 새겨진 황동에 나무틀을 두른 단순한 액자였다. 2008년에는 100명이 조금 안 되는 도보여행자들이 공식적으로 트리플 크라운을 받았다.

애팔래치아 트레일을 완주한 직후 나는 또다시 트레킹을 하기 위해 오스트레일리아로 날아갔다. 그리고 동남아시아를 거쳐 1년 반이 지나서야 독일로 돌아왔다. 이후 곧바로 다음 여행 계획에 돌입했음은 물론이다.

나는 아웃백이라 불리는 오스트레일리아의 황무지와 플로리다, 애리조나, 서유럽과 남유럽 전체를 도보로 여행했다. 이때 걸은 거리는 총 33,000킬로미터였다.

무릎 관절의 마모를 예방하기 위해 도보여행 사이에는 자전거여행을 끼워 넣었다. 자전거로 달린 거리는 오스트레일리아, 뉴질랜드, 일본, 한국, 미국, 북유럽을 포함해 총 30,000킬로미터에 이른다.

이후에는 카누 여행도 시작했다. 유콘 강, 미시시피 강, 플로리다의 늪지대, 미네소타의 호수, 스웨덴의 운하 등에서 노를 저으며 누빈 거리는 6,000킬로미터가 넘는다.

8년 동안 나는 쉼 없이 여행을 다녔다. 그러는 동안 스물다섯 켤레의 신발을 교체했고, 0.5톤의 초콜릿을 먹어치웠으며 2,000일 이상의 밤을 텐트에서 보냈다.

이것이 내가 8년 동안 걷고, 먹고, 잔 기록이다. 그리고 나는 8년이 지난 지금도 여전히 여행을 즐기고 있다.

生이 보일 때까지 걷기

펴낸날	초판 1쇄 2017년 4월 24일

지은이	크리스티네 튀르머
옮긴이	이지혜
펴낸이	심만수
펴낸곳	(주)살림출판사
출판등록	1989년 11월 1일 제9-210호

주소	경기도 파주시 광인사길 30
전화	031-955-1350 팩스 031-624-1356
홈페이지	http://www.sallimbooks.com
이메일	book@sallimbooks.com

ISBN	978-89-522-3608-1 03850

※ 값은 뒤표지에 있습니다.
※ 잘못 만들어진 책은 구입하신 서점에서 바꾸어 드립니다.

이 도서의 국립중앙도서관 출판시도서목록(CIP)은 서지정보유통지원시스템 홈페이지
(http://seoji.nl.go.kr)와 국가자료공동목록시스템(http://www.nl.go.kr/kolisnet)에서
이용하실 수 있습니다.(CIP제어번호: CIP2017008641)

책임편집·교정교열   송두나